KB073853

# 中國文化史

중국문화사

주편 두정승　역자 김택중 · 안명자 · 김문

지식과교양

# 주편 서문

　중국문화사를 왜 배워야 하는가? 이 문제를 묻기에 앞서 사실 두 가지 선결문제를 물어야 한다. 하나는 역사를 왜 배워야 하는지, 다른 하나는 중국역사를 왜 배워야 하는가이다. 첫 번째 문제는 역사가와 역사를 가르치는 자, 배우는 자 모두에 대한 커다란 도전으로 무수한 해답이 있을 것이다. 어떤 사람은 지식의 성질, 어떤 사람은 인격의 성장, 어떤 사람은 현실의 효용, 어떤 사람은 인생의 이상이라는 측면에서 입론할 것이다. 이에 대해 우리는 여기에서 일일이 다 소개할 수 없다. 그러나 한 가지 점은 분명하다. 그것은 지구상의 생물 중에서 오직 인류만이 역사의식을 가지고 있고, 또한 자신의 역사를 기록 혹은 만들 수 있다는 점이다. 다시 말하면 역사는 사람이 되는 근본도리를 증명할 수 있는 것의 하나로, 사람이 되려면, 특히 지식인이 되려면 마땅히 역사를 배워야 한다.

　역사는 비록 지나간 것이지만 우리와의 거리가 결코 멀지 않고, 오히려 매우 가깝게 있다. 현재 우리의 삶을 규범 짓는 객관적 환경 및 우리들 앞날에 영향을 줄 수 있는 요소 상당 부분은 역사에서 탐구해야 명확히 말할 수 있다. 즉 우리의 삶은 역사와 아주 밀접한 관련이 있다고 할 수 있다. 믿어지지 않는가? 한 사람의 언어사상·일상생활처럼 작은 것에서부터 국가와 사회의 중대한 일처럼 큰 것에 이르기까지, 우리는 왜 미국인·일본인과 다르고, 우리 국가는 왜 스위스·체코와 다른 것인지, 이 모두는 역사를 통해 해석해야 한다. 우리는 시대에 뒤떨어진 역사결정론을 널리 알리려는 것이 아니다. 그러나 역사처럼 보기에 그다지 긴요하지 않은 것 같지만 우리의 미래와 아주 밀접한 관련이 있는 학문의 중요성을 경시하는 것은 현명치 못한 것이다. 만약 한 나라 사람 모두가 역사의식을 키워 역사에 대해 각성하고, 우리의 국가와 사회가 어떻게 출현한 것인지 이해하고, 또 우리가 어떤 길로 나가야만 할지를 다소라도 알게 된다면, 이렇게 분발되어 나온 생명력이 미치는 영향은 국가총생산력에만 한정되지 않을 것이다.

이 시대와 사회를 살아가는 젊은이들이 나아갈 바를 잃고, 심지어 목표 상실에 이르게 되는 것은 필경 불가피한 일이다. 지금까지도 국가정체성 문제에 대해 의견이 분분하고, 주권국가로서의 대만독립은 여전히 국제사회로부터 중시되지 못하고 있다. 과거 여러 해 동안 대만은 정치의 민주화·경제의 국제화·사상의 자유화·사회의 공평화 등에 있어서 이미 괜찮은 성적을 거두었다. 그러나 대만이 직면한 가장 어려운 문제는 중국과의 불안정한 관계이다. 대만과 중국대륙이 평화를 유지할 것인지, 중국대륙의 정치가 민주화, 자유화가 될 수 있을지 등은 대만인에게 절실한 이해관계가 달린 일이고, 특히 생기발랄한 젊은이들이 관심을 쏟지 않으면 안 될 일이다. 그렇지 않은가? 전쟁과 평화, 전쟁에서 죽는 것과 사업을 창건하는 것은 완전히 다른 인생이다. 이러한 문제에 직면하여 개인은 자신의 판단에 근거하여 다른 인생을 기획할 수도 있을 것이다. 손자병법에 "적을 알고 나를 알면 백전백승한다"고 하였다. 대만과 중국대륙의 긴장상태가 아직 사라지거나 완화되지 않은 때, 대만 입장에서 모두 중국을 인식할 필요가 있다. 역사가 그 중의 중요한 한 방법일진대 우리는 중국의 과거 역사와 문화를 이해해보려 하지 않을 이유가 없다. 왜냐하면 중국대륙과 우리와는 현실적인 이해관계가 너무도 밀접하기 때문이다. 하물며 광대한 문화체계로 볼 때, 대부분의 대만문화 역시 상당수 중국문화의 범주에 속하는 것이니, 중국문화사를 깊이 연구하는 것은 자신을 이해하는 좋은 방법이기도 하다. 이러한 각도에서 본다면, 설령 정부에서 〈중국문화사〉를 필수과정으로 정하지 않았을지라도, 다소 지식이 있는 사람은 마땅히 중국문화 탐색의 중요한 의의를 알아야 한다.

문화가 내포하는 범위는 매우 넓다. 먹고 입는 것이 문화이고, 철학과 사상이 문화이며, 예술창작 역시 문화이다. 사람마다 중점을 두는 것이 다르다. 이른바 중국문화사도 당연히 여러 각도에서 볼 수 있다. 이 책은 앞에서 고려한 것에 근거하여 젊은이들이 자신의 운명을 사색하는데 도움이 될 참고자료를 제공하고자, 중국인들이 어떤 정치와 사회형태 속에서 생활했는지에 대해 비교적 중시했다. 독자는 아마도 이 속에서 다소의 역사교훈을 배울 수 있고, 더 나아가 중국문화의 본질을 이해할 수 있을 것이다.

본서의 본문은 고대로부터 현재에 이르기까지 4부로 구분하였다. 제1부 고대는 왕건문王健文, 제2부 중고는 진약수陳弱水, 제3부 근세는 유정정劉靜貞 · 구중린邱仲麟, 제4부 근현대는 이효제李孝悌가 각각 집필했다. 다섯 명의 저자와 나는 여러 차례 충분한 토론을 거쳐 기본적으로 수 천년 동안 발전해온 중국문화에 대해 비교적 뚜렷한 이론을 가지고, 시간과 공간의 맥락 속에 중국문화의 특질을 놓고 적절한 윤곽을 그려냈다. 우리는 최대한 알기 쉬운 문장을 써서 젊은이들의 공감을 얻고자 하였다. 만약 젊은이들이 면밀하게 이해한다면 본서의 특색을 발견할 것이다.

우리에게 있어 중국문화사의 저술은 처음으로 시도하는 것이라, 취사선택에 잘못이 불가피하게 있을 것이다. 전문 학자와 교사, 동료들의 아낌없는 비판과 시정을 바란다.

2004년 4월
두정승杜正勝

# 목차

# 제3부 근세: 새로운 전통의 성립

# 제4부 근현대: 신구문화의 교체

## 일러두기

1. 본서는 2009년 대만 삼민서국에서 출판한 두정승 주편 『중국문화사』 수정 3판본을 저본으로 하였다.
2. 본서는 원서 내용 중 중국문화사를 이해함에 크게 지장이 없다고 여겨지는 대만관련 사항과 일부 그림 및 각 장 말미의 〈연구와 토론〉 항목을 삭제하였다.
3. 본문에는 내용 이해의 편의를 도모하기 위해 일부 역자 주를 첨가하였다.
4. 본문에 나오는 중국 지명 및 인명에 관한 발음 표기는 우리말 독음대로 표기했다.
   [예] 북경北京, 모택동毛澤東
5. 본문에서 사용한 약호는 다음과 같다.
   • 단행본, 신문, 잡지: 『 』
   • 논문, 법령: 「 」
   • 인용문, 대화: " "
   • 짧은 인용문, 강조: ' '

# 머리말

중국은 영토가 넓고 인구가 많을 뿐만 아니라 역사가 유구하고 문물이 풍부한 나라이다. 수 천 년 동안 중국인은 산업기술·윤리행위·통치방식·문예창작·인생지침 등 여러 방면에서 눈에 띄는 업적을 이뤄냈다. 이들 모두가 이른바 '중국문화'의 일부분을 이루고 있고, 그 중 일부는 인류사회에 대해 긍정적으로 기여하기도 했다.

문화란 무엇인가? 이는 사람마다 달리 생각할 수 있는 문제이다. 그러나 쌀밥 먹는 것은 하나의 문화로, 빵을 먹는 것과 다르고, 젓가락 사용도 하나의 문화로, 포크 사용과는 확연히 다른 문화이다. 그리고 의복 역시 문화의 하나로 배꼽을 드러내는 것과 머리를 드러내지 않는 것은 완전히 다른 의복문화임에 틀림없다. 이를 확대해본다면, 복잡하고 긴밀하며 단순하고 소원한 친속관계 역시 다른 문화이다. 예컨대 영어의 'Uncle'은 중국의 경우, 백부·숙부·당백·당숙·외삼촌·고모부·이모부 등의 구분이 있는데, 이에 따른 서로간의 행위준칙 및 권리 의무관계 역시 다르다. 국민들이 비교적 많은 자유와 자율성을 누리는 국가는 당연히 독재국가와는 다른데, 이는 정치문화의 차이이다. 정신적 측면에서도 제사의식·숭배대상·인간관계의 의리 등의 사이에는 여러 차이가 있는데 바로 문화의 차이이다.

비록 문화의 내용이 매우 다양할지라도 결국은 생활방식에 귀착된다. 젓가락을 사용하여 쌀밥을 먹고, 복잡하게 얽히고 설킨 친척이나 친구들과의 인간관계, 황제를 중심으로 하는 중앙집권적인 통치, 그리고 정치는 전제적이나 종교의 신앙은 자유로운, 이러한 생활방식이 바로 중국문화이다. 대체로 일반인들은 자기 '문화'의 존재를 특별히 인식하지 못하고 있다가 다른 민족이나 다른 문화와 접촉했을 때 비로소 그것을 인지하게 된다. 특히 자신의 생활방식이 외래문화의 충격에 적응하지 못했을 때 자기문화에 대한 반성을 하게 된다. 근현대 중국이 직면했던 새로운 상황이 바로 대표적인 예이다. 그 당시 사람들은 '중국문화'란 무엇인가에 대해 끊임없이 물었다. 과거의 '동서문화논쟁'을 보면 많은 사람들이 시공간적으로 매우 넓고 내용적으로 매우 복잡한 중국문화를 한 두 개의 간단한 개념으로 포괄하려 하였고, 또 어떤 사람들은 끊임없이 중국문화를 개조하거나 또는 수호하려고 하였다. 그러나 결과적으로 그들 모두 자신들의 목적을 달성하지는 못했다. 그것은 무엇 때문인가? 역사를 고찰해보면 우리는 그에 대한 해답을 얻을 수 있을 것이다.

그러므로 이 책에서는 과거의 여러 추상적인 논쟁에 말려들지 않고 오로지 시간의 궤적을 따라 중국문화가 역사의 흐름과 함께 발전해 온 것, 그리고 거기에는 본질적인, 즉 그다지 변하지 않는 요소가 있으며 또한 시대 상황에 따라 손익이 있었음을 보이고자 한다. 공자가 일찍이 "은나라는 하나라의 예를 통해서 손익이 되는 바를 알 수 있고, 주나라는 은나라의 예를 통해서 손익이 되는 바를 알 수 있다. 주나라 뒤로 백대가 흐르더라도 그것을 알 수 있다"고 했는데, 공자가 말한 '예'를 '문화'로 바꾸어도 무방할 것이다. 서방의 충격 속에서 중국문화를 '전반서화全盤西化' 하고 싶다고 해서 전반서화가 되는 것이 아니고, 또 대세를 막는다고 해서 전통을 유지할 수 있는 것도 아니다. 문화에 관한 문제는 공자가 말한 '변화 발전에 따른 손익'을 벗어나지 않는다. 커다란 흐름 속에 산다고 해서 어떤 것이 손해이고 어떤 것이 이익인지에 대해 전혀

선택권이 없는 것이 아니고 완전히 수동적인 것도 아니다. 역사를 알면 선택할 수 있
는 안목을 어느 정도 키울 수 있고, 그것은 후일의 문화발전을 이끄는데 보탬이 될 것
이다.

문화 발전이라는 관점에서 유구한 중국의 역사를 본다면, 대략 두 단계로 구분할
수 있다. 하나는 '고전'이라는 전기 단계로, 약 기원전 2,500년부터 기원전 500년까지
이고, 다른 하나는 '전통'이라는 후기 단계로, 약 기원전 200년부터 20세기까지이다.
두 단계 사이에는 약 300년이란 짧지 않은 전환기가 있다. 이른바 고전시기는 기본적
으로 전통역사에서 말하는 오제五帝시대와 하·상·주 삼대와 부합하고, 전통시기는 진
나라 이후 황제지배체제의 왕조시대이다. 이 두 기간은 각각 2,000여 년으로 서로 비
슷한데, 거기에 중간의 과도기를 합한다면 우리가 늘 말하는 5천 년의 중국문화가 된
다. 물론 오늘날 고고학에서는 고전시기보다 앞선 여러 유형 및 여러 단계의 문화를
말하고 있다. 만일 중국이라는 지역에서 처음 인류가 촌락생활을 시작한 때로부터 따
져본다면 이 기간이 적어도 4, 5천년이 되는데, '원시시기'라고 할 수 있다. 원시시기
의 사회구성은 촌락이었고, 고전시기에는 성을 중심으로 부근의 촌락을 연합한 성방城
邦(도시국가)이라 불리는 국가였으며, 전통시기에는 통일 제국이었다. 따라서 '현대'의
우리는 거의 1만년에 이르는 중국사를 돌이켜보면서 가장 단순하게 역사를 기원전
2,500년 이전의 '원시농장原始農莊', 기원전 2,500년부터 기원전 500년까지의 '고전방국
古典邦國', 그리고 마지막 2천 년간의 '전통제국傳統帝國'으로 나누었다.

그러나 역사 강의는 고대를 간략히 하고 근대를 상세히 다루는 것이 일반적이므로
이 책 역시 그 예를 따랐다. 이 책에서는 중국문화의 발전단계를 4부로 나누었다. 제1
부는 고대로, 위에서 말한 원시시기와 고전시기의 두 단계, 그리고 전통시기의 초기
까지를 포괄하였다. 중국의 역사와 문화는 수차례 근본적인 전환을 겪었다. 예컨대
촌락 정착생활을 시작한 '신석기혁명', 국가가 출현한 '도시혁명', 중앙집권체제의 정

부를 형성한 '제국' 등으로 모두 고대 편에서 다루었다. 예의규범·가족윤리·제제帝制·정부·소농호의 기초사회 및 초자연적인 신앙 등과 같은 중국문화의 가장 근본적인 요소에 대한 해답 역시 여기서 찾아볼 수 있다.

　기원전 3천년 중반기에 촌락에서 국가로 전환하였고, 기원전 1천년 후반기에 도시 국가에서 제국으로 전환했는데, 이 두 차례의 전환은 기본적으로 중국사회 내부의 힘에 의해서 이루어진 것이었다. 그러나 3세기에 전환의 동력은 상당 부분 외래적인 요소였다. 중국의 사회와 정치에 외래 민족이 들어왔고, 중국 각 계층에 외래 사상과 학설·신앙이 스며들었으며, 중국사회 곳곳에 외래의 문물·풍속이 전파되었다. 3세기로부터 9세기에 이르는 600년의 중고시대가 이 책의 제2부이다. 장기적으로 볼 때 이 시기에 고전시기 이래 오랜 기간 정형화 된 본토문화가 외래문화의 영향을 받아 대혁신을 하게 되고 중국문화에 다양하고 새로운 요소가 첨가되었다. 특히 (중국 고유의 의관과 예악이 아닌) 불교의 삭발과 맨발, (가족의 대를 잇는 것이 아닌) 출가해탈, (황제지존이 아닌) 부처에 절하고 황제에게는 절하지 않는 예불불배제禮佛不拜制 및 사후의 윤회, 지옥 세계관 등은 중국 본래문화와 상당히 다른 이질적인 것이었음에도 불구하고 서로 공존했다. 요컨대 중국문화가 더욱 다원화된 것이다.

　역사적으로 문화가 계속 이어지면서 앞 시대는 다음 시대에 어느 정도의 영향을 끼치게 되는데, 일반적으로 가까운 시대의 것은 영향이 크고 먼 시대의 것은 파장이 약하다. 예컨대, 현대 중국인들의 일상생활, 탁자나 의자 사용 등은 송나라 이후에 형성된 새로운 문화들이다. 때문에 오늘날 우리는 공자나 두보가 자리를 깔고 앉던 시대의 생활방식에 적응할 수 없다. 현재 중국사회의 일류주의와 졸업장주의도 바로 전통시대의 과거제도에서 유래한 것이다. 과거제도는 수나라 때 시작되었으나 사람들의 생각이 꽉 막히게 된 것은 송나라 이후의 일이다. 이 책 제3부의 근세는 송나라에서 청나라 전성기까지, 즉 약 900년부터 1,800년까지로 중국 전통시기의 후기에 속하며,

현대와의 관계가 더욱 밀접하고 중고 이전의 전통과는 큰 격차가 있기에 '새로운 전통'이라 말할 수 있다. 새로운 전통문화의 특색은 강한 사인성士人性과 서민성을 겸비하고 있다는 것이다. 과거시험은 확고부동한 사대부계층을 만들었는데, 그들은 사회의 중견이며, 또한 전 관료체제를 점거하고 황제의 뜻을 좇아 황제와 '더불어 천하를 통치' 했다. 그리고 사람들은 개방된 새로운 형태의 도시에서 다채로운 여가 생활을 즐겼고, 유가도덕은 설서說書 · 희곡 등 각종 여가 매체를 통해 사람들의 마음속에 파고들었다.

근세 9백 년간 중국의 사회계층은 결코 경직되지 않았다. 계층의 상하 유동이 매우 빈번하였고 일반인의 활동력 역시 매우 뛰어났다. 그러나 중앙집권적인 정부구조 아래 공부하여 진출할 수 있는 출로는 오직 관료가 되는 것이었기에, 문화 전체로 볼 때는 창조력이 부족한 편이었다. 19세기에 이르러 이 노쇠한 제국의 문화는 서양의 엄청난 충격을 받았을 때 잘 적응하지 못했다. "비새는 집이 연일 비를 만난다"는 속담처럼, 과거 150년 동안 중국인들이 허둥대며 궁상을 떤 것은 아마도 이 책의 제4부 근현대에 가장 잘 어울리는 모습일 것이다. 중국은 세계의 중심으로부터 '극동'으로 바뀌었고, 중국문화는 휘황찬란한 문명에서 어리석고 나약한 '야만'으로 전락했으며, 중국인은 주위의 작은 나라들을 내려다보는 위치에서 사람 취급조차 받지 못하는 처지로 전락했으니 상전벽해의 대변화였다고 할 수 있다. 이 100여 년 동안 중국인은 과거의 자신감을 하나하나 상실하였으나, 새로이 설자리를 찾아 새로운 문화, 즉 새로운 생활방식을 모색하며 한 걸음 한 걸음 나아갔다.

어떤 학파에서는 문화를 생로병사의 과정을 겪는 생명체로 보고 있다. 역사의 시각으로 볼 때, 중국문화가 일찍이 쇠미한 적은 있었지만 그래도 멸망하지 않았다. 툭 터놓고 말해 오늘날의 중국인은 퇴조하는 중국문화의 흐름을 만나자 덮어놓고 중국문화를 미화하고 있는데, 아무리 고심을 하더라도 '겉은 강하나 실제는 나약한' 폐단을 벗어나기는 어렵다. 사실을 객관적으로 직시하는 태도가 가장 바람직한 태도일 것이다. 문화에 대한 태도는 결국 공자의 '변화 발전에 따른 손익'이란 말로 귀착된다. 중국문화는 이미 제1차 문화대혁신을 경험하였으므로 근현대의 외래문화를 흡수하고 소화하여 전통문화 속으로 주입할 능력도 반드시 있을 것이다. 이에 대해서는 이 책을 읽고 난 후 다시 토론하기로 하자.

# 제1부 고대:

## 고전과 전통 문화의 원형

## 총론

여기에서는 수천 년에 걸쳐 변화되어온 중국의 집단 사회구조를 살펴보고자 한다. 우선 신석기혁명 이후, 농업생산방식 및 정착 농경으로 형성된 촌락이 생산력을 향상 시키고 인류의 문화 창조를 가속화함에 따라 인류문명의 첫 번째 서광이 비치기 시작 했다.

다음으로, 지금으로부터 4~5천 년 전에 한층 더 복잡한 사회 조직이 출현했고 사회 분화 역시 심화되었다. 통치자는 천지신명에 제사지내는 예기禮器를 권위의 상징으로 삼았고 방어를 위한 성곽과 해자를 만들었다. 그리고 상하귀천을 구분하는 사회 질서 와 사회 윤리를 만들어 사회기강으로 삼았다. 국가가 출현했지만 당시 국가는 넓은 영 토와 많은 인구로 이루어진 것이 아니라 작은 영토와 적은 인구로 이루어진 도시국가, 그리고 그런 도시국가들을 봉건제도로써 연계시킨 국가였다.

마지막으로, 사회경제의 대변동으로 예악이 무너지고, 군자와 소인의 위상이 점차 역전되었으며, 종족을 대신해 편호제민이 국가사회의 기초가 되었다. 그리고 봉건제 를 대신해 군현제가 국가의 정치적 메커니즘이 되었다. 진시황제가 6국을 멸하고 천 하를 통일함으로써 전국을 통치하는 통일제국시대가 열리게 되었고, 이는 20세기 초 청나라가 멸망하기까지 줄곧 2,100년간 이어졌다.

전국을 통치하는 통일제국의 건립 및 화하華夏 중심의 민족관념은 지금으로부터 2천 여 년 전에 형성되었다. 그러나 이 두 가지 관념이 오랜 시간 유지되어져 내려옴으로 써 중국문화 기원의 다원성과 발전에 대해 완전한 인식을 할 수 없게 되었을 뿐 아니 라, 다른 민족과 문화에 대해서도 존중하거나 이해할 수 없게 되었다.

# 제1장 초기 중국문명의 발전

## 제1절 중국문화의 기원설

### 서방전래설

중국은 세계적으로 손꼽히는 고대 문명국가로 유구한 역사를 지녔을 뿐 아니라 지속적으로 발전해 왔다. 2천여 년 동안 중국인들은 자신들이 알고 있는 세계를 '천하'라 했고, 천하의 중심에 자리했다고 생각하여 '중국'이라 일컬었다. 황제는 바로 하늘의 아들로 천명을 받아 인간 세계의 질서를 다스려 '천자'라 칭해졌다. 과거 중국인들은 중국이 전설상의 황제黃帝 때부터 시작된 5천여 년의 유구하고 찬란한 역사와 문화를 지녔다고 본 반면, 중국 주변의 사이四夷를 모두 미개한 오랑캐로 보았다.

이러한 자신감과 오만함은 적어도 근 2천년 동안 지속되었다. 하지만 150여 년 전 아편전쟁을 시작으로 서방 열강이 침략하면서 중국은 오랜 기간 퇴세 부진하고 비참한 상황에 놓이게 되었다. 제국주의 열강은 중국으로부터 마구잡이로 이권을 빼앗았고 중국은 전란과 빈궁에 처하면서 민족적 자부심을 잃고 서양을 숭상하기 시작했다.

20세기 초, 스웨덴의 지질학자 안데르손(J. G. Andersson)이 하남성河南省 민지현澠池縣

앙소촌仰韶村에서 발견한 채도彩陶는 세계 고고학자들로부터 주목을 받았다. 그 이전까지 채도는 중앙아시아 지역에만 널리 분포해 있었다. 당시 서양 학계에서는 문화 전파론이 유행하고 있었다. 앙소촌에서 발견된 채도는 앙소문화 후기에 속한다. 안데르손이 훗날 감숙성甘肅省 일대에서 발견한 채도는 앙소촌의 채도보다 원시적이고 중앙아시아의 채도보다는 진보된 것이었다. 이로써 앙소의 채도문화가 서양에서 전래되었다는 가설이 명백한 증거를 갖게 되었고 정론으로 여겨졌다.

채도 이외에 농업, 목축, 청동주조의 각 분야에서도 모두 이와 비슷한 주장이 있었다. 이러한 '중국문화 서방전래설'은 과학적 증거와 서방 학자의 편견, 오랫동안 모욕당하면서 형성된 중국인들의 열등감 및 서양 문물을 숭배하는 심리적인 요인으로 인해 일시에 널리 확산되었다.

중국문화의 서방전래설이 중화민국 초기에 지배적인 학설로 자리하게 된 이유는 심리적인 요인 외에 중국고고학계가 당시까지 백지상태로 자주적인 학술연구를 할 수 없어 비교적 앞선 서양학설을 받아들일 수밖에 없었기 때문이다. 하지만 중국의 고고학이 점차 발전함에 따라 서방전래설은 별 의미 없는 과거의 학설이 되어버렸다. 1950년대, 고고학자들이 발견한 서안西安 반파촌半坡村의 채도문화유적은 연대가 대략 기원전 4천여 년으로, 안데르손이 기원전 2천년 전후라고 추정한 앙소문화보다 상당히 앞섰다. 그리고 중원의 채도가 감숙성의 채도 아래에 놓여 있는 것이 발견되면서 채도가 서방으로부터 감숙성을 거쳐 중원에 들어왔다는 기본적인 가설이 퇴출되었다.

또한 학자들은 점차 늘어난 고고학 자료를 바탕으로 서방전래설을 바로잡았다. 예를 들면, 농업에서 북방지역의 조와 남방지역의 벼는 신석기시대 중국의 주요 농작물이었다. 서남아시아에서 가장 먼저 재배에 성공한 밀은 뒤늦게 중국에서 재배되었고, 또한 대중적인 곡식이 아니었다. 축산업의 경우, 서아시아에서 산양을 사육했던 것과는 달리 초기 중국에서 사육된 가축은 돼지가 위주였다. 그리고 중국 최초로 은나라 안양安陽 유적에서 대단히 정교하고 미적으로 뛰어난 청동기가 출토되었다. 이 정도의 제작기술은 단기간 내에 터득되는 것이 아니라 초보적인 단계를 거쳐야 하는 것이므로 사람들은 외지에서 유입된 것이 아닌가라는 의문을 갖게 되었다. 그러나 훗날 고고학계는 안양에서 발굴된 청동기보다 연대가 상당히 앞선 청동문화가 중국 내에 있었다는 증거를 찾아냈다.

각종 문화 간의 상호 전파와 영향은 사람과 사람, 공간과 공간 간의 교류에 따른 필연적인 결과이다. 그러나 초기 고고학의 성과가 별로 없던 상태에서 나온 서방전파론은 이를 부정할 수 있는 유물이 출토되면서 점차 자리를 잃게 되었다. 지금은 문화기원의 다원론이 비교적 신뢰할만한 학설로 자리 잡고 있다.

## 앙소문화와 용산문화

중국문화가 중국 내에서 만들어졌다면 그 문화는 일원적인가 아니면 다원적인가? 1930년대, 산동성山東省 역성현歷城縣 용산진龍山鎭 성자애城子崖에서 앙소의 채도와는 다른 흑도가 발견되면서 선사시대 문화를 서방의 채도문화와 동방의 흑도문화로 구분할 수 있는 듯 보였다. 이 두 문화 간의 관계에 대한 학자들의 의견은 분분했다. 용산문화와 채도문화는 각각 동방과 서방에서 기원된 문화로, 각자 발전해오다 하남성 북부지역에서 만나게 되었다는 것이 비교적 초기의 관점이다.

그러나 1950년대, 학자들이 동서 이원론에 대해 의문을 품게 되면서부터 서로 다른 성격의 앙소문화와 용산문화는 같은 시대에 각기 다른 곳에 분포했던 것이 아니고 전후로 이어진 것이란 추론이 나왔다. 특히 어떤 학자는 '용산문화형성기' 가설을 제기하였다. 그에 따르면 중원문화의 핵심은 위수渭水유역, 산서성 남쪽, 하남성 서쪽, 즉 앙소문화지역으로, 훗날 중원의 앙소문화가 중국의 동부와 동남부지역까지 확산되었다. 중원의 인구 과밀과 농경 기술의 진보로 인해 중원문화가 핵심지역으로부터 인구가 매우 적고 경작에 적합한 동부지대로 단시간 내에 확산되었다는 것이다.

이러한 가설에 대해 학자들이 의문을 제기했다. 어떤 학자는 인구 과밀이 문화 확산의 원인이란 점을 증명해 줄만한 유력한 증거가 없고 단기간 내에 확산되었다는 주장 역시 논리에 맞지 않는다고 보았다. 어떤 이는 이 학설이 용산문화 형성기의 각 지역 문화가 가진 공통성만을 지나치게 중시한 나머지 문화 간의 차이를 소홀히 했다고 보았다. 각 지역에서 발굴된 신석기문화는 각각의 특색을 지녔다. 그러므로 문화 간의 차이점 여부라는 측면에서 본다면 일원적인 서방전래설만으로는 중국 문화를 해석할 수 없는 것이다.

## 중국문화의 다원설

앞의 내용은 황하유역 초기문화를 둘러싼 논쟁으로, 고고학적 발굴이 진행됨에 따라 황하유역에 다원적인 문화가 병존했을 뿐 아니라 황하유역 외의 다른 지역에도 독자적인 특징을 지닌 초기 문화가 있었음이 증명되었다. 예를 들면, 조를 주로 경작하는 황하유역과는 달리 장강 중류의 굴가령屈家嶺문화와 장강 하류의 하모도河姆渡문화에서는 벼를 경작했다. 그리고 하모도 문화나 남방의 여러 지역에 지어진 간란干欄[1] 형식의 건축물 역시 많은 강수량과 높은 습도, 말라리아와 같은 악성 전염병, 뱀과 벌레 등 현지의 특수한 자연환경에 맞춰 발전돼 온 것이다. 이는 황하유역에 지어진 지상 혹은

---

1 곧은 말뚝으로 집의 골조를 만들고 지상보다 높게 지은 집으로 중국 고대에 장강과 그 이남 지역에서 유행했던 주택양식

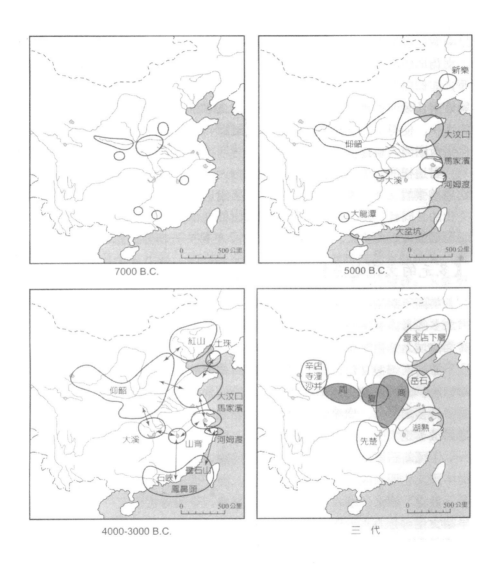

그림 1-1. 중국고대문화권

반 동굴식 주거 형태와는 크게 다른 것이었다.

중화민국 건국 이후, 중국의 신석기문화에 대한 논의는 중국문화의 서방전래설, 동방문화와 서방문화의 양립설, 앙소문화와 용산문화가 전후로 이어졌다는 설, 그리고 다원병존설 등 네 가지 설로 나뉜다. 그러나 오랜 기간 다각도의 학술 논의를 거쳐 오늘날 고고학자들은 중국의 초기 문화를 다음과 같이 여섯 지역으로 나누고 있다. 즉 연산燕山 남북·장성長城 지대를 핵심으로 한 북방지역, 산동을 핵심으로 하는 동방지역, 관중關中·산서성 남쪽·하남성 서쪽을 중심으로 한 중원지역, 태호太湖 주변 지역을 중심으로 한 동남지역, 동정호 주변지역과 사천성 분지를 중심으로 한 서남부 지역, 파양호鄱陽湖·주강珠江 삼각주三角洲를 중심축으로 하는 남방지역 등이다. 이들 지역은 각기 나름대로의 문화적 전통을 갖고 서로 영향을 주었다. 그러므로 현재로서는 중국문화 다원설이 비교적 설득력 있는 견해로 자리 잡고 있다.

## 제2절 신석기 혁명과 원시 촌락

### 신석기혁명

아주 먼 옛날에 사용되었던 도구의 재질을 가지고 인류 역사를 구분한다면, 대략 석기시대, 청동기시대, 철기시대로 나눌 수 있다. 지금으로부터 1만여년 전이 구석기시대이고, 1만 년 전부터 4천 년 전까지가 신석기시대이며, 4천 년 전부터 2천 년 전까지가 하·은·주 삼대三代에 속하는 청동기시대이고, 동주이후부터는 철기시대이다.

구석기시대 인류는 거의 자연 상태인 타제석기를 사용해 생존을 위한 어업 수렵과 채집 활동을 할 수 있었을 뿐, 어떤 의미를 가진 문화 활동을 했다고 말할 수 없다. 그러므로 수십만 년이 흐르는 동안 문화의 발전은 상당히 완만할 수밖에 없었다. 대략 1만 년 전, 인류는 처음으로 문화대변혁을 겪었다. 즉 돌을 비교적 정교하게 다듬은 마제석기를 사용해 농업을 시작했고 그러면서 촌락이 만들어지게 되었다. 고고학자들은 이를 '신석기혁명'이라 했다. 신석기혁명이 시작되면서 인류는 진정한 문화를 만들기 시작했다. 중국에서는 이러한 변화가 적어도 지금으로부터 8천여 년 전에 발생했다.

'신석기혁명'이 갖는 첫 번째 의미는 석기 제작기술에 의거해, 타제석기의 구석기시대에서 마제석기의 신석기시대로 넘어간 것을 말한다. 그리고 그 의미를 좀 더 확대한다면, 인류가 자연으로부터 음식물을 취해 삶을 영위하던 것에서 자연 상태의 자원을 식품으로 가공했으며, 아울러 생산력 향상으로 지금까지와는 다른 형태의 집단 조직이 만들어졌고 새로운 문화가 발전하게 되었다.

구석기시대 인류는 어업과 수렵 그리고 채집을 생산수단으로 삼았기 때문에 식량 공급이 안정적이지 못했고, 인구 역시 상당히 적었다. 집단 조직은 30인 미만으로 무리지어 떠돌아다니는 단계에 머물러 있었다. 그러나 신석기시대에는 농업과 목축업이란 새로운 형태의 생산방식이 출현하면서 야생 식물 종자를 채취해 파종·재배하고 야생 동물을 가축으로 사육했다. 이런 새로운 생산방식은 야생 식물에 의존해 생활하던 인류를 식물을 재배·생산하는 자로 바꿔 놓았을 뿐만 아니라, 야생 식물에 대한 의존도가 줄고 비교적 안정적인 음식물 공급이 이루어지면서 인류는 비로소 여유를 가지고 다른 문화 활동을 할 수 있게 되었다.

신석기시대가 시작되면서 문화는 이전보다 빠르게 발전했다. 한 곳에 정착하여 농업에 종사함으로써 안정된 촌락이 형성되었고 그들의 생활은 갈수록 복잡해졌다. 문자와 예술도 이때에 출현했다. 이때부터 추상적 기호로써 구체적인 사물을 표시하게 됨에 따라 사람과 사람 간의 의사소통의 길이 확대되었다. 이후로 인류는 생존만을 위해 자연을 정복하지 않았을 뿐만 아니라, 자신이 만든 환경 속에서 같은 무리들과 함께 사는 법을 배우며 새로운 도전을 맞이해야 했다.

### 반파半坡, 강채姜寨 유적

하남성 신정新鄭 배리강裴李崗과 하북성 무안武安 자산磁山에서 발견된 유적은 지금으로부터 약 8천 년 전인 초기 신석기문화 유적에 속하는 것으로 알려져 있다. 집터·움·토기 가마와 묘지로 구성돼 있고, 농업 생산도구나 곡식 및 가축 뼈 등의 유물이 출토된 것으로 보아 전형적인 농촌이라 할 수 있다. 그러나 반파와 강채에서 약 1천여 년 늦은, 훨씬 더 규격화된 신석기시대 농촌 유적이 발굴되었는데 이를 토대로 원시 농촌의 기본 형태를 재건해 보면 다음과 같다.

그림 1-2. 반파에서 출토된 사람의 얼굴과 고기문양의 채도

　지금부터 약 7천 년 전, 오늘 날의 서안西安 외곽 산하滻河 강변의 반파촌半坡村에 주거
지역과 묘지 그리고 토기를 만드는 지역으로 구성된 촌락이 있었다. 거주지 중심에는
네모 비슷한 형태의 큰 집이 있었고, 그 집 북쪽에는 수 십 개의 크고 작은 집터가 자
리했다. 이들 집터가 만들어진 연대는 약간씩 다르고 분포 역시 규격화되지 않았지
만, 대체로 남쪽에 있는 커다란 집을 향해 규격화되지 않은 반달 형태를 이루고 있다.
그리고 거주지 둘레에 넓이와 깊이가 각각 5 m, 6 m 정도 되는 해자를 팠다. 그 해자
북쪽에 있는 공동묘지에는 1백 여기의 성인 무덤이 있었고 해자 동쪽에는 토기를 만
드는 공장이 있었다.

　지금의 섬서성 임동현臨潼縣 강채에서 연대는 반파와 비슷하지만 그 보다 훨씬 더 완
전한 형태의 촌락 유적이 발견되었다. 모든 촌락은 주거지, 토기를 만드는 곳과 묘지
등 세 지역으로 나누어졌다. 주거지 중심에는 비교적 넓은 광장이 있었다. 광장 주변
보다 지세가 비교적 높은 곳에는 다섯 세트의 건축물들이 있었다. 그 건축물 배치를
보면, 하나의 대형 가옥을 중심으로 그 부근에 100여 채의 크고 작은 가옥이 분포해
있었다. 모든 가옥의 문은 중심에 있는 광장을 향하고 있다. 주거지 주위에다 넓이와
깊이가 각각 약 2미터에 달하는 두 개의 해자를 팠다. 해자 밖 동북 및 동남쪽에는 1
백 여기의 성인 공동묘지 세 군데가 있었다. 중요한 토기 가마는 주거지 양 쪽 강기슭
에 있었다. 모든 촌락은 일반적으로 타원형 형태를 갖추고 있었다.

　반파와 강채 유적의 공간적 구조는 서로 다르지만, 두 곳 모두 의도적으로 배치한
것이다. 예를 들면, 묘지와 토기 가마터는 기본적으로 주거지 및 그 둘레의 해자 밖에
두었고 성인은 공동묘지에 묻었다. 어린이는 성인과 같이 묻거나 혹은 옹관에 넣어
주거지 주변에 묻었다. 거주지 둘레에 해자를 만들었는데 이는 방어를 목적으로 한
것이었다. 주거지의 큰 가옥과 중소 규모의 집터와의 대응관계는 군중조직의 형식을
암시하는 듯하다. 특히 강채의 다섯 세트로 된 건축물들은 중심에 있는 광장을 향하

그림 1-3. 강채 원시촌락의 복원도

고 있는데 이는 다섯 그룹의 군중조직이 하나의 촌락을 이룬 듯이 보인다. 그것은 소수의 씨족이 모인 부락 거주지이고, 큰 가옥은 씨족의 공공회의장이며, 크고 작은 규모의 집터는 한 가정의 주거 단위라고 몇몇 학자들이 주장하고 있는데 꼭 그렇게 단정 지을 수는 없다. 하지만 적어도 8천 년 전 황하유역에 이미 촌락과 비슷한 규모가 있었고 의식을 가지고 어느 정도의 질서를 갖춘 사회조직이 있었음은 의심의 여지가 없다.

## 촌락 규모와 가옥 구조

반파의 촌락은 모두 200여 채의 가옥으로 이뤄졌던 것으로 추측된다. 한 집에 만약 2명 내지 4명이 살았다면 촌락의 전체인구는 약 5~6백 명 정도가 된다. 강채 유적에서 약 120채의 집터가 발견되었는데 크고 작은 가옥에 거주했던 인구를 추산해 보면 대략 5백 명 정도가 된다. 두 부락 모두 작지 않은 규모의 대형 농장農莊이었다. 연대가 비슷한 다수의 북방 앙소문화 유적의 취락 건축구조를 보면, 대체로 비슷해 원형 혹은 사각형의 반동굴 형태, 또는 지상에 지어졌다. 반파에서 발굴된 반동굴이면서 중형 크기의 사각형 가옥을 예로 들면, 면적은 대략 20㎡이고 지하로 들어간 깊이는 1m 미만이며 갱벽을 담으로 하고 위에 지붕을 얹었다. 대문에서 집안으로 통하는 통로는 비스듬하면서 길고 좁아 겨우 한 사람이 출입할 수 있을 정도였고 문지방은 나지막한 칸막이벽으로 만들어 빗물 역류를 방지할 수 있었다. 문지방 안에는 바닥을 파서 만든 화로가 있었다. 집안에 기둥을 세워 사면 벽의 나무 서까래를 중앙 기둥 위에다 비스듬하게 묶고 서까래 사이에는 띠 또는 나뭇가지와 잎을 넣어 메웠다. 바닥과 벽에 풀을 넣은 진흙을 발랐고, 지붕에는 띠나 풀을 섞은 진흙을 발랐다. 그리고 중앙 기둥 부근에 구멍을 만들어 연기가 빠져나가고 통풍이 되도록 했다.

만약 반파의 주거지 중앙에 있는 큰 가옥을 예로 들면, 면적은 160㎡로 앞에서 말한 중형 가옥의 8배 크기다. 고고학자들이 복원한 그림을 보면, 가옥은 장방형으로 문안으로 들어가면 상당히 큰 방이 있고 뒷부분은 3개의 작은 방으로 나뉘어졌다. 어떤 이는 이 때 '전당후실前堂後室'의 기본 구조가 이미 출현했다면서 전당은 공무를 논의하거나 또는 제전을 거행하는 거실이고 뒤에 있는 3개의 방은 씨족장이 거주하는 방인 것 같다고 주장했다. 공간을 구분해 이렇게 이용했는지 여부는 좀 더 연구되어야 한다. 그러나 큰 방이 공적 사무를 보던 공간이었음은 의심의 여지가 없다.

앞서 말한 이 모두는 북방 앙소문화의 거주지 유적이다. 그러나 습도가 높은 남방의 경우는 북방과 달랐다. 대표적으로 하모도문화 유적을 보면 확연히 다른 주거 형태임을 알 수 있다. 부근에 늪과 못이 있어 지면이 습하기 때문에 지상에서 어느 정도 띄운 간란 형식의 가옥을 지었다. 그 중에 좁고 긴 모양의 건축물을 예로 들어 보면, 폭은 20m를 넘고 길이는 약 7m로 입구에는 1m 정도의 복도가 있었다. 바닥을 지면으로부터 1m 정도 띄웠고 기둥의 높이는 250㎝가 넘었다. 사람들은 높게 설치된 바닥 위에서 생활함으로써 습하고 말라리아와 같은 악성 전염병과 해충 피해를 면할 수 있었다. 남방 지역에서 이러한 주거 형태는 보편적이었다.

## 경제생산

신석기시대의 상당수 문화유적이 강 주변 또는 구릉에 남아있는 것으로 볼 때, 당시 사람들이 농경 외에 보조적 생산수단으로 어업과 수렵에 종사했음을 짐작할 수 있다. 일반적으로 초기에는 어업과 수렵이 큰 비중을 차지했다. 하지만 후기로 갈수록 농업이 발전하면서 어업과 수렵의 비중은 점차 줄어들었다.

반파를 포함한 황하유역 문화유적에서 조를 저장했던 움이 상당수 발견되었다. 하모도를 대표로 하는 장강유역 문화유적에서는 벼가 주요 농작물로 재배되었다. 일반적으로 북방의 조와 남방의 쌀은 음식문화의 양대 주류를 이루고 있는데, 7천 년 내지 8천 년 전에 이미 이런 상황이 확립되었던 것이다.

화북의 황토 고원은 골짜기로 나뉘어졌고 장강 중·하류유역에는 많은 호수가 사방으로 분포해 있어 광활한 목장이 없다. 고대 중국에서 일반인들이 사육한 동물은 소나 양 같은 초식동물이 아닌 돼지 위주였는데 이런 지형과 관계가 있는 듯하다. 돼지 위주의 가축 사육은 조, 벼와 같은 농작물 재배와 더불어 '쌀과 고기를 먹는' 중국 고대 문화를 형성했는데 이는 국경 밖 내지 유럽 초원지대와는 다른 중국만의 독특한 음식문화를 만들어냈다.


## 제3절 전설의 시대

### 염황炎黃의 자손

중국 사람들은 어려서부터 "중국은 유구하고 찬란한 5천 년 문화를 갖고 있으며, 우리는 모두 염제와 황제의 자손이다"라고 배운다. 중국인의 마음속 깊이 자리하고 있는 이런 생각은 어디에서 나온 것일까?

5천년은 사마천의 『사기史記』에 실린 황제黃帝에 관한 기록을 가지고 추산한 수치다. 전설 속의 황제는 소전씨少典氏의 아들이고, 염제와는 친형제다. 신농씨神農氏의 세력이 쇠미해지자 제후들 간에 정벌이 행해졌는데, 특히 치우蚩尤는 가장 잔혹하기로 유명했고 염제는 제후를 침해하여 욕보였다. 그리하여 황제는 염제와의 전투, 치우와의 전투에서 각각 승리를 거둬 신농씨 대신 천자가 되었다.

사마천의 『사기』는 황제로부터 기술하여 황제가 중국 역사에 있어 중대한 이정표임을 자연스레 설명하고 있다. 중요한 문화는 모두 황제 때 만들어졌다고들 한다. 황제의 본부인 누조嫘祖는 사람들에게 양잠을 가르쳐 옷을 만들어 입게 했다. 황제의 대신 창힐倉頡이 문자를 발명함으로써 새끼를 매듭 지어 기록할 필요가 없게 되었다. 희화羲和 등은 태양과 달 그리고 별을 관찰하였고, 용성容成은 이를 근거로 역법을 제정했다. 옹부雍父는 절구통과 절굿공이를 만들었고, 해胲는 소가 끄는 수레를 만들었고, 상사相土는 말을 탔다…….황제는 거의 모든 문화의 시조였다. 그리하여 중국민족은 황제의 자손, 또는 전설 속의 황제와 친형제간인 염제를 포함시켜 '염황炎黃자손'이라 칭하는 것이다.

정말로 단시일 내에 이처럼 찬란한 문화를 창조해 낼 수 있었을까? 염제는 정말 황제의 친형제일까? 중국인은 정말 염황자손일까?

우선 염제와 황제에 관한 다른 전설을 보도록 하자. 아주 먼 옛날 소전씨는 유교씨有蟜氏를 아내로 맞이하여 황제와 염제를 낳았다. 황제와 염제는 각각 희수姬水와 강수姜水에서 자랐기 때문에 황제는 희姬를, 염제는 강姜을 성으로 하였다. 황제는 25명의 아들을 두었는데 성을 얻은 사람은 14명이었다. 그들 중 12명은 각각 다른 성을 얻었고, 2명만이 황제와 동성인 희였다.

이러한 전설은 사람들을 얼떨떨하게 만드는 것은 아닐까? 현재는 염제와 황제가 소전씨와 유교씨 소생의 친형제지만 각각 다른 성을 가진 것으로 이해하고 있다. 황제의 아들 가운데 12명이 각기 다른 성을 가졌고, 두 명의 아들만이 아버지와 같은 성을 가졌다. 그리고 11명의 아들은 성을 갖지 못했는데 어찌된 일일까?

이렇게 불가사의하고 복잡한 전설을 이해하려면 우선 '성'과 '씨'의 고전적 의미를 알아야 하고 다음으로 예로부터 전해져오는 이야기, 즉 고사를 얘기하고 있는 전설의 독특한 방식을 알아야 한다. '성'과 '씨'는 친족들의 족칭, 그리고 통치계층만이 갖는 특권이라는 두 가지 의미를 동시에 담고 있다. 선진시대에 귀족은 성이 있었는데 반해, 평민은 성이 없었다. 바로 이런 현상을 반영하는 것이다. 그리고 전설 속의 '인명'은 단순히 한 사람의 이름이 아니라 종족의 별칭이었다. 소전씨·유교씨·황제·염제, 그리고 황제의 25명의 아들들, 이 모두를 이렇게 이해해야 한다. 그러므로 이 전설은 다음과 같은 역사를 말해주고 있다. 소전과 유교 이 두 종족은 통혼을 통해 염제와 황제라는 두 무리의 새로운 종족으로 발전했고, 이 두 종족은 각각 회수와 강수를 활동무대로 삼았다. 오랜 기간에 걸쳐 황제의 종족은 25개의 새로운 종족으로 발전해 나갔는데, 그 중 14개 종족이 각각 발전하여 12개의 성으로 나뉘어졌다. 하지만 다른 11개 종족은 몰락한 것 같은데 그 '성'을 규명할 길이 없다.

옛 전설은 종종 상징적 방법으로 역사의 진실을 은유하고 있기 때문에 문자의 표면상의 뜻으로는 이해할 수 없다. 염제가 황제의 친형제가 아닌 것과 마찬가지로 황제가 문화를 처음 만들었다는 전설은 역사를 특정 시간 속에 압축 동결시켜 모든 문화 창조를 황제에게 돌린 것이다. 마치 갑자기 한 차례 천둥소리가 울리고 구름이 걷히면서 천지가 나타나듯이 세계는 이렇게 만들어졌다.

진정한 역사가 장구하게 발전해야만 비로소 여러 가지 문화 요소가 점차 출현하게 된다. 전설상의 황제 이전은 초기 중국문화의 틀이 만들어진 시대이다. 만일 황제로 대표되던 시대가 사회조직이 비교적 복잡한 부락연맹의 단계였다면 황제 이전은 단순한 씨족사회, 혹은 사회계층이 아직 명확하게 분화되지 않은 단계였다. 이는 바로 옛 사람들이 "편안하게 살면서 만족해하고, 고라니 사슴 등과 더불어 살며, 농사짓고 옷감 짜서 입고, 서로 해를 끼치려하지 않고, 덕성이 아주 융성했다"고 말한 시대이다.

이보다 훨씬 앞 단계에 속하는 전설을 보면, 수인씨燧人氏는 부싯돌로 불을 얻어 생선이나 고기를 구워먹었다. 유소씨有巢氏는 야생동물과 뱀·벌레의 피해를 막기 위해 나무를 얽어 보금자리를 만들었다. 복희씨伏羲氏는 새끼줄로 그물을 만들어 고기 잡고 사냥하는데 사용했다. 신농씨는 나무를 깎아 보습을 만들고 나무를 구부려 쟁기를 만들어서 사람들에게 농사일을 가르쳤다. 이들 전설 속 제왕이 정말로 실존했던 인물인지에 대해서 철저히 규명할 필요는 없다. 하지만 전설은 아주 먼 옛날 불을 사용할 줄 아는 것에서 집을 짓는 것 내지 어업과 수렵, 그리고 농업, 이 두 종류의 생산방식의 변천에 이르기까지 사회발전의 몇 단계를 보여주고 있다.

## 요·순의 선양禪讓과 우 임금의 전설

　황제로부터 전설상의 오제시대五帝時代가 시작되었다. 오제라는 말은 전국시대 음양 오행설에서 나온 것으로 인물 선택과 배열에 있어 여러 가지 설이 있다. 중국인들이 어려서부터 배운 '황제黃帝·전욱顓頊·제곡帝嚳·요堯·순舜'은 그 중 한 가지 설로 사마천의 역사 서술에서 나온 것이다. 그리고 요·순의 행적에 관해 후대 사람들 사이에서 회자되는 것이 바로 천하를 선양한 일이다.

　오늘날 사람들은 요·순의 선양은 고대 부락연맹에서 공주共主를 추천했던 것이지, 결코 유가에서 말하듯이 성인의 덕을 보여주는 것은 아니라고 생각한다. 사실 백가쟁명의 선진시대에 요·순의 선양에 관해 서로 다른 여러 가지 의견이 있었다. 예를 들면, 도가는 요·순 등의 선양에 관한 전설을 상당히 비웃으면서 선양은 통치자가 권력을 갖고 노는 수단이고, 정치는 인간의 본성을 삐뚤어지게 만들 뿐 찬양할 만한 가치가 없는 것이라 말했다. 한비자는 다음과 같이 선양을 해석했다. 첫째, 선양은 '군주와 신하의 올바른 도리'를 위반한 것으로 안정된 정치 질서를 파괴했다. 둘째, 역사 진화의 관점에서 보면, 옛날 천자의 생활은 매우 고달팠을 뿐 욕심낼만한 이로움이 없어 천자가 되고자 하는 사람이 없었다. 선양은 손 안의 뜨거운 고구마를 내던진 것에 불과한 것일 뿐 대단한 일이 아니다.

요·순 선양에 대한 선진 학자들의 서로 다른 견해는 자신들의 기본적인 학설을 기준으로 한 것으로 반드시 역사적 실상에 맞는 것은 아니다. 그러나 각 학파 모두 요·순 선양을 사실로 인정하고 그런 전제 하에서 각자 자신들의 견해를 피력했음으로 선양은 거짓이 아닌 듯하다. 일반적으로 선양은 고대에 지위를 전해주던 제도였지 특정한 성왕聖王에 의해 행해진 특별한 행동은 아니었다. 이는 오늘날 많은 학자들에 의해 받아들여지고 있다.

선양은 왕의 지위를 전해주는 일종의 제도로, 전설 속에서 왕의 지위를 아들에게 전해주던 제도와는 강한 대조를 이룬다. 요 임금에서 순 임금으로, 순 임금에서 우 임금으로 왕의 지위가 전해졌다. 그러나 우 임금이 그의 아들 계啓에게로 전해 주면서 중국역사 역시 우의 시대에 중대한 획이 그어졌다. 우 임금이 이룬 가장 중요한 역사적 업적은 홍수를 다스린 것으로 이는 새로운 문화의 단계가 시작되었음을 보여주는 것이다. 맹자는 다음과 같이 말했다. 홍수가 다스려지고서야 사람들이 편안하게 살수 있게 되었다. 그런 연후에 후직后稷이 사람들에게 농사일을 가르쳐 사람들이 굶주림을 걱정하지 않게 되었다. 설契이 인륜을 가르침으로써 인류 문화는 다시 한 번 찬란한 발전을 하게 되었다. 이 모든 것은 우 임금의 치수에서 비롯된 것이다.

전설 속의 우 임금은 왕조를 최초로 개창한 사람이다. 그가 왕위를 아들에게 전하면서 가천하家天下의 새로운 단계가 마련되었다. 선양의 '공천하公天下'로부터 아들에게 왕위를 전하는 '가천하'로 바뀐 것을 오늘날 역사학자들은 부락연맹의 천거제도에서 특정 가족에 의한 통치지위 계승으로 전환했다고 해석하고 있다. 바꿔 말하면, 우 임금이 건립한 하 왕조는 중국 고대 정치사회사에 있어 커다란 이정표인 국가의 출현을 의미하는 것이다.

# 제2장 고전시대의 예제와 윤리

## 제1절 국가의 성립

### 대동大同과 소강小康

『예기禮記』「예운禮運」편에 공자와 제자간의 대화 내용이 실려 있다. 공자는 일찍이 아주 먼 옛날 대동시대大同時代의 이상적 경지를 다음과 같이 추억했다.

"노인은 편안히 살다 생을 마쳤고, 장년들은 자신의 재능을 발휘할 수 있었으며, 어린이들은 양육되고, 홀아비나 과부, 고아, 늙도록 자식이 없는 사람과 장애자 모두 봉양을 받을 수 있었다."

그리고 그는 대동시대 이후는 하·은·주 삼대 성왕聖王의 소강시대小康時代로, 비록 대동시대만큼은 못하지만 역시 황금 같은 시대였다며 소강시대의 특징을 다음과 같이 이야기했다.

"사람들 각자 자신의 부모님을 공경하고, 자신의 자녀를 사랑했으며, 개인 재물을 소유하고, 자신이 생각하는 바를 이루기 위해 열심히 일을 했다. 통치자는 형제상속을 한 사람도 있고, 부자상속을 한 사람도 있었다. 성곽을 세우고 방어를 위해 성벽 밖 둘레에 해자를 만들었다. 또한 예의를 제정해 기강으로 삼고, 예의로써 군신간의 관계를 바르게 했고 부자간에 돈독한 사랑을, 형제간에 화목을, 부부간에 화합을 하게 했다. 제도를 만들고 토지와 주거를 규범화했다. 용감한 사람과 지혜로운 사람을 존경하고 후하게 대했으며, 자신에게 공을 세운 사람에게 상을 내려 주었다."

'대동시대'와 '소강시대'에 관한 내용은 공자가 이상적으로 생각하고 있는 것을 얘기한 것일 뿐, 역사상 존재했던 것은 아닐 것이라는 것이 대다수의 견해다. 그러나 고대의 정치사 관점에서 보면, 이는 촌락에서 국가에 이르는 역사발전단계를 보여주는 것이다. 그리고 '소강시대'에 드러난 국가 형성 요소는 대체로 아래와 같이 네 가지였다.

첫째, '가家'가 사회의 기본 단위였다.

둘째, 사회 권력이 분화되면서 통치계층이 출현했고, 통치권은 정해진 성씨 집안에서 세습했다.

셋째, 촌락(취락)을 통해 도시가 출현하게 되었는데 바로 고대문헌 속의 '국國'이다.

넷째, 사회·정치 질서를 확립시키고 유지시켜주는 예가 사회계층의 규범이 되었다.


## 국가의 출현

'신석기혁명'은 제1차 문명의 대약진으로, 이를 통해 금수에 가까운 본능적인 생활을 하던 인류는 보다 더 복잡한 문화를 창조하게 되었고, 더불어 촌락을 형성하여 사회생활을 영위하게 되었다. 인구가 집중될수록 사회분화는 한층 더 심화되었다. 그리하여 계층이 확연히 구분되어 어떤 사람은 노동을 하지 않고 공공업무를 관리하는 일에 종사하면서 생산노동자로부터 부양을 받았다. 신분상 이는 통치계층이고 사회구조상 이는 정부다. 맹자가 "정신노동을 하는 자는 남을 다스리고, 육체노동을 하는 자는 남에게 다스림을 받는다. 다스림을 받는 자는 남을 부양하고 다스리는 자는 남으로부터 부양을 받는다"라고 말 한 것은 이런 사회 구조를 가장 적절하게 설명한 것이다.

당시는 전쟁의 시대로 통치계급은 스스로를 방어하기 위해 성읍을 구축하고 그 공간을 나누어 신분과 지위에 따라, 어떤 이들은 성 밖에, 어떤 이들은 성 안에 거주토록 했다. 역사학자들에게 성읍은 국가 출현을 의미하는 중요한 지표이다. 지금으로부터 3천여 년 전인 은나라 때의 정주성鄭州城을 예로 들어보자. 땅을 단단히 다져 쌓은 흙 담의 둘레는 거의 7km이고 바닥의 폭은 평균 약 20m이며 꼭대기의 폭은 약 5m, 높이는 약 10m이다. 당시 노동조건으로 볼 때, 1만 명의 인부를 동원했다 해도 몇 년이 걸려야 완성될 수 있는 대규모였다. 설계·측량, 흙의 선택과 운반을 포함해서 토담을 쌓는 일까지 이렇게 대규모공사를 하려면 많은 인원을 통솔할 수 있는 짜임새 있는 행정조직이 필요할 뿐 아니라, 성을 축조하는 인부들에게 제공할 충분한 식량이 필요했을 것이다. 그러므로 성읍의 출현은 자원의 집중, 인력 관리와 복잡한 행정조직 등이 있었음을 보여주는 것이다. 그리고 소수가 대량의 생산자원을 완전 장악하고 인력을 관리하기 위한 일련의 조직을 발전시킨 것은 바로 국가 성립의 중요한 조건인 것이다.

## 초기 성읍과 국가의 발전

정주성은 규모면에서 진한제국 이후 현에 세워진 성과 비슷해 전형적인 초기의 성읍 형태는 아니다. 현재까지 알려진 비교적 초기 성읍모형으로는 하남성 등봉登封 고성진告成鎭에 있는 왕성강王城崗과 하남성 회양淮陽에 있는 평량대平糧臺를 꼽을 수 있다.

왕성강 옛 성은 동성과 서성으로 나뉘어졌는데 거의 정사각형의 형태다. 그리고 두 성은 나란히 세워져 서성의 동쪽 벽은 바로 동성의 서쪽 벽이다. 현재 남아 있는 성벽을 가지고 가늠해 보면, 성벽 한 쪽의 길이는 약 100m에 이른다. 평량대 옛 성은 동서와 남북의 길이가 각각 약 185m다. 현존하고 있는 성벽 꼭대기 부분의 너비는 8~10m, 바닥 부분은 13m이고 파괴된 상태에서의 높이는 3m 정도이다.

이 두 성이 축조된 연대는 정주성보다 앞서 왕성강은 기원전 2,400년 또는 약간 뒤에 축조되었고 평량대는 기원전 2,300년경에 세워졌다. 이들 옛 성이 축조된 연대는 어떤 의미를 지니고 있는 것일까?

앞에서 말했듯이 전설상의 소강시대는 하나라 우왕 때에 시작되었다. 옛 문헌은 "우왕이 양성陽城에 도읍을 세웠다"라고 적고 있는데 청나라 학자는 양성이 지금의 고성진에 있었다고 추단했다. 옛 문헌은 "곤鯀이 성을 축조했다"라고 말하고 있는데, 전설상에서는 곤이 제방을 쌓아 홍수를 막았다고 한다. 제방과 성벽 축조는 원리상 같아 곤이 성 축조의 선구자임을 암시하고 있다. 또한 곤은 전설 속에서 우왕의 부친이다. 옛 성의 유적과 학설상의 지리적 위치가 부합하고 있어 어떤 학자는 하나라의 우왕이 도읍을 세운 옛 성을 찾은 것으로 보았다. 그러나 전설은 아득히 멀고면 역사이기에 왕성강 옛 성이 하나라 우왕이 세운 도읍인지 여부를 단정 짓기는 아직 어렵다. 하지만 고대국가 형성의 초보 형태를 대표하는 것으로 볼 수 있다. 평량대 옛 성의 규모는 왕성강보다 훨씬 컸다. 그러나 어느 정도의 국가를 대표하는지 현재로서는 명확하게 말하기 어렵다.

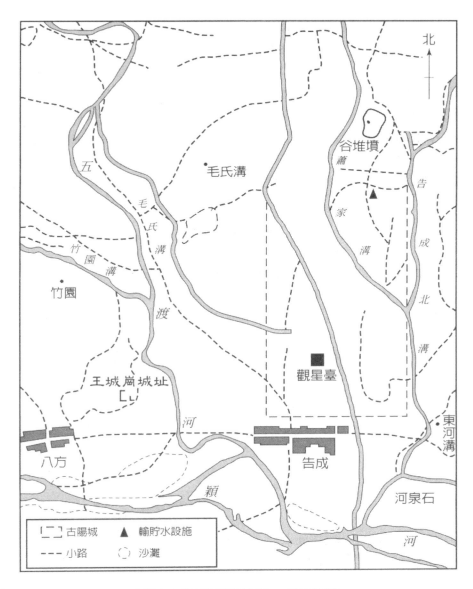

그림 2-1. 왕성강 유적과 동주東周 양성 위치도

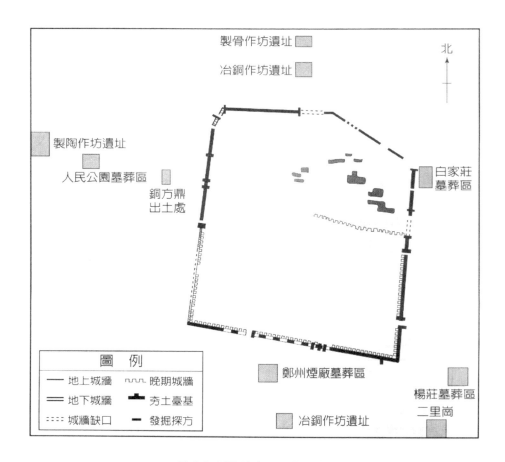

그림 2-2. 정주 상성商城 유적지 위치도

## 제2절 예제의 세계

촌락에서 국가로의 이행은 8천 년 전 '신석기혁명' 이후 또 하나의 중대한 변화였다. 어떤 학자는 이를 '도시혁명'이라 칭했는데 지금으로부터 약 4천 년 전의 하나라 시대 또는 그보다 조금 앞선 요·순시대에 발생했다. 그리고 이후 하나라, 은나라, 주나라시대에 '도시국가'는 상당히 중요한 역할을 했다. 이 단계를 고고학에서는 '청동기시대'라고 한다. 청동으로 만든 예기와 병기는 국가의 상징물이 되었다.

### 예기의 출현

출토된 옥기玉器와 청동기를 통해 우리는 신분의 귀천이 있었음을 알 수 있다. 장강 삼각주에서 태호太湖 유역을 거쳐 항주만杭州灣에 이르는 지역에 분포했던, 신석기 후기에 속하는 양저良渚문화에서 섬세하고 아름다운 옥기가 대량으로 출토되었다. 그 중 가장 사람들의 주목을 끈 것은 옥벽玉璧과 옥종玉琮이었다.

그림 2-3.
양저문화에서 출토된 옥종 (기원전 3,500~2,500년)

고대 예서<sub>禮書</sub>에서 이렇게 묘사하고 있다. "옥으로 6종류의 예기를 만들어 천지사방에 경배했는데 창벽<sub>蒼璧</sub>(푸른색의 옥)으로 하늘에 경배했고 황종<sub>黃琮</sub>(황색 옥홀)으로는 땅에 경배했다." 그래서 어떤 학자는 양저문화 유적의 수장품인 옥기는 천지에 대한 제사의 의미를 담고 있다고 해석했다. 또 다른 학자는 옥종의 형태가 안쪽은 둥글고 바깥쪽은 네모인 것을 보고 하늘은 둥글고 땅은 네모라고 생각했던 옛날 사람들의 관념과 연계시켜 종<sub>琮</sub>을 천지를 연결하는 법기<sub>法器</sub>로 보았다. 양저문화 유적에서 신비롭고 아름다운 옥기와 권력을 상징하는 듯한 옥월<sub>玉鉞</sub>이 발견되었다. 예기의 성격을 지닌 이들 옥기는 몇몇 고분에서 출토되었는데 종교적 제사, 즉 하늘과 신에 대한 경배를 통해 일부 사람들이 통치권을 얻게 되었음을 보여 주고 있다.

좀 더 중요한 예기는 이 시대를 상징하는 청동으로 만들어진 것이다. 지금으로부터 약 3,600년 전의 하남성 서부 이리두<sub>二里頭</sub> 유적에서 청동으로 주조된 예기와 병기가 발견되었다. 이리두 유적의 연대와 분포 지역은 문헌에서 말하고 있는 하나라 시대와 가깝다. 그러나 이리두유적, 그리고 은나라 시대의 많은 유적에서 청동을 주조하던 작업장과 통치권을 상징하는 대형 궁궐이 서로 인접해 있었음이 밝혀졌다. 이는 초기 국가가 형성된 이후, 국가가 청동을 관리했음을 설명해 주는 것인지도 모른다. 당시의 통치자는 청동으로 병기를 만들어 안으로는 통치를 행했고, 밖으로는 적을 방어했다. 그리고 예기를 만들어 신과 조상에게 제사를 지내 특별한 신분임을 드러냈다.

중국 청동기시대의 생산도구는 여전히 돌이나 나무, 동물의 뼈 등으로 만들어졌다. 그러므로 중국고대국가의 기원을 생산기술 혁명을 통해 이해해서는 안 된다. 고고학자료에 나타난 지배계층의 왕성한 성장으로 볼 때, 전쟁과 정복을 행한 뒤 일부가 제사와 군정을 장악하고 대부분의 자원을 독점했기에 청동이 농업 생산도구 제작에 사용된 것 같지는 않다. 다시 말해, 중원지역의 국가 형성에 있어 사회적 측면이 경제나 생산도구보다 중요했던 것이다.

예기가 정치권력의 상징이 될 수 있었던 까닭은 옛 사람들의 종교 신앙형식과 관련되기 때문이다. 최초에 인간과 신은 분리되어 있었고 무격巫覡을 매개자로 해서 연계되었다. 그러나 훗날 남방의 구려九黎2가 이러한 질서를 무너트렸다. 사람들이 각자 천지신명에게 제사지내면서 신과 인간의 구분이 없어지고 신의 신성함이 모독당하게 되었다. 전설 속의 제왕 전욱은 중重과 려黎 두 사람에게 명을 내려 천지간의 통로를 차단시켜 신의 세계와 인간의 세계를 다시 분리하도록 했다. 이 신화는 두 가지 사실을 보여준다. 하나는 옛날 사람들은 신의 세계와 인간의 세계가 따로 있고, 신의 세계 지위가 비교적 높고 신은 인간 세계를 지도할 수 있다고 믿었다. 다른 하나는 신의 뜻은 사람들이 알 수 없는 것으로 반드시 특정한 역할자, 즉 무격 혹은 왕을 통해 전달했다. 바꿔 말하면 신과 인간을 소통시키는 역할을 맡은 사람이 바로 인간세계에서 지도자의 지위를 얻을 수 있다는 것이다. 그리고 옥 또는 청동으로 만들어진 예기는 바로 천신에 예를 올리는 도구 또는 매개물이었다.


## 예의의 질서

예기는 신과 인간을 소통시키는 도구가 되면서 통치자의 독점물이 되었다. 정치·사회질서의 규범을 '예禮'라 한다. 국가와 사회의 형성에 있어 전제 조건은 사람들 집단 사이에 군신·부자·부부·장유 등과 같이 역할 분리가 이루어져야 하고 다시 예로써 서로의 도리를 규범화해야 한다. 역할에 따라 정치·사회적 지위를 갖게 되고 또한 각자 신분에 상응하는 예를 행해야 한다.

---

**2** 상고시대의 부족명칭

그림 2-4. 하모도·청련강·양저 문화 출토 옥기 유적지 분포도

그림 2-5. 양저문화에서 출토된 옥기
(기원전 3,500~2,500년)

그림 2-6.
서주시대 전기에 제작된 청동기.
명문銘文 35자가 있다.

형태가 없는 신분은 반드시 형태를 갖춘 매개물에 의해서만 구현될 수 있는데, 이런 매개물이 '예기禮器'이다. 예기는 상당히 고가일 뿐만 아니라 사회적 가치를 상징하고 개인의 신분과 계급을 나타내 준다는 점에서 일반 기물보다 훨씬 더 중요시 되었다. 특히 봉건시대에 기율을 규범화하는 예기, 거의 모든 기물은 대부분 등차와 순서가 정해져 있어 그것을 사용하는 사람의 지위와 신분을 나타냈다. 신분이 다르면 기물 사용도 달랐다. 즉 많고 적음, 크고 작음, 높고 낮음, 화려함과 소박함의 구별이 있었다.

예의 근본적 의의는 기물 사용의 구별과 개인의 신분에 따른 역할의 차이를 긍정하는데 있다. '구별'은 예의 근본정신이다. 그리고 신분의 구별은 생활의 규모와 영위 속에서 구체적으로 드러났다. 순자가 "군자는 주어진 것을 누리면서 또한 신분 차이를 잘 관리해야 한다"라며 '누리는 것'과 '신분 차등', 이 두 개념으로 예를 말했는데 바로 예의 정치·사회적 의미를 설명해 준 것이다. 개인은 그의 계층 신분에 따라 누릴 수 있는 것이 다르므로 사람들이 계층 질서를 따르고 자신의 본분을 다함으로써 정치와 사회 질서가 유지될 수 있다는 것이다.

# 제3절 가족과 윤리

맹자가 말한 '천승지국千乘之國, 백승지국百乘之國'에서 '승乘'은 수레의 단위이다. 하나의 '가家'가 1백량의 수레를 소유할 수 있었고 '국國'과 병칭될 수 있었으니 여기서 '가'는 오늘날 부모 자녀로 구성된 작은 규모의 가족과는 확연히 다르다. 간단히 말해 선진시대 '가'는 대부大夫 이상의 귀족에 의해 주도되는 전투·행정·제사·재산 등 여러 항목의 기능을 모두 갖춘 공동체다. '가'는 정치 단위로 실질적으로는 제후가 통치하는 '국'과 같은 것이다. 이러한 정치 단위는 오늘날의 가정 또는 '국가'라는 개념과는 차이가 있다. '가'는 가정을 핵심 골격으로 한 정치 사회적 기능을 지닌 조직 형태다. 그러므로 봉건시대의 '국'과 '가'를 이해하려면 반드시 그 당시의 가족 구조와 운용을 살펴봐야 한다.

## 가족

고대 예서에 기술된 내용을 보면, '가家'는 같은 조상의 3대 자손으로 구성되었고, 가의 구성원은 동거와 재산공유의 권리와 의무를 가졌다. 가 외에 같은 고조의 피붙이 및 그 배우자로 위 아래로 9대는 족族을 구성하는 범위다. 가와 족은 다른 것으로 춘추시대 이전까지는 족이 사회의 기본 단위였다.

앞에서 서술한 가족의 구분은 기본상 '소종小宗'이란 개념이다. 봉건시대에는 종법제도를 가지고 족의 구조를 만들었다. '종'의 본래 의미는 조상에게 제사를 지내는 묘廟로, 동일한 종묘에 모여 함께 제사를 지내는 친족 구성원은 동성동본의 종족이다. '종'은 대종과 소종으로 나뉘는데 제사를 지낼 수 있는 천자 또는 가장 먼저 봉읍을 받은 제후와 경대부가 '대종'이었다. 대종의 종묘는 영원히 존속하면서 자자손손 종족 구성원들을 결집시키는 중심이 되어야 한다. 대종의 종묘에 상대되는 것이 '소종'이다. 소종의 구성원은 5대를 지나게 되면 피차 친족으로서 멀어지기 때문에 더 이상 동족의 구성원이 아니었다.

주나라 초기에 동쪽으로 무력 정벌을 벌인 과정을 보면 종법제도에 담긴 진실 된 의미를 알 수 있다. 주나라는 동쪽으로 진출하면서 광활한 새로운 영토에 자제들을 분봉했다. 천자는 제후를, 제후는 경대부를 분봉하였다. 경대부는 앞에서 서술했듯이

'가'라는 정치형태의 기구를 주도할 수 있었다. 제후의 '국', 경대부의 '가'는 모두 종묘를 세워 처음 분봉되었던 시조를 영구히 제사 지낼 수 있었으니, 앞에서 말한 대종이다. 그러나 동쪽으로의 진출이 어느 정도 한계에 달하면서 더 이상 분봉할 수 없게 되자 분봉 받지 못한 족인族人은 자신의 종묘를 갖지 못하고 대종 아래 종속되었다.

주나라 종법제도의 특징은 사람들이 '자신들의 근본을 잊지' 않도록 하고 주나라의 자손임을 일깨워 주는 것으로 그 뿌리는 주왕으로까지 거슬러 올라간다. 그러므로 존조尊祖, 경종敬宗, 수족收族 이 세 가지는 서로 불가분의 관계를 갖는다. 왜냐하면 시조에 대한 존숭을 통해 종족 지도자를 존경하고, 또한 종묘와 종족활동을 통해 종족 구성원을 결집시키기 때문이다. 큰 일이 있으면 같은 종족 자손들은 조묘3에 모여 제사 지내고, 제사가 끝난 뒤 연회를 열어 함께 즐긴다. 남자들의 가관加冠4이나 결혼식·장례식이 있을 경우 서로 알려 축하해 주거나 애도를 표하고 상복을 입는다. 이는 봉건시대 족인의 정감과 구심력을 연계시킨 구체적인 표현이다. 사실상 오랜 세월 지나면서 종족간의 결집이 약간 달라졌지만, 정신적인 면에서는 일관되었다.

## 가家, 국國, 천하

'예'는 정치적 사회적 기강이고, 그리고 전통시대에 특수한 정치·사회 질서관념을 지닌 것으로 이는 바로 '가'를 핵심으로 점차 '국', '천하'로 확대된 동심원의 구조다. '국가'와 '천하'는 어느 정도 '가'를 원형으로 해서 확대된 것이고 종법제도에 의해 하나로 이어졌기에 '가'의 정신은 각급 정치 질서를 하나로 묶으면서 정치 질서의 기본적

---

**3** 조상의 신주를 모신 사당
**4** 20세가 되면 갓을 쓰는 성인의식

인 틀이 되었다. 맹자가 "천하의 근본은 국에 있고, 국의 근본은 가에 있으며, 가의 근본은 개인에게 있다"고 한 말과 『대학』에서 '수신修身, 제가齊家, 치국治國, 평천하平天下'라고 한 연속성의 이념, 이 모두는 이러한 사회 환경에서 나온 것이다.

그러나 가, 국, 천하를 하나로 묶어 가와 국·천하의 구분이 명확하지 않게 되었는데 특히 진한제국시대 이후에 한층 더 두드러졌다. 한나라 초기, 소하蕭何는 "천자는 온 천하를 집으로 삼고 있다"고 하고, 두영竇嬰은 "천하는 고조의 천하이므로 부자간에 계승된다"라며 공공 영역에 속하는 국國과 천하天下를 가家의 구조를 통해 개인의 사유재산으로, 그리고 개인적 차원의 운영 형식으로 바꿔 놓았다. 중국 전통 정치사상이 되어버린 이런 생각은 해명하기 어려운 난제로 남았다. 그리고 이러한 문제는 가족윤리와 공공윤리의 구분을 모호하게 만들었다.

## 가족윤리와 공공윤리의 충돌

춘추시대, 소국의 군주 섭공葉公은 자신의 경내에 정직한 사람이 사는데 그의 부친이 양을 훔치자 그가 부친의 죄를 입증해 주었다며 의기양양한 태도로 공자에게 말했다. 하지만 공자는 "아비는 아들을 숨겨주고 아들은 아비를 숨겨줘야 하는 것"이 정직함이라고 말했다. 다시 말해, 부자간에는 서로 비호해 주어야지 '대의멸친大義滅親' 해서는 안 된다는 것이다.

도응桃應은 그의 스승인 맹자에게 순임금이 천자가 되었고 고도皐陶는 범법자를 벌하는 일을 맡고 있었는데, 만약 순임금의 아버지 고수瞽瞍가 살인을 저질렀다면 순임금은 응당 어떻게 해야 하는지 물었다. 이 문제는 1, 2백 년 전에 공자가 직면했던 것과 유사한 가치 충돌이었다. 아버지에 대한 효도와 공공질서인 법률과 정의를 지켜야 하는 이 두 가지 가치가 충돌할 때 아들은 어떤 선택을 해야 할까?

　　우리가 보기에 춘추시대 중·후기의 공자와 전국시대 중기의 맹자는 모두 부자의 정에 우선 가치를 두었다. 가치판단을 하는데 있어 공자보다 맹자는 훨씬 더 힘든 상황이었다. 순임금은 공공질서를 위해 법치를 준수해야 하는 일반인일 뿐 아니라, 법률과 정의를 추진하고 집행해야할 직책을 맡고 있었기 때문이다. 그러므로 맹자는 순임금이 천자의 자리를 버리고 평범한 아들의 신분으로 돌아가 아버지를 모시고 법이 미치지 못하는 곳으로 도망가야 한다고 생각했다. 다시 말해, 맹자는 공자와 달랐다. 충돌하는 이 두 가지 가치를 놓고 선택하는데 반드시 부자의 정을 고려하면서 공공질서에 대한 충격을 피해야 했던 것이다. 이 역시 맹자에게 있어 법률과 정의는 비록 가족 윤리인 효도를 뛰어넘지 못할지라도 쉽게 포기할 수 없는 중요한 가치였음을 보여주는 것이다.

　　섭공과 도응은 봉건종법체제가 붕괴하던 시대에 새로운 공공윤리가 기존의 가족윤리 가치에 도전한 것으로 대표된다. 전국시대 후반의 한비자는 한 걸음 더 나아가 가족 윤리, 특히 효도는 충군忠君의 윤리와 상반되는 것이기 때문에 영명하고 지혜로운 통치자는 이를 제창해서는 안 된다고 주장했다. 서로 다른 주장들을 통해 우리는 시대 변천의 자취를 살펴볼 수 있다. 예악이 붕괴되고 새로운 정치체제와 새로운 사회 기초가 기존의 봉건질서를 점차 대신하게 되면서 사람들이 중시하던 기존의 윤리 가치도 느슨해졌다. 법률과 정의라는 공공도덕은 결국 충군으로 귀결되었다. 그리고 충과 효 사이의 갈등, 국國과 가家, 집단과 개인 사이의 연계와 선택은 중국 역사에서 줄곧 해결되지 않은 영원한 과제로 남았다.

# 제3장 예악의 붕괴-고전시대의 몰락

## 제1절 춘추전국시대의 대변화

기원전 780년, 주왕조의 발원지인 섬서성 위하渭河유역에 대지진이 발생했다. 이를 보고 대부 백양보伯陽父는 주나라의 멸망을 예언했다. 그는 과거 이수伊水·낙수洛水가 고갈되면서 하나라가, 하수河水가 메마르면서 은나라가 멸망한 역사적 경험을 통해 산이 붕괴되고 하천이 고갈되는 것은 바로 국가 멸망의 징후라고 판단했다. 그의 예언대로 오래지 않아 주왕실이 쇠퇴해지면서 평왕平王이 동천했다. 이후부터 제후들은 정벌에 주력해 강대국이 약소국을 통합하면서 서주 초기에 건립된 봉건제도는 거의 무너졌다.

2백여 년 뒤인 춘추시대 후기에 한 사관은 『시경詩經』에 기술된 위의 대지진에 대해 산이 붕괴되고 하천이 고갈되어 "높은 기슭이 골짜기가 되고 깊은 골짜기가 구릉이 된" 것을 가지고 봉건제도가 무너져 정치와 사회 각 계층에서 거대한 변화가 일어났음을 비유하면서 "사직이 영구히 제사를 받는 것이 아니고, 군신의 지위가 영원불변한 것이 아니다"라 했다.

## 예악의 붕괴

서주시대 주나라의 천자는 제후국의 일에 간여할 수 있는 힘을 가지고 있었다. 그러나 서주 후기 이후부터 천자의 권위가 실추되면서 봉건귀족 간에 권익을 다투는 일이 빈번히 발생했다. 춘추 초기, 정鄭나라는 주나라 천자에게 화살을 쏴 부상을 입힐 정도로 노골적인 도전을 했다. 70년이 지난 뒤 정나라는 주왕실의 대부 백복伯服을 감옥에 수감했다. 다른 대부인 부신富辰은 주 천자에게 아무 말 하지 말고 감내할 것을 권했다. 사실 주나라는 진晉나라와 정나라의 도움으로 동천할 수 있었기 때문에 정나라가 잘못을 저질러도 어떻게 할 수 없었다. 이런 사실들은 바로 "예악과 정벌이 제후로부터 나오게 되는" 패정覇政시대의 시작을 알리는 것이다.

다른 한편 봉건 예제는 주나라의 정치·사회질서를 유지해주던 기본 틀로, 천자로부터 서민에 이르기까지 제사·장례·음식 등 생활 전반 모두를 등급으로 엄격히 구분하였다. 고대 고분에 대한 연구 자료를 보면, 서주 중기 이후부터 형성된 계급과 신분을 나타내 주던 예기와 질서가 춘추시대 중기에 들어 점차 무너져 귀족이 참월하고 평민들이 귀족을 모방하였다. 그리고 신분을 상징하던 예기 역시 부의 상징인 진귀한 용품과 일상용품으로 바뀌었다. 이 모든 것은 사회 가치관이 귀천이 아닌 빈부의 구분으로 바뀌었음을 보여주는 것이다.

선진시대 유가는 예악이 붕괴되면서 군주는 이미 군주가 아니고, 신하는 이미 신하가 아니고, 아비는 이미 아비가 아니고, 자식은 이미 자식이 아닌 상황을 개탄했다. 평왕의 동천으로부터 진秦나라가 6국을 멸망시키고 천하를 통일하기까지 전란이 끊이질 않았다. 그리고 강대국이 약소국을 짓밟고, 신하가 자신의 군주를 시해하고, 자식이 아비를 죽이는 일이 비일비재했으며, 제후는 나라를 잃고 사직을 보존하지 못했다. 많은 국가들로 분열된 시기로부터 천하가 통일될 때까지 5백년간의 상황을 학자들은 중국 역사상 대전환기라고 말하고 있다.

## 초세무初稅畝

 예악의 붕괴는 사회계층질서를 흔들어 놓았을 뿐 아니라, 경제·사회·사상과 문화 각 방면의 변혁을 가져왔다. 춘추시대 중기에 시행된 '초세무'는 경제면의 변화를 관찰하는데 있어 중요한 이정표다.

 주나라가 정전제도를 시행했다는 것은 과거에 일반적인 견해였다. 정전井田이란 여덟 가구를 하나의 조로 묶고, 9백무의 땅을 '정井'자로 나눈 뒤, 한 가구당 사용권만이 주어진 1백무의 사전을 지급하고 이들 여덟 가구에게 공전 1백무를 공동 경작하도록 한 것을 말한다. 사전의 수확물은 개인소유였고 공전의 수확물은 영주소유였다. 당시 이처럼 정밀하게 구획된 토지제도가 있었는지에 대해 학자들 대부분은 회의적인 견해를 보이고 있다. 그러나 주나라에서 일반 농민들이 경작을 돕는 형식으로 공전을 경작하여 얻은 수확물을 영주에게 납부했던 것은 사실이다.

 조법助法에 상대되는 세제인 공법貢法은 하나라에서 시행되었다고 한다. 공법은 세율을 정하여 풍작이나 흉작에 관계없이 매년 고정된 액수의 수확물을 납부하는 것이다. 만약 흉년으로 기근이 들었다 해도 같은 세액을 납부해야 했으므로 백성들에게는 가혹한 세법이었다. 『춘추春秋』에 기원전 594년 '초세무'에 관한 일이 기술되어 있는데, 당시 역사가들은 예에 어긋나는 세법이라고 비난했다. 이른바 예에 어긋난다는 것은 사실 백성들이 공전 경작에 노동력을 제공하고 사전에 대한 세금을 내지 않던 이전 제도와는 달리, 백성들에게 공전을 경작하여 그 수확물을 납부토록 하고 나아가 사전에 대해 새로운 세금을 징수함으로써 농민의 부담이 가중되었다는 것이다.

 '세무稅畝'라는 새로운 조세는 기본적으로 통치자가 세수를 늘리기 위한 농민 수탈의

한 수단이었다. 이와 유사한 방법으로 국경에다 '관關'을, 성 안에 '시市'를 설치하고 행상行商과 좌상坐商이 유통시키는 물품에 대해 상세商稅를 징수한 예도 있었다. 다시 말해 '세무'는 새로 늘어난 토지세이고 '관과 시를 설치해 놓고 세금을 징수한 것'은 새로 늘어난 상세이다. 새로 늘어난 세수는 통치자가 화려한 궁궐을 짓고 사치품을 향유하는 데 사용되었고, 대외 정벌에 필요한 군사비로도 지급되었다.

새로운 세제의 출현은 다른 각도에서 보면 사회에 나타난 몇 가지 새로운 현상을 반영하는 것이다. 우선 상세를 보자. 봉건시대 채읍采邑과 농장農莊에서는 자급자족이 행해져 상공업 거래는 일반적인 현상이 아니었다. 그러나 상인들이 천하를 다니면서 각종 물품 교환이 상당 규모로 이루어지게 되었고, 이것이 하나의 사회 현상으로 되자 통치자는 이를 그냥 두고 보지 않았다. 마찬가지로 사람들이 고향을 떠나 외지로 가서 새로운 농토를 개간하여 경지 면적이 넓어졌을 때 기존의 조법은 이들 새로운 개간지에서 적용될 수 없었다. 이 때 경지 면적을 계산하고 세율을 개정하는 것이 통치자에게 있어 가장 간편하고 빠른 방법이었다. 사실 이런 새로운 조세방식은 맹자가 비판한 공법과 형식상 서로 비슷한 것이다. 조경助耕과 세무는 기본적인 면에서 서로 다른 사회 형태에 적용된 두 종류의 세제였다. 그러나 경작지 면적에 따라 조세를 징수하고, 농민이 영주와의 예속관계에서 벗어나면서 토지 사유화와 상품화가 가능하게 되었다. 다시 말해, 세무제도는 봉건제도가 느슨해지면서 형성된 새로운 사회조건에서 나온 것이다. 그러나 이 제도는 동시에 봉건제도의 붕괴를 가속화시키기도 했다.

## 상앙 변법

춘추시대 중기 이후, 세무제도로 대표되는 경제 변화 위에 예제 붕괴가 더해지고 종법친족관계가 날로 소원해지고, 상공업 활동이 점차 번창해지면서 전국시대에 이르면 봉건시대와는 확연히 다른 새로운 사회가 형성되었다. 전국시대 각국은 개혁가를 임용해 새로운 제도의 건립, 즉 변법을 실시했다. 그중에 기원전 360년, 진나라에서 상앙商鞅의 주관 하에 추진되기 시작한 개혁은 좋은 전형을 제공했다.

상앙은 가장 먼저 진나라 풍습을 개혁했고 그 다음 점차 개혁 범위를 확대해 군현제郡縣制를 실시하여 중앙의 군주권력을 강화시키면서 봉건귀족의 세력을 상대적으로 약화시켰다. 또한 군공軍功을 관직에 나아가고 승진할 수 있는 유일한 통로로 만들어 군공을 세우지 못한 경우, 비록 종실이라도 관직과 작위를 얻지 못하도록 했고, 부유하더라도 영화를 누릴 수 없게 하였다. 그리고 신분이 서민일지라도 군공을 세웠을 경우, 관직과 작위를 받을 수 있게 하였다. 이리하여 귀천의 구분은 출신의 고하가 아닌 군공에 의해 결정되었다. 이는 당시 사회제도의 일대 변화이면서 기존의 종실귀족에게는 막대한 타격이었다. 신흥 귀족 역시 녹봉제도의 개혁으로 인해 토지와 백성을 소유하지 못하게 되었다. 그들은 군주에 의해 고용된 관료일 뿐, 귀족과 같은 지위를 더 이상 차지할 수 없게 되었다. 그리하여 정권은 점차 군주의 손에 집중되었다.

상앙 변법에 담긴 개념과 내용 및 정신은 사실 당시 실시된 다른 개혁가의 변법과 조금도 다르지 않았다. 그리고 개혁이 실시되면서 기존의 귀족 지위가 부단히 약화된 데 반해 군주의 권위는 날로 높아져갔다. 이로 인해 변법을 주관하는 개혁가는 예외 없이 기득권자인 종법귀족과 대립할 수밖에 없었다. 오기吳起는 초나라에서, 상앙은 진나라에서 귀족들의 반격을 받아 끝내 죽임을 당했다. 그러나 군주의 지지와 시대 조류의 추이에 따라 각국은 한 걸음 한 걸음 새로운 방향으로 나아가 체제 개혁을 완성시켰다.

정치·사회·경제 등 이 시대 모든 분야에서 급격한 변화가 일어나는 가운데 사회와 국가메커니즘의 각 범주 역시 각각 조정되었다. 그러면 이런 대전환기에 처했던 사대부들은 새로운 시대적 과제를 어떻게 생각하고 어떤 답안을 내 놓았을까?

## 제2절 백가쟁명의 시대

전국시대 변법을 추진한 개혁가와 변법을 반대한 세력가들 사이에 벌어진 논쟁은 '옛 것을 본받자는 것'과 '옛 것을 바꾸자는 것', 이 두 가지에 집중되었다. 사실 '옛 것을 본받자는 것'이나 '옛 것을 바꾸자는 것'이나 모두 현실 상황에 대한 불만으로 사회 개혁에 대한 청사진이 다를 뿐이었다. 전자는 아주 살기 좋았던 과거로 돌아가기를, 후자는 밝은 미래를 향해 나아갈 것을 희망했다. 급변하는 전국시대에 사상가들 각자가 개혁에 대한 청사진을 제시하면서 과거의 가치체계가 흔들리고 사상이 해방되었다.

### 제자백가

백가쟁명·백화제방은 봉건시대가 와해되고 예악이 무너진 이후에 나타난 새로운 현상이었다. 기존의 세계관이 해체되고 모든 사람이 받아들였던 규범이 사라지게 되면서 사상가들은 각자 다른 학설을 내놓았다. 그러나 그들 대부분은 최고의 원리인 '도道'의 존재를 아직 믿었으며 많은 사람들이 방향을 잃고 진정한 '도'를 잘 알지 못하고 있을 뿐이라고 생각했다. 순자는 "만물은 오직 '도'의 일부분이고 일물一物은 오직 만물의 일부분이다. 우매한 사람은 일물의 일부분만을 아는 것으로 '도'를 이해했다고 생각하니 정말 무지하구나!"라고 말했다. 그리고 이렇게 여러 학설이 유행하는 것을 장자莊子는 '도술道術이 천하를 분열시킨' 것으로 묘사했다. 시쳇말로 한다면, 장님이 코끼리를 만져보고 각자 만진 부분이 전체인 것으로 생각하여 코끼리의 전체 모습을 알 길이 없다는 것이다.

　이른바 '도술분열道術分裂'이란, 학술이 '왕관학王官學'에서 '백가학百家學'으로 전환한 것을 의미한다. 봉건시대에 가장 중요했던 지식범주는 예악으로, 인간 질서를 규범하는 것이었다. 그리고 예악은 귀족만의 특권이었고, 예악에 관련된 책은 왕조의 관리(王官)에게 독점되었다. 바꿔 말하면, '왕조의 관리'가 모든 지식을 독점했던 것이다. 구시대에는 통치자인 귀족과 피통치자인 평민은 각자 자신의 분수에 만족했고, 예악 전통은 정치·사회 질서를 효과적으로 관리할 수 있었다. 그러므로 사람들이 예제를 준수하는 정도에서 차이가 있을 뿐 예악 질서에 대해 도전하는 경우는 드물었다. 그러나 봉건제도가 붕괴되면서 평민들도 학문을 익힐 수 있었고 개인적인 저술을 통해 각자의 주장을 펼 수 있었다. 이리하여 백가쟁명의 국면으로 접어들었다.

　여러 학파는 각자 그들만의 독특한 견해를 가지고 있었지만, 이들 모두가 공통적으로 가졌던 관심은 새로운 인간 질서를 세우는 것이었다. 유가는 삼대 성왕聖王 때의 제도를 지향해 요·순 및 하·은·주를 본보기로 삼았고, 주나라에서 예전부터 존속해온 봉건질서에 주목했다. 묵가는 유가와 똑같이 요 임금과 순 임금을 추숭했다. 그러나 스스로 고생을 감내하며 근면했던 하나라의 도를 학습 대상으로 삼았다. 도가는 하·은·주 삼대의 권력 정치를 경멸하고 복희씨나 신농씨의 무위자연을 회상하며 사람들의 순수한 생명을 추구했다. 법가는 변해가는 세상에 옛 성왕을 본받는다는 것은 좀 부족하다 생각하고 새로운 시대에 맞춰 존군비신尊君卑臣하고 법에 따라 다스리는 좀 더 세밀한 정치·사회 체계를 세우자고 주장했다. 이들 학파간의 여러 주장은 모두 현실을 반영한 것이므로 과거를 회고한다고 해서 보수적이고, 미래를 추구한다고 해서 반드시 급진적인 것은 아니다. 종합해 보면, 선진시대 제자가 추구한 궁극적인 목적은 세상을 구제하는 것이었다. 다만 제시한 주장이 달랐을 뿐이다.

## 개체와 군체

선진시대 학자들의 개혁 방안은 종종 개인·사회·국가 내지 천하 간에 대한 구상으로 표현되었다. 바꿔 말하면, 인간질서에 대한 각기 다른 구상이었다.

맹자는 "천하의 견해는 양楊에 속하지 않으면 묵墨에 속한다"라 말했다. 양楊은 양주楊朱로, "한 가닥 털을 뽑아 천하가 이롭게 된다 해도 그렇게 하지 않겠다"고 한 바로 그 사상가를 말한다. 묵墨은 분골쇄신 동분서주하면서 겸애兼愛·비공非攻·절용節用을 주장한 묵자를 말한다. 맹자는 양주는 개인을 강조하면서 군신간의 윤리를 경시했고, 묵자는 겸애를 주장하여 혈연적으로 아주 가까운 부자간의 관계를 경시했다고 생각했다. 한 사람에게는 '군주가 없고', 다른 한 사람에게는 '아버지가 없는' 마치 금수와 같은 것으로 보았다. 그러므로 맹자는 스스로를 성인이라 자처하고 양주와 묵자의 '사설邪說'을 배척했다. 그리고 공자의 도를 고수하는 것을 자신의 사명으로 삼았다.

맹자는 '금수'라는 말로 양주와 묵자를 비판했는데, 맹자와 양주·묵자 사상은 사실 물불과 같았다. 『한비자韓非子』「현학顯學」편을 보면, 유가와 묵가는 당시 현학이었다고 말하고 있는데 반해 양주는 선진시대 문헌에서 찾아보기 어렵다. 그런데 맹자가 어떻게 묵가와 완전히 상반되는 그의 사상을 양대 사상으로 논할 수 있었을까? 만약 사상적인 개념으로 본다면, 양주는 개인 생명의 자유로움을 중시하고 외적인 정치와 사회질서의 간여로 인해 생명이 지닌 본연의 순진성이 훼손되는 것을 반대했다. 이는 기본적으로 당시 도가 또는 은자의 생각으로 그들이 지향하는 바는 바로 희황상인羲皇上人[5] 때의 무위자연시대였다. 그리고 묵가는 종족 윤리에 따라 사람들 간에 만들어진 틀을 배제하고 종족의 경계선을 타파해 종족을 뛰어넘는 집단의식을 건립하기 위해

---

**5** 태고시대의 사람으로, 세상사를 잊고 안일하게 사는 사람

겸애를 주장했다. 묵가 집단의 엄격한 기율이 가장 좋은 예라고 할 수 있다.

바꿔 말하면, 양주는 개인의 자유와 해방을 주장하고, 묵자는 집단의 새로운 질서를 강조했는데, 이는 바로 개인과 집단이라는 스펙트럼의 양극단에 속한다. 양주는 군신윤리에 의해 세워진 정치질서를, 묵자는 종족윤리에 의해 유지되는 사회질서를 부정했다. 이 두 가지는 유가 윤리의 핵심인 '부자간의 친밀함' '군신간의 의리' 등에 대한 최대의 도전이었다.

춘추전국시대 이후 군주의 권세가 날로 커짐은 역사적 흐름이었다. 전국시대 각국에서 추진한 변법 개혁은 바로 이런 추세를 제도적으로 구현하려 한 것이었다. 어떤 사람은 정치체제의 기능을 강화하기 위해 통치자의 지위를 높여야 한다고 했다. 이와 달리, 일부 사람들은 오히려 줄일 것을 주장했다. 심지어 정치 메커니즘의 운영을 없애야 한다고 주장했다. 이 방면에서 도가가 개체의 해방을 강조한 것 외에 허행許行을 대표로 하는 농가農家는 통치자와 생산자의 사회적 분업을 타파하고 통치자도 백성들과 함께 농사를 지어 생활 할 것을 주장했다. 허행은 정치 기능이 날로 커지는 것에 대해 반감을 가졌다.

봉건제도가 와해되고 귀족계층의 세력이 미약해졌지만 일반 백성들은 온전히 해방되지 못했다. 다만 다른 통치 메커니즘이 기존의 봉건영주를 대신했을 뿐이다. 세가 대족이나 귀족의 강력한 견제가 없어지면서 군주의 권세는 날로 막강해져 최고조에 달하게 되었고 군주와 백성 간의 거리는 날로 멀어졌다. 이런 새로운 시대의 도래에 발맞춰 사상적 기반과 제도적 실행을 완성시킨 것은 바로 법가였다.

선진시대의 지식인은 각자 자신들이 제시한 세상을 위한 실용적인 방안을 지지해 줄 수 있는 군주를 만나야만 비로소 실천할 수 있었다. 사상가들은 자신의 견해를 널리 알리기 위해 각국을 분주히 오갔는데 이런 종류의 '지식인'을 우리는 '유사游士'라 칭하고 이런 시대를 유동游動의 시대라고 할 수 있다.

## 제3절 유동의 시대

　　공자 제자 자하子夏는 "벼슬하면서 남은 힘이 있으면 배우고, 배우고 남은 힘이 있으면 벼슬을 한다"고 말했다. 봉건시대 통치술을 배워 이를 받아줄 수 있는 영주를 만나게 되면 백성을 다스릴 수 있는 기회를 얻게 된다. 새로운 시대라고 해서 학문과 벼슬과의 불가분의 관계가 봉건시대보다 느슨해진 것은 아니었다. 그러나 약간의 차이가 있었다. 그것은 바로 지식인은 정해진 군주가 없어 한층 더 많은 자주성을 가졌다는 점이다.

### 유사游士의 활동

　　사회가 지각 변동하면서 지식인들은 관직을 찾아 각국을 떠돌아 다녔고, 상인들은 물자 유통을 위해 각지를 떠돌아다녔다. '유游'는 이 시대의 큰 특징으로, 사람들은 지리적으로 협소한 출신지에 얽매이지 않고 각지를 떠돌아다녔다. 뿐만 아니라 빈번한 사회적 유동으로 사회적 지위에 있어서도 귀족계층인 '군자'는 쇠퇴해진 반면, 서민계층인 '소인小人'의 지위는 높아졌다. 그러면서 계급사회가 점차 '편호제민編戶齊民'의 사회로 전환되었다. 그리고 군신관계는 더 이상 군주가 신하의 생사여탈권을 장악한 절대적인 종속관계가 아니라 이해타산적인 관계로 바뀌었다. 다시 말해 이른바 '유游'는 공간이나 사회적 지위 및 사람들 간의 관계를 변화시킨 다중적인 의미를 지녔다. 오랜 시간 안정을 유지해 주던 구질서가 붕괴된 뒤, 여러 가지 새로운 현상과 새로운 관념 및 새로운 가치관이 끊임없이 나타났고 "더 이상 최고의 신인 상제上帝는 없고 여러 신들이 병존하면서" 사회 전반에 지각 변동이 일어나기 시작했다.

이 시대에 주나라 천자를 상대해 준 사람은 아무도 없었다. 전국시대, 주왕실은 유명무실한 존재로 남아 있다가 진나라가 6국을 멸망시키기 직전에 멸망되었다. 전국7웅의 군주 각자는 천하 통일을 최고의 사명으로 삼았다. 그리하여 각국은 치열한 경쟁 속에서 유능한 인재를 절실히 필요로 했다. '유사'는 관직을 찾아다녔고 각국 군주들은 인재를 급하게 필요로 했으니 이는 흡사 시장에서 한 사람은 사려고 하고 한 사람은 팔려고 하면서 떠들썩한 인재시장이 형성된 것과 비슷했다.

전국시대 유명한 책사策士 소진蘇秦은 수 년 동안 각국을 떠돌아다녔다. 그러나 아무런 소득도 얻지 못하고 집으로 돌아와 친구들로부터 비웃음을 당하고는 문을 걸어 잠그고 열심히 책을 읽었다. 그리고 지식인으로 학문을 익혔는데 만약 높은 사회적 지위와 권세를 얻지 못한다면 더 많은 책을 읽은들 무슨 소용이 있겠는가라며 자신을 채찍질했다. 소진이 생각한 대로 훗날 정세가 급변하면서 그는 6국의 승상이 되었다. 이는 공자가 "지식인이 도에 뜻을 두고 허름한 옷을 입는 것과 거친 음식 먹는 것을 부끄러워한다면 나는 그런 사람과 토의할 수 없다"고 말한 것과 확연히 다른 상황이었다. 훗날 진나라의 승상이 된 이사李斯는 순자와 함께 공부를 하다 인재 시장이 호황인 것을 보고 자신의 재능을 팔기로 결정했다. 그는 순자와 고별하면서 다음과 같이 말했다. "나는 때를 만나면 소홀히 하지 말라고 들었다. 지금 각국이 다투고 있을 때 유자游者가 업무를 주재해야 한다. 지금 진왕秦王이 천하를 병탄하고 제위에 올라 다스리려 한다. 이렇게 분주히 말들을 몰고 다닐 때가 바로 유세자游說者의 능력을 펼 수 있는 때이다." 이사의 말은 유사와 군주가 서로를 필요로 하는 당시 상황을 정확하게 지적한 것이었다.

## 이해득실에 따른 교제

전국시대 조나라의 명장 염파廉頗는 여러 곳을 정벌하는 과정에서 수차례 뛰어난 공을 세워 권세가 막강해졌다. 이로 인해 그의 문하에는 식객이 상당히 많았다. 하지만 하루아침에 권세를 잃게 되자 빈객이 떠나 문전이 썰렁해졌다. 훗날 다시 장수에 임용되자 이전의 빈객들이 줄지어 그의 문하로 돌아왔다. 성격이 강직한 염파는 이런 상황을 도저히 용납할 수 없어 그들을 내쫓으려 했다. 하지만 오히려 빈객들이 그에게 한 마디 했다. "지금처럼 천하 사람들이 모두 상거래 하듯 이해타산을 따져 왕래하는 상황에서 당신이 권세를 가지고 있어 우리가 추종하는 것이다. 만약 권세를 잃게 되면 우리는 자연스럽게 떠날 것이다. 이는 고정 불변의 이치인데 무슨 원한을 갖는가?"

당시 유명한 '4공자' 가운데 한 사람인 맹상군孟嘗君 역시 비슷한 경우를 당해 마음이 심히 편치 않았는데 빈객 풍훤馮諼이 오히려 그를 타일렀다. "부귀한 사람을 따르는 지식인은 많지만 빈천한 사람과 친구하는 사람은 상당히 적다. 이는 필연적인 이치다. 예를 들면 이른 아침 일찍 시장이 열렸을 때는 사람과 말을 구분할 수 없을 정도로 사람들이 많으나, 해질 무렵 시장이 문을 닫게 되면 지나가는 사람은 단 한 차례도 뒤돌아보지 않는다. 이른 아침을 좋아하고 저녁 무렵을 싫어해서가 아니라 시장이 문을 닫아 그가 필요로 하는 물건이 없기 때문이다."

풍훤은 '시장의 원리'를 가지고 당시 주인과 빈객간의 의기투합을 설명했다. "천하가 장사하듯 이해관계에 따라 교제한다"는 이 말은 새로운 시대와 새로운 가치관이 펼쳐졌음을 의미한다. 춘추시대 이전의 군신관계를 보면 예의를 근본으로 삼아 한 명의 군주에게 충성을 다하고 심지어 군주를 위해 목숨을 바쳤다. 그러나 염파와 맹상군의 시대가 되면 군신관계는 금전, 권세 또는 그 밖의 이익에 의해 이루어졌다. 물론 전국시대 모든 사람이 다 그렇게 했다는 것은 결코 아니다. 권세나 이익을 따르던 군주와 신하, 주인과 빈객의 냉혹한 관계 하에서 예양豫讓처럼 죽음으로써 그의 주인에게 보답한 충성스럽고 정의로운 사람도 있었고, 맹자처럼 의로움과 이익을 단호하게 구분하고 부지런히 도를 구했던 대학자도 있었다. 그러나 세속에 구애받지 않고 자신의 신념대로 행동한 사람은 소수로, 맹자는 의로움과 이익을 확실히 구분하려 노력하면서 '이利'가 합리적인 것으로 생각되던 시대를 부정적으로 설명했다.

봉건체제가 붕괴되고 아직 새로운 군현제 하의 제국帝國이 건립되지 않은 상황에서 춘추전국시대로 넘어갔다. 그리고 전대미문의 개방이 이루어졌고 모든 가능성이 열렸다. 사상적 해방으로 많은 학설이 나와 백가쟁명하게 되었고 신분해방으로 사회가 유동하고 계급이 사라지게 되었다. 봉건 윤리의 해방으로 예의가 경시되고 이利라는 말이 합리적인 것으로 받아들여졌다. 이런 새로운 시대가 열리면서 백성들은 더 이상 귀족들에게 부림당하지 않았지만 아마도 부유한 자에게 업신여김을 당했을 것이다. 사상은 더 이상 관리들의 독점물이 아니었고 약동하지도 않았다. 한때 전국시대를 풍미했던 유사 또한 더 이상 정치를 좌우하거나 군주에게 오만 방자할 수 없게 되었다.

# 제4장 군주제와 편호제민의 사회

## 제1절 통일제국의 수립

### 천하 통일

춘추전국시대, 학술이 분열되고 정치와 사회의 계속적인 변화로 왕실의 쇠퇴가 가속화되었다. 그리고 제후들이 전쟁에 주력하면서 예악과 정벌은 더 이상 천자의 소관이 아니었다. 장기간의 분열로 질서를 유지시킬 수 있는 안정된 세력이 없었고 빈번한 전란으로 백성들은 도탄에 빠졌다. 이렇게 혼란스런 상황에서 맹자가 양梁나라 양왕襄王을 만났다. 양왕이 맹자에게 "어떻게 해야 천하가 안정될 수 있는가?"라고 물었다. 맹자는 "천하가 통일되어야 안정될 수 있다"고 대답했다. 또 한 번은 맹자가 제齊나라 선왕宣王에게 전쟁을 일으키는 목적에 대해 질문했을 때 제 선왕은 "토지를 개간하고 진나라와 초나라를 위력으로 굴복시켜 중국을 주재하고 중국 주변에 사는 이민족을 위무하려는" 자신의 큰 뜻을 이루기 위한 것임을 간접적으로 나타냈다. 이 두 가지 예는 천하 통일이 한편으로는 군주의 야심이고, 다른 한편으로는 맹자와 같은 유가가 기대하는 바임을 나타내고 있다.

그러나 맹자는 "누가 천하를 통일 할 수 있는지?"라는 양나라 양왕의 물음에 "살인을 일삼지 않는 사람이 천하를 통일할 수 있다"고 대답했다. 이는 맹자가 현실적으로 어쩔 수 없어 한발 물러서서 한 말이다. 맹자가 염두에 둔 것은 "불의를 행하지 않고 죄 없는 사람을 죽이지 않았던" 고대 성왕이었다. 모든 통치자들이 살인을 일삼고 백성들이 폭정에 시달리고 있는 시대에 통치자가 그렇게 나쁘지만 않다면 천하의 모든 사람들은 축복으로 생각하며 기뻐할 것이다.

역사는 결국 이상적 인도주의와는 정반대로 발전했다. 맹자가 죽고 1백여 년 뒤에 천하가 통일되었다. 하지만 통일은 '살인을 일삼지 않고' 천리와 민심을 따른 군주가 아니라 잔혹한 전쟁을 수없이 일으켜 무수한 사람을 죽인 진나라 군주에 의해 완성되었다.

## 군현제

진시황제가 천하를 통일시킨 뒤, 어떤 이가 주나라 초기에 실시했던 봉건제도를 답습해 진시황제의 아들들을 왕으로 분봉해 멸망한 동방 각국의 민심을 안정시킬 것을 건의했다. 이에 대해 이사 홀로 동의하지 않았다. 그러자 진시황제는 "천하가 계속된 전투에 시달렸던 것은 바로 제후들을 여기저기에 봉했기 때문이다. 지금 천하가 막 안정을 찾아가는데 만약 제후국을 세우게 되면 전쟁을 다시 일으키는 것이 아니고 무엇이겠는가!"라고 자신의 생각을 밝혔다. 그리고 천하를 36개 군으로 나누고 조정에서 임용한 관리를 보내 직접 다스렸다. 지방의 관리는 녹봉만을 받을 뿐 그 지위를 세습시킬 수 없게 되었다. 그리하여 주나라 시대 수백 년간 존속되었던 봉건제가 정식으로 막을 내리고 중앙집권적인 군현체제로 돌입했다.

진나라는 15년 만에 멸망했고 유방劉邦이 한나라 제국을 건립했다. 유방은 중국 역사상 막강한 실력 기반 없이 자수성가한 최초의 황제로, 그의 성공은 진나라 이전의 정권과는 확연히 달랐다. 역사가는 유방이 갑작스레 제업을 이룰 수 있던 것은 바로 폭정을 행한 진나라의 뒤를 이은 후 '진나라의 폐해를 없앴기' 때문이라고 보았다. 한나라 초기에 군국제郡國制로 바꾸어 장안을 중심으로 한 부근 지역은 군현을 두어 중앙에서 직접 관리했고, 동방과 남방지역에는 제후와 열후를 분봉했다. 이 제도는 공신들을 위무하려는 생각에서, 그리고 진나라가 고립무원으로 인해 멸망했다는 생각에서 마련된 것이었다.

제후국이 통제할 수 없을 정도로 막강해지면 조정의 권위에 끊임없이 도전을 한다는 것은 역사적 사실이다. 한 고조 유방과 여후呂后가 재위기간 중에 이성異姓 제후들을 모두 제거했지만 동성 제후의 위협은 줄지 않았다. 조정과 제후국 간의 충돌은 훗날 '오초吳楚 7국의 난'을 불러 일으켰다. 조정은 이들을 진압시킨 여세를 몰아 한 경제와 한 무제 때 제후의 권력을 점차 약화시켰다. 또한 사소한 잘못을 구실삼아 많은 제후와 열후의 책봉을 철회했다. 그래서 한 무제 이후 한나라는 진나라가 건립한 중앙집권적인 군현제로 되돌아갔다고 말할 수 있다.

봉건제에서 군현제로의 변화는 정치체제상의 변혁일 뿐만 아니라 분열에서 통합으로 나아가는 것을 의미한다. 진시황제는 모든 일을 몸소 처리해 "천하의 대소사 모두 황제가 결정했다." 이사 역시 진나라 2세 황제에게 천하를 다스리는 군주는 "혼자 천하를 통제하되 통제당하는 일이 없어야 하며", '천하의 이익을 독점하고' '독단하고', "신하를 통제하는 권술을 군주만이 장악해야 한다"고 말했다. 물론 전통 속의 제왕들이 모두 이처럼 전제 독재를 한 것은 아니다. 그러나 새로운 체제는 제왕이 "혼자 천하를 통제하되 통제당하는 일이 없도록 하는" 가능성을 열었다. 군주는 존귀해진데 비해 신하의 지위는 낮아졌고 군주의 권력만이 막강해졌다. 이 모두는 봉건시대 없었던 현상들이다.

봉건시대에는 군주와 신하 간의 지위가 결코 현격하지 않아 군신은 예의 규범으로써 서로를 대우했다. 이들 지위는 절대적인 존비로 구별되지 않았다. "군주가 신하를 수족처럼 여기면 신하는 군주를 몸의 중심부분처럼 본다. 군주가 신하를 개나 말처럼 여기면 신하는 군주를 국인國人처럼 생각한다. 군주가 신하를 흙과 쓰레기처럼 하찮게 보면 신하는 군주를 원수처럼 본다"라고 한 맹자의 말은 군신간의 윤리를 상대적인 것으로 본 가장 좋은 예라고 할 수 있다. 봉건 예제를 보면 신분에는 정해진 지위와 본분이 있어 다른 사람에 대한 절대적 권리만 있고 자신이 이행해야 할 의무를 갖지 않는 사람이 없었다. 공자가 말한 "군주가 군주답고君君, 신하가 신하답고臣臣, 아비가 아비답고父父, 자식이 자식다운子子" 사회는 모든 사람이 각자 자신의 역할을 잘 해낼 것을 요구하는 것이었다.

황제체제의 시대가 열리면서 군주권을 견제하던 귀족계층이 사라졌다. 군주는 모든 권력의 근원이고 신하는 자신의 재능을 파는 상인에 불과했다. 제왕은 세찬 천둥소리와 같은 위엄을 갖춰 어떤 정치적 힘으로도 견제할 수 없었다. 군주와 신하 간의 위세가 현격히 벌어졌다.

## 제2절 사상·문화와 사풍士風

### 군도君道와 사도師道

봉건시대에 학문을 하는 목적은 관직에 나아가는 것이었다. 그러나 공자는 오히려 "이전에는 자신을 위해 학문을 했는데", "3년 공부에 벼슬에 뜻을 두지 않는 사람을 찾아보기 힘들다"고 말해 학문이 더 이상 관리가 되기 위한 도구가 되어서는 안 된다는 생각을 피력했다. 전국시대 맹자 역시 정치적 지위를 말해주는 '인작人爵'을 뛰어넘는 도덕 기준인 '천작天爵' 개념을 주장했다. 이는 '자신을 위한 배움'이라고 한 공자의 주장을 널리 알린 것이라 할 수 있다.

공자는 "군자는 곤궁해져도 도의를 지키며 편안한 마음으로 지내고, 소인은 곤궁해지면 나쁜 짓을 한다"라 말했고, 맹자는 "항산恒産이 없으면서 항심恒心을 가질 수 있는 것은 사士만이 할 수 있다"고 말했다. 이들의 주장은 사실 지식인이 정치적·경제적 지위를 모두 잃은 현실을 말해준다. 봉건시대 말기에 군자는 이미 막다른 골목에 다다른 듯 한데 그들이 또 무엇을 고수할 수 있었겠는가? 선진 유가의 이념을 보면, 과거 태평성세에 군자는 덕과 지위를 겸비했고, 천하의 도와 정政이 합일했다. 그러나 말세가 되어 도가 쇠미해져 덕과 지위, 도와 정이 분리됐으니, 지식인이 어떻게 자신의 위치를 재정립할 수 있겠는가?

공자는 말했다. "이른바 대신大臣은 도로써 군주를 섬기는데 불가할 경우 그만둔다." 맹자는 "도리를 왜곡해가면서 상대방을 따라서는 안 된다"고 말했다. 순자 역시 "도를 따라야지 군주를 따라서는 안 된다"고 말했다. 그들 모두는 '도'의 숭고함과 규범성을 수립하고, 지식인의 행동, 벼슬에 나아가거나 물러남에 있어 '도'는 최고의 기준으로 현실 정치세력은 반드시 낮은 지위로 물러나야 한다고 보았다. 즉 그들은 도통道統으로 정통政統을 제약하고, 도덕으로 권위를 가늠할 정치 외적인 도덕기준을 수립했다.

도는 『시경』·『서경』·『예기』·『악기』 등에 실려 있기 때문에 학술 전수에 있어 유가는 주로 『시경』·『서경』·『예기』·『악기』 등을 가르쳤다. 그러므로 그들은 '도'에 대해 해석할 수 있는 권한을 얻게 되었다. 순자는 사법師法(스승이 전수한 학문, 학습)이 '사도師道(스승이 되는 길)'보다 더 중요함을 강조했다. '사師'는 잠시 의존할 수 있을 뿐 아니라 또한 길이 후세의 스승이 될 수 있었다.

유가는 자신들의 도를 실행하기 위해 관직에 나가는 일에 급급해 하면서도, 한편으로 도가 행해지지 않을 때 사도師道로써 '도'와 '덕'을 굳게 지키면서 '정政'과 '위位'를 대표하는 정권을 잡고 있는 자들과 연합하거나 또는 맞서는 미묘한 관계를 펼쳐나갔다. 그러므로 유가가 성실히 준수한 '도'가 위정자의 통치의식이 되었을 때, 교육체제 내에서 학습 내용, 학습 진행 과정과 방향을 어떻게 제정할 것인지를 포함한 '도'에 대한 해석권을 놓고 정통政統을 장악한 군주와 도를 유지하려는 사師 사이에 끝없는 싸움이 전개되었는데 2천년의 중국 역사와 거의 함께했다.

## 분서갱유와 유가독존

정치와 학술간의 격렬한 다툼은 진시황제 때 처음 발생했다. 진시황제 4년, 주청신朱靑臣은 시황제가 "신령스럽고 영명하며 재덕을 겸비하여" 봉건제를 군현제로 바꾸어 천하가 태평해졌고 백성들이 안락한 생활을 하게 되었다며 그를 찬양했다. 하지만 박사博士 순우월淳于越은 옛 사람의 지혜를 본받아야 하며, 봉건제는 국가를 장기간 안정되게 잘 다스릴 수 있는 방법인데 지금 황제가 잘못을 범하고 있음에도 주청신은 충언은 하지 않고 아첨하니 충신이 아니다라는 의견을 개진했다. 시황제가 신하들의 의견을 물으니 이사는 다음과 같이 주장했다.

"지금 천하가 안정되었는데 어떤 학자는 오히려 지금의 제도를 따르지 않고 옛 것을 가지고 지금의 일을 비난하고 있으니 아주 잘못된 것이다. 『진기秦記』를 제외한 역사서, 민간인들이 소장하고 있는 『시경』·『서경』·제자백가의 저서 모두를 불태워 없애버려야 한다. 그리고 『시경』·『서경』을 논하는 자를 처형하고, 옛 것을 가지고 지금의 일을 비난하는 자에 대해서는 삼족을 멸해야 한다. 의약·복서卜筮·나무 심는 일 등에 관한 저술만 남겨두고 법령을 배우려면 관리를 스승으로 삼아야 한다." 진시황제는 그의 의견을 받아들였다.

그 다음해 두 명의 유생이 시황제는 남의 의견을 듣지 않는 고집불통이며 처형이란 형벌로 위협을 일삼고 권세를 탐하고 있다고 비난하고는 도망가 버렸다. 이 일을 안 시황제는 화를 참지 못하고 유생 460여명을 함양에다 생매장시켰다.

이 두 사건이 바로 역사상 유명한 '분서갱유焚書坑儒'이다. 분서와 갱유는 모두 정치적 폭력을 사용해 사상을 탄압하고 지식인을 박해한 것이다. 또한 정치적 권력이 사상 통제와 사상의 일원화를 기도한 대표적인 사건이다.

진나라는 2대 황제 때 멸망하고 이어 한나라가 건국되었다. 한 혜제는 민간인의『시경』·『서경』·제자백가의 저서 소장을 금한 '협서율挾書律'을 없앴다. 그리하여 진나라에서 분서 사건이 발생한지 23년 만에 민간인들은 서적을 널리 전할 수 있는 자유를 다시 갖게 되었고 꺼져가던 학술의 불꽃이 되살아나게 되었다. 하지만 한나라 초에 정치사상으로 널리 유행한 황노사상과 유가사상은 학술의 주류가 아니었다.

한 무제가 즉위하자 승상 위관衛綰은 상서를 올려 조정에서 천거한 현량賢良이 연구하고 있는 신불해申不害·상앙·한비자·소진·장의張儀는 모두 종횡가縱橫家의 책사이며 국정을 어지럽혔으므로 배제해야 한다고 주장했다. 전한의 대유학자 동중서董仲舒 역시 황제에게 올린 대책에서 다음과 같이 거론했다. "대일통大一統은 영원불변의 진리다. 만약 지금 각종 이설들이 나오게 되면 '위로는 통일을 지속시킬 수 없게 되고', '법제가 여러 번 바뀌면 아래로는 지키는 바를 알지 못하게 된다'. 그러므로 육경六經과 공자의 학술을 관리의 승진 기준으로 삼아야 한다."

한 무제는 위관·동중서의 주장에 대해 적극 동의했다. 그러나 황노사상을 독실하게 믿고 있던 두태후竇太后가 아직 정사에 관여하고 있어 실행할 수 없었다. 오래지 않아 두태후가 세상을 떠나자 한 무제는 오경박사五經博士를 두고 유가를 장려하면서 황노가·형명가刑名家 등 여러 학파의 사상을 억압했다. 그리하여 유학이 학술의 주류로 자리하는 시대가 열리게 되었다. 그 후 불교나 도교와 같은 각종 이설이 유학과 어깨를 나란히 하기도 했지만 청나라 말기에 이르는 근 2천 년 동안 유학은 중국학술사상을 시종 주도했다.

진시황제에 의해 발생된 분서갱유는 정치적 폭력을 통해 사상을 통일시킨 것이고, 한 무제의 독존유술獨尊儒術은 관직과 이익으로 유학을 장려한 것이다. 방법이 다르고 동기도 달랐지만 이 모두는 정치적인 힘으로 학술을 통제한 것이고 통일제국이 건립된 후 정치권력으로 분열된 사상계를 다시 '하나로 만들기' 위한 기도였음을 보여주고 있다.

유학은 봉건 예제에 근원을 두고 있으며 봉건시대의 정통 학술을 계승했다. 전국시대 유가는 현학顯學으로 칭해졌으나 현실적으로는 종횡가와 법가가 중용되었다. 특히 진시황제의 분서갱유로부터 한나라 초기 황노사상이 정치사상으로 중시되었던 시기에 이르는 1백 년 동안 유학은 별 영향력이 없는 학문에 지나지 않았다. 한 무제가 독존유술을 채택한 이후, 그리고 유학을 통해 관직에 나갈 수 있는 제도적 장치를 두면서 유학은 유일한 현학이 되었다. 그리고 유학의 기본 서적인 6경, 즉 『시경』·『서경』·『예기』·『악기』·『역경』·『춘추』 등은 늙도록 열심히 공부한 유생들의 사상적 기초가 되었고, 그 위에 삼대 성왕의 도를 추앙하면서 의문의 여지없는 중국전통사상의 전형, 다시 말해 '경학經學'이 되었다.

유가 경학은 오랜 동안 중국인의 사고를 규격화시켜 다양한 사고를 할 수 없게 만들었다. 그리고 19세기 말 20세기 초에 이르러 서양의 충격으로 유학은 끝내 중국학술의 정통 자리에서 물러났고 서양 학문으로 대체되었다.

## 후한 지식인의 풍조

한 무제는 동중서의 건의를 받아들여 규칙을 정하고 경서에 통달한 지식인이 관직에 나아가도록 격려했다. 사마천에 따르면, 이후부터 공경대부 대부분은 유생출신이었고 한다. 부귀공명과 관직을 얻기 위해 늙도록 경전 공부에만 매달리는 것에 대해 지식인들이 비난했다. 하지만 유학은 그만의 이념을 가지고 있고 유생은 늘 천하를 안정되게 다스리는 것을 사명으로 삼았다. 경서를 충실히 공부한 유생은 사회와 국가의 덕행 높은 명사가 되었다.

후한 말기 환관이 권력을 장악하자, 사대부들은 그들과 한 무리가 되는 것을 부끄럽게 여기면서 시정을 비판했다. 범방范滂을 예로 들면, 기주冀州에서 굶주림으로 도적 떼가 봉기했을 때 그는 명을 받고 조사에 나섰다. 전하는 바에 따르면, 뇌물을 받고 법을 어긴 수령이 그가 기주 경내에 들어왔다는 소식을 듣고 도망갔다고 한다. 하지만 그의 정의로운 기질이 지위가 높은 권세가의 비위를 거스르자 상황이 달랐다. 그는 자사刺史와 2천석의 고관 20여 명을 탄핵한 적이 있었다. 그러나 탄핵이 받아들여지기커녕 오히려 권력을 남용하여 멋대로 그들을 무고했다고 지목 당했다. 범방은 벼슬에 나아가 뜻을 이루지는 못했지만 사대부들로부터 추앙받았다. 그가 무고를 당해 처벌되었다가 훗날 석방되었을 때 수천 수레에 달하는 여남汝南과 남양南陽의 사대부들이 그를 영접했다.

덕행 높은 명사와 당시 권세가 간의 충돌이 갈수록 격렬해졌다. 어떤 이가 황제에게 몇 차례 상소를 올려 사대부들이 당파를 만들어 국정을 비난하고 풍속을 어지럽힌다고 했다. 황제는 곧바로 명을 내려 당인들을 체포·구금·처형토록 했고 더불어 그들의 문하생과 예전 속관, 그리고 부자형제를 금고禁錮시켰다. 당시 수도에서 수장을 맡고 있던 이응李膺도 금고 당했다. 태위太尉 진번陳蕃은 체포되어 고문·금고를 당한 사람들 모두가 "나라 안 사람들이 칭찬하는 우국충정의 신하"라고 여기고 서명하려 하지 않았다. 황제는 더욱 진노하여 이응 등을 옥에 가둘 것을 명했다. 훗날 이응은 사면을 받고 출옥하여 산중에 은거하였다. 천하 사대부들은 이응을 추앙하고 조정을 경멸했다.

덕행 높은 선비와 권세가 간의 수차례 투쟁으로 이응·범방 및 당시 많은 저명인사는 끝내 죽음을 피할 수 없었고 이들과 연루되어 피해를 입은 사람이 1천 명이나 되었다. 이를 역사에서는 '당고의 화黨錮之禍'라 칭한다. '당고의 화'는 사대부들이 지조를 가지고 정치세력과 대규모로 충돌한 첫 번째 사건으로 그 끝은 매우 비장했다.

## 제3절 편호제민의 사회

### 편호제민

한나라 때 북방의 흉노족을 방어하기 위해 변방에 군대를 주둔시켰다. 그리고 여러 차례 사람들을 이주시켜 변방 경계를 강화했다. 훗날 지금의 감숙성 거연居延 일대에서 상당수의 목간木簡이 발견되었는데 그 중 일부 목간에는 아래와 같은 내용이 씌어져 있다. "여남군汝南郡 서평西平 중신리中信里의 수졸 공승公乘 이참李參은 나이가 25세이고 신장은 7척 1촌이다." 이는 수졸戍卒의 명부로 수졸의 이름, 지리적 위치, 작위, 연령 및 신장을 기재하고 있다.

오늘날의 호북성 운몽수호지雲夢睡虎地에서 발견된 진나라 묘에서도 법률문서인 죽간 일부가 출토되었다. 그 가운데 일부 자료는 호적 상황을 기록하고 있는데 그 내용은 다음과 같다. "모 리의 작위가 없는 평민 갑의 가옥·처·자녀·노비·가산·축산은 아래와 같다. 가옥은 한 동으로 각각 입구가 있는 두 채의 집으로 되어 있다. 집은 모두

기와 지붕으로 되어 있고 목조로 된 문이 세워져 있다. 뽕나무 열 그루를 심어 놓았다. 처는 죄를 짓고 도주 중이지만 재산을 차압하지는 않았다. 성인인 딸은 미혼이고 성인인 아들의 신장은 6척5촌이다. 미성년자인 여자 노비가 있다. 수컷 개 한 마리가 있다." 호적에는 가옥·재산·가족·노비·가축 등을 포함한 세세한 것까지 빠짐없이 기록하고 있다.

상앙 변법이 실시된 이후, 진나라에서 호적제도가 전면적으로 실행되었던 것 같다. 『상군서商君書』를 보면 "남녀 불문하고 전국 경내에 거주하는 사람들에 대한 명부가 관청에 비치되어 있다. 태어난 자는 등록을 하고 죽은 자는 말소시켰다"라는 내용이 있다. 많은 자료를 보면 한나라 때도 상당히 치밀한 호구제도가 확실히 있었다. 채읍采邑·장원莊園에 예속된 사람은 영주와만 접촉했다. 천자와 제후에 예속된 사람을 제외한 일반인들은 천자, 제후 등의 상층귀족과는 아무런 관계가 없었다. 그러나 봉건제도가 와해되어 중간 귀족계층이 사라지면서 천자는 천하 만민을 직접 소유하게 되었다. 호적제도는 통치자가 백성과 자원을 효과적으로 장악할 수 있도록 필요한 기본 자료를 제공해 주었다. 그리고 호적제도가 마련됨으로써 국가는 백성들로부터 부세와 요역을 징수할 수 있는 근거 자료를 갖게 되었다.

계급이 없어지고 신분제가 사라져 이론적으로 모든 사람의 신분이 평등해졌으므로 '제민齊民'이라 일컫는다. 국가는 호戶를 단위로 그들 한 사람 한 사람을 기록에 담아 백성들을 장악했는데 이를 '편호編戶'라 하고 '편호제민'이라 총칭한다.

## 집성촌락의 형성

호적의 출현은 통치자가 새로운 방식으로 백성을 장악했음을 보여준다. 봉건시대에 사람들 대부분은 혈연에 의거해 종족을 결집하였고 리읍里邑 촌락에 흩어져 살았다. 그리고 친족을 단위로 인력 동원이 이루어졌다. 봉건제도가 해체되자 씨족구조가 느슨해지면서 리읍은 새로운 군현체제 속에서 행정체계의 중요한 한 단위가 되었다. 그리고 사람들의 거주지를 근거로 호적이 만들어졌다. 이리하여 호적은 지난날의 친족을 대신해 통치자가 인력을 동원하는데 있어 중요한 근거자료가 되었다.

선진시대 이후로 사람들은 혈연에 의거해 친족을 결집하여 "제사를 지내면서 복을 함께 했고, 상을 당했을 때는 함께 위로하였다." 종족 가운데 장로長老는 촌락의 지도자였다. 이렇게 한 곳에 모여 사는 친족이 줄곧 사회의 기본 단위였다. 상상 변법의 일환인 강압적인 분가로 소가정 형태가 만들어졌다. 하지만 이는 '가'의 규모만 바뀐 것일 뿐 촌락 형태에 영향을 미치지는 못했다. 농업사회에서는 오랫동안 살아온 곳을 쉽게 떠나려 하지 않는 면이 강하다. 지나친 인구증가라든가, 또는 천재나 인재 같은 어쩔 수 없는 재해가 아니라면 절대 다수의 농민들은 그들의 토지와 살던 곳을 쉽게 떠나지 않는다. 사회학자들은 이렇게 종족이 함께 모여 사는 농촌 형태는 2천년 후까지 줄곧 중국농촌사회의 최대 특징이었다고 말하고 있다.

진한제국 이후 호적제도와 지연에 근거한 행정체계는 서로 연계되어 향리는 지방 행정 단위가 되었다. 새로운 리제里制는 원래의 혈연적 연계를 파괴하지 않으면서 기존의 촌락과 병존했다. 중국 전통사회의 기초가 혈연에 의한 결합에서 지연에 의한 연계로 전환된 것이 아니라 양자가 서로 결합한 것이다. 새로운 향리에서 향鄕의 삼로三老와 리里의 부로父老 대부분은 지난날 종족의 장로였다. 그들은 지난날의 위엄과 명망을 내세워 계속 향리에서 지도자적 위치에 있었다. 이들은 징병, 세금 징수, 법 집행을 담당한 유질有秩·색부嗇夫·이정里正 등의 정치세력과 함께 향리를 이끌었다.

전란, 이사 또는 혼인으로 인해 같은 마을에 산다고 해서 모든 사람이 동성은 아니지만, 하나 혹은 몇 개의 핵심적인 성姓이 있었다. 출토된 한나라 때의 호적자료 또는 지방 계약서는 모두 이런 상황을 잘 보여주고 있다. 예를 들면 하남성 언사현偃師縣에서 발견된 「한시정리부로탄매전약속석권漢恃廷里父老僤買田約束石券」을 보면, 서명한 사람은 25명이고, 성씨를 알 수 있는 집안은 24개다. 그리고 24개 집안의 성씨를 보면 6가지다. 그 중 열 집이 우干씨로 가장 많았다. 이는 바로 이런 현상을 보여 주고 있다.

춘추시대 이전 드문드문 분포해 있던 촌락은 전국시대 정치·사회적 개혁을 거치고 한나라 때 군현 향리의 행정체계가 만들어진 뒤에, 중앙정부의 힘이 지방에 곧바로 미치도록 하기 위해 깔아놓은 관로와 같은 역할을 했다. 그렇지만 중앙의 힘은 실질적으로 현까지만 미쳤고 현 이하 향리의 응집력은 여전히 강했다. 리읍의 구성원은 향리를 둘러싼 담장 안에 함께 거주하고 담장 밖으로 나가 일을 했으며 함께 제사 지냈다. 그리고 좋은 일 나쁜 일을 함께해 관계가 아주 돈독했다. 향리에는 정치적 권력을 행사하는 이정·색부 등이 있었지만 영향력을 가진 진정한 지도자는 부로였다. 한나라 때 황제는 부로에게 수차례 표창했고 그들에게 어느 정도의 자치권을 주었다. 그러나 정권에 충성을 다하고 현실 정치질서를 유지하도록 했다. 이는 한나라의 통치자들이 고대 촌락의 일체성과 자율성을 교묘하게 이용한 것이다.


## 정치권력과 사회세력

통치자는 촌락 부로의 영향력이 크지 않았기에 그들을 적극적으로 인정해 주었다. 만일 막강한 영향력을 가진 지방호강地方豪彊이었다면 용인할 수 없었을 것이다. 『사기』「유협열전游俠列傳」에 주가朱家·곽해郭解 등 지방 영수에 대한 내용이 있다. 그들은 의협심이 강했고 하고자 하는 일은 반드시 수행했으며 약속한 일은 반드시 성의를 다했다. 그리고 은혜를 베풀고 원한 갚는 일을 거침없이 하여 많은 사람들로부터 부러움을 샀다. 곽해의 경우, 어렸을 때 나쁜 짓을 하고 범법행위를 저질렀다. 그러나 성인이 되어서는 예의 바르고 검소한 생활을 했고 항상 은덕을 베풀어 명망을 얻었다. 한 무제 초에 무릉읍茂陵邑을 설치하고 전국에 거주하고 있는 부유하고 권세 있는 사람을 그 곳으로 이주시켰다. 곽해는 가난하여 이주의 재산기준에 못 미쳤다. 하지만 지방의 영수였기 때문에 이주 명단에 올랐다. 대장군 위청衛靑은 한 무제에게 그를 변호해 주었다. 한 무제는 일개 평민에 지나지 않는 그를 위해 장군이 직접 변호해 줄 정도라면 가난할리 없다고 보고 무릉으로 이주할 것을 명했다.

곽해는 관중關中에 가서도 여전히 그 지역에 살고 있던 덕망 높은 호걸과 교류했고 상당히 환영받았다. 훗날 유생이 곽해를 비난하자 곽해의 문객이 그를 살해했다. 하지만 곽해는 그 일을 알지 못했다. 어사대부 공손홍公孫弘은 곽해를 극형에 처했다. 왜냐하면 곽해가 명을 내리지 않았는데 어떤 사람이 그를 위해 살인을 했다는 것은 평민 신분인 곽해가 생사여탈권을 행사할 수 있다는 것으로 그 죄가 곽해 자신이 직접 살해한 것보다 더 크다는 생각에서였다.

곽해의 사건은 다음과 같은 상황을 보여주고 있다. 우선 정권이 용납할 수 없을 정도로 지방호강의 세력이 커졌다는 것이다. 수도 부근으로의 이주는 한편으로 지방호강을 그들 근거지로부터 멀리 떨어지게 하여 그들의 세력을 약화시키고, 다른 한편으로 가까이 두고 관리하겠다는 통치자의 책략이었다. 하지만 곽해는 관중에서도 여전히 막강한 영향력을 행사했기에 결국 처형당했다.

호강을 이주시킨 것 외에 한 무제 이후 조정은 지방 군수에게 명을 내려 "호강이 규정을 초과해 전택을 소유하고 강자임을 믿고 약자를 깔보며, 가족 수가 많고 세력이 강하다는 것을 믿고 가족 수가 적고 세력이 약한 자를 업신여기고 괴롭히는" 상황을 철저히 조사하도록 하고 더불어 모든 수단을 동원해 지방호강세력을 제거토록 했다. 호강이 향리를 멋대로 유린했는지는 의문의 여지가 있다. 그러나 이러한 조치는 지방세력을 약화시키고 정부의 권위를 한층 더 높이기 위한 것이었다.

## 제4절 신앙과 생활

### 민간의 생활

편호제민은 혈연관계인 사람들이 모여 사는 기본 구조를 유지시키면서 향리의 행정 구조를 결합시킨 것이다. 그렇다면 일반 백성들의 일상생활은 어떠했을까?

농업을 위주로 하는 사회에서 사람들의 일상생활은 늘 자연의 지배를 받는다. 농번기를 놓치지 않고 안정된 생활을 하려면 지나친 방종과 과도한 오락을 추구해서는 안된다. 사람들은 자연의 계절변화에 맞춰 생활을 해야 한다. 한나라 때의 주요 명절로는 춘사春社·복일伏日·추사秋社와 납일臘日 등이 있었다. 이 네 가지 명절의 배치는 농번기와 결합되었다. 춘사와 추사 이 두 제사는 제사를 지내는 날 소와 양을 도살했다. 그리고 마을사람 모두 나와 제사가 끝나면 제사에 쓰였던 고기를 나누어 먹었다. 그리고 모든 사람들이 한자리에 모여 잔치를 하며 즐겼다. 춘사는 음력 2월에 지내는 제사로 제사가 끝나면 농민들은 곧 봄갈이를 하였다. 오랜 기간 고된 노동을 한 농민들은 추사를 지낸 뒤 술과 음식을 마음껏 먹고 마시면서 휴식을 취했다. 청나라 때 한 학자는 "제사회음祭社會飲(토지신에 제사지내고 모여서 먹음)한 것을 사회社會라 칭한다"고 했다. 이는 중국식 '사회'에 대한 정의라고 할 수 있다.

다음으로 복일은 폭염이 기승을 부리는 6월에, 납일은 한 해가 마무리되는 12월에 모든 신에게 제사를 지내는 것이다. 복일과 납일에 사람들은 한 자리에 모여 잔치를 하며 즐겼다. 남녀가 섞여 앉아 술을 얼큰하게 마시고 노래를 부르며 춤추고 도박을 즐기기도 했다. 심지어는 남녀가 성욕을 억제하지 못하고 성교를 하기도 했다. 일과 휴식을 적절히 조절하여 생활의 여유로움을 가졌다.

"일과 휴식을 적절히 했다"라는 것은 한나라 때 일반 사람들의 생활 리듬이었다. 백성들의 생산 활동과 사회질서를 효과적으로 관리하기 위해 정부는 백성들을 긴장시키고 이완시키면서 그들의 생활에 간여했다. 일반적으로 백성들이 임의대로 모여서 마시며 즐겼던 것은 아니었다. 정해진 명절을 제외하고는 반드시 정부의 '사포賜酺' 즉 백성들에게 소와 술을 하사해 주고 함께 마시고 먹어도 된다는 허락을 받아야 했다. 마음대로 술을 사가지고 모여 마실 수 없었다. 그리고 정부의 사포는 나라에 경사가 있을 때 전국에 '대포大酺(성대한 잔치)'를 하도록 했다. 예를 들면 진시황제 25년, 월군越君을 항복시키고 회계군會稽郡을 설치했다. 그리고 전국 모든 백성들이 술을 마시며 즐기도록 했다. 한 문제가 즉위하면서 전국 모든 사람들에게 5일 동안 모여 먹고 마시며 즐기도록 했던 것이 모두 이런 경우다. 몇몇 지방 관리들은 이를 지나치게 제한하여 조정으로부터 시정명령을 받았다. 예를 들면 한 선제는 백성들이 혼사를 치를 때 술과 음식을 대접하고 축하하는 행위를 몇몇 군국郡國의 수상守相들이 멋대로 금지시킨 것에 대해 질책하는 조서를 내렸다. 그들 군국 수상은 가장 먼저 '신생활운동'을 펼쳤던 사람들이라고 말할 수 있다. 그러나 한 선제의 조서에서는 두 가지 역사현상을 보여주고 있는데, 그 하나는 정치권력이 민간생활에 개입했다는 것이고, 다른 하나는 백성들이 진정으로 필요로 하는 것과 어느 정도 무관한 정치 간여는 통치에 불리했다는 것이다.

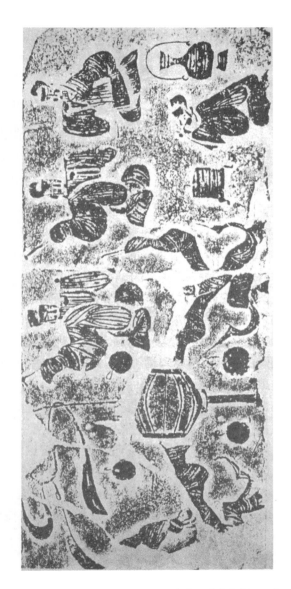

그림 4-1. 한나라 화상전畫像磚에 묘사된 즐겁게 춤추는 모습

## 우주의 형상

일반 백성들은 자연 절기의 변화에 따라 생활해야 하는 것 외에 반드시 피해야 하는 날짜와 좋은 날짜, 그리고 피해야 하는 방위와 좋은 방위 등 여러 가지 규범에 따라 계획적으로 살았다. 날짜와 방위는 당시 사람의 신앙과 우주관에 영향을 미쳤다. 호남성 장사長沙 마왕퇴馬王堆 전한前漢 대후부인軚侯夫人의 고분에서 T자형의 백화帛畵 한 점이 출토되었는데 그 위에 있는 그림의 내용이 당시 사람들의 우주관을 대표한다고 할 수 있다.

그림은 상중하 세 부분으로 나뉘어 각각 천상, 인간, 지하의 세계를 그리고 있다. 중간 부분에는 나이 많은 귀부인이 그려져 있는데, 앞에서 두 사람이 무릎 꿇고 영접하고 뒤에서 세 명의 시녀가 따르고 있다. 귀부인은 바로 묘의 주인인 이창부인利蒼夫人으로, 이는 인간세계의 모습을 그린 것이다. 인간세계의 모습을 그린 그림 위쪽에 화개華蓋6 지붕이 그려져 있다. 화개 위쪽에 천상의 문이 있는데 두 명의 수호신과 두 마리 표범이 지키고 있다. 천상의 문 위, 그림 바로 위쪽 중간에는 머리는 사람이고 몸은 뱀인 천신이 있다. 오른쪽 위 구석에 둥글고 붉은 태양이 있고 그 안에 까마귀가 있다. 둥근 태양 아래 8개의 작고 붉은 공이 부상扶桑7 위에 붙어있다. 왼쪽 위 구석에는 초승달이 있고, 초승달 안에 두꺼비와 토끼가 있다. 초승달 아래에 있는 용 지느러미 위에 여자가 앉아 있는데 이것이 천상이다. 그림 맨 하단에 서로 엇갈려 있는 두 마리의 오어鰲魚8 또는 곤鯤이 있고 등 위에 발가벗은 역사力士가 있는데 아마도 지신地神인 듯하다. 그리고 양쪽 측면에 각각 한 마리의 거북이가 있고 거북이 위에 올빼미 즉

---

6 옛날 어가 위에 씌우는 양산
7 중국 고대 신화에서 동해에 있다고 하는 神木
8 모양이 용과 비슷하고 불을 삼키는 동물, 大魚

그림 4-2. 마왕퇴 백화의 천상도

부엉이가 앉아 있는데 아마도 야간에 커다란 두 눈으로 죽은 자의 영혼을 지킨다는 의미인 듯하다. 이것이 지하세계다.

마왕퇴의 백화만이 아니라 이와 비슷한 고분 백화가 다른 곳에서도 출토되었다. 이 백화는 한나라 때의 우주신앙을 구체적이고 세세하게 보여 주고 있다. 그들은 서로 다른 세 개의 세계가 포함된 우주에서 사람이 처한 곳은 오직 중간에 있는 인간의 세계이며 이 세 개의 세계는 서로 연계되었다고 믿었다. 사람은 죽은 뒤에 인간 세상을 떠나 천상으로 올라가든가 아니면 지하로 떨어진다는 등 여러 가지 다른 해석이 있다.

## 천인감응설天人感應說과 일서日書의 세계

우주 전체가 연계되었다는 믿음 하에서 옛 사람들은 기본적으로 우주간의 모든 현상을 특수한 분류 법칙에 따라 부문별로 나누고 다시 같은 것끼리 서로 작용한다는 원칙을 근거로 해서 각종 사물간의 관련체계를 세웠다. 이러한 믿음 하에서 우주의 모든 것들은 서로 관련을 가지고 있고, 이로 인해 우주 전체는 하나의 유기체로 생각되었다. 이른바 '천인감응설'은 이러한 믿음에서 나온 것이다.

천체 현상의 변화와 자연의 변화는 오늘날 과학적으로 해석 할 수 있는 것이다. 하지만 고대에서는 직관적 법칙과 인간사를 서로 연계시켰다. 혜성이 출현하고, 화성이 전갈자리로 이동해 오랜 시간 머물렀다든가, 금성·목성·수성·화성·토성  등 다섯 행성이 10여도 사이에 모였다든가 하는 이런 현상들에 대해 현대 천문학은 객관적이면서 합리적으로 분석 하고 있다. 그렇지만 고대 점성술에 따르면, 앞의 두 가지는 군주가 장차 재난을 당할 것임을 예시한 것이고, 후자는 왕조교체의 징조인 것이다. 개인에 대해서도 마찬가지다. 우주와 인간 모두 음기와 양기로 이루어졌고, 양자는 음기와 양기의 증감 변화에 따라 서로 영향을 준다. 예를 들면, 흐리고 비가 오려하면 사람들의 마음이 울적해진다든가, 한밤중이 되면 환자의 병이 더 심해진다든가 하는 것은 모두 음기의 작용이다. 고대의 '월령月令'은 군주가 절기에 따라 다른 정책과 법령을 마련하도록 규정하고 있는데 이 역시 이런 사유원칙 위에 만들어진 것이다.

한나라 때 백성들이 일상생활에서 기피하고 선호한 여러 가지 규범을 알려면 반드시 위에서 서술한 우주관을 기초로 해야 확실하게 알 수 있다. 『묵자』에 이러한 이야기가 실려 있다. 묵자가 북쪽에 있는 제나라에 가 '일자日者'를 우연히 만났다. 일자는 묵자에게 천제天帝가 이 날짜에 북방에서 흑룡을 죽인 적이 있는데 너의 피부가 검기에 북쪽으로 가서는 안 된다고 경고했다. 일자는 날짜를 보는 선생으로, 피해야 하는 날과 좋은 날을 잘 아는 전문가다. 그는 사실 같은 것끼리는 서로 작용한다는 원칙에 의거해 해석했다. 어떤 날짜에 어떤 일이 일어났다면 같은 방위에서 동일한 특징을 가진 사람이 유사한 일을 당할 수도 있다는 것이다.

이런 유형의 해석은 사실 진한시대에 대부분의 사람들이 믿었던 하나의 신앙이었다. 지금의 호북성 운몽수호지 진나라 분묘에서 발견된 『일서日書』는 바로 이에 대한 풍부하고 완전한 자료를 제공해주고 있다. 이른바 『일서』는 고대에 인간사의 길흉을 예측하기 위해 날짜의 좋고 나쁨을 점치는데 사용되었고 더 나아가 어떻게 길함을 맞아들이고 흉함을 피할 수 있는지를 알려주는 책이다. 별자리 위치에 따라 일상에서 해서 좋은 일과 해서는 안 되는 일에 대한 내용이 담겨 있다. 이런 면은 현재 아직도 사용되고 있는 황력黃曆9과 흡사하다. 그리고 해몽, 농사일, 득남 및 집의 풍수 방위 등 생활 속에서 일어날 수 있는 크고 작은 모든 것을 이런 해석에 의거해 받아들였다.

---

**9** 옛날 중국 책력

그림 4-3. 운몽수호지의 진간秦簡 일서

『일서』로 대표되는 민간신앙 체계는 그 어떤 것과도 비교할 수 없을 정도로 현실 생활에 커다란 영향력을 미쳤다. 춘추시대 이전 중국인들은 길흉을 점치면서 알 수 없는 신비한 하늘의 뜻에 호소했다. 그러나 『일서』 신앙은 어느 정도 기계적인 세계관을 보여주고 있다. 즉 옛날 사람들은 자신들이 우주운행의 오묘함을 이미 파악했다고 생각하고 이런 오묘함을 기계적인 법칙으로 바꿔 이에 의거해 삶을 계획했다. 어찌 되었든 이는 사람들의 또 다른 생활방식의 시작을 대표한 것이다.

# 제5절 진한시대 이전의 천하질서

## 화하세계의 형성

주나라 때 시인은 "온 세상이 주왕에게 속하지 않는 땅이 없고 중국으로부터 끝없는 해변까지 주왕의 신하가 아닌 사람이 없다"라고 노래했다. 은나라와 주나라 교체 시기에 '천天'이 세상에서 가장 지고한 신이라는 새로운 관념이 생겨났다. 그 이후부터 주왕은 '천자'가 되었고 또한 인간에게 있어 '천'을 대표하는 유일한 사람이었다. 그리고 주나라 사람들은 그를 주왕조의 영수인 동시에 온 천하의 지고한 통치자로 생각했다.

사마천의 『사기』는 황제黃帝로부터 한 무제에 이르기까지의 중국 역사를 적고 있다. 그러나 어떤 각도에서 보면, 그의 저술 또한 당시 사람들의 관념 속에 자리한 한 편의 세계사다. 황제·요·순으로부터 하·은·주 삼대를 거쳐 진나라와 한나라에 이르기까지의 역사를 시간적으로 보면, 사마천이 정립한 정권 계승과 교체의 계보이고 공간적으로 보면 황하유역을 중심으로 한 세계관이다. 황하유역을 중심으로 건립된 이들 국가는 스스로 세계 중심에 서있다고 생각하여 '중국'이라 자칭했다.

'중국'이란 의미에는 공간적인 중심뿐 아니라 문화의 중심이란 뜻이 담겨져 있다 '중토中土' 밖에 거주하는 사람들을 구분하여 동방에 거주하는 사람들을 '이夷'로, 북방 사람을 '적狄'으로, 서방 사람을 '융戎'으로, 남방 사람을 '만蠻'으로 불렀고 어떤 사람은 '사이四夷'로 통칭했다. 중토에 거주하는 화하족華夏族에 비해 그들이 문화적으로 떨어진다고 생각했다. 심지어는 금수와 같다고 보고 사람으로 취급하지도 않았다.

선진시대 때 훗날 중국의 별칭이 된 화하華夏와 사이四夷는 혈통이 아닌 문화에 의해 구분된 것이었다. 여기서 말하는 문화란 생활습관과 정치형태만을 가리킨다. 중국은 농경생활을 기초로 한 봉건도시국가이고 유목사회처럼 농경을 하지 않는 다른 사회형식은 이적夷狄이었다. 중국 고대에 있어 농경지역은 광활한 대지 위에 산재되어 있었다. 주나라 왕을 중심으로 한 많은 봉건도시국가를 보면, 안에는 성곽이 있고 밖은 국경 경계로 둘러싸였다. 그리고 모든 국가에서 농업은 주요 산업이었다. 경계 밖은 어업과 수렵 또는 유목생활을 하는 비농업사회였다. 황하유역, 장강과 한수유역의 경우, 농업과 비농업사회가 혼재해 있었기 때문에 화하와 사이의 구역을 명확하게 나눌 수 없었다.

봉건도시국가의 영토가 점차 확대되면서 농업생산과 성곽생활의 문화형식은 황무지 평원 지대에 살면서 농업에 종사하지 않던 사람들을 산악지대로 내몰았다. 그러면서 황하유역과 초楚·월越나라를 위주로 한 장강·한수유역 등지에 농사지으며 성곽생활을 하는 화하세계가 점차 형성되었다. 진나라에 의한 통일은 단지 이런 문화권과 정치권을 하나로 합했을 뿐이다.

후대에 이르면 이른바 '화하세계'는 바로 농업지역과 일치하게 된다. 진나라 때 아주 먼 남방 심지어 지금의 베트남에도 군郡을 두어 통치했다. 그러나 한나라 때에 이르면서 화하의 범위는 만리장성 이남의 황하유역, 가장 일찍 화하세계가 형성된 중원과 춘추시대 때 화하에 편입된 위하渭河유역 및 춘추 중기·말기 화하에 편입 된 초나라와 월나라가 차지하고 있던 장강·회하와 한수유역을 포함하게 된다. 진한시대에는 호남성과 강서성 남쪽에 접한 복건성과 광동성 지역 그리고 운남성과 귀주성 고원지대는 화하에 편입되지 않았다.

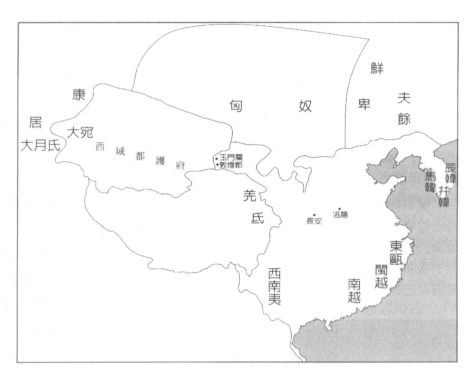

그림 4-4. 한대 화하華夏와 사방민족의 위치도

## 만리장성 이북의 세계

봉건도시국가시대, 국경 밖은 바로 비농업지역이었다. 진시황제는 전국시대 조나라와 연나라 등이 방어 목적으로 변방에 쌓아 놓은 장성을 기초로 수 천리에 달하는 만리장성을 구축했다. 만리장성은 농업과 비농업지역을 구분하는 경계선이나 다름없는 것으로 만리장성 이북의 광활한 초원은 유목민의 세계였다.

기원전 2천년에서 기원전 5백년에 이르는 동안 북아시아의 기후는 점차 비가 오지 않는 건조한 날씨로 바뀌었다. 그러므로 그 곳에 거주하고 있던 많은 사람들은 가축을 사육하거나 수렵하며 생활을 영위하지 않으면 안 되었다. 말을 길들이고 이용하는 법을 숙지한 뒤에 사람들은 정착생활과 옮기기 힘든 재산을 포기하고 초원을 따라 이동하면서 유목생활을 하였다. 그러나 중국 주변에 사는 유목민들은 농업지역과의 교역이나 약탈을 통해 필요한 생활 자원을 얻기도 했다. 이로 인해 화하세계와 북아시아 유목세계 사이에 오랜 시간 긴장관계가 형성되었다.

전국시대 후기, 북아시아의 다른 유목민 부족을 병탄하여 제국을 건설한 흉노족이 진한제국에 가장 위협적인 존재로 떠올랐다. 기병 위주의 흉노 군대는 기동성이 대단히 뛰어났기에 처음 그들에게 있어 한 제국은 적수가 안 되었다. 그러므로 한나라는 공주를 흉노 군주에게 시집보내 화친하고 변방에서 교역을 할 수 있도록 시장을 개방하는 방법으로 흉노의 군사적 위협을 완화시켰다. 하지만 60여 년이 흐르면서 한나라는 부강해졌고 젊고 패기 넘치는 한 무제는 더 이상 자신의 뜻을 굽히면서까지 화친관계를 유지하고 싶지 않아 반격을 가하기 시작했다. 한나라 군대가 출격하여 만리장성을 넘어 음산陰山 이남 황하 남쪽 지역을 빼앗았다. 그리고 음산을 따라 요새를 구축하고 새로 획득한 하투河套 남북 양쪽 기슭으로 백성들을 이주시키고 새로운 군현을 만들었다.

한나라 병사와 장수가 대막大漠에서 위세를 떨치며 싸우는 가운데 흉노족의 인명과 가축은 상당한 피해를 입었다. 또한 왕위계승을 둘러싼 다툼으로 내란이 일어나 많은 부족의 수령들이 잇달아 한나라에 투항해 보호를 요청했다. 결국 흉노족 군주인 선우單于마저도 한나라에 대해 신하의 예로써 직접 장안에 와서 한나라 황제를 알현했다. 그럼에도 불구하고 후한시기에 한나라와 흉노 간의 전쟁과 충돌은 끊이질 않았다. 중국이 하투지역에 설치한 군현은 최북단에 위치한 것이었다. 만리장성 이북의 대사막 초원은 시종 유목민족이 말을 타고 달리던 목장이었다. 만리장성을 중심으로 남북 세력의 증감에 따라 쌍방이 화해하기도 하고 싸우기도 했다. 오늘날까지 대사막에 사는 민족과 만리장성 안의 중국세계는 여전히 거리를 두고 있다.

그림 4-5. 서한 곽거병霍去病 묘소 앞의
'흉노를 짓밟고 있는 말' 돌조각상

## 서방세계의 끝

북방 유목민족은 전국시대 이후 화하세계 내부에 잠복하고 있는 치명적인 화근이었지만 서방에 사는 민족은 중국의 정복 대상이었다. 한 무제 때 한나라 군대가 기련산祁連山까지 쳐들어가자 서부 흉노의 부족이 투항하고 변경 안으로 이주했다. 한나라 정권은 하서河西의 회랑지대 네 곳에 군을 설치하고 많은 관리와 백성들을 이주시켜 화하세계의 새로운 변방으로 만들었고 하서 4군은 서방세계로 나아가는 통로가 되었다.

중국민족이 서부로 옮겨감에 따라 지금의 청해靑海 황수湟水와 황하지역 사이에 있던 강족光族이 한나라의 새로운 걱정거리로 등장했다. 하지만 강족에게는 정처 없이 떠돌아다녀야 하는 비극의 시작이었다.

강족은 유목민족이지만 간혹 농사를 지어 생활에 보태기도 했다. 그들 사회조직은 무수한 소부족으로 이루어졌을 뿐 방대한 국가 조직을 갖고 있지 않았다. 황수와 황하 사이의 경작지 쟁탈과 전통 화하세계의 천하 관념으로 인해 사이四夷는 한나라 천자의 통치를 받아들여야 한다고 생각했다. 그리하여 한족과 강족은 후한 때 수없이 충돌했고 쌍방 간의 전투와 살육은 후한시대가 끝나도록 그치지 않았다.

옥문관玉門關을 나서 서쪽으로 나아가게 되면 사막 전역에 작은 규모의 많은 오아시스 국가들이 산재해 있는 서역이다. 중국에게 서방세계는 신비한 미지의 세계였다. 중국인은 그 곳에 곤륜산이 있고 그 곳에 많은 천신과 지신 그리고 무당들, 태양과 달이 묵는다고 생각했다. 이는 중국인들의 발자취가 닿지 않은 세계의 끝 지점이 그 곳에 있다고 생각했음을 의미한다. 그러나 이 세계는 한나라 때 사신이면서 여행가였던 장건張騫에 의해 그 신비의 베일이 벗겨졌다.

서역 여러 나라에 대한 통제권을 놓고 흉노와 경쟁을 하기 위해 한 무제는 장건을 서역에 사신으로 보내 월지月氏와 접촉하였다. 그러나 이런 장건의 임무 수행은 순탄치 않았다. 10여 년이 지난 뒤에야 장건은 서방에 관한 정보를 가지고 장안으로 돌아올 수 있었다. 장건의 외교적 임무가 성공을 거두지는 못했지만 그는 한 무제를 위해 다량의 진기한 물품과 전혀 듣도 보도 못했던 이국의 풍취를 가지고 돌아왔다.

그 이후로 한나라는 서역 경영에 2백여 년이란 시간을 투자했다. 무력을 사용하거나 또는 반초班超와 같이 외교적 수완이 뛰어난 사람을 앞세워 효과적으로 서역 여러 나라를 장악하고 한나라와 협력관계를 맺게 하기도 했다. 그러나 이런 협력관계가 때론 중단되었다가, 때론 이어졌다 하여 서역은 중국의 범주 속에 들어오지 않았다. 후한 때 반초는 그의 수하에 있던 감영甘英을 서쪽으로 보낸 적이 있었다. 그러나 바다에 막혀 되돌아왔다. 당시 서방의 로마제국과는 거리상으로 멀리 떨어져 접촉한 적이 없었다. 하지만 하서의 회랑지대가 중국에 편입되고 서역으로 가는 대로가 뚫리면서 중국과 서방세계가 접촉할 수 있는 계기가 마련되었다.

## 장강 이남의 세계

북방의 흉노족과 서방의 강족이 중국에게 위협적인 존재였던데 비해 장강 이남의 세계는 중국이 위력으로 복종시킬 수 있는 대상이었다. 여기에는 지금의 사천성의 파巴·촉蜀 및 성도成都 평원 서남의 서남이西南夷, 그리고 동남쪽으로 지금의 복건성의 동구東甌·민월閩越과 광동성·광서성 심지어는 월남 경내의 남월南越이 포함되었다. 중국은 이들 남방인에 대한 인식의 한계로 인해 항상 자신들의 문화적 관점에서 이들 지역의 토착문화를 기이한 풍속으로 기록해 놓았다. 그러나 남방 여러 민족의 입장에서 보면, 중국의 진입은 징세·부역 및 특산물의 수탈을 의미하는 것이었다.

# 제2부 중고:

## 중국문화의 대혁신

여기서는 한나라 말기에서 당나라 말기에 이르는 상황을 소개한다. 이 시기는 3세기 초에 시작되어 10세기 초에 끝나는 7백 년간으로 위진남북조와 수당시대가 포함된다. 중국 역사상 이 시기는 매우 독특한 단계로 학자들은 '중고시대'라고 총칭한다.

'중고시대'는 글자 그대로 '상고시대'와 '근세' 사이에 놓여 있고 '상고'와 '근세'와는 다른 특색을 상당수 가지고 있기 때문에 역사학자들에게 하나의 시대로 인식되었다. 역사학자들은 위진남북조와 수당을 '중고시대'라 지칭하고 있는데, 애초부터 서양사에서 사용되고 있는 '중고시대'(the Middle Ages 혹은 the Medieval Period)라는 개념의 영향을 어느 정도 받았다. 서양 역사에서 중고시대는 서로마제국의 쇠망으로부터 시작되는데 바로 초기 문명이 무너지고 와해되는 시대였다. 그러므로 '중고시대'하면 사람들은 늘 '암흑'·'쇠락'을 연상한다. 그러나 중국역사에 있어 '중고시대'는 서방의 상황과는 상당히 다르다. 비록 이 시대에 장기간에 걸친 분열과 전란이 일어났지만 문화는 줄곧 발전하였다.

중국 중고시대의 문화와 사회적 특징으로는 어떤 것들이 있을까? 중고시대에 오랫동안 사회적으로 주도적 지위에 있었던 것은 당시 '문제門第'로 불렸던 매우 극소수의 대족大族이었다. 막강세력의 문제와 상대되는 것은 이들 대족에게 의존해 사는 많은 평민들이었다. 이들 평민들은 대족에 예속되어 국가에 대한 의무를 지지 않았다. 이것이 첫 번째의 특징이다. 중고시대의 또 다른 특징은 다수의 이민족이 중국 영토에 들어와 정치·사회·문화부분에서 중요한 역할을 했다는 점이다. 호족胡族은 오랜 기간 북방의 통치자로 군림하였고, 남방의 경우, 다수의 한족이 이주해 개발함으로써 그 곳에 살고 있던 원주민이 점차 중국사회에 동화되었다. 중고시대 민족이 다원화되었고 중국과 외국문화가 긴밀히 교류했는데 이 모두는 중국역사상 보기 드문 현상이었다.

중고시대 문화의 주요 특징으로는 종교가 매우 성행했다는 점이다. 토속신앙과 방술方術에 근원을 둔 도교는 이 시기에 형성되었고 인도에서 들어온 불교 역시 이 시기에 전국적으로 유행했다. 이 두 종교의 활동과 교리는 당시 사람들의 생활 전반에 영향을 미쳤다.

유럽, 중동과 인도문명과 같은 세계 주요 역사문명과 비교해보면, 중국문화의 특색은 현실의 삶을 중시하고 종교와 미술, 그리고 현실 초월 사상을 경시했다. 하지만 중고시대는 예외이다. 바로 그렇기 때문에 이 시기의 문화유산은 각별한 관심을 가질 만하다. 그것은 어쩌면 현대중국의 문화생활을 한층 다원화시켰을지도 모른다.

# 제5장 한·진교체기의 대변동

후한 영제 광화光和 7년(184년) 황건적의 난이 일어난 때부터 5호五胡가 거병하고 진晉
나라가 남쪽으로 옮겨간 때까지(317년) 한 세기는 대변동의 시대였다. 변동의 폭과 깊
이로 보면, 중국 역사상 이에 필적할 만한 것이 없다. 이 1백여 년간의 대변동을 거친
뒤 중국의 정치와 사회구조·경제상황·민족관계·문화사상·종교생활 등이 모두 새
로운 면모를 갖추게 되었다. 공간적으로 이 변동은 사회 지도층과 수많은 민중에게
영향을 미쳤고, 시간적으로 이 변동은 한나라 말기부터 당나라 말기에 이르는 동안
중국사회의 기본성격을 만들어냈다. 이 시기를 학자들은 중국역사상의 '중고시대'라
고 부른다.

## 제1절 한漢·진晉교체기의 정치와 경제

겉으로 드러난 정치적 변화를 보면, 중국역사는 왕조의 순환으로 점철되어 있다.
하나의 왕조가 붕괴되고 다른 왕조가 들어선 경우가 있는데 진나라가 멸망하고 한나

라가 일어나거나, 수나라가 망하고 당나라가 세워지거나, 청나라가 명나라를 정복한 것 등이 대표적인 예다. 그리고 하나의 왕조가 붕괴된 뒤 군웅이 할거하는 상황으로 바뀌면서 몇 개의 왕조가 병존했던 경우도 있다. 후한정권이 와해된 뒤의 상황이 바로 이런 예에 속한다. 후한 헌제 건안建安 25년(220년) 정월, 오랫동안 '천자를 등에 업고 제후에게 명을 내리던' 조조曹操가 죽었다. 같은 해 10월, 조조의 아들 조비曹丕가 한 헌제를 폐위시키고 스스로 황제에 올라 국호를 위魏라 했다. 후한은 역사 속으로 사라졌다. 훗날 유비劉備와 손권孫權이 각자 제위에 올랐다. 유비는 성도成都를 도읍으로 정하고 한나라의 정통을 계승한다는 생각에서 국호를 한漢으로 했는데 일반적으로 '촉한蜀漢'이라 칭한다. 손권은 오吳나라를 세우고 건업建業(지금의 남경)을 도읍으로 정했는데 이것이 바로 삼국시대의 시작이다.

특히 주목할 점은 역대 왕조의 교체와 같은 현상 뒤에는 성격이 다른 시대변동이 있었다는 사실이다. 후한의 멸망, 삼국의 출현은 결코 일반적인 정권 교체가 아니라 천지가 뒤집힐 정도의 대변동을 의미한다. 서술의 편의를 위해 이런 대변동을 정치·사회·경제·문화·사상 등 몇 개의 분야로 나누어 개괄적으로 서술하되, 여기서는 우선 정치와 경제를 중점적으로 다룬다.

## 한나라 이후의 정치변동

후한 헌제가 220년에 폐위되었지만 후한은 이미 오래 전부터 유명무실한 상태에 빠져 있었다. 후한 영제 광화 7년(184년)에 황건의 난이 일어났는데 어쩌면 이 난은 후한 멸망에 결정적 사건일 수도 있다. 그 해 2월, 장각張角이 이끄는 태평도교太平道敎 신도들이 북방 곳곳에서 동시에 무장 봉기하여 주군州郡을 공격하고 약탈을 행했다. 난에 참여한 사람들은 자신들만의 상징물로 황색 두건을 썼다. 그래서 당시 사람들은 그들을 '황건'이라 불렀다. 황건의 난은 8개월 정도 지속되었다. 난이 평정되었지만 후한은 상당히 불안정한 상태에 빠졌다.

후한의 위기는 중앙과 지방에서 동시에 나타났다. 중앙에서는 권력을 장악한 환관과 그들과 대립적인 사대부 간에 극도의 긴장관계가 조성되었다. 환관과 사대부 간의 적대관계는 이미 오래된 것이었다. 후한 장제(재위기간: 76~88년)이후 어린 황제가 계속 등극하면서 외척과 환관이 정권을 장악하게 되었다. 그리고 이들 쌍방은 끊임없이 서로를 배척했는데 초기에는 외척이 우위를 점했다. 환제 연희延熹 2년(159년), 외척 양기梁冀가 환관에게 죽임을 당한 뒤 환관이 정권을 장악했다. 외척과 환관은 그들이 정권을 장악하고 있는 기간에 철저하게 자신들의 이익만을 추구하고 횡포를 부렸다. 이로인해 정치 풍조가 상당히 악화되었다. 조야의 많은 사대부들은 이에 분개하고 상당한 불만을 품게 되었다. 그로 인해 쌍방이 대립하게 되었다. 환관이 대권을 독차지 한 뒤 그들과 '청류淸流'라고 자칭하는 많은 사대부 간의 충돌이 갈수록 격렬해져 마침내 두 차례의 '당고의 화'(166년과 169년)가 폭발했다. 이로 인해 많은 사대부들이 해직이나 구금 혹은 피살당하는 등, 사대부 정치세력은 온갖 박해를 받았다. 황건의 난이 일어난 뒤 조정은 난을 평정하기 위해 해직 당했던 많은 관리들을 재임용했다. 난이 평정된 뒤, 환관과 사대부 간의 대치 상황이 재현되었다.

지방의 경우를 보면, 후한 때 본래부터 지방호족의 세력은 막강했던데 반해 중앙정부의 권한은 적었다. 황건의 난이 일어나자 지방의 장관은 군대를 이끌고 난을 평정하는데 협조했다. 그들 대부분은 지방호족출신으로 정치적으로 환관과 대립하고 있었다. 그들의 권세가 커지면서 지방 할거상황이 자연적으로 형성되었다.

후한이 붕괴된 결정적 시점은 영제 중평中平 6년(189년)이었다. 그 해 4월, 영제가 죽고 14세의 소제가 제위에 올랐다. 하지만 실제 황제의 권한을 장악한 것은 소제의 외삼촌 하진何進이었다. 하진과 조정 내 사대부들은 서로 손 잡고 환관을 죽이기로 했다.

그리고 서북지역에 있는 장수 동탁董卓을 수도인 낙양으로 불러들여 자신들을 돕도록 했다. 동탁이 도착하기 전, 이미 수도에서 무장충돌이 일어나 하진이 환관에게 죽임을 당했다. 이 일이 있은 뒤에 사대부 지도자인 원소袁紹가 군대를 동원해 환관을 대량 학살했다. 이로써 환관세력은 완전히 소멸되었다. 뒤 이어 동탁이 수도에 들어와 소제를 폐위시키고 헌제를 황제로 세운 후 조정을 장악했다. 그리고 수도에서 대거 약탈을 자행했다. 각지의 관료와 장수들이 잇따라 반기를 들고 군대를 일으켜 동탁에 대항하면서 천하는 대혼란에 빠지게 되었다.

동탁이 후한 헌제를 강압적으로 자신 곁에 잡아 놓으면서 중국은 군웅할거의 상태에 놓이게 되었다. 여러 해 동안 군웅간의 전쟁으로 백성들은 도탄에 빠졌다. 후한 헌제가 196년 조조의 수중에 들어갔지만 중원에서의 혼란은 여전했다. 이러한 상황은 220년 쯤, 즉 조조와 유비, 그리고 손권에 의한 삼국이 정립되면서 어느 정도 호전되었다.

30여 년간의 동란을 겪으면서 정치는 점차 안정되어 갔지만 중국은 여전히 분열 국면에 놓여있었다. 그리고 안정된 정치상황 역시 오래 지속되지 못했다. 조조의 아들 조비가 위나라를 건국한지 30년도 채 안되어 정권이 사마씨 부자, 즉 사마의司馬懿·사마사司馬師·사마소司馬昭·사마염司馬炎 등에게 강탈되었다. 사마씨 집단은 촉나라를 멸망시킨 뒤, 위나라를 찬탈하고 오나라를 멸망시켜 중국을 통일하고 진晉나라를 세웠다. 그러나 얼마 지나지 않아 내부의 권력다툼으로 300년에 이른바 '8왕의 난'이 일어났고 이로써 중원이 다시 대 혼란에 빠졌다.

그러나 진나라에 있어 치명적인 위협은 황족 내부의 다툼이 아니라 호족胡族의 모반이었다. 진晉 혜제(재위기간: 290~306년) 초기부터 북방의 변방지역에 살고 있던 많은 소수민족 지도자들이 잇따라 군사를 일으켜 진나라에 항거했고 혜제 말년에 이르면서 이들 세력은 한층 더 막강해졌다. 회제 영가永嘉 5년(311년), 흉노 유총劉聰의 수하에 있던 장수 유요劉曜·왕미王彌가 수도 낙양을 함락시키고 회제를 포로로 잡았다. 316년,

유요가 다시 장안을 함락시키고 민제를 포로로 잡았다. 진 왕실은 남쪽으로 내려갔으니 바로 동진東晉이다(이전을 서진이라 칭한다). 이 때 북방 전역 대부분은 호족의 통제 하에 놓였다. 이것이 바로 역사상 유명한 '5호의 중국침략(五胡亂華)'이다. 이때부터 중국은 오랜 기간 남북으로 분열되었다가 수나라(581~619년)에 의해 다시 통일되었다.

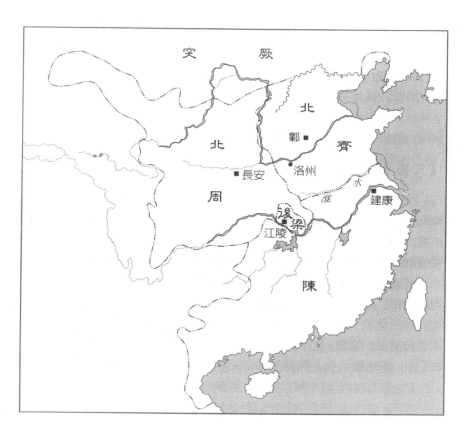

그림 5-1. 남북조 말기 형세도

여기서 후한 멸망 이후의 정치상황에 대한 부연 설명이 필요하다. 후한 말기 황건의 난이 일어난(184년) 때부터 수나라가 진陳을 멸망시키고 중국을 통일하기(589년)까지 꼬박 4백년이 걸렸다. 이 오랜 기간 동안 무수한 전쟁이 있어나 백성들은 유랑하다 죽고 정권은 끊임없이 교체되었으니 극도로 혼란했던 시대였다고 할 수 있다. 이렇게 혼란한 가운데 잠시 평온한 시기가 있었다. 하지만 이때도 중국은 분열 상태였다. 요컨대 후한이 쇠망한 후부터 4세기 동안 중국 내에는 안정된 통일제국이 존재한 적이 없었다. 이 사실은 후한의 멸망이 일반적인 정권 교체나 왕조교체라기보다는 정치구조의 붕괴와 해체였음을 뜻한다. 대제국이 멸망한 후, 왜 이렇게 오랫동안 다른 대제국이 아닌, 크고 작은 정권들이 동시에 세워져 병존한 것일까? 이는 몇 마디로 명쾌하게 분석해 낼 수 있는 문제가 아니다. 먼저 후한 이후 장기간에 걸쳐 혼란과 분열 속에 놓이게 된 이유에 대해 살펴보자.

## 한나라 이후의 경제와 민중생활

후한 말부터 서진에 이르는 동안 중국경제도 크게 변화하였다. 한마디로 말하면, 경제는 극도로 쇠퇴하고 부진한 상황으로 추락했다. 화폐 사용이 거의 중단되고 시중에서의 교역도 거의 이루어지지 않았다. 그 대신에 '자연경제'라 할 수 있는 물물교환이 이루어졌는데 곡물이나 비단, 면포 등이 교역에서 화폐의 기능을 했다. 이런 상황은 경제가 쇠퇴했음을 여실히 보여준다. 그리고 이런 변화는 정치적 동란으로 인해 초래된 것이다.

전국시대 중기와 말기, 그리고 전한은 중국경제가 번영하였던 시대다. 농업이 발전하고 도시가 발달하면서 상품경제가 발달하였다. 그러나 후한 초기에 호족豪族이 흥기하면서 토지겸병이 심화되었고 이로 인해 소농경제가 위축되었다. 그리고 소농경제가 위축되면서 일반 백성들의 상품 구매력이 떨어졌고 이로 인해 상업 활동이 둔화되기 시작했다. 사회·정치적 위기가 심화됨에 따라 경제도 나날이 위축되었다. 그리고 후한의 통치가 붕괴되었을 때 상품경제도 완전히 무너졌다. 역사서는 동탁의 난 이후 "화폐가 유통되지 않았다"고 했다. 이런 경제 위축상황은 삼국이 건립되고 정치가 잠시 안정되었다고 해서 사라지지 않았다. 중국 전 지역에서 경제가 위축되고 화폐가 유통되지 않았던 상황은 위진남북조시대가 끝날 때까지 지속되었다. 중국경제는 당나라, 특히 당나라 중엽 이후가 되어서야 회복되었다.

후한 말기 이후, 일반 백성들의 경제생활은 두 가지 상황으로 나뉜다. 하나는 전란 때의 상황이고, 다른 하나는 상대적으로 비교적 안정된 때의 상황이다. 후한 말에서 진나라에 이르는 기간은 중국 역사상 동란이 가장 빈번했던 시대 중 하나였다. 끊임없는 전란으로 인해 사회는 말로 표현할 수 없을 정도로 파괴되었다. 전란 기간 동안 정부는 인적·물적 자원을 수시로 징발하여 백성들의 부담이 가중되었다. 그리고 병사들의 전사와 무고한 백성들의 죽음으로 인구가 급감하고 생산이 거의 정지되었다. 장안과 낙양을 예로 들어보자. 장안은 전한 때, 낙양은 후한 때 수도로 상당히 번화했던 곳이다. 그러나 후한 말, 군벌들 간의 전란을 겪은 지 몇 년 되지 않아 완전히 파괴되었다. 후한 헌제는 3년간 동탁에게 눌려 지냈다가 자신에게 충성하는 조정 대신들을 이끌고 낙양으로 돌아왔는데, 당시 낙양은 완전히 황폐화 되었고 부근 수 백리 지역에는 인가가 없었다. 백관들은 직접 나무를 베고 장작을 패야 했고 심지어 어떤 관리는 허물어진 벽 틈에서 굶어 죽기까지 했다. 이 시기 장안 역시 병사들에게 완전히 약탈당했다. 백성들은 가난과 굶주림에 시달렸다. 심지어 어떤 이들은 무리를 지어 사람을 잡아먹기까지도 했는데 당시 이들을 '담적噉賊'이라 불렀다. 전쟁으로 세상이 어수선할 때 권문세가 호족만이 자신을 방어할 수 있었다. 그들은 자신의 종족 동향인을 이끌고 방어하기 쉬운 곳을 선택해 보루를 쌓고 자급자족하는 생활을 했다. 당시 이런 보루는 특히 황하유역에 많았다. 외롭고 가난한 사람들은 호족에 의탁해 그들에게 예속되었다.

정치가 상대적으로 안정되자, 정부는 생산이 빨리 회복되어 세수가 충실해지길 바랐다. 그러나 수차례 전란을 겪으면서 백성들 대부분은 유랑 생활을 했다. 그러므로 정부가 통제할 수 있는 민호民戶는 극히 적었다. 이런 상황에서 정부는 방치된 대량의 황무지를 사람들에게 분배해 농사를 짓게 하였다. 정부는 토지소유권을 갖고 백성들은 사용권만을 가지고 토지를 경작하여 얻은 소득 일부를 세금으로 납부했다. 이는 국가 재정으로 충당되었다. 이 제도가 '둔전제屯田制'로 조조가 가정 먼저 실시했는데 훗날 명칭을 바꾼 채 실시되기도 했다. 그러나 후한 말기에 대란이 일어난 이후, 중국 경제의 중심이 호족이 장악하고 있던 장원으로 옮겨지면서 무수한 서민들은 이곳을 보호처로 삼아 오로지 장원주에게 의무를 다할 뿐 정부에 세금을 납부하지 않았다. 이들 장원 내에서는 자급자족을 위한 농업과 수공업이 주요 산업이었다.

## 제2절 현학玄學과 현풍玄風

후한 말에서 진나라에 이르는 동안 사상 역시 크게 변화했다. 사상의 변화에는 혼란한 시대에서 영향을 받은 부분과 전통사상에 내재된 요소가 작용한 부분도 있다. 일반적으로 후자가 사상 변화에 비교적 크게 작용했다. 바로 그렇기 때문에 후한 말에서 진나라에 이르는 동안 출현한 새로운 사상은 중고시대 모든 지식인들의 사상적 핵심으로 자리했다. 그리고 정치와 사회 환경이 바뀌었다고 해서 근본적인 사상의 변화가 일어난 것은 아니었다.

이 시기에 출현한 가장 대표적인 사조는 현학과 현풍이다. 글자의 뜻으로 보면 '현학玄學'은 우주와 인생의 근본원리를 중시하고 추구하는 사상을 말한다. '현玄'의 핵심적 의미는 '심원'하다는 것이다. 고대 언어에서 '학學'은 학술 또는 학문만을 의미하지는 않았다. 체계를 갖춘 사상을 지칭하는데 사용되기도 했다. '이학理學', '불학佛學'의 '학'은 모두 이런 의미이다. '현풍玄風'은 현학과 관계된 행위나 인생 풍격을 의미한다. 이상은 글자의 뜻으로만 현학과 현풍에 대한 개념을 설명한 것이다. 만일 이에 대해 실질적으로 이해하고자 한다면 반드시 사상이 발전해 온 역사적 과정을 살펴봐야 한다.


## 현학과 청담

현학과 현풍은 삼국시대와 서진시대에 형성되었고 그 후 점차 체계를 갖추었다. 이 양자는 밀접히 관련되어 있지만 성질과 연원에서는 완전히 다르다.

삼국시대와 서진시대 사상의 발전과정은 대략 세 단계로 나눌 수 있다. 제1단계는 현학이 탄생한 시기다. 현학은 오랜 기간에 걸쳐 형성되었다. 그러나 현학이 체계를 갖추고 거대한 영향력을 미치기 시작한 것은 3세기 중엽, 특히 위나라 제왕 조방曹芳 정시正始 연간(240~248년)이었다. 이 시기 가장 대표적인 사상가로 하안何晏과 왕필王弼을 들 수 있다. 하안은 어렸을 때 그의 모친이 조조에게 개가해 조조의 양자가 되었다. 후한 말기에 환관을 모살한 하진은 그의 조부다. 왕필은 권문세가 출신으로 어린 나이에 요절한 천재였다. 이 두 사람 중 특히 왕필의 학설은 기존의 학설을 뛰어 넘었다. 하안과 왕필의 사상과 언행은 다음과 같은 몇 가지 특징을 지니고 있다.

우선 이들은 모두 고대 유가와 도가 경전과 연관된 저술을 했다. 하안의 가장 유명한 저작으로는 『논어집해論語集解』가 있고 『역경』에 대한 저술도 있다. 『노자』와 『역경』에 관한 왕필의 주석은 중국학술사에 있어 걸작에 속한다. 하안과 왕필 두 사람이

고대 경전을 연구한 목적은 문자에 대한 고증과 해설이 아니라 경전을 새롭게 재해석하여 우주와 사회 그리고 인생원리에 대한 자신들의 견해를 정립하는데 있었다. 그들은 우주와 인생을 두 부분으로 나누어 보았다. 하나는 늘 보고 듣는 여러 가지 현상이고, 다른 하나는 현상 배후에 있는 근본적인 원리였다. 그들은 후자는 '본本'이고 전자는 '말末'로서 반드시 '본'을 이해해야 '말'을 파악할 수 있다고 했다. 그들의 기본적인 철학 개념은 "근본으로 지엽을 이끈다"는 것이었다. 왕필은 이 관념을 좀 더 명쾌하게 설명했다.

다음으로 하안과 왕필은 '본', 즉 우주와 인생의 궁극적인 '도道'에 대해 색다른 해석을 내놓았다. 그들은 '도'의 기본 성격이 '무無'이고 '말'의 성격은 '유有'라고 생각했다. 이는 고대의 도가사상이 변화되면서 나온 관념이다. '유'란 존재하는 모든 것을 의미하고 구체적이어서 비교적 이해하기가 쉽다. 그러나 '무'의 개념은 상당히 추상적이다. 하안과 왕필이 보기에 '도'는 현상을 창조하고 현상이 될 수 있는 궁극적 실재를 결정하는 것으로, 형체가 없고 일반적 언어로도 서술할 수 없는 것이다. 그러므로 '무'라 칭한 것은 비교적 타당한 것으로 볼 수 있다. 이외에 현상은 모두 구체적인 것으로, 정해진 성질과 형태를 가지고 있다. 예를 들면, 한 잔의 물을 동시에 뜨겁고 차게 할 수 없고, 한 지방의 기후가 동시에 춥고 더울 수 없으며, 하나의 음표가 동시에 궁宮과 상商이 될 수는 없다. 이와 달리 '도'는 일정한 성질과 형상을 갖고 있지 않고 광대무변하며 구체적 현상을 초월해 있다. 그리고 또한 현상을 이해하는 근거가 된다. 현상이 '유'이므로 '도'는 '무'다.

중국학술사상의 내용은 하안과 왕필이 생존했던 시대부터 변화를 시작했고 사상이 근거한 경전 역시 바뀌었다. 한나라 때 정부와 학술계가 가장 중시한 책은 유가경전이었다. 그러나 현학이 출현한 이후, 지식인들의 흥미를 가장 많이 끈 책은 『노자』·『장자』·『역경』이었다. 그 중 『노자』와 『장자』는 도가 저술이다. 『역경』은 유가 경전이지만 현학가들은 자신들의 사상에 입각해서 이 책을 해석했다. 그러므로 한나라 때 유가가 『역경』을 해석한 방식과는 상당히 달랐다. 이 세 권의 책 내용 대부분은 우주와 인생의 근본 도리를 깊게 다루고 있어 현학가들이 중시했다. 바꿔 말해 비교적 '현玄'했다고 할 수 있다. 이 세 권의 책을 합해 '삼현三玄', 그리고 현학을 '삼현지학三玄之學'이라 칭했다. 하안과 왕필은 '삼현'연구의 선구자로 『노자』·『장자』에 대한 해석은 그들 저술 중 가장 뛰어나다. 한나라, 특히 후한 때의 유학과 비교하면 현학의 학술적 색채는 엷지만 사상적 의미는 심오하였다. 현학가들은 저술을 통해 자신의 주장을 세우는데 연연하지 않았다. 그들은 여유롭게 담화를 나누면서 몇 가지 심오한 문제에 대해 이야기하기를 가장 좋아했는데 이를 '청담淸談'이라 일컬었다. 하안과 왕필은 조위曹魏 정시 연간에 있어 청담의 대표적인 인물이었다. 현학은 일종의 새로운 사상이다. 하지만 구체적 표현 방식에서 '삼현의 학'과 청담은 밀접한 관계를 갖고 있다.

현학은 기존의 사상을 뛰어넘은 사상이다. 한나라 때 심지어 선진시대에는 현실적인 삶, 특히 정치질서와 가정윤리에 관한 문제가 사상계의 주요 관심사였다. 사마천의 부친 사마담司馬談은 "음양가·유가·묵가·명가·법가·도가 등은 좋은 정치를 구현하고자 노력한 자들이다"라고 말해 현실을 중시한 중국고대사상의 특징을 아주 명쾌하게 지적한 바 있다. 전한 중기 이후 유가만이 존중되었고 이런 경향은 갈수록 강해졌다. 중국인은 우주와 인생의 근본원리를 논할 때 통상적으로 하늘의 의지 또는 음양오행의 변화를 가지고 설명했는데 이는 매우 구체적인 방법이다.

현학은 기존 사상과는 달리 추상적인 원리와 궁극적 실재를 특히 중시하면서 사람들이 우주와 인생의 실체를 파악하는데 현상계 자체만으로는 부족하다고 생각했다. 이외에 현학 사상가들은 이 세계의 본체를 더 이상 하늘의 의지나 우주의 몇 가지 원소로 귀착시키지 않았다. 그들이 생각하는 '도' 혹은 '무'는 현상계의 본질에 대한 일종의 철학적 해석이었다. 그리고 이런 사상은 한나라 때의 우주관에 비해 상당히 세밀한 것이었다.

## 예교로부터의 해방

위진시대 사상의 제2단계 발전 시기는 대략 위나라 말엽, 즉 정시 연간이 끝나면서부터 서진이 위나라를 찬탈한(265년) 때까지이다. 이 단계에서 사상계의 대표적 인물로는 완적阮籍과 혜강嵇康 등 이른바 '죽림칠현竹林七賢'을 꼽을 수 있다. 그들 사상의 가장 큰 특징은 유가의 예법을 허위적인 것이라 지탄하고 개인 인성의 해방을 강조했다는 점이다. 또한 그들은 자신의 사상을 행동으로 보여줬다. 그러므로 완적과 혜강은 현학사조의 '체험파'라 할 수 있다.

현학 사상이 처음 출현했을 때 도가를 숭상했지만 그렇다고 유가를 반대하지는 않았다. 단지 유가의 가치는 '유有'의 범위 안에 속해 근본적인 이치가 될 수 없다고 보았을 뿐이다. 완적과 혜강은 이런 상황을 바꿨다. 그들은 인생에서 가장 중요한 가치는 '자연'인데 유가의 예법은 인성을 억압할 뿐 아니라 사람들로 하여금 명예를 얻기 위한 위선적 언행을 하도록 만든다고 생각했다. 완적과 혜강의 사상은 비슷하지만 표현 방식에 있어서는 상당히 달랐다.

혜강은 유가윤리를 정면으로 공격했다. 그는 강직한 성격의 소유자로 세상의 불합리에 분개하고, 세속의 도덕과 정치적 권위를 비판하면서 조금도 타협하지 않았다. 그는 다음과 같이 공공연하게 말했다. "육경은 정욕을 누르고 그것을 잘 다스려가는 것을 위주로 하고 있는데 인성은 욕망에 따르는 것을 좋아한다. 정욕을 억누르고 그것을 잘 다스려가는 것은 원하는 바에 어긋나는 것이고 욕망을 따르는 것은 자연적인 것이다." 즉 유가경전은 인성을 억압하고 있는데, 인성은 구속 받는 것을 좋아하지 않는다는 것이다. 혜강은 인생에 있어 진정으로 의미 있고 가치 있는 것은 천부적인 인성의 자연스러움에서 나온다고 믿었다. 그러므로 순수한 자연 그대로의 삶을 실현하기 위해 경서·예교 및 옛 성현의 교훈 모두를 내던져버릴 수 있었다. 후일 혜강은 사마소에게 피살되었는데 이 사건은 그의 급진적인 사상과 상당히 관련이 깊다.

완적이 유가의 예교에 반기를 든 방식은 비교적 우회적이었다. 그는 정면으로 비판을 하지 않았다. 그리고 행동으로써 자신의 생각을 보여 주었다. 다음과 같은 상황은 이를 잘 설명해 주고 있다.

재능과 뛰어난 용모를 갖춘 정씨 집안의 여성이 결혼도 하기 전에 죽었다. 그녀와 아무런 관계가 없는 완적이 그녀의 집에 가서 한바탕 울고 갔다. 그는 자신의 어머니 상중에 평소처럼 고기를 먹고 술을 마셨다. 친구들이 조문을 왔으나 그는 울지도 않고 대접도 하지 않았다. 하지만 사람들은 그가 그의 어머니의 죽음을 상당히 애통해 하는 것을 느낄 수 있었다. 그는 자신의 어머니가 임종하고 장례를 거행할 즈음에 몸이 쇠약해져 피를 토하기까지 했다. 널리 전해오는 이와 유사한 완적의 행적은 많다. 그에게 예법과 개인적 감정과는 아무런 상관이 없었다. 완적은 세속적인 규범과의 정면충돌을 피하기 위해 마음속으로 인내함으로써 생긴 극심한 스트레스를 감당해야만 했는지도 모른다. 그러므로 그의 행동과 그가 쓴 시를 보면 인생에 대한 비통함을 드러내고 있다. 어떤 것에도 구애받지 않고 자신의 감정을 있는 그대로 보여준 완적의 태도는 본래의 진정한 인성을 드러낸 것으로 현풍의 형성에 지대한 영향력을 미쳤다.

완적과 혜강이 중국사상사에 이룩해 놓은 주요 업적은 두 가지다. 그 중 하나는 현학사상의 초점을 형이상학적 철학에서 인생문제로 옮겨 놓은 것이다. 하안과 왕필의 주장과 저술이 비록 현실적인 삶, 그리고 정치와도 관련되어 있지만 그들에게 있어 최대의 관심사는 새로운 학술사상 건립에 있었다. 혜강·완적·왕필·하안에 상대되는 학파를 '이론파'라 할 수 있다. 다른 하나는 행동 면에서 완적과 혜강이 개성 해방을

그림 5-2. 죽림칠현

주창하여 자유분방한 풍조를 만들어내는데 앞장섰다는 것이다. 그들이 살았던 시대와 그 이후의 많은 지식인들은 완적과 혜강을 모방해 방탕한 생활을 하기 시작했다. 그들은 예법을 준수하지 않고 머리를 산발하고 나체로 술에 취해 지내는 등 괴이한 행동을 하면서 스스로 우주와 인생의 큰 도를 체득했다고 생각했다. 이는 중국 역사상 개인해방을 주장한 최초의 반전통운동으로 성격상으로는 1960~1970년대 서양에서 권위에 저항한 '히피'와 대단히 비슷한 데가 있다. 이런 풍조는 중국 상류사회에도 빠르게 전파되었다. 영가永嘉의 난이 일어나 진나라가 남쪽으로 내려갈 때까지 이런 풍조는 사그라지지 않았다.

## 조화론

위진시대 사상의 제3단계 발전 시기는 서진이 중국을 통일한 이후이다. 당시 예법을 지키던 지식인들은 당시 유행하고 있던 자유분방한 풍조에 대해 상당히 비판적인 시각을 가졌다. 그들은 '무'를 중시하고 '자연'을 숭상하는 사상을 비판하고 '유'가 바로 세계의 실재이고 '유' 이외에 다른 본체는 없다고 보았다. 그렇지만 당시 현학이 뿌리 깊게 자리했기 때문에 자유분방한 행동에 대한 이론적 비판은 현학사상의 일부 논조에 대한 것일 뿐 현학을 완전히 부정하고 배격한 것은 아니었다. 서진시대에 '무'와 '유', 정情과 예禮, 초월과 현실을 조화시켜야 한다는 사상이 주류였다. 이런 사상을 담고 있는 대표적인 저술로는 혜제 때 곽상郭象이 쓴 『장자주莊子注』가 있다. 조화론의 핵심적 견해를 보면 '무'와 자유로운 삶을 긍정하고 있음을 알 수 있다. 그러면서도 이를 실천하는 데에 세속적 생활 또는 규범을 부정할 필요는 없다고 생각했다. 서진시대 말기 "명교名教 속에 쾌락의 경지가 있다"라는 말이 있었는데 바로 이를 뜻하는 것이다. 명교는 중고시대의 유행어로, 유가의 삼강三綱과 오상五常을 가리킨다. 명교와 자연이 근본적으로 다른 것이 아니라는 조화론은 현학의 주요 사상이 되었다.

현학의 출현은 중국학술사상사에서 대변화였고 현풍은 중국문화의 발전에 있어 독특한 변주곡이라 할 수 있다. 현학과 현풍 모두 지식인들이 주도했기에 상류사회의 지식인 사이에서만 유행했다. 그렇지만 현학과 현풍이 사회 전반에 미친 영향을 과소평가할 수는 없다. 이런 문화운동으로 인해 세속을 초월하는 관념과 행동을 중시하는 사회적 가치관이 형성되었는데, 이는 일찍이 없었던 큰 변화였다. 예를 들면, 중고시대는 종교가 가장 발달했던 시기였고, 현학이 '자연'과 '정情'의 가치를 중시함으로써 개인의 감정이 상당히 존중되었다. 이는 한나라 때 가정이나 국가와 같은 집단의 질서 유지를 중시했던 것과는 현격히 다른 것이었다.

# 제6장 중고시대 종교와 사회

서진 말기에 일어난 영가의 난(311년)으로부터 당나라 중기에 일어난 안사의 난(755년)까지 중국은 복잡한 역사적 과정을 겪었다. 동진에서 남북조 말기까지 혼란과 분열 국면이 지속되면서 정국은 급변했다. 정국이 매우 불안정했던 것과는 달리, 이 시기 사회와 문화는 정형화되면서 발전해 갔다. 이 시기 중고시대를 대표하는 문화는 내실 있는 발전을 이루었다. 그것은 중국인들의 마음과 행동에 깊은 영향을 미쳤을 뿐 아니라, 지금의 위구르와 동북지역, 그리고 한국 및 일본 등 아시아 지역으로도 전파되어 오늘날까지도 동아시아문화의 중요한 초석으로 자리하고 있다. 여기서는 이 문화의 핵심인 종교와 이러한 전통을 만들어낸 사회적 환경에 대해 소개한다.

## 제1절 문제門第사회와 민족 교류

중고시대 문화 각 분야의 핵심 요소를 소개하기에 앞서 중고시대의 사회형태를 살펴봐야 하고 중고시대 사회성격을 이해하기 위해서는 먼저 '문제門第'와 민족관계에 대해서 이해해야 한다.

## 문제의 기원과 성격

'문제門第'란 무엇인가? 간단히 말하면 중고시대 사회적으로 최고의 지위에 있던 집안을 말한다. 역사문헌에 나타난 이들 집안에 대한 호칭을 보면 '문제' 외에 '세가世家'·'세족世族'·'대족大族'·'문벌'·'사족士族'·'귀족'·'구족舊族'·'명족名族' 등이 있다. 이들 명칭은 의미에서 상당한 차이가 있다. 일반적으로 '세가'·'세족'·'구족'은 이들 집안의 역사가 아주 오래되었음을 의미하는 것이고 '귀족'·'문벌'·'대족'은 세력이 막강한 집안을 가리키는 것이다. 그리고 '문제'·'명족'은 명망이 높은 집안임을, '사족'은 교육을 중시하고 문화적 수준이 높은 집안임을 의미하는 것이다. 실제 역사적 사실로 볼 때, 이들 명칭은 '문제'의 의미를 온전히 담지 못하고 있다. 다시 말해, 특히 동진 이후, 절대다수의 '문제'는 유구한 역사와 막강한 사회적 역량을 가졌고 사회적으로 명망이 높았다. 그리고 자제들의 지식과 교양 함양을 중시하였다. 여기서는 이런 부류의 집안을 편의상 '문제'와 '사족'으로 칭한다.

중고시대의 중요한 특색 중 하나는 '문제'가 오랫동안 정치와 사회를 이끌었다는 점이다. 그러므로 중고시대 사회를 때론 '문제사회門第社會'라고도 칭한다. 문제계층(혹은 집단)의 형성과 발전에 대한 역사를 소개하기에 앞서 몇 가지 문제의 성격을 살펴보자.

우선, 문제는 장기간 사회적 지도자로서의 역할을 맡았지만 정치와 군사 분야에 있어 최고 담당자는 아니었다. 중고시대에 서진과 동진을 제외하고 사족이 세운 정권은 거의 없었다. 이런 상황은 다음과 같은 사실을 설명해 주고 있다. 문제가 기본적으로 하나의 사회적 현상이라는 것, 그리고 이들 집안은 독립된 사회적·경제적·문화적 기반을 가졌기 때문에 오랫동안 지배계층에 자리할 수 있었다. 이들의 세력이 막강해지면 어떤 정권을 막론하고 반드시 그 집안과 손을 잡아야 했다. 즉 정권을 세운 자는 문제계층만의 특권적 지위를 인정해 주고 그들의 힘을 빌려 안정된 통치를 다져나갔다. 심지어 그런 집안에 기대어 정권의 합법성을 세우기도 했다.

다음으로, 문제의 명망과 지위는 한 지역만이 아닌 전국적인 것이었다. 문제나 사족의 모든 명호는 그 집안의 발원지와 그 집안 성씨로 구성되었다. 중고시대 유명한 사족 낭야 왕씨琅邪王氏를 예로 들어보면, 낭야(지금의 산동성 임기현臨沂縣 부근)는 그 집안의 발원지이고 왕은 그 집안의 성씨이다. 하지만 낭야 왕씨의 명망은 낭야 지역에서만이 아니라 전국적으로 알려져 전국의 모든 사람들이 그 집안사람들을 존경했다. 어지럽고 복잡했던 중고시대의 역사 속에서 사족 대다수가 수차례 거주지를 옮겨 고향에 남아있는 집안사람들은 그리 많지 않았다. 유명한 서예가 왕희지王羲之 역시 낭야 왕씨 출신이다. 그러나 왕희지는 평생을 강남에서 보냈기에 그에게 낭야는 멀리 떨어진 선조의 고향에 불과했다. 당나라 때는 사족을 '동서남북지인東西南北之人'이라 칭하기도 했다. 이는 수차례 거주지를 옮긴 사족에게 있어 온 천하가 자신의 집이라 것, 그리고 천하사람 모두가 그들을 알고 있다는 것을 잘 보여주는 명칭이다.

그 다음으로, 세가·대족은 오랜 기간 사회지도층으로 자리했다. 그리고 그들의 영향력은 한 지역에만 국한되지 않았다. 그러므로 중고시대 정치와 사회의 통치계층은 오랫동안 소수의 집안에 의해 독점되었다고 할 수 있다. 중고시대에 문제는 정치적으로 높은 지위와 경제적 이익과 부를 자자손손 누리는 특권을 가진 집안으로 거의 귀족(aristocracy)에 가까웠다. 약간 다른 점이 있다면 중국 선진시대의 제후·사대부와 유럽 및 일본 역사상의 귀족이 제도와 법적으로 세습적 특권을 인정받은 것과는 달리 문제는 제도적으로 보호받은 경우가 극히 드물었고 대부분 자신들의 사회적 역량과 명망을 통해 특권을 유지해나갔다는 것이다. 중고시대의 문제는 의미상의 귀족일 뿐 법적인 귀족이라고 할 수 없다. 문제는 전국시대에 고대 귀족이 와해된 이후로 중국

역사에 처음이자 마지막으로 출현한 또 다른 귀족계층으로 당나라 중기이후부터 점차 쇠락했다. 3~4백 년 전까지도 세계 대다수 국가가 세습 귀족에 의해 줄곧 통치되었던 점에 비추어보면 중국은 확실히 예외적인 특수한 경우에 속한다.

중고시대의 문제는 후한에서 기원했다. 후한시대에 사회적으로 최대 세력은 각지에 있던 호족이었다. 후한 정권은 경학에 대한 지식과 도덕적 행위를 고위관료 선발의 기준으로 삼았다. 그러므로 호족들은 정치적 권력을 얻기 위해 자제들을 교육시켰다. 이들 호족의 문화수준도 점차 높아졌다. 관리가 되거나 태학太學[10]에 진학한 호족출신들은 자신들과 비슷한 배경을 가진 사람들과 오랜 시일 교류하면서 나와 남을 구분하는 계층의식을 갖게 되었다. 후한 말기에 이르면 완전한 형태는 아니지만 최초의 사족계층이 출현했다. 이들 사족은 후한 정권을 장악하고 부정부패를 일삼았던 환관에 대항한 주요 세력이었다. 여기서 한 가지 설명해야 할 점은 후한시대에 사족이 형성되기 시작했지만 사회적으로 절대적 우위를 점하지 못했고, 또한 인재를 가늠할 때 개인의 품성을 가정배경보다 중시했기 때문에 비천한 집안 출신들이 자신의 재능을 보여줄 수 있는 길이 열려져 있었다는 것이다.

한나라 말기, 전국 규모의 내란이 일어난 이후 호족들은 자신들의 생명과 재산을 지킬 수 있는 능력을 갖추었다. 그리고 상당수의 일반 사람들이 자발적으로 호족 밑에 들어가 복무함으로써 사족의 세력은 한층 더 커졌다. 서진시대는 문제의 세력이 절정에 이르렀던 분수령이라 할 수 있다. 서진의 황족인 사마씨 집안은 유명한 사족으로 정권을 잡은 뒤 자신들과 같은 계층의 기득권을 보호해 주었다. 독특한 사족계층 형성에 있어 중요한 요인은 바로 구품관인법九品官人法(또는 구품중정제)이었다.

---

**10** 수도에 있던 국립대학

## 구품관인법

구품관인법은 조비가 통치하던 위나라 초기에 처음 만들어졌다. 이 제도의 핵심 내용은 다음과 같다. 중앙정부는 주州에 대중정관을, 군郡에 중정관中正官을 두었다. 중정관은 각 주와 군의 인재에 대한 여론을 수집해 9등급으로 나누어 평가했는데 이를 향품이라 했다. 이부吏部는 중정관이 올린 향품 및 각 인물의 덕행·재능에 관한 평가를 근거로 관리를 임용했다. 후한 때 인재 등용은 주로 지방관의 천거에 의해 이뤄졌는데 이를 '향거리선鄉舉里選'이라 칭했다. 하지만 후한 말기 이후 지방의 인심이 흉흉해지고 사회가 혼란해지자 많은 사람들이 살던 곳을 떠났다. 이로 인해 이 제도는 더 이상 시행될 수 없었다. 구품관인법은 향거리선을 대신한 제도로 중앙정부가 각 지역의 인재를 찾아내 관리로 임용하는 것이었다. 이 제도가 마련된 목적은 중앙정부가 인사선발을 장악하기 위한 것이었다.

구품관인법은 시행된 지 얼마 되지 않아 문제門第가 고관에 오르는 도구로 전락하기 시작했다. 주요 원인을 보면, 중정관 대부분이 사족출신으로 인재를 평가할 때 기준을 그 사람의 출신 배경에 편중시킴으로써 상품上品을 모두 사족 자제가 독차지하는 결과를 초래하였다. "상품에는 가문이 낮은 집안이 없고 하품에는 권세 있는 집안이 없다"라는 서진시대의 명언은 바로 이런 현상을 가리킨 것이다. 서진시기의 구품관인제도는 사족에게 장악되었지만 이론적으로 보면 덕행과 재능에 따라 인재를 선발하는 객관성을 지닌 제도였다. 동진 이후, 문벌제도와 구품관인법은 한층 더 단단히 결합했다. 당시 상황을 보면 1품은 허품虛品(이름뿐인 품)으로 1품으로 평가받은 사람은 없었다. 문제의 자제는 일률적으로 2품으로 평가되어 2품만이 상품이었고 나머지는 모두 비품卑品이었다. 구품관인법은 수나라 때 폐지되었다. 그러나 구품관인법은 이미 장기간 문제계층을 위해 복무하였다.

## 영가의 난 이후 귀족집단

동진이후, 국토가 분열되자 문제계층은 몇 개의 집단으로 갈라졌다. 남방에는 북방에서 피난 온 '교성僑姓'이라 불리는 사족과 원래부터 강남 일대에 거주하고 있던 '오성吳姓'이라 불리는 사족이 있었다. '교성' 사족 다수는 모두 서진의 중앙정부 지도층의 후예들로 현학과 현풍은 바로 이들 집단에 의해 남방에 전해졌다. 또한 '교성'은 동진·남북조 초기에 전 중국을 통해 지위가 가장 높았던 사족집단이었다.

북방에는 화북 평야, 그리고 점차 낙양을 중심으로 거주하게 되는 사족집단이 있었는데 이들을 '산동군성山東郡姓'이라 했다. 이외에 장안과 서남부를 중심으로 한 '관중군성關中郡姓'이 있었다. 북위가 북방지역을 통일한 후, 선비족의 통치 집단 역시 문제의 반열에 오르기를 희망했다. 선비족의 원래 근거지가 지금의 산서성 대동大同 일대였고 그 곳이 고대 대국代國이 있었던 곳이었기에 선비족 통치 집단을 '대북로성代北虜姓'이라고도 칭했다.

수당 이후, 남북조시대에 형성된 몇몇 문벌집단은 상호간의 교류를 통해 점차 긴밀한 관계를 맺고 융합되기도 했으나 여전히 구분은 있었다. 남북조 후기로부터 수당시대까지 북방의 산동군성은 사족 중에 가장 높은 지위에 있던 집단이었다. 산동군성이 이렇게 될 수 있었던 것은 남북조 분열이라는 상황에서 그들이 맡은 역할과 관련이 있다. 산동사족은 북방에서 오랫동안 한족을 대표해 이민족 통치자를 상대하면서 북방사회에서 지도적 지위를 차지했다. 북주北周 출신인 양견楊堅에 의해 중국이 통일되면서 산동군성은 남방교성을 대신해 모든 문제계층을 대표하는 지도자가 되었다.

## 호족의 중국진출

중고시대의 두드러진 현상 가운데 또 한 가지는 바로 민족 간의 접촉이 빈번했다는 점이다. 이 기간에 수많은 이민족이 북방·남방을 불문하고 중국 전역으로 들어왔다. 5호五胡는 중국 북방을 점령한 후 정복자요, 통치자의 신분으로 임했다. 후한 이후부터 한족 정권은 국경 요새에 이민족을 배치하면 변방 방어에 효율적일 것이라는 생각에서 이 정책을 오랜 기간 시행했다. 이것 외에 많은 호족이 경제적인 이유로 한나라 변방지역으로 이주했다. 이들 호족은 변방지역에서 한족 관리와 부호들로부터 늘 박해와 착취를 당해 이들 간에 종종 충돌이 일어났다. 후한 후기에 서북의 강족이 일으킨 반란은 국가 안전을 위협한 중대한 사건이었다.

서진시대 호족은 중국정권을 직접적으로 위협했다. 서진의 혜제가 황제에 등극한 지 얼마 되지 않아 호족이 대규모 반란을 일으켜 북방을 점령했다. 그리고 이들은 많은 정권을 세웠다. 중국 북방에 들어와 통치자가 된 호족은 '5호'라 불리는 흉노족匈奴族·선비족鮮卑族·강족羌族·저족氐族·갈족羯族이 핵심이었다. 흉노족은 가장 먼저 북아시아 초원지대에 출현한 강대한 유목민족으로 지금의 몽골고원을 근거지로 했다. 중국 변방에 진입한 것은 남흉노로 5호 가운데 그들이 한족과 접촉한 기간이 가장 오래되었고 상당 정도 중국 문화에 동화되었다. 강족은 아주 오래전부터 지금의 중국 서부 황하 상류와 청해 황수 일대에 거주했다. 그들은 언어와 문화면에서 한족과 깊은 관련을 가졌다. 지금의 티베트인들은 강족의 한 갈래일 가능성이 매우 높다. 저족 역시 서방에서 왔는데 사천성·운남성·귀주성 일대의 서남이西南夷 계통인 것 같다. 갈족은 5호 가운데 가장 특이한 민족이다. 그들은 깊게 패인 눈과 높은 코, 많은 수염을 가진 코카서스인으로 그들 언어는 인도유럽어족에 속한다11.

5호 중 가장 중요한 민족은 선비족이다. 선비족 탁발부拓跋部가 건립한 북위는 5세기 중엽에 북방을 통일하고 회하淮河유역까지 다스려 중국 내에서 가장 강대한 정권이었다. 북위는 훗날 붕괴되었지만 북위가 규합해 놓은 세력은 계속해서 북방을 통치했고 마침내 중국을 통일했다. 선비족은 유목민족으로 원래 지금의 몽골과 동북 인접지역에 거주했었다. 후한 초기에 몽골 초원을 점유하고 있던 흉노족이 흩어져버린 후, 선비족은 서쪽으로 이동해 흉노족이 차지했던 고비사막 북쪽을 점유했다. 후한 말기에 대란이 일어나자 선비족은 다시 남하하여 5호 가운데 가장 늦게 중국 영내에 들어왔다.

호족은 진晉나라 때 중원에 들어와 중국 북방에 정권을 세웠다. 이는 중국역사 이래 최대의 사건이었다. 이후 수백 년 동안 이들 호족과 한족은 긴밀한 관계를 갖고 중국의 정치·사회·문화 전반에 걸쳐 폭넓게 상호 영향을 미쳤다.

## 남방의 원주민과 한족

중고시대에 민족 융합은 북방뿐 아니라 남방에서도 이루어졌다. 상고시대 장강 이남은 중국민족의 세력 범위에 속하지 않았다. 전국시대와 진한시대 이후, 강서성과 절강성 일대의 월인越人처럼 원래 거주하고 있던 몇몇 이민족이 중국문화를 받아들여 한화되고 한족들이 이주함에 따라 한족문화가 점차 남방으로 확산되었다. 그러나 오늘날의 중국 화남지역 대부분은 한나라 시대 내내 그 곳 토착민족에 속해 있어 중국문화와의 관계가 상당히 미약했다. 후한 말기 대란으로 북방의 여러 계층 사람들이 대거 남하하기 시작했고 영가의 난 이후 최고조에 달했다. 이로 인해 남방의 인구가

---

**11** 인도유럽어족은 널리 분포해 있다. 유럽 대부분의 언어, 예를 들면 영어, 프랑스어, 그리스어는 모두 인도유럽어에 속한다. 그리고 아시아의 이란인, 북인도인 역시 인도유럽언어를 사용하는 민족이다.

급증했고 토착민과 한족문화가 융합하게 되었다.

남방지역의 주요 토착민족으로는 강서성과 절강성 일대의 산월山越, 장강유역 중류의 '만蠻', 강서성 남부와 광동성 북부지역의 혜인傒人, 광서성과 광동성 그리고 호남성 남부의 이인俚人, 사천성 일대의 요족僚族이 있었다. 이들 민족 대부분은 단순 농업으로 생활했고 조직이 산만하여 무력이 강하지 못했다. 그들은 한족과 때로 충돌했지만 대규모 전쟁은 거의 없었다. 위진남북조시대 수백 년 동안 한족의 끊임없는 남방 이주로 이들 민족과 한족은 상당 정도 융합했다. 당나라 때에 이르면 화남의 평지와 하곡河谷 일대에서 토착 민족은 거의 사라졌다. 남방의 토착민족이 막강한 정치력과 군사력을 갖지 못했기 때문에 역사 속에서의 비중은 북방의 호인胡人에 못 미쳤다. 하지만 우리는 이들 민족의 후예들이 훗날 남방 사회의 주요 구성원이 되었고 그들의 문화 또한 한족과 융합되는 과정에서 사회 전체로 전파되었다는 사실을 간과할 수 없다.

문제門第와 중국사회에 새로 들어온 이민족은 전체 인구에 비하면 소수에 불과했다. 이들 외에 중고시대 사회에는 지방호족·농민·도시상공업자·노비가 있었다. 그 중 최대 다수는 농민으로, 그들은 문벌에 종속되었거나 또는 국가에 예속된 자작농이었다. 이 책의 성격과 지면 관계상 이들 주요 사회구성원에 대해서는 자세히 소개하지 않겠다.

## 제2절 불교의 수입과 흥성

불교가 중국에 들어와 널리 전파된 것은 중국문화사에서 거대한 사건이다. 불교가 중국 사회에 미친 영향이 너무나도 컸기에 오히려 그것의 중요성을 명쾌하게 설명하기가 대단히 어렵다. 간단히 말해, 과거 1,500~1,600년 동안 불교는 부침을 거듭해왔다. 그러나 불교는 중국 사회 속에서 토착종교인 도교와 줄곧 어깨를 나란히 한 주요 종교였고, 19세기 중엽 서양 열강의 동양 진출 이전까지 중국에 가장 큰 영향을 미친 외래문화였다.

## 불교의 수입과 발전

불교는 인도에서 고다마 싯다르타에 의해 탄생되었다. 인도는 전통적으로 역사 기록을 중시하지 않아 불교가 언제 발생했는지 정확히 말할 수 없지만 대략 기원전 5~6세기 전후로 보고 있다. 인도인이 불교를 직접 중국에 전한 것은 아니다. 불교는 전한과 후한 사이에 서역으로부터 중국에 전래되었다. 그러므로 중국불교는 처음부터 농후한 서역의 색채를 지녔다.

한나라 때 불교는 그다지 널리 유행하지 않았다. 불교를 전한 사람은 대부분 중앙아시아인 혹은 중앙아시아에 거주하고 있던 중국인의 후예였다. 기록에 따르면 한족으로 가장 먼저 출가한 사람은 환제(재위기간: 147~167년) 때 사람 엄부조嚴浮調였다. 불교는 몇몇 지역의 일반인들 사이에서 유행했다. 그리고 몇몇 왕공귀족이 불교를 믿기 시작했지만 지식인들로부터 주목을 받지 못했다. 한나라 때 사람들은 불교를 방술의 일종, 다시 말해 액막이를 하고 복을 비는 도술 정도로 인식했다. 한나라 때 불교의 교리 중 가장 널리 받아들여졌던 것은 사후에 영혼이 불멸하고 생사윤회 중에 인과응보를 받는다는 것이었다. 그러므로 불교는 욕심과 사치를 버리고 자선과 보시를 행하는 방법으로 도를 닦고 선을 행하도록 사람들을 이끌었다. 좌선 또한 중국에 소개되었다. 후한시대 2백년간 불교는 널리 유행하지 않았지만 장기간에 걸쳐 전파되면서 이후 불교 발전의 기초가 이 시기에 다져졌다.

후한 말기에 대란이 일어난 이후 불교는 날로 발전해갔다. 그러나 불교가 중국문화와 사회에 지대한 영향을 미치게 된 것은 영가의 난이 일어나 남북으로 분열된 이후였다. 남방과 북방에서 불교가 발전한 형태는 상당히 달랐다. 먼저 남방을 보기로 하자.

불교가 중국에 들어온 후 불교는 줄곧 중·하층 사회와 외국인 거주지에서 널리 전파되었을 뿐 사대부들로부터 주목을 받지 못했다. 이런 상황에서 불교가 중국문화권 내에서 발전하고 그 나름의 지위를 차지하는데 상당한 한계가 있었다. 그렇지만 4세기 초, 진나라가 남쪽으로 수도를 옮긴 뒤 불교는 학문으로서 지식인층 사이에서 급속도로 유행하기 시작해 청담의 주요 소재가 되었고, 나아가 남방사상의 주류에 편입되었다. 이렇게 불교가 지식인들에게 받아들여지면서 그 위상은 크게 높아졌고 영향력도 한층 더 커졌다.

불교는 영가의 난 이후 북방에서도 성행했다. 북방 불교의 특색은 학문이 아닌 신앙으로 중시됐다는 점에서 유행한 범위나 깊이로 보아 북방이 남방을 앞섰다고 생각된다. 북방에서 불교는 이민족 통치자들의 지지를 받았을 뿐 아니라 많은 민중들의 신앙으로서 받아들여졌다. 5호16국 시대, 북방에서 가장 높은 지위에 있던 불교 지도자는 불도징佛圖澄이었다. 그는 외국인 고승으로 서역 귀자龜玆[12] 사람인 듯하다. 불도징은 후조後趙 정권(319~351년)의 지지를 얻었다. 후조가 세워진지 수 십 년 동안 그와 그의 제자는 거의 983개의 사찰을 세웠다고 한다. 이는 불교가 중국에 들어온 이후 전에 없던 성황이었다.

---

[12] 지금의 위구르 고거庫車

그림 6-1. 북위시대의 석가모니불 좌상

## 불교 융성의 배경

불교가 영가의 난 이후 갑작스레 성행하게 된 이유는 무엇일까? 대략 두세 가지 원인을 들 수 있다. 하나는, 사상적으로 보면 불교는 우주와 인생에 대해 복잡하고 정묘하게 해석 하고 있는데 이런 사상은 중국인에게 대단히 낯선 것이었다. 그리고 한나라 때의 사상이 근원적인 문제를 다루는 철학과 종교를 중시하지 않았던 요인이 더해지면서 불학은 한나라 지식인에게 주목받지 못했다. 그러나 위진시대 현학이 흥기하면서 우주의 본질과 인간의 품성·재능 등에 대한 문제가 중시되면서 불교사상은 지식인들로부터 주목을 받기 시작했다. 중국 지식인들은 불교를 접하면서 도가사상과 일부 상통된다고 보았다. 불교는 세상에 존재하는 모든 만물은 자성自性을 갖고 있지 않다고 본다. 다시 말해, 만물의 본질은 '공空'하다는 것이다. 중국 지식인들은 '공'의 개념을 도가의 '무'와 대단히 유사한 것으로 보고 불교 교리 연구에 전력을 다했다. 그러면서 불학은 현학과 결합되었고 이는 불교가 남방에서 유행하게 된 결정적인 원인이었다.

불교가 보급된 또 다른 원인으로 정세의 혼란을 들 수 있다. 황건의 난에서 영가의 난까지 1백여 년 동안 빈번한 전쟁으로 정국은 혼란해졌고 민생은 도탄에 빠졌다. 중국역사에서 이런 최악의 상황에 비견될 만한 경우는 거의 없다. 난세에 처한 사람들은 현실의 고통을 이겨내기 위해 마음의 안식처를 찾게 되고 그 과정에서 종교적 정서가 쉽게 생성되었다. 옛날부터 중국에는 갖가지 무술巫術과 천지신명에 대한 신앙이 있었다. 그러나 그것들은 사람들의 몸과 마음의 안식처로서 체계적인 교리와 의식을 갖춘 종교로 발전하지 못했다. 인도에서 발생한 불교는 완전한 체계를 갖춘 종교다. 불교에는 세밀하고 심오한 내용이 담긴 교리, 각종 의식과 수행방법, 신봉할 수 있는 불보살 및 신통한 법술 등이 있어 다양한 계층의 사람들이 정신적으로 필요로 하는 것을 채워 줄 수 있었다. 서진에서 동진으로 넘어가는 시기에는 불교경전에 대한 번역 작업이 활발하지 않아 교리에 대한 이해가 아직 부족했다. 하지만 중국의 토착 신앙과 판이한 불교는 큰 가뭄에 내리는 단비처럼 난세와 고난 속에 처한 사람들을 위로해주고 달래주었다.

불교가 북방에서 널리 퍼질 수 있었던 또 한 가지 원인이 있다. 불교는 외래 종교로, 사대부들은 오랑캐의 종교라는 이유를 들어 이를 배척했다. 그러나 서진이 무너지고 북방이 호족에 의해 통치되는데 그들 역시 이민족이었기 때문에 불교 제창을 심리적으로 조금도 꺼려하지 않았다.

## 중국화를 위한 노력

하나의 종교가 새로운 땅에 뿌리를 내리려면 통치자의 지지와 지식인의 관심, 그리고 외국 승려의 지도만으로는 부족할 것이다. 4세기 말에서 5세기 초에 이르러 일부 한족 불교지도자가 나타나면서 불교 발전의 토대가 한층 더 견고하게 다져졌다. 이들 한족 불교지도자 가운데 가장 중요한 인물은 석도안釋道安이다.

석도안은 진나라 회제 영가 6년(312년)에 태어나 385년 장안에서 생을 마쳤다. 그는 평생 독립적인 불교를 세우는데 주력했다. 물론 지극히 힘들고 어려운 일이었지만 별 내용 없이 겉만 화려한 청담에 기대지 않았고, 또한 정권의 도움 없이 불교를 중국에 뿌리내리게 했으니 실로 불교 역사상 몇 안 되는 걸출한 고승이었다. 도안은 젊었을 때 불도징을 스승으로 삼고 황하 북쪽에서 불교 포교에 전념했다. 365년 무렵, 전란으로 인한 위급상황에서 그는 신도들을 각지로 보내 불교를 포교토록 하고 자신은 동진이 통치하는 양양襄陽13으로 가서 10여 년을 지냈다. 379년, 전진前秦의 부견苻堅이 양양을 함락시키자 도안은 장안으로 가 죽을 때까지 그 곳에서 살았다.

도안은 일생동안 대단히 많은 일들을 추진했다. 그는 신도들이 부처의 진정한 가르침을 이해할 수 있도록 하기 위해 경전을 정리하고 교리를 연구했으며 역경사업을 위한 조직을 만들었다. 또한 승려가 지켜야 할 계율도 만들었다. 도안 이전까지 중국 승려의 법명에는 일정한 형식이 없었는데, 도안은 『중일아함경增一阿含經』를 근거로 출가인은 반드시 석가모니를 따라 '석釋'을 성으로 하도록 규정했다. 이 규정은 오늘날까지 줄곧 이어져 내려오고 있다.

4세기에서 5세기, 불교계에 또 한 명의 중요한 인물이 있었으니 바로 구마라습鳩摩羅什이다. 구마라습은 중국인이 아니다. 그는 귀자에서 성장했다. 젊었을 때 서역 제일의 불교학자가 되었는데 특히 대승교리에 정통했다. 그는 불교가 중국에서 크게 유행한 뒤에도 체계적인 불교 역경사업이 제대로 이루어지지 못했을 뿐 아니라 경전을 번역할 수 있는 인재가 부족하여 불교 교리를 깊이 이해할 수 없다고 생각했다. 구마라습이 불교에 대한 조예가 깊은 것으로 중국에 알려진 뒤 도안을 비롯한 몇몇 사람들은 그를 초빙해 역경에 대한 강의를 듣고자 했다. 384년, 양주涼州14지방 정권은 구마라습을 생포하기 위해 귀자를 공격하기까지 했다. 구마라습은 양주로 끌려가 그곳에서 10여 년을 머물다 401년 장안으로 갔다. 그리고 403년 장안에서 생을 마쳤다.

구마라습은 장안에 온 후 중국 불교에 두 가지 중요한 공헌을 했다. 하나는 많은 불경을 번역하여 한문대장경의 중요한 초석을 세웠고, 다른 하나는 불교 교리에 정통한 중국 제자들을 배출해냄으로써 더 이상 본토 사상, 특히 도가사상을 근거로 불교사상을 무리하게 해석하지 않게 되었다는 것이다.

---

**13** 지금의 호북성 양양

**14** 지금의 감숙성 무위武威

여러 가지 원인과 각 방면의 노력으로 불교는 마침내 중국 땅에 깊게 뿌리내렸다. 남북조시기에 불교는 발전을 거듭해 신도수가 대단히 많이 늘어났고 포교와 수행활동 등이 끊임없이 행해졌다.

총괄하면, 남방과 북방에서 성행한 불교는 서로 다른 면을 가지고 있었다. 북방에서는 불교가 일반사람들의 신앙으로 깊이 자리해 예배와 수행을 중시했다. 오늘날 세계적으로 유명한 용문龍門석굴과 운강雲岡석굴 모두 북조 때 조성되었다. 역사 기록에 의하면, 530년 무렵 북방에 세워진 사찰은 3만 여 곳에 달했다. 이를 통해 불교가 매우 융성하였음을 엿볼 수 있다. 남방에서는 불교를 주로 학문적·사상적으로 접근해 이론적 논쟁과 경전 연구를 중시했고 특히 통치계층과의 관계가 긴밀했다.

## 종파의 출현

남북조 말기, 특히 수당이 중국을 통일한 이후 불교 교리는 혼합되는 추세로 나아갔다. 이 때 종파의 출현이라는 불교계의 중대한 변화가 있었다. 원래 불교의 교리는 대단히 명확했다. 하지만 불교가 오랜 기간에 걸쳐 발전되고 여러 지역으로 확산되면서 내용이 상당히 번잡해졌다. 불교에는 방대한 양의 경전뿐 아니라 여러 가지 신앙활동과 수행방법이 있다. 불교가 중국에 들어온 뒤, 비록 신도들이 독경과 교리 실천을 중시했지만 처음에는 명확한 종파가 만들어지지 않았다. 수나라에 이르러서야 대규모 종파가 출현하기 시작했고, 가장 먼저 출현한 종파는 천태종이었다. 당나라 이후 법상종·화엄종·밀종·율종·선종 등이 속속 출현 혹은 전래되었다.

종파란 무엇인가? 이는 종교 속의 종교와 약간 비슷하다. 하나의 종파에는 종파를 창시한 인물이 있고 법을 전수하는 계통이 있으며 신도와 종규宗規가 있다. 그리고 교리에 대한 독특한 해석과 특별히 중시하는 수행방식을 가지고 있다. 그 외에 대부분의 종파는 자신들이 신봉하는 경전과 불보살을 가지고 있다. 종파의 흥기는 불교가 중국에서 수백 년에 걸쳐 확산되면서 중국문화에 흡수되었음을 보여주는 것이다.

중국 불교신도들은 불교가 수동적으로 이해되고 신앙되는 것에 그치기를 원하지 않았다. 그들은 종파를 만들어 자신들이 굳게 믿고 있는 불교의 진의를 널리 알리고자 했다. 종파는 중국불교만의 특유한 것으로 훗날 한국·일본 등 동아시아 각국으로 전해졌고 몇몇 종파는 지금까지도 남아있다.

## 역경사업

당나라 때 불교는 또 한 번 크게 발전하게 되는데 바로 중국인이 직접 불교 원전을 한문으로 번역할 수 있게 되었다는 것이다. 수 백 년에 걸쳐 독실한 불교 신도들이 희생을 무릅쓰고 구법을 위해 끊임없이 서쪽으로 갔기 때문에 이런 쉽지 않은 성과를 낼 수 있었다. 불교는 인도에서 탄생했고 불교 경전 대부분이 산스크리트어로 되어 있어 중국인들이 언어를 습득하거나 누구의 도움 없이 이해하기란 불가능하였다. 지리적으로 인도와 중국은 멀리 떨어졌을 뿐 아니라 산과 바다 그리고 사막으로 막혀 있다. 남북조 이후부터 많은 승려들은 험하고 힘든 노정임에도 불구하고 구법에 대한 열의를 가지고 멀리 중앙아시아·인도로 가서 언어를 배우고 유명한 스승을 찾아 다녔다. 그리고 경전을 가지고 돌아왔다. 이렇게 언어와 지리적인 단절을 극복하고 중국인들은 불교 원전을 읽을 수 있게 되었다. 이 방면에서 가장 큰 공헌을 한 사람은 현장玄奘이다.

13세 때 현장은 승려인 둘째 형의 영향을 받아 낙양에서 출가했다. 당 태종 정관貞觀 3년(629년) 현장 나이 28세 때 불법에 대한 의문을 풀기 위해 인도로 떠났다. 현장은 서역과 인도에서 16년 간 머물다 귀국했다. 인도에 머무는 동안 현장은 유명한 스승을 찾아다녔고 불학의 중심인 나란타 절에서 오랜 기간 머물렀다. 그는 불학에 대한 조예가 대단히 깊었고 산스크리트어로 저술하여 천축<sub>天竺</sub>(인도)에서 이름을 떨쳤다. 그가 인도를 떠날 때 20개국의 국왕, 그리고 승려와 속인 50여 만 명이 배웅을 했다고 한다. 장안에 돌아왔을 때도 많은 사람들이 배견했고 수십만 명이 영접했다. 현장은 귀국 후 역경사업에 주력했다. 그는 중국에 있는 (많은 외국인을 포함한) 불교 엘리트들을 모아 역경사업을 위한 기구를 세웠다. 현장은 죽을 때까지 거의 20년 간 그들과 함께 경론<sub>經論</sub> 74부 1,335권을 번역했다. 번역한 경전의 양이 방대했을 뿐 아니라 번역 또한 세밀하고 정확했다. 중국과 외국 간의 문화교류 역사에서 이는 전대미문의 성과일 뿐 아니라 오늘날까지도 이렇게 할 수 있는 사람이 아직 나오지 않고 있다. 현장은 불학에 대한 소양이 깊었을 뿐 아니라 출중한 지도력을 갖췄다. 또한 그는 사상의 종사<sub>宗師</sub>이며 법상종의 창시자이기도 하였다.

## 민간불교의 신앙

남북조시대부터 불교가 성행하면서 어떤 종파에도 속하지 않은 불교신앙이 출현해 민간인들 사이에서 크게 유행했다. 이들 신앙의 특색은 교리가 간단하고 실천이 용이하며 불보살 숭배를 위주로 했다는 점이다. 관세음신앙·미륵신앙·아미타정토신앙 등이 가장 유명했다. 관세음은 대승불교가 신봉하는 보살 중 하나이다. 관세음보살의 가장 큰 특징은 대자대비로 고통 받고 있는 인간과 세상을 구원하는 것을 원<sub>願</sub>으로 삼고 있다는 점이다. 관세음보살의 법력은 끝이 없고 여러 형상으로 화신하여 중생들이 위난에 처했을 때 관세음보살의 명호를 일념으로 부르면 구원받을 수 있다는 것이 관세음신앙이다. 관세음신앙은 대략 4~5세기 사이에 유행하기 시작했고 오늘날까지 많은 사람들의 신앙으로 자리하고 있다.

그림 6-2. 돈황 천불동에서 발견된 당나라 후기의 「수월관음도水月觀音圖」

불교에서 미륵불은 미래불에 속한다. 미륵불은 현재 도솔천에 상주하고 있는데 장차 우리가 살고 있는 사바세계로 내려와 중생 해탈을 도울 것이다. 그러므로 미륵신앙에는 다음과 같은 중요한 내용이 담겨져 있다. 불교신자는 죽은 뒤, 미륵불이 상주하는 도솔천으로 올라 가 그 곳에서 미륵불의 비호를 받을 수 있다. 도솔천으로 올라가려면 일반적인 수행 외에 미륵불의 명호를 듣게 될 때 기쁜 마음을 가지고 예배하면 인도를 받을 수 있다. 중생을 구제하는 부처의 법력을 통해 사람을 행복한 세상으로 이끄는 이런 신앙은 불교에서 정토신앙으로 불린다. 이외에 미륵불은 미래불로 구세주의 의미를 가지고 있어 반란을 일으킨 사람들은 항상 '미륵불이 세상에 내려온 것'이라고 선전하기도 했다.

아미타신앙은 민간신앙에서 가장 유행했던 것으로 생각된다. 일반적으로 불교의 특성은 자력으로 해탈하는 것이라고 말한다. 즉 생사고해의 윤회에서 벗어나 해탈하려면 자력으로 수행해야 한다는 것이다. 이와 달리 아미타신앙은 타력他力신앙이다. 아미타불은 서방정토에 상주하면서 사바세계의 중생 구제를 발원하고 있다. 사람들은 죽기 전에 일념으로 아미타불을 염하면 그 인도를 받아 고해에서 벗어나 아미타불이 상주하는 극락정토로 갈 수 있다. 아미타신앙은 어떤 신앙보다도 중국사회에서 오랫동안 널리 유행했고 사람들 마음 속 깊이 자리했다. 여기서 한 가지 설명을 덧붙이자면, 앞에서 말한 몇 가지 불교신앙이 비록 일반 서민들 사이에서 가장 유행했고 또한 고승대덕과 지식인에게도 신봉되었지만 사실 대부분의 종파가 정토신앙을 제창했다는 점이다.

## 지옥관념과 변문變文

불교는 중국에서 성행한 후에 민중의 신앙이 되었고 일반 문화의 세세한 부분까지 상당한 영향을 미쳤다. 그 중 두 가지 예만 들어보겠다.

첫째, 불교는 중국인의 생사관에 지대한 영향을 미쳤다. 불교가 성행하기 전까지 중국인들은 사람이 죽으면 혼백이 육신을 떠나 승천하거나, 땅속으로 들어가거나, 아니면 인간세계를 떠돌아다닌다고 생각했다. 사람이 죽은 뒤 승천한다는 생각은 전한 중기이후 점차 유행하지 않았던 것 같다. 죽은 뒤에는 주로 귀신이 되어 지하세계에 살게 되는데 지하세계와 생전의 세계는 거의 같아 관청과 관리가 관할한다고 믿었다. 후한시대 이후로 지하세계를 주관하는 가장 권위 있는 자는 태산부군泰山府君이었다.

불교는 사후세계에 대한 중국인들의 생각을 바꾸어 놓았다. 사후세계에 대한 불교의 기본적인 견해는 두 가지이다. 하나는 사후의 운명이 생전의 선악과 관련되어 나쁜 짓을 많이 한 사람은 고통을 받을 것이고, 좋은 일을 많이 한 사람은 복을 받는다는 것이다. 즉 생전의 소행에 따라 사후에 공정한 심판을 받게 된다는 것이다. 다른 하나는 생명이 윤회한다는 것이다. 불교에서는 사람이 죽은 뒤 성불하지 못하거나 부처님의 인도를 받지 못하면 '육도六道'를 윤회한다고 말하고 있다. '육도'는 지옥·아귀餓鬼·축생·인간·하늘·아수라阿修羅(악귀)의 6종류의 세계를 가리킨다. 이 두 가지 견해, 특히 후자는 중국의 기존사상에는 없는 것이었다.

불교에서 말하고 있는 사후세계의 형상 중에서 가장 독특한 세계는 아마도 지옥일 것이다. 지옥은 육도 가운데 삼악도三惡道의 으뜸 —다른 두 가지는 아귀와 축생이다— 으로 가장 나쁜 사람이 사후에 고통스런 형벌을 받는 장소다. 불교는 상당히 풍부한 상상력으로 지옥을 이야기하고 있다. 지옥의 수는 상당히 많은데 그 중 가장 유명한 주관자는 염라대왕이다. 그의 수하에 있는 상당수의 판관과 귀졸鬼卒은 악인을 심판하여 죄를 다스리는 염라대왕의 일을 돕는다. 불교 경전 속에서 염라대왕이 주관하는 지옥은 많은 지옥 중의 하나일 뿐이다. 그러나 지옥설이 사람들 마음속에 깊이 자리함에 따라 중국인들은 염라대왕이 저승세계를 주관하고 사후 운명을 결정하는 최고 권위자라 생각했다.

남북조 이후, 지옥에 대한 관념은 중국인들에게 보편적으로 받아들여져 사후 세계의 주요 부분이 되었다. 도교 또한 불교의 영향을 받아 지옥사상을 갖게 되었다. 그러나 지옥의 지점과 내용은 중국 고유신앙과 전설을 근거로 했을 뿐 불교의 지옥사상 전부를 취하지는 않았다.

'변문' 역시 불교와 민간문화와의 교류에 따른 산물이다. 변문은 당나라 때에 유행했다. 원래는 불교 '속강俗講'에서 사용한 각본을 가리켰던 것이다. 당나라 때 일부 불교 승려들이 포교를 위해 불경 안에 담긴 내용을 이야기로 엮고 각종 노래로 만들어 민중들에게 들려주었는데 이를 '속강'이라 한다. 속강의 형식은 무겁지 않고 내용은 흥미진진하면서 쉬워 민중들로부터 상당한 호응을 얻었다. 변문은 바로 이런 이야기의 각본이다. 변문은 포교 활동에서 나온 것이다. 그러나 시일이 경과하면서 점차 종교적인 성격보다는 오락적인 성격과 문학적인 성격이 강해졌는데, 일부 변문은 역사 속에서 소재를 취했고 심지어 직접 이야기를 엮어 독립된 문학창작이 되었다. 변문은 중국 백화소설의 시조라 할 수 있고 문학사에 있어 중요한 자리를 차지하고 있다.

불교는 후한 초기 중국에 전래되어 2, 3백년간 별다른 움직임을 보이지 않다가 중고시대에 들어서면서 큰 빛을 발했다. 불교의 전파는 종족이나 국가, 계층이나 성별, 교육수준의 경계를 뛰어넘어 중고시대에 가장 성행한 종교였다. 불교신앙에 관한 여러 가지 사상과 활동 역시 중국 중고시대 문화의 중요한 일부를 이루었다.

## 제3절 도교의 형성과 발전

　도교는 위진남북조시대에 흥기했는데, 이 역시 중국문화사에서는 일대 사건이다. 불교와 달리 도교는 중국의 고유종교이다. 도교는 조직화된 종교지만 역사상 유행한 정도로 보면 불교에 못 미쳤다. 그렇지만 도교는 중국문화 속에 깊이 뿌리 내린 많은 신앙이나 가치관과 불가분의 관계를 맺고 있기 때문에 불교보다 사람들 사이에 훨씬 깊게 자리했다. 도교를 통해 우리는 중국문화의 심층적인 많은 요소를 명확하게 관찰해 볼 수 있다.

### 태평도太平道와 천사도天師道

　도교는 오랜 세월에 걸쳐 탄생하였다. 일반적으로 도교는 후한 말기의 태평도와 천사도(혹은 오두미도五斗米道라고 칭함)에서 기원한 것으로 본다. 태평도는 장각이 창립했고 화북 평원의 동부에서 유행했다. 장각이 황건의 난을 일으켰기 때문에 태평도는 역사상 가장 먼저 사람들의 주목을 끈 도교 조직이 되었다. 황건의 난이 8개월 만에 평정되면서 태평도 역시 진압되었지만 태평도의 세력은 완전히 소멸되지 않고 지하로 숨어들었다. 훗날 이들 세력은 천사도에 흡수되었지만 화북지역에서는 여전히 도교의 중요한 근간이었다.

　천사도는 사천성과 섬서성의 남부 한중漢中에서 흥기했다. 천사도의 기원을 놓고 학자들이 논쟁을 하고 있지만 우리들이 확실하게 말할 수 있는 것은 이 교파의 형성 초기에 장로張魯가 가장 중요한 지도자였다는 점이다. 그는 천사도를 짜임새를 갖춘 종교 조직으로 발전시켰을 뿐만 아니라 후한 말기 대란이 일어난 뒤에, '사군師君'이라 자칭하며 섬서성 남쪽과 사천성 북쪽 일대에서 정권을 건립하였다. 그리고 종교로써 정치를 이끌면서 포교 외에 몇 가지 사회구제를 위한 제도를 마련했다. 이는 중국역사상 보기 드문 정교일치의 정권이었다.

장로의 정권은 215년 조조에 의해 섬멸되었다. 장로가 투항하자 천사도의 많은 지도자와 함께 화북으로 이주해 살도록 했다. 조조는 한중에 거주하고 있던 천사도 신도들을 장안과 그 부근 지역으로 이주시켰다. 그리하여 천사도의 중심이 완전히 북방으로 옮겨졌다고 할 수 있다. 이들 신도들은 태평도의 잔여 세력과 결합한 뒤, 1세기 정도 조용히 지내다 영가의 난 이후 거대한 종교 세력으로 발전했다. 초기 도교 역사에서 천사도는 도교의 주류였고 정통이었다.

## 초기 도교의 특징

도교는 처음 출현했을 때부터 교리, 의식과 신앙 활동 모두가 서로 뒤섞여 있었기 때문에 그 성격과 주장을 설명하기가 쉽지 않다. 단순화시켜 말하면 초기 도교는 민간 무술巫術, 그리고 황제黃帝와 노자에 대한 숭배의 혼합물이었다. 초기 도교에는 몇 가지 특징이 있다.

첫째, 우주와 인간 등 온갖 것에 대한 몇 가지 이론을 갖추고 있다. 이들 이론은 모두 노자의 『도덕경道德經』을 근거로 했다. 둘째, 도사들은 모두 초능력을 가지고 신령과 귀신을 마음대로 부리며 사람들의 재앙을 막아줬는데 특히 병을 많이 치료해 주었다. 이는 무술에서 취한 것이었다. 셋째, 태평도와 천사도 모두 사람을 교화시켜야 하는 사명감을 가지고 있었다. 이들 종교는 사람들의 병이 낫지 않는 것은 착한 일을 행하지 않고 도道를 믿지 않기 때문이라 생각했다. 반드시 참회해야 재앙에서 벗어날 수 있다고 믿었다. 천사도는 일찍이 정권을 세워 사회 교화에 특히 주력했다.

민간신앙이 종교로 발전하기 위해서는 조직과 교리를 갖추어야 한다. 이 두 요소가 없다면 신앙은 짜임새 없는 산만한 상태에 머물 뿐 고도의 응집력을 지닌 시스템을 만들 수 없다. 초기 도교의 조직은 앞에서 말한 태평도와 천사도였다. 천사도 조직은 국가행정체계를 모방해 건립하였다. 천사도의 지도자를 '천사'로 부른 것은 이 종교의 명칭에서 유래된 것이었다. 장로는 제3대 천사라고 자칭했다. '치治'는 신도 조직의 기본 단위로 모두 24치가 있었다. 신도를 이끄는 간부를 '제주祭酒'라 불렀고 남자 뿐 아니라 여성 제주도 있었다. 신도가 천사도에 들어 올 때, 오두五斗의 쌀을 냈기 때문에 오두미도라 칭했다. 이는 장로가 사천지역에서 건립한 조직이었다. 천사도 신도들이 대거 화북으로 옮겨가면서 조직도 함께 옮겨 갔다. 그러나 짜임새가 없는 조직으로 변했다.

## 『태평경太平經』

후한 중·후기에 훗날 도교경전으로 간주된 서적들이 나왔다. 이들 서적은 당시 신흥 종교 창립에 필요한 사상의 결정체라 할 수 있다. 그 중『태평경』은 가장 풍부한 내용을 담고 있다. 이 책은 천신이 내려 준 것이라고 하는데, 책 제목으로 보면 태평도와 관련이 있는지도 모른다. 이 책은 다음과 같은 몇 가지 중요한 사상을 담고 있다.

첫째, 우주에 존재하는 모든 사물, 그리고 현상은 모두 '기氣'의 변화에서 생성된 것인데, 가장 근본적이고 순수하며 청정한 '기'는 원기元氣이다. 사람이 도를 구하는 것은 바로 원기와 합일하는 경지로 돌아가려는 것이다. '기' 철학은 선진도가에서 나왔고 이후 줄곧 도교의 기본 사상이 되었다.

둘째, 인간 세상을 구성하는 중요한 요소는 군주와 신하와 백성으로, 이 세 부류의 구성원이 갈등 없이 함께 더불어 잘 살면 이상적인 '태평太平'세계가 구현된다고 강조했다. 이는 유가의 이상세계를 변용시킨 것으로 정치관과 사회관에 있어 도교는 기본적으로 유가의 견해를 지지했다.

셋째, 천인감응설을 믿고 정치가 투명해야 자연의 이상 현상이 발생하지 않는다고 보았다. 이는 전통 음양오행사상을 이어받은 것이다.

넷째, 우주 사이에 신선의 세계가 있는데 도를 닦으면 장생하고 신선이 되어 하늘을 도와 세계를 다스릴 수 있다는 것이다.

다섯째, 사람의 선한 행위와 악한 행위 뒤의 결과는 최종적으로 반드시 개인·가족 및 국가가 책임져야 한다. 이 이론은 '승부承負'라고 한다. 『태평경』에 따르면 '승부'의 문제가 있기 때문에 종교가 필요하다. 그리고 경전과 종교는 사람들에게 '승부'원리가 초래한 재앙이나 재난을 어떻게 피하고 천수를 누릴 수 있는지에 대해 가르치고 있다.

『태평경』의 사상은 매우 잡다한데 우주생성의 변화 원리, 사회와 정치 이상 및 복을 빌고 불행을 피하는 방법, 양생하고 도를 닦는 법을 포함하고 있다. 다른 도교 경전의 내용과 『태평경』의 내용 간에는 약간 다른 점이 있다. 그러나 위에서 서술한 몇 가지 요점은 도교 교리의 핵심적 내용을 대표한다고 할 수 있다. 한편 후한 말년에 중국 민간에서 도교 창립 운동이 번성한 이유의 하나로 불교 유입에 자극을 받았다는 견해가 있지만 이에 대한 증거가 아직 충분치 않다.


## 동진 이후의 남방도교

후한 말기 태평도와 천사도에서 기원한 도교는 4세기 초 영가의 난 이후 흥기하기 시작했다. 불교와 마찬가지로 도교 역시 남북분열시기에 남방과 북방에서 서로 다른 특색을 보였다.

남방도교의 기원은 북방과 약간 다르다. 북방도교의 기원은 천사도인데 표면적으로 남방도교도 천사도를 대종<sub>大宗</sub>으로 삼고 있다. 서진이 붕괴되자 천사도를 대대로 신봉한 사족들이 대거 남방으로 피난했고 이들과 함께 천사도가 남방에 유입되었다. 앞에서 언급한 왕희지와 그가 속한 낭야 왕씨는 대대로 천사도를 믿은 집안이었다. 천사도 외에 남방에는 본래 몇몇 독립된 소규모 교파가 있었다. 이들 교파의 종지는 천사도와 다소 차이가 있다. 간단히 말해, 남방도교의 근원은 북방에 비해 다원적이라 할 수 있다.

남방도교의 또 다른 특색은 지식인·상층사회와의 관계가 비교적 깊었다는 점이다. 이런 형태의 도교는 특히 개인적으로 불로장생을 바라고 신선이 되는 것을 중시하였다. 남방도교는 농후한 신선도교의 색채를 띠었다고 할 수 있다. 신선도교는 신선이 실제로 존재하고 배워서 신선이 될 수 있다고 믿었다. 신선은 불로장생하고 신통술을 부릴 수 있는 존재로 신선이 되는 방법은 상당히 많았다. 그 중 가장 중요한 방법은 바로 단약을 복용하는 것이었다. 그러므로 연단<sub>煉丹</sub>[15]은 신선도교에서 가장 중시하는 방술이었다. 신선도교 신도들은 종종 산속에 들어가 은둔하면서 비밀리에 단약 제조 비결을 전수했다.

요컨대 천사도와는 달리 신선도교는 비교적 개인화된 것으로, 일반적인 민간신앙은 아니었다. 그리고 신선도교의 사상적 근원은 진한시대 이후의 방사<sub>方士</sub>였다. 신선도교는 남북조시대에 영향력이 상당히 컸다. 『태평경』과 초기 천사도 시기에 신선은 도교 교리 중의 작은 일부에 지나지 않았다. 동진 이후, 불로장생과 신선이 되는 것을 종지로 한 신앙이 도교에서 점차 중요시 되었다.

남조 이후, 남방도교는 천사도와 신선도교가 융합하면서 발전하기 시작하였다. 융

---

**15** 단약을 만드는 것

합 과정은 통상적으로 사족 출신의 도사가 주도했는데 육수정陸修靜과 도홍경陶弘景 (456~536년)이 대표적 인물이다.

육수정은 유명한 사족 출신으로 젊은 시절의 경력은 잘 알려져 있지 않다. 우리는 그가 중년 때 이름 난 도사였다는 사실만을 알 뿐이다. 송宋 명제 태시太始 원년(467년)에 육수정은 명제의 부름을 받고 수도로 갔고, 특별히 그를 위해 세운 숭허궁崇虛宮에서 생을 마감할 때까지 살았다. 그 동안 그는 남방도교의 실질적인 지도자로써 도교 개혁을 단행했다. 그는 교단의 조직을 정돈하고 도교경전을 모아 정리하였으며 재초齋醮의식을 다시 제정하는 등 중대한 일들을 추진했다. 육수정의 개혁에 있어 주목할 점은 바로 불교로부터 상당한 영향을 받았다는 점이다. 불교와 도교는 거의 동시에 역사 무대에서 두각을 나타내기 시작했다. 동진 초기까지 도교의 저작을 보면 불교의 영향을 받은 흔적이 보이지 않는다. 그러나 불교가 심오한 이론과 잘 정리된 경전, 그리고 완비된 제도를 갖추고 사회적으로 상당한 영향력을 갖게 되자 도교는 상당한 충격을 받았다. 동진 말기 이후부터 새로 저술된 경전을 보면 불교경전을 표절한 명백한 흔적이 보인다. 육수정은 도교를 개혁하면서 도교경전의 정리, 교리 해석, 계율 강조에 주력했는데 그 과정에서 불교 모방이 두드러졌다.

도홍경 역시 도교 각 파의 이론과 방술을 종합한 중요한 인물이다. 그가 일생동안 추진한 일의 특징을 보면 남방에서 유행하고 있던 상청上淸 계통의 교리를 핵심으로 책을 쓰고 교단을 세운 점이다. 그는 기존의 천사도에서 행한 방식, 즉 신을 불러들여 악귀를 쫓아내는 방술을 그대로 보존하면서도 양생 수행을 특히 중시했다. 단약 제조 외에 그는 정신을 한 곳에 집중시키는 방법을 강조했는데 이 역시 정신수련법이었다. 도홍경은 남경 부근에 있는 모산茅山에서 45년 간 거주하면서 모산 상청교파上淸教派를 창시했다. 당나라 이후 이 교파의 인재가 배출되면서 가장 활력이 넘치는 도교가 되었다.

## 북방도교

북방도교는 초기 천사도 계통을 핵심으로 하고 있다. 북방도교 역시 5세기 초에 구겸지寇謙之가 도교를 정리하고 신천사도新天師道를 창립함으로써 중대한 변화를 하게 되었다. 구겸지는 육수정보다 나이가 약간 많고 명문가 출신으로 집안 대대로 천사도를 믿었다. 구겸지는 젊은 나이에 유명한 도사가 되었다. 북위 명원제 신서神瑞 2년(415년)에 그는 태상노군太上老君이 친히 숭산嵩山에 내려와 그에게 천사의 지위를 부여하고 한 권의 경전을 내려 주면서 천사도 개혁을 명했다고 발표했다. 개혁에 대한 구겸지의 기본적인 생각은 유가의 '예도禮度'로써 민간신앙과 연원이 깊은 천사도를 정화하는 것이었다. 구체적인 조치를 보면, 도관道官이 신도들로부터 지나치게 많은 재물을 받아내는 것을 금지시켰다. 그리고 신도가 직무를 잘 수행하지 못하는 제주를 파면시킬 수 있도록 했다. 더 중대한 개혁은 방중술처럼 옳지 않다고 생각되는 방술을 폐지한 것이었다. 구겸지는 재초의식을 정돈하고 장생할 수 있는 수련방법을 소개했다. 북위에서 구겸지의 지위는 더욱 높아져 '국사國師'라는 칭호를 받았다. 천사도는 구겸지의 개혁을 거친 뒤 신천사도 또는 북천사도라 불리며 크게 성행했을 뿐 아니라 북방도교의 정통으로 자리했다.

## 당나라 시대의 도교 특색

수나라에서 당나라 중기에 이르는 동안 도교의 발전 상황을 보면, 기본적으로 남북조 후기 상황의 연속이었다. 이 기간에 주목을 끄는 두 가지 현상이 도교에 나타났다.

먼저 단약 제조기술이 최고조에 달했다. 통치계층과 지식인들이 장생을 위해 단약을 복용하는 풍조가 널리 유행하면서 단약 제조에 관한 연구와 이론이 끊임없이 나왔다. 단약에는 수은이나 납·유황과 같은 독성분이 들어있어 복용하게 되면 수명을 연장할 수 없을 뿐 아니라 중독되어 사망에 이를 수 있다. 당나라 때 21명의 황제 중 단약으로 인해 죽은 사람은 당 태종을 포함해 6명이었다. 단약 복용이 죽음과 같은 나쁜 결과를 초래한다는 사실이 밝혀지면서 크게 성행하던 연단술이 점차 쇠퇴해졌다. 당나라 이후 수백 년간 성행했던 단약 복용이 인기를 잃으면서 신선사상도 변화하게 되었다.

다음으로 당나라 때는 도교가 국가차원에서 특별히 숭상되었다. 국가 차원에서 도교를 숭상한 까닭은 황제가 장생을 원했던 것 외에 정치적인 이유에서였다. 당나라 황실의 성은 이씨李氏이고, 노자의 성 역시 이씨라고 한다. 도교에서는 노자를 도교 창시의 조사祖師로 삼고 있고 심지어 노자를 태상노군으로 신격화시켰다. 당나라 황실은 자신들의 통치가 합법적임을 보여주기 위해 노자의 후손이라고 자칭했고, 고종은 노자를 '태상현원황제太上玄元皇帝'에 봉하기도 했다. 당나라에서 도교는 국가차원에서 숭상되었지만 사회적인 영향력에 있어서는 불교에 못 미쳤던 것 같다. 몇몇 황제가 불교를 탄압했던 것은 도교를 신봉한데서 비롯된 것이다.

종합해 보면, 중고시대의 도교 역사는 두 단계로 나눌 수 있다. 첫 번째로는 후한 말기부터 5세기 중엽, 즉 남북조시대 초기까지로 도교가 형성되는 시기였다. 도교의 조직은 민간신앙과의 관련이 매우 깊은 태평도와 천사도에 근원을 두었다. 훗날 사족 출신 지식인의 지도하에 신선도교와 합쳐져 완전한 종교 시스템이 만들어졌다. 두 번째로는 남북조 중기 이후로, 도교의 교리와 교법 그리고 조직이 대략 만들어져 지속적으로 발전했던 시기였다.

## 도교와 민간신앙

문화사적인 관점에서 보면, 도교는 여러 가지 요소가 섞인 혼합물이다. 도교는 엘리트 문화적 요소뿐 아니라 서민문화의 성분도 가지고 있다. 총괄해 말하면, 민간문화의 성분이 조금 더 많은 것 같은데, 그것은 의식과 법술, 그리고 천지신명 신앙으로 증명할 수 있다. 중고시대 도교의 의식을 '재齋' 혹은 '재초齋醮'라 칭했는데 지금은 대부분 '초醮'라고 한다. 재초의 구조와 내용은 대단히 복잡하다. 간단히 말해, 그것의 기본 요소에는 단장壇場 설치, 주재하는 도사가 입어야 할 정해진 법복, 의식 진행 중에 읽어야 할 특정한 경전 및 규칙에 따른 여러 가지 동작이 포함되어 있다. 재초를 거행하는 목적은 세상 사람들을 구제하기 위한 것으로 복을 내려주고 재앙을 물리쳐 주기를 신에게 간구하는 것이었다. 복을 비는 것, 비와 눈이 내리기를 기원하는 것, 도사가 액막이를 하는 것, 영토를 수호하고 백성을 편안하게 하는 것 등 재초의 기능은 매우 다양했다.

도교의 법술은 도사 자신의 수련과 중생구제로 나눌 수 있다. 민간에서 나온 것은 주로 후자로, 도사가 사람들을 위해 초능력을 사용하는 기술이었다. 가장 주요한 것으로 부록符錄·주문·요괴를 항복시키고 죽은 자의 넋을 부리는 등의 기술이 있었다. 부록은 부符와 록錄의 합성어다. 부는 황색 종이 혹은 비단 위에 글자도 아니고 그림도 아닌 구불구불한 부호를 쓴 것을 가리키며, 록은 천신天神의 이름을 기록한 비문秘文으로 역시 황색 종이 또는 비단 위에 쓴다. 도교에서는 부록이 귀신을 마음대로 부리고 요괴와 악마를 항복시키며 사람들의 병을 낫게 하고 재앙을 없앨 수 있다고 하였다. 부록 사용은 도사가 반드시 숙지해야 할 기본적인 능력이기 때문에 도사가 되면 반드시 부록을 받아야 했다. 부록은 후한 때 출현했다. 태평도와 천사도 모두 부록을 주요 방술로 삼았는데 훗날 대부분의 다른 교파에서도 부록을 중시했다.

　　도교는 천지신명 신앙을 포함하고 있다. 도교에서 신봉하는 천지신명은 중국민간에서 경배하던 신들이었다. 이에 관한 예는 매우 많은데, 중고시대의 대표적인 신에는 문창제군文昌帝君·동악대제東嶽大帝(태산신泰山神이라고도 함)·성황야城隍爺·토지공土地公·조신灶神·온신瘟神 등이 있었다. 위에 서술된 내용을 보면, 도교와 중국 민간문화의 관계가 상당히 밀접했음을 알 수 있다. 전체적으로 도교는 내적 통일성을 가진 하나의 종교지만, 개별적으로 본다면 도교는 하나의 중국문화 박물관이라 할 수 있을 것이다.

# 제7장 중고시대의 지식인문화

위진남북조시대 지식인의 절대다수는 명망 높은 집안출신이었다. 그러나 당나라, 특히 당 고종, 무측천 때부터 평민출신이 갈수록 많아졌다. 지식인은 어떤 사회배경에서 배출되었는지를 불문하고 단지 인구의 아주 적은 부분만을 차지하고 있다. 그러나 문화적으로 지도적인 위치에 있기 때문에 그들의 중요성은 다른 계층과 비교할 수 없다. 더욱이 근대 이전 중국에서는 줄곧 학식과 재능으로 인재를 선발하는 전통으로 인하여 지식인들이 통치계층에서 차지하는 비중이 매우 높았기 때문에 그들의 사회적인 영향은 세계의 다른 문화권의 지식인들보다 훨씬 컸다.

## 제1절 당나라 중기 이전의 지식인문화

앞에서 우리는 중고시대 문화의 삼대 역량인 현학과 불교·도교에 대해 살펴보았다. 거대한 이 세 문화 중 현학은 지식인그룹에서 나타난 것이고, 현학과 관련이 있는 현풍 역시 오직 지식인계층에서만 유행했다. 불교와 도교는 사회 각 계층의 신앙이었다. 즉 현학·불교·도교는 모두 지식인계층에 많은 영향력이 있었고, 불교와 도교는 일반민중의 생활에도 깊이 파고들었다.

위진남북조시대는 정치적으로 혼란하였으나 문화는 오히려 매우 발달했다. 이러한 전통은 수당까지 계속 이어졌다. 지식인문화에는 현학·불교·도교 이외에도 유가·문학·예술(주로 음악·회화·서예) 등 몇 가지 중요한 다른 요소가 있다. 이는 매우 복잡한 형상이기 때문에 본 절에서는 개략적으로 동진으로부터 당나라 중기까지의 지식인문화에 대해 살펴본다.

## 문학과 남방 지식인

앞에서 영가의 난 이후 남북이 분열하면서 남북의 종교가 각기 상당히 다른 궤적을 따라 발전하였음을 서술했다. 이러한 차이는 당나라 시대까지도 지속되었다. 이 시기 남북의 지식인문화 역시 매우 뚜렷한 차이가 있다. 그렇기에 각기 나누어 서술할 필요가 있으며 먼저 남방부터 이야기하고자 한다.

동진과 남북조시대 남방 지식인문화의 주요한 특색은 북방에 비해 현학과 문학이 매우 번성하였다는 점이다. 현학과 현풍에 대해서는 이미 언급했으므로 여기서는 단지 문학발전의 상황에 대해서만 이야기하고자 한다. 위진시대 이전 중국에는 명확한 문학 개념이 없었다. 일반적으로 글을 사상을 표현하는 등의 실용적 도구로 보았지, 독립적 가치를 지닌 것으로 보지 않았다. 유가는 글을 쓰는 목적에 대해 민심을 반영하고 윤리관을 전파하는 것, 즉 정부와 사대부의 교화 작업에 봉사하는 것이라 여겼다.

한나라 말기로부터 이러한 문학관은 크게 변화했다. 많은 사람들이 시가나 산문을 막론하고 글의 창작은 그 자체에 목적이 있는 것이지, 반드시 '글에 도를 실어서' 민생과 국가를 위해 봉사할 필요가 없다고 여겼다. 중고시대 지식인들은 가장 좋은 작품이란 문장이 아름답고 작자의 감정을 충분히 보여준, 사람들로 하여금 인생과 우주의 본연의 모습을 깨닫도록 도와주는 것이라 여겼다. 그래서 좋은 문장, 깊이 있는 문장은 반드시 문자를 초월하는 함축적 의미를 지녀야 했다. 그들은 이를 '언어 밖의 뜻', 또는 작품 속에 사상과 감정을 담은 것, 즉 '감정에 의탁하는 것'이라고 했다. 중고시대 새로운 문학관의 출현은 문학창작 자체의 변천 결과가 아니라 시대사조와 밀접한 관련이 있다. 이러한 문학관은 현학의 영향을 깊이 받았기 때문에 감정의 가치를 강조하였고 우주와 인생의 궁극적인 본질에 대한 추구를 중시했다.

후한 말기 이후 새로운 문학관의 탄생은 두 가지 중요한 결과를 만들어냈다. 하나는 문학이론의 출현이었고, 다른 하나는 문학창작의 성행이었다. 중국역사상 최초로 문학 문제에 대해 총체적으로 검토한 전문적인 작품은 조비曹조의『전론典論』「논문論文」이고, 내용이 방대하고 체계가 가장 완벽한 문학이론서는 유협劉勰의『문심조룡文心雕龍』이다. 그 중『문심조룡』은 모두 50편으로 이루어졌는데, 중국역사상 보기 드물게 구성이 완벽한 이론서이고, 찬술방식에 있어서는 인도 불교서적의 영향을 받은 듯하다. 유협은 일생동안 독신으로 늘 사찰에 살았으며 만년에는 출가하여 승려가 될 정도로 불교와의 관계가 매우 밀접했다.

위진시대 이후 문학창작이 크게 성행했는데 이는 중고시대 문화사에서 중요한 발전이다. 삼국시대 말기에 현학이 일어나면서 지식인들은 청담을 좋아하였다. 서진이 망하고 진나라가 남쪽으로 이동한 후에도 이러한 분위기는 계속되었다. 동시에 문학창작의 풍조가 갈수록 성행하였고 특히 시가 창작이 그러했다. 남북조시대 이후 현담은 이미 쇠퇴하였으나 문학창작은 흥기한지 얼마 안 되어 지식인이 가장 중시하는 세속의 문화활동이 되었다. 이에 따라 문인의 지위도 갈수록 높아졌다. 남방에서 일어난 이러한 풍조는 남북조시대 후기 북방까지 영향을 미쳤다. 요컨대 문학창작의 성행과 중시는 중고시대 후기 지식인문화의 큰 특색이었다.

## 예술과 유교

문학창작과 관련하여, 중고시대 지식인은 일상생활에서 예술적인 수양을 매우 중시하였다. 회화와 서예는 한나라 말기와 위진시대에 발달하기 시작하였고, 중고시대에 이르러 관련된 이론 작품이 많이 나타났다. 음악을 연주하고 감상하는 것도 지식인의 생활에서 중요하였다. 중고시대 지식인이 예술활동에 심취한 것은 동떨어진 현상이 아니라 그들이 개인의 정신생활을 중시하였음을 나타내는 것이다.

남방의 지식인문화는 비록 현학과 문학이 발달하였다는 것이 특색이지만 유교사상이 여전히 중요한 지위를 차지하고 있었다. 중국역사상 다른 시기와 비교하여 위진남북조시대는 유교가 비교적 쇠락한 시기였다. 이른바 유교의 쇠락이란 주로 유학이 사상계에서 현학·불교·도교 등의 빛에 가려진 것을 말하고, 다른 한편으로 당시 문벌세력이 강대하고 군권이 하락하여 유가의 정치 이데올로기가 중시되지 않았음을 말한다. 그러나 유가의 윤리사상은 가정질서를 유지하는 지도원칙이었기 때문에 그 영향력을 여전히 과소평가할 수는 없다.

## 보수적인 북방

남방에 비해 북방 지식인문화의 특색은 보수적이었다. 구체적으로 보면, 북방 원래의 전통은 한나라 학문의 연속이었다. 중고시대 사상의 변화가 현학을 일으켰지만 현학의 영향을 받은 것은 주로 통치계층인 상류층이었다. 영가의 난이 일어나자, 이들 대부분이 남방으로 이주했고 북방에는 주로 사회적 지위가 비교적 낮고 사상이 비교적 보수적인 지식인들이 남았다. 그밖에 서진 멸망 후, 화북이 여러 이민족에게 점령되면서 한족 지식인들은 이민족과 힘겨운 투쟁을 해야 했다. 이로 인해 그들의 정서가 비교적 현실적으로 바뀌어 초월을 추구하고 정신을 중시하는 남방 지식인과는 크게 달랐다.

북방 지식인들의 보수성은 주로 두 분야로 드러났다. 하나는 그들의 학술이 한나라시대의 유가 경학으로 현학의 영향을 매우 적게 받았다는 점이고, 다른 하나는 그들이 예법을 특별히 중시하여 삼국시대 이래 방탕하고 무절제한 사회풍조에 물들지 않았다는 것이다. 남북조시대의 중국 전체로 볼 때, 남방은 북방에 비해 문화적으로 뛰어났고 영향력 또한 컸다. 남북조시대 말기에 이르면 이런 상황은 갈수록 더 심하였다. 당시 현학은 이미 쇠락했지만 남방의 문학과 예술풍조는 북방에 커다란 충격을 주었다.

## 과거제도의 흥기

수당 이후 남북문화가 교류하면서 새로운 현상이 나타났다. 바로 북방 지식인이 정치·사회적으로 지도적인 위치를 차지하고, 남방의 문학창작 풍조가 북방을 풍미하면서 전국의 지식인문화를 주도했다는 것이다. 당나라 때 문학창작의 중요성이 구체적으로 드러난 것은 진사과가 차지하는 지위에서이다. 수나라 때 구품관인법을 폐지하고 과거로 인재를 선발하였는데 당나라는 이 제도를 계승하였다. 그리고 이는 그 후 청나라 말기까지 1,300여 년 동안 지속되었다.

소위 과거(혹은 공거貢擧)는 국가에서 과科를 나누어 시험을 치루고, 그 결과의 우열에 따라서 인재를 선발해 임관하는 것이다. 그러나 당나라 시대의 과거와 임관의 관계는 후대에 비해 복잡했다. 당나라 때에는 과거에 합격하면 곧바로 관료가 되는 것이 아니라 반드시 별도의 과정을 거쳐야 했다. 때문에 당나라 때 과거의 합격은 학위를 얻는 것과 유사하여 비록 직접 임관되지는 않지만 미래의 전도와 관련이 있었다. 당시 사회에서 과거 급제에 대한 중시는 오늘날 영국의 케임브리지·옥스퍼드 대학이나 미국의 하버드대학에서 학위를 취득하게 되면 존중되고 성공의 기회 역시 많아지는 것에 비교할 수 있다.

그러나 당나라 초기 과거는 거의 중시되지 않았다. 국가가 관료선발 때 이것을 거의 활용하지 않았다. 과거가 중요해지기 시작한 것은 무측천 시대였다. 당나라 무측천 시대부터 과거를 통하지 않고는 고관이 되기가 상당히 어려웠다. 과거의 항목은 진사進士·명경明經·명법明法·명산明算·도거道擧 등 매우 많았다. 그 중 진사의 지위가 다른 과에 비해 훨씬 높았기 때문에 지식인들은 진사과에 합격하는 것을 인생의 가장 영광스러운 일로 여겼다. 맹교孟郊(751~814년)에 다음과 같은 시가 과거에 합격한 당시 지식인들의 기쁜 심정을 잘 나타내고 있다.

> 옛날에는 이것저것에 걸려 아무 말도 못했으나,
> 오늘 아침에는 마음에 꺼릴 것이 아무것도 없구나.
> 봄바람에 득의양양 말을 달려,
> 하루에 장안 시내의 꽃을 다 둘러보았다.

## 진사와 문인

진사의 지위는 기본적으로 자연히 형성된 것이지 국가에서 규정한 것이 아니다. 당나라 때 진사가 사회적으로 높은 지위를 얻을 수 있었던 것은 시험의 내용과 관련이 깊다. 시 창작은 당나라 사람이 가장 중시하는 재능이었다. 그리고 진사과의 시험은 시부詩賦를 위주로 했다. 때문에 진사과에 합격한 사람은 자연히 다른 사람들의 존중을 받았고, 이로 인해 진사과의 지위도 다른 과보다 높았다. 진사과의 지위가 높아짐에 따라 전국의 뛰어난 인재들이 진사합격을 인생목표로 삼았고, 진사과 출신이 정치계와 문화계를 독점했다.

요컨대 지식인문화는 당나라 시기 무측천과 당 현종 이후로 문인문화가 주류를 이루었다. 문인은 문화계에서 지도적인 위치를 차지했으며 경학자나 역사학자 및 기타 학자 등은 부차적이었다. 특별히 언급할 점은 당나라 때 문학창작이 단순히 관직을 얻는 수단만은 아니었다라는 것이다. 문예, 특히 시 창작에서 커다란 성취가 있었다. 이 시기에 중국문학사에서 가장 위대한 이백李白 · 두보杜甫 · 백거이白居易 · 이상은李商隱 등의 시인들이 배출됐다. 당나라 시인들은 문학창작을 생명으로 여겨 이를 위해 심혈을 쏟고 전력을 기울였다. 하지만 그 중 많은 사람들은 문학적 성과를 통해 별다른 현실적 이익을 얻지 못했다.

## 중고시대 지식인문화의 총결

상술한 바와 같이, 중고시대 지식인문화는 많은 요소를 포함하고 있다. 대체로 크게 두 종류로 나눌 수 있는데, 하나는 현학 · 불교 · 도교 · 예술 등과 같이 개인의 정신문제와 관련된 것이고, 다른 하나는 사회생활과 관련해서 유가를 근본으로 삼았다는 것이다. 중고시대의 지식인은 기본적으로 유가를 정치질서와 가정질서를 유지시켜주는 규범체계로 보았고, 도교와 불교에도 세상을 제도하는 요소가 있는 것으로 보았다. 그러나 문학의 기능은 비교적 특수했다. 중고시대의 사상은 기본적으로 문학을 개인의 내적 예술성을 표현한 것으로 보았으나, 전통적인 유가교화주의의 영향도 여전히 존재했다. 그밖에 남북조시대 후기부터 문학창작 역시 지식인의 현실이익과 밀접한 관련을 맺기 시작했다.

요컨대 중고시대 지식인은 한편으로 개인의 정신생활을 중시하였고, 다른 한편으로 현실세계에서 지도적인 역할을 담당해 대중의 복리를 위해 힘써야 한다고 여겼다. 그들은 대부분 둘 중 어느 하나라도 소홀할 수 없는 것이며 충돌하는 것도 아니라고 여겼다.

## 제2절 당나라 중·후기의 사상변화

당나라 중기, 특히 안사의 난16(755~763년) 이후 중국사상은 매우 커다란 변화를 겪기 시작하였다. 그 결과로 중고시대의 문화전통이 와해되고 송명유학을 중심으로 하는 근세의 전통이 출현했다. 중고시대의 전통이 와해되는 과정은 매우 길어 대략 11세기 말, 즉 북송 말기에 이르러 마감되었다. 당나라 중·후기는 단지 이 대변화의 시작이었다.

### 선종의 흥기

당나라 중·후기 사상의 변화는 기본적으로 지식인그룹에서 나타났다. 하지만 그 결과는 사회 전체에 영향을 미쳤다. 당나라 중·후기 불교, 도교 및 일반 지식인문화 방면에서 변화가 일어났다. 불교와 도교의 변화는 일반신도에 비해 지식인에게 더 큰 영향을 미쳤기 때문에 여기서는 이에 대해 살펴본다.

당나라 중·후기 불교의 가장 큰 변화는 바로 선종이 흥기하고 다른 종파가 쇠락한

---

**16** 안록산安祿山과 사사명史思明이 일으킨 반란

것이었다. 선종은 당나라 초기 이미 존재하였던 종파이다. 처음에는 규모가 매우 작고 사상이 특별하여 사람들의 주목을 끌지 못했다. 그러나 선종은 7~8세기에 이르러 점차 흥성하기 시작하여 큰 종파가 되었다. 초기 선종사상에서 불법을 배워 해탈을 구하는 유일한 길은 자신의 마음을 깨닫는 것이고, 마음을 깨닫는 가장 중요한 방법으로는 좌선, 즉 정좌하여 자아를 관조해 집착을 버리는 것이었다. 이것은 일종의 자아심리 훈련이었다. 좌선은 불교수행에서 가장 보편적인 방법이다. 그러나 선종사상의 특수한 점은 좌선에 있는 것이 아니고, 선禪 수행 이외의 모든 신앙 활동이 진정한 수행이 될 수 없다는 것이다. 그래서 선종은 불경이나 종교의식에 대해 매우 냉정한 태도를 취했다. 심지어 선종은 스스로 '교외별전敎外別傳'이라 여겼다. 그 뜻은 문자로 쓴 경전에 의존하기보다는 '이심전심以心傳心'하여 진리를 깨닫는 것으로, 오직 실천만을 중시한다는 것이었다.

8세기 이후, 특히 당 현종 연간(712~755년) 선종 내부에 중대한 변화가 일어났다. 그것은 선종 내부에 이른바 남종·북종의 논쟁이 발생한 것이었다. 북종은 선종의 전통을 따라 좌선을 통한 마음의 수행을 중시하였고, 그 지도자는 신수神秀와 그의 제자들이었다.

새로 일어난 남종은 혜능慧能 및 그의 추종자들을 중심으로 과거의 전통에 대해 도전했다. 남종은 불교를 배우는 목적에 대해 여전히 깨달음을 구하는 것이라 여겼으나 '선'에 대해서는 새롭게 해석했다. 그들에게 있어 깨달음은 고립된 정좌 환경에서 성취될 수 없고, 실생활에서의 깨달음이야말로 진정한 깨달음이었다. 그리고 '선'은 단순히 좌선만을 가리키는 것이 아니었다. 그것은 실생활과 분리될 수 없고 생활 속에서 깨달음을 얻을 수 있기 때문에 선이 아닌 것이 없다. 남종은 전통 불교에 대한 태도가 북종보다 급진적이었다. 그들은 독경과 예불 행위는 깨달음에 무익할 뿐만 아니라 오히려 방해가 되는 것이라 여겼다. 또한 남종은 문자를 중시하지 않고 마음의 깨달음이 유일한 수행방법이라고 주장했다. 남종은 간단히 수행할 수 있었으므로 매우 평민화한 종파였다.

안사의 난 이후, 남종은 선종 내부에서 북종을 압도했다. 뿐만 아니라 전국을 풍미하여 당나라 중·후기 가장 강력한 불교 종파가 되었다. 후세에서 말하는 선종은 사실 남종을 지칭하는 것이다. 선종의 성행은 불교 내부의 큰 변화일 뿐만 아니라 불교 외부에 대해서도 매우 큰 영향을 미쳤다.


## 도교의 내단술內丹術

당나라 후기 도교 역시 중요한 변화를 하였는데, 바로 심신을 중시하는 수련방법의 탄생이었다. 전통적으로 도교는 불로장생과 신선이 되는 법을 추구했고 단약 복용을 위주로 하였다. 그러나 당나라 후기로부터 일부 사람들은 행기行氣나 도인導引[17] 등과 같이 자신을 수련하는 방법을 창도하였고 또한 정신수양의 중요성을 강조하기 시작했다. 이를 '성명쌍수性命雙修'라 했다. 새로운 방법은 자신의 힘으로 자신의 생명과 존재를 변화시키는 것으로, 마치 자기의 몸을 단약처럼 여겼기 때문에 '내단內丹'이라고 했다. 그리고 전통적 단약 복용법을 외단外丹이라 칭했다.

내단술 이면에는 평등주의의 사상이 깔려있다. 내단파는 외단 수련이 비용이 많이 들기 때문에 권문세가의 독점물이지만, 내단술은 귀천을 가리지 않고 누구나 행할 수 있다고 하였다. 도교의 수련방법이 외단에서 내단으로 전환한 것은 당나라 말기와 오대 때였고 그 영향이 뚜렷해진 것은 송나라 시대였다. 여기서 이 문제를 언급하는 것은 당나라 중·후기 불교와 함께 도교 역시 변화하고 있음을 지적하려는 것이다.

---

**17** 몸을 굴신하며 신선한 공기를 마시는 양생법

## 문인사상의 변화

당나라 중·후기에 일반 지식인의 사상도 변했다. 그러나 이 분야의 변화는 선종처럼 사람들의 주목을 끌지 못했다. 그러나 긴 안목으로 볼 때 이것이 중국 역사에 미친 영향은 아마도 가장 크다고 할 것이다. 이 변화에는 주목할 점 두 가지가 있다. 하나는 변화의 기본내용이 유가부흥이고, 다음은 유가부흥을 주도한 세력이 문인이었고, 그렇기 때문에 그 힘이 특별히 컸다는 점이다.

앞서 본 바와 같이 중고시대 유가는 현학·불교·도교 등과 어깨를 나란히 했다. 유학은 이미 한나라 시대의 유아독존적인 지위를 상실하였고, 당나라 이후 문학풍조가 크게 성행하면서 계속 부진을 면치 못했다. 그러나 안사의 난 이후 상황이 급변하였다. 유가사상이 서서히 부흥하기 시작했다. 이 변화의 특색은 대체로 유가사상이 지도원칙임을 고취하여 정치질서를 재건하자는 것이었다. 이러한 사조는 당나라 중·후기의 현실 상황에 직면하면서 발생하였다. 안사의 난이 지속된 기간은 단지 8년이었다. 그러나 당나라는 안사의 난을 지지하였던 정치·군사세력을 완전히 소멸시키지 못하였다. 때문에 그들 세력은 계속 군대를 보유하고, 관리를 선발하며, 세금을 징수하는 등, 지금의 하북성·산동성 일대에 할거하였다. 다른 한편 안사의 난을 평정하기 위해 일어났던 각지의 많은 군대세력 역시 중앙정부의 통제를 받으려 하지 않았다. 당나라는 이로부터 분열 상황이 지속되면서 결국 멸망하기에 이르렀다. 갑작스러운 이러한 대변동에 대해 지식인들은 깊은 우려를 갖게 되었다. 그리고 그들은 유학으로 이 난관을 극복할 것을 숙고했다. 바로 이로부터 유가부흥이 시작된 것이다.

당나라 중·후기 유가부흥은 본래 시대적인 위기상황에 대한 반응으로 불교와 도교에 대해 적대적이지 않았다. 그러나 8~9세기에 걸쳐 한유韓愈를 대표로 하는 소수의 문인들이 불교와 도교를 신랄히 비판하기 시작했다. 그들은 유가가 가정과 정치영역에서 뿐만 아니라, 개인의 정신적인 영역에서도 지도원칙이 되어야 한다고 여겼다. 반대로 그들은 출가를 장려하고 세속을 벗어나게 하는 불교와 도교에 대해서는 가정과 정치조직을 파괴하는 불충불효의 사상이라 여겼다. 이러한 관점은 당나라 중·후기에 일반적인 것이 아니었다. 그러나 후세에 미친 영향이 매우 커서 송명유학의 근원이 되었다.

당나라 중·후기에 나타난 유가부흥의 사상에 눈에 띄는 점은 별로 없다. 그럼에도 불구하고 그것이 커다란 영향력을 미치게 된 까닭은 이 운동을 주도한 세력이 대부분 당나라 지식인문화를 주도하였던 문인이었기 때문이라는 점이다. 당나라 중·후기의 유가부흥과 가장 관련이 깊은 문학현상은 고문古文운동이다. 이 운동의 핵심지도자는 한유와 유종원柳宗元이었다. 고문운동에는 두 가지 근본개념이 있었다. 하나는 문체개혁으로, 당시 유행하던 변문騈文[18]을 비판하고 산문 사용을 고취하는 것이었고, 다른 하나는, 문학은 문학 자체에 목적을 두기보다는 유가이념을 실천하는 데 중점을 두어야 한다는 것이었다.

요컨대 당나라 중기 이후 문인들 사이에 유학을 제창하는 풍조가 보편적으로 나타났다. 그 결과 문학창작의 예술성을 가볍게 여기는 대신 도덕과 사상을 중시하게 되었다. 이는 당나라 지식인들의 중대한 가치관 변화이며 지식인문화가 쇠퇴하는 출발점이기도 하였다. 그러한 현상은 당나라 시대보다는 북송 후기에 이르러 뚜렷하게 나타났다.

---

**18** 정제된 대구와 음률의 조화, 화려한 수식을 요구하는 문체

## 유·불·도 3교의 관계

당나라 중·후기의 유가부흥은 표면적으로 불교나 도교의 발전과 성격이 완전히 다르기 때문에 서로 관계가 없는 듯이 보인다. 그러나 실제로 유가부흥의 사조는 선종의 영향을 많이 받았다. 선종의 기본 사상 중 하나는 마음의 깨달음을 목표로 하는 것으로, 불교가 발전하는 과정에서 생겨난 여러 경전·의식·제도 등은 구도를 돕는 수단일 뿐, 오히려 수행을 방해하는 것이기 때문에 마땅히 버려야 한다는 것이었다. 선종보다 늦게 일어난 유가부흥운동 역시 경전·예법·성현의 사상 등과 같은 유가전통의 구체적 내용에는 관심이 없었다. 유가부흥을 제창한 사람들이 추구하려 했던 것은 유가의 근본원리로, 그들은 이들 원리의 실천을 통해 현실을 개선할 수 있기를 바랐다. 원리를 추구하고 실천을 중시하는 유학자들의 이러한 태도는 그 후로도 계속 이어졌다.

그밖에 당나라 후기 개인의 정신수양에 대한 불교와 도교의 탐색도 유학자에게 어느 정도 영향을 주었다. 그래서 유학자들은 개인의 정신생활에 관련된 문제를 탐구하기 시작했다. 이는 중고시대의 전통유학과는 매우 다른 방향으로, 이러한 추세는 바로 송명이학의 출현을 가져왔다.

# 제8장 중고시대의 생활과 문화

여기서는 중고시대 문화의 일반적인 상황에 대해 몇 가지 소개한다. 이른바 일반적인 상황이란 주로 불교·도교·현학 및 유가 등 특정한 전통 속에 잠재된 일반적인 형태와 내용을 말한다. 일반적인 상태의 또 다른 의미는 이러한 현상이 전파된 범위가 매우 넓어 어떤 특수한 계층이나 지역에 국한되지 않는다는 것이다. 여기에서는 문화의 일반적인 현상에 대해서 상세히 설명할 수 없기 때문에 단지 몇 가지 주제만을 선정하여 그 요점을 서술한다.

## 제1절 생활과 풍속

사람의 생활은 대부분 평범하다. 의식주·행위·일·수면·생로병사 등이 생활의 대부분을 차지한다. 인류생활의 기본내용은 서로 비슷하지만 구체적인 생활방식에서는 차이가 많다. 서로 다른 사회 혹은 서로 다른 시대의 생활에서 차이 나는 부분을 우리는 '풍속'이라 한다. 예컨대 사람들은 모두 밥을 먹기 때문에 밥을 먹는 것은 풍속이 아니다. 쌀밥을 먹거나 국수를 먹는 것도 풍속이 아니다. 왜냐하면 이들 모두는 보편적인 행위이기 때문이다. 그러나 어떤 사회가 쇠고기를 먹지 않거나, 특별히 매운 음식을 좋아한다면 풍속이라 할 수 있다. 이 절에서는 중고시대의 생활과 풍속에 대해 소개한다.

## 명절

인류의 풍속 중 어떤 것들은 그 성격상 틀에 박힌 생활과는 반대되는 것들이 있다. 이것이 바로 명절이다. 명절의 목적은 특정한 날에 모든 사람이 일하지 않고 특수하고 상징적인 일을 하는 것으로, 보통 명절은 휴식과 오락이 함께한다. 이는 사회집단의 정신을 반영한 풍속이다. 중고시대에는 다음과 같은 주요한 명절이 있다.

한 해의 시작인 정월 초하루는 오늘날과 마찬가지로 중고시대의 큰 명절로 당시에는 원단元旦, 원일元日 혹은 정단正旦이라 했다. 원단은 신년의 여러 명절의 시작으로 보통 정월 15일의 대보름까지 지속되었다. 이 기간 중 정월 7일은 중요한 날로 인일人日이라고 하였다. 인일은 바로 사람에 속하는 날이었다. 만일 원단이 새로운 1년의 시작, 만물의 새로운 소생을 대표하는 것이라면 인일은 삶의 갱신을 대표하는 것이었다. 인일에 관련된 풍속은 매우 많았다. 예컨대, 이날 채색된 명주나 종이를 오려서 만든 인형을 병풍에 붙이거나 귀밑머리에 달았고, 또한 채갱菜羹[19]을 먹었는데, 추측건대 이는 '갱羹'과 '갱更'의 발음이 유사한데서 유래한 듯하다. 그러므로 채갱을 먹는다는 것은 바로 갱신한다는 의미이다. 그밖에 인일에 등산하는 습속도 있었다.

신년이 지나고 그 다음으로 성대한 명절은 한식, 청명 및 상사上巳였다. 이들 명절 간

---

**19** 일종의 야챗국

의 날짜는 매우 가깝다. 한식은 동지가 지난 후 105일 혹은 106일째이고, 청명은 춘분
후 15일 째 되는 날로, 청명은 단지 한식의 하루이틀 후이다. 한식과 청명은 모두 양력
으로 계산한 명절로 대개 음력 2월에 해당된다. 상사는 본래 음력으로 3월의 첫 번째
사일巳日이었으나, 위진남북조시대 이후 3월 3일로 고정되면서 삼월삼진 날이라고도 칭
하였다.

한식의 주요한 풍속은 불을 지피지 않고 찬 음식을 먹는 것이다. 전설에 따르면, 춘
추시대 불에 타죽은 개지추介之推(개자추介子推라고도 함)를 기념하기 위한 것이라고 하나
실제로 이는 개지추의 시대보다 더욱 오래된 습속이다. 한식에는 찬 음식을 먹고 청
명에는 불을 바꾸어 사용하였다. 당나라 때부터 이날 묘소에서 조상에 제사지내기도
하였다.

중고시대 한식과 청명이 사람들을 가장 매료시킨 점은 신록이 무르익고 날씨가 따
뜻해 야외에 나가 거닐기 좋은 날이라는 것이었다. 당나라 원진元稹(779~831년)의 시에
"금년 한식은 풍류가 많았다. 이날 모든 가족이 함께 야외에 나갔다"고 했는데, 이는
한식과 청명에 관한 상황을 잘 묘사한 것이다. 이 명절에 공차기·닭싸움·그네뛰기
등의 놀이 습속도 있었다. 여기에서 이야기한 일부 상황은 북송시대 수도 변경汴京을
묘사한 「청명상하도淸明上河圖」에서 볼 수 있다.

중고시대 상사일上巳日 역시 성대한 명절이었다. 본래 이날의 목적은 물가에 나가 깨
끗이 씻음으로써 더러운 기운과 사악한 재앙을 없애어 복을 구하는 것이었다. 그러나
위진시대 이래 재앙을 쫓는 의미는 점차 엷어지고 야외에나 물가에 나가 즐기는 것이
주된 내용이 되었다. 위진시대 상사일에 유행한 습속이 생겼는데 이른바 '흐르는 물에
잔을 띄우는 것'이었다. 이는 사람들이 상류에서 술잔을 올려놓은 쟁반을 물위에 띄워
놓은 후, 물 흐르는 대로 떠내려가게 하고 술잔이 자기 앞에 오면 그것을 마시는 습속
이었다. 중고시대 특히 당나라 시기 봄은 환락의 계절이었다. 2월 2일 백화의 생일[20]

부터 시작하여 한식·청명·상사에 이르기까지 즐겁게 놀 수 있는 시기였다. 이들 명절이 반영하는 것은 밝고 외향적인 문화였다.

봄이 지난 후 여름의 중요한 명절은 단오와 칠석이었다. 그리고 가을의 중요한 명절에는 추석과 중양이 있었다. 연말 겨울 무렵에는 납팔臘八이 있고 최후에는 제석이 있었다. 이들은 현대인에게도 익숙한 명절들이다. 여기서 언급할 만한 것은 납팔이다. 납팔은 12월 8일을 말하는데 일설에 따르면, 이날은 석가모니가 성불한 날이라고 하여 본래 불교의 명절이었다고 한다. 그러나 남북조시대 후기부터 일반적인 명절로 받아들여지기 시작했다. 이날은 사찰이나 일반가정에서 모두 '납팔죽'을 먹는 습속이 있었다. 그리고 이 명절에 연말 조상에 제사지내고 모든 신에 경배하는 전통 중국의 납일(원래 사일蜡日이라 칭함)이 흡수되어 합쳐졌다. 이러한 사례를 통해 우리는 불교가 민간에 깊이 침투했음을 알 수 있다.

지금까지 소개한 명절은 모두 한나라 때 이미 성행했다. 한나라 이전의 중요한 명절에는 원단·상사·납일 등이 있었다. 그러나 역사의 변천에 따라 명절의 날짜와 내용도 계속 변화하였으니 납팔이 가장 두드러진 예이다.

## 음식과 의복

중고시대 의·식·주·행의 특징은 다음과 같다. 음식분야에서 주식으로는 보리밥·조밥·쌀밥 등을 포함한 밥과 죽이 있었으며, 병餠이 있었다. 병에는 매우 다양한 종류가 있었는데, 지금의 만두와 같은 '증병蒸餅', 지금의 국수와 같은 '탕병湯餅'이 있었다. 오늘날 일컫는 병을 당시에는 '호병胡餅'이라 했는데, 글자 그대로 이민족이 들여온 것

**20** 각 지역마다 날짜가 다소 다름

으로 대체로 동진시대 이후 유행했다.

중고시대 음식역사에서 매우 큰 사건은 차를 음료로 마시기 시작했다는 것이다. 차를 마시는 풍조는 위진남북조시대 남방에서 시작해 당나라 때 크게 성행했다. 중국은 차의 발원지로, 전 세계적으로 차를 마시는 풍속은 모두가 직간접적으로 중국에서 전해진 것이다.

중고시대 중국의 복식은 매우 복잡하였다. 남장 여장은 물론이고 모자에서 의복·신발 등에 이르기까지 매우 많은 형태가 있었다. 복장에는 공무복과 일상복의 구분이 있었으며, 심지어 법령에는 신분에 따라 스타일·재료·색상이 다른 의복을 입어야 했다. 그러나 이러한 규정이 항상 엄격하게 집행되지는 않았다. 복식도 늘 변화가 있고 유행 혹은 패션이란 것이 있었으니, 특히 여자의 장식이 그러했다.

남북조시대 후기, 북방으로부터 호복胡服이 매우 유행하기 시작해 수당까지 이어졌다. 이른바 호복이란 북아시아와 서아시아의 복식을 혼합한 의복을 말한다. 그 특징은 짧은 옷·좁은 소매·장화·바지 아랫단의 작은 폭·꼭 끼는 허리띠 등으로, 중국의 넓고 길고 헐렁한 전통 복장과는 상당히 달랐다. 사람들이 호복을 좋아했던 것은 대체로 행동에 편리하였고 이국적인 특이한 정취가 있어서였다.

## 주거와 교통

거주습관에서도 중고시대 중대한 변화가 일어났다. 큰 변화 중의 하나는 탁자와 의자의 전래로 바닥에 앉는 중국인의 습관을 바꾼 것이다. 중국은 예로부터 바닥에 앉거나 혹은 침대에 앉는 습관이 있었고, 표준적인 앉는 자세는 꿇어 앉는 것으로 일본 여성의 습속과 같았다. 실내 생활의 기본형태가 바닥에 앉는 것이었기 때문에, 앉는 가구와 눕는 가구의 구별이 없었다. 상탑床榻 위에 앉거나 누웠는데, 상은 큰 것이고 탑은 비교적 작은 것이다.

한나라 말기 이후, 중국에 전래된 서역의 가구가 서서히 중국인의 실내생활에 영향을 미치면서 앉는 데에만 사용하는 가구가 나타나기 시작했다. 당시 중국인에게는 의자의 개념이 없었다. 때문에 앉는 가구를 여전히 상이라 했고, 주로 호상胡床과 소상小床 두 종류가 있었다. 호상은 접는 작은 의자이고, 소상은 오늘 날의 보통 의자와 같은 것이었다. 오대시대에 이르러 탁자·의자·걸상 등의 사용이 점차 보편화되었다. 그러나 상탑은 여전히 실내 생활의 주요한 장소였다. 위진남북조시대 이후 중국인의 끓어 앉는 습관은 기본적으로 사라졌고, 일반 지식인들은 대개 책상다리를 하고 앉았다. 이는 주로 불교의 영향을 받은 것이었다.

교통 면(行)에서, 위진남북조시대의 관료와 상류층은 한나라 사람들이 마차를 타는 습속과 다르게 우마차를 탔다. 이는 호족의 영향을 받은 듯하다. 남북조시대에서 당나라에 이르는 동안 여성도 남성들처럼 말을 많이 탔다. 장거리 여행은 수나라 이후 많은 운하의 개통과 수로로 인해 번잡해지고 편리해졌다.

그림 8-1.
「괵국부인虢國夫人의 봄 나들이 그림」에서
말을 타고 있는 여성의 모습

요컨대 중고시대 생활형태의 중요한 변화는 대부분 호족, 주로 오늘날의 중국 위구르 지역과 중앙아시아 일대 민족의 영향을 받았음을 알 수 있다. 이 시기 중국과 외국 문화와의 밀접한 관계는 근대이전으로서는 매우 드문 일이었다.


## 제2절 다민족의 세계


중고시대 외부문화와의 접촉 방식은 크게 두 종류로 구분된다. 하나는 불교 전파와 같은 외래문화의 수용이고, 다른 하나는 중국 내의 한족과 이민족 간의 교류이다. 이 양자를 엄격히 구분하기는 어렵다. 왜냐하면 외래문화의 수용은 늘 이민족의 중국거주에 의한 것으로, 이민족이 중국에 오래 거주하게 되면 중국사회의 일부가 되기 때문이다.

위진남북조시대와 수당시대 이민족은 중국사회에서 매우 중요한 역할을 하였다. 특히 북아시아와 중앙아시아에서 온 호족이 그러했다. 호족이 중국문화에 미친 영향은 그 범위가 매우 광범위하다. 음악·무용·의복·음식·오락·풍속 등 호족 문화의 흔적이 발견되지 않는 곳이 없다. 여기서는 주로 호족과 한족 관계의 두 가지 사례, 즉 북아시아 민족의 혼인풍속과 부녀자생활 및 당나라 시대 장안의 호족문화에 대해 살펴본다.

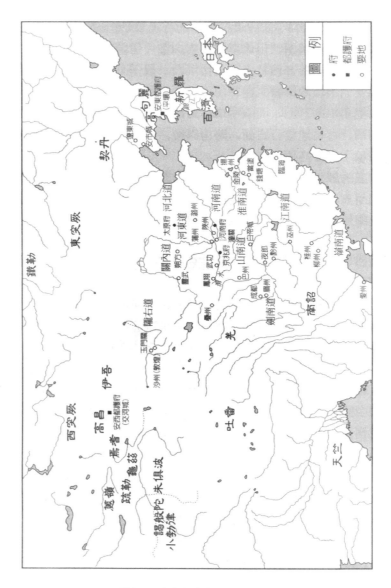

그림 8-2. 당나라 시대 중국과 동아시아

## 호족의 혼인풍속과 부녀생활

서진시대 변방의 호족이 대거 중원으로 들어와 진(晋)나라를 궤멸시키고 북방의 통치자가 되었다. 호족은 중원에 진입한 후 한족과는 확연히 다른 많은 습속을 들여왔다. 다른 습속을 가진 민족이 같은 사회에 거주하면서 서로 영향을 주고받았다. 북조의 가장 주요한 호족 통치자는 선비족으로 북아시아에서 왔다. 그밖에 북조에서 수당시대에 이르는 동안 다른 많은 북아시아 민족이 중국으로 이주했다. 북아시아 민족은 혼인이나 부녀생활 등의 습속에서 한족과 매우 달랐다.

위진시대에 이르러 한족은 이미 혼인예법에 대해 강한 관념을 가지고 있었다. 예법이란 문화가 사회구성원의 행위를 도덕적으로 규정한 것으로, 예컨대 행위가 규정에 어긋나면 부도덕하게 여기는 것이다. 한족의 혼인예법에는 동성불혼, 항렬이 다르면 통혼하지 않는 것 등이 있었다. 반드시 언급할 점은 이들 예법은 단지 규범일 뿐 현실에서 완전히 실천된 것은 아니라는 것이다.

북아시아의 주요한 민족으로는 선비·돌궐 등을 꼽을 수 있는데 그들에게는 중국식의 예법관념이 없었다. 한족의 관점에서 볼 때, 그들의 혼인은 대부분 예법에 어긋났다. 그 중 한족이 보기에 윤리도덕에 가장 맞지 않았던 것은 '혼인승계'의 관습이었다. 이는 한 여자가 남편이 죽은 후 가족 내의 다른 남성에게 시집가는 것으로, 여자가 죽은 남편의 친족에게 '받아들여지는' 셈이었다. 이 관습에 따라 형이 죽으면 동생이 형수를 취하고, 아버지가 죽으면 아들이 계모를 취할 수 있었다. 이외에도 북아시아 민족에게는 한족과 상이한 또 다른 혼인풍속이 있었다. 그것은 결혼 때 부모의 명령이나 중매자의 말을 따르지 않고 자유롭게 배우자를 선택하는 것이었다. 또 결혼 후에는 남자가 처갓집에 가서 2~3년 정도 생활한 후 비로소 처와 함께 자기 집으로 돌아가는 것이었다.

부녀자 생활에서 북아시아의 여성지위는 확실히 한족 여성에 비해 높았다. 그들은 보통 가정에서 주도권을 잡았고, 남편을 통제하는 것을 영광으로 여겼다. 북아시아의 여성은 사회생활에서도 상당한 활약을 했다. 북조의 정치에서 여성은 상당한 세력을 지녔기 때문에, 북위에서 국가대권을 장악한 두 명의 태후, 즉 문명태후文明太后(통치기간 476~490년)와 영태후靈太后(통치기간 약 515~528년)가 나왔다. 후일 당나라 초기, 여성이 정치적으로 활약했고, 그 중 무측천은 심지어 자신이 황제에 오르는데, 이는 모두 북조로부터 전해진 풍습이었다.

혼인풍속과 여성의 역할에서 호족과 한족은 서로 영향을 주고받았다. 북조의 한족 여성은 개방적 분위기의 호족의 영향을 받았고 이러한 영향은 당나라까지도 지속되었다. 한족의 혼인 역시 호족화한 흔적이 있는데, 심지어 지식인 가정에 항렬을 따지지 않는 혼인도 나타났다. 한편 일부 호족 통치자는 자신의 민족에게 수준 높은 문명을 지닌 한족의 문화를 배우게 했다. 북조의 통치자는 중국의 혼인예법에 근거해 혼인풍속에 대해 두 차례 중대한 개혁을 추진하기까지 했다.

## 장안의 규모와 호족풍속

여기서는 당나라 시대 장안(지금의 서안)에 대해 살펴보겠다. 장안은 당시 중국의 수도로 세계 최대의 도시이며 동아시아 세계의 중심이었다. 당나라 시대 장안의 인구는 1백만 명 전후였고, 도시(城)의 면적은 84㎢이며 넓은 외곽지역이 있었다. 장안에는 남북으로 11개의 대로와 동서로 14개의 대로가 있었다. 각 대로는 모두 직선으로 길고 넓었다. 가장 넓은 대로는 남북을 잇는 주작문 대로로 넓이가 150m에 달했다. 25개의 대로가 종횡으로 교차하여 전체 도시를 109개의 방坊과 두 개의 큰 시장으로 구획했다. 당나라 시대 장안은 오늘 날의 기준에 따르더라도 규모가 매우 큰 도시였다.

장안의 특색은 바로 국제적인 색채가 짙었다는 점으로 당시 장안은 아시아 각지에서 온 사람들로 북적거렸다. 그 중 특히 서역, 주로 중앙아시아와 서아시아에서 온 호족들의 활약이 가장 컸다.

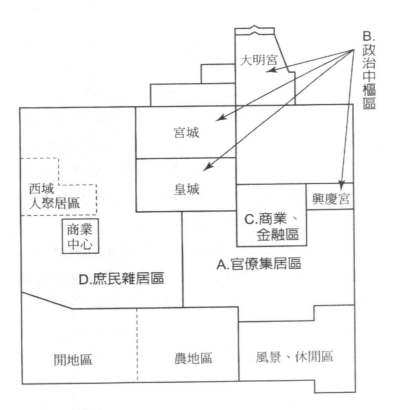

그림 8-3. 당나라 후기 장안의 도시기능 구분도

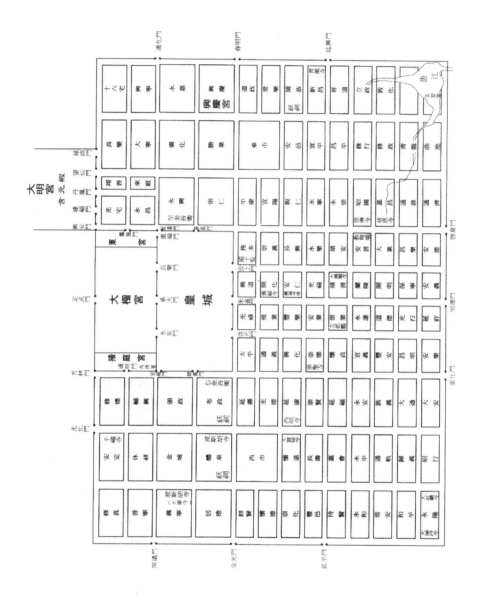

그림 8-4. 당나라 시대 장안의 시가도

서역에서 장안으로 건너 온 호족의 성분은 복잡하였다. 거기에는 북조시대에 온 호족의 후예, 장사하러 온 호족상인, 선교사 및 정치적인 이유로 파견된 왕공귀족의 자제 등이 있었다. 그 중 장안에서 가장 활약한 호족은 상인들이었다. 호족 상인 중에서 강국康國(지금의 우즈베키스탄 일대) 사람이 장사를 가장 잘했다고 하는데, 그들의 활동 범위는 북아시아와 중국 각지에 이르렀다. 장안에는 동시東市와 서시西市 두 개의 큰 시장이 있었다. 동시는 주로 중국 상인의 중심이었고 서시는 호족 상인의 중심이었다. 그러나 서시가 동시에 비해 훨씬 번영하였기 때문에 서시가 장안의 상업중심이었다. 이백의 시에 "꽃이 다 졌으니 어디 가서 놀 것인가? 웃으며 호희가 있는 주점으로 들어간다" 라는 시가 있는데, 호희는 호족 여성이 일하는 주점을 가리킨다. 고증에 따르면 이 주점은 서시에 있었다고 한다. 서시 이외에도 장안 곳곳에 호족의 작은 상점들이 매우 많았다.

앞서 장안에 서역의 선교사가 있었음을 언급했는데, 그들은 요교妖敎・경교景敎・마니교摩尼敎와 같은 독특한 종교를 전래했다. 요교와 마니교는 페르시아, 즉 고대 이란에서 유래하고, 경교는 기독교의 한 파인 '이단'이었다. 요컨대 장안은 상당히 호족화한 도시였다. 호족의 음식・의복・음악・무용・그림・건축・오락 등이 있었으니 그야말로 다채롭기가 각양각색이었다.

호족들은 주로 북방에 거주했으나 남방에도 호족 상인의 흔적이 있다. 당나라 시대 서아시아와 중국 남방지역 사이에는 해로 무역이 매우 번성해 광주廣州와 양주揚州에 페르시아와 아랍 상인들이 매우 많이 거주하였다. 당시에는 이를 '번객蕃客'이라고 불렀다. 북조에서 당나라에 이르는 시기는 중국역사에서 보기 드문 다민족문화가 공존하던 시대였다. 그러나 이러한 상황은 당나라 중기 안사의 난을 계기로 바뀌었다. 안록산과 사사명은 모두 호족으로 그들의 수하들도 대개가 호족 또는 호족화한 한족이었다. 중국 지식인들은 호족을 태평성대의 당나라를 파괴한 주범으로 여겨

불신했다. 호족과 한족과의 관계가 이로부터 악화되기 시작하여 당나라 말기까지 지속되었다.


## 제3절 예술과 과학기술


위진남북조시대는 중국예술사에서 중요한 시기이다. 이 시대는 중국인이 자각적으로 예술을 창작하기 시작한 때이다. 이러한 변화는 한나라와 진나라 때 새로운 지식인 문화가 탄생한 것과 관련이 깊고, 그 외에 종교의 발전 역시 예술 창작에 소재와 동력을 주었다.


### 회화

위진남북조시대로부터 수당에 이르는 동안 예술은 회화·서법·조소(조각 포함) 등 3 방면에서 매우 큰 성과를 이루었다. 위진남북조시대에 영가의 난 이후 남방에서 뛰어난 화가가 많이 배출되었다. 그 중 대표적인 화가는 고개지顧愷之·육탐미陸探微·장승요張僧繇 등 3명이다. 세 사람 모두 인물화에 능했는데, 그 중 고개지와 육탐미는 인물의 '표정'을 잘 파악한 것으로 유명하다. 일설에 따르면, 고개지가 한번은 사람을 그렸는데 몇 년 동안 눈을 그리지 않았다고 한다. 사람들이 그 까닭을 물으니 그는 사람의 '표정'은 주로 눈으로 나타나기 때문에 표정을 생동감 있게 표현하려면 눈이 관건이라고 대답했다고 한다. 회화에서 고개지와 육탐미의 업적은 후한 말기 이래 개인의 심령과 독창성을 중시하는 사조와 상당한 관련이 있다.

장승요 역시 인물화에 뛰어났으나 종교 회화라는 또 다른 전통에 속한다. 종교 회화의 발생은 당연히 남북조시대 이후 불교와 도교의 유행과 직접적인 관련이 있다. 장승요는 불화를 주로 그렸고, 그 품격은 인도화의 영향을 받았다. 특히 그리고자 하는 대상을 돋보이게 하는 것을 중시하여 형상의 입체감을 표현하려고 노력했다. 이는 선을 위주로 하는 전통의 중국 화법과 매우 달랐다. 장승요와 같이 종교 회화의 전통에 속하면서 그 영향을 받은 사람은 당나라가 번성하던 시기의 대화가인 오도자吳道子이다. 오도자는 회화의 성과에서 청출어람이었다. 그의 그림은 소재가 매우 다양했고 그 배후에 심후한 전통이 있었다. 그래서 후세에 그를 '화성畵聖'으로 추앙했다.

중고시대의 회화는 인물화를 최고로 삼았다. 그러나 이 시기는 산수화가 싹트는 시기이기도 하다. 산수화가 처음 시작된 것은 동진·남조시대로 산수시山水詩와 동시에 발생하였다. 산수화는 문인들이 자연을 탐방하고 산수를 통해 감정을 나타냈던 산물로 현풍 문화의 일부분이기도 하였다. 그러나 동진·남조시대의 산수화는 단지 맹아 단계로 예술적인 성취가 크지 않았다.

산수화는 수당시대 이후 점차 성행하였고 훗날 두 파로 갈라졌다. 하나는 '금벽산수金碧山水'로 이사훈李思訓·이소도李昭道 부자가 가장 유명하였다. 주로 화면의 세밀함과 화려함을 중시했다. 다른 한파는 '수묵산수'로, 그림을 그리는데 단지 수묵만을 사용하고 채색을 하지 않았다. 다만 묵색 자체에 다양한 변화가 있었다. 대표적 인물로는 시인으로 유명한 왕유王維가 있었다. 매우 독특한 화풍을 지닌 그는 사물의 외형보다 정신을 중시하여 세부적인 면을 중시하지 않았다. 이것은 위진시대 이래 사실에 기초하여 형상을 사실대로 표현하는 전통과 다른 것이었다. 그의 그림은 후대 문인화의 원조라고 할 수 있겠다.

## 서법

서법書法은 한나라 말기에 일어났다. 이때에는 전통적인 전서체, 예서체 외에 행서와 초서가 출현했다. 초서의 유행은 서법이 이미 예술의 한 분야가 되었음을 증명하는 것이다. 왜냐하면 초서는 실용성이 매우 낮고 기본적으로 미적 감각을 표현하고 개성을 발휘하는 것이기 때문이다. 삼국시대 이후 서법은 지식인계층이 특별히 좋아해 각 시대마다 대가가 배출되었다. 위진남북조시대의 서예가 중 왕희지는 '서성書聖'이라 불릴 정도로 가장 유명하였다. 서법의 성과는 그 후로도 계속 이어졌는데 특히 해서와 초서에서 그러했다. 일반인에게 잘 알려진 저수량楮遂良·안진경顔眞卿·유공권柳公權 등은 모두 당나라 시대의 걸출한 서예가였다.

이상 중고시대의 예술에 대한 간단한 소개를 통하여 우리는 그 과정이 문학사의 발전과 매우 유사함을 발견할 수 있다. 근본적으로 가장 유사한 점은 한나라와 진나라가 교체하는 시기 현학과 현풍의 발생 이전, 문학과 회화·서법 모두가 주로 도구성의 기술로 여겨졌으나, 이 후 그것들 모두가 독립적인 예술적 생명력을 갖기 시작하였다는 점이다. 회화와 비교해 서법의 발전 형태는 문학과 한층 더 가까웠다. 왜냐하면 문학과 서법은 모두 지식인이 직접 활동한 분야로 사상의 변천과 밀접한 관련이 있기 때문이다. 반면에 유명 화가는 대부분 직업화가로 사회배경이나 사상연원에서 상류계층의 지식인과 많은 차이가 있다. 회화는 문학·서법보다 종교적인 영향을 더 많이 받았다.

## 조소와 조각

조소와 조각의 발생 기원은 기본적으로 종교에 있었기 때문에 문학이나 서법과는 달랐다. 조소가 성행하기 시작한 것은 동진·남북조시대였다. 남방의 일부 유명한 화가는 조소를 겸했는데, 그들의 작품은 주로 불상이나 보살상이었다. 북방에서 가장 큰 성과는 석굴예술이다. 불교가 성행하면서 각지에 널리 사찰을 건립하기 시작하였는데 많은 지역에서 산을 깎아 석굴 사원을 건립하였다. 석굴 예술은 바로 이들 사찰들에 의해 창작된 것이었다.

석굴사원의 분포지역은 매우 넓다. 그 중 대동의 운강·낙양의 용문·사천의 대족大足 등의 석굴을 대표적으로 꼽을 수 있는데, 그들 지역은 대부분 암석 재질이 조각에 적합했다. 중국에서 크기로 유명한 불상은 모두 이들 지역에 있다. 감숙성의 돈황敦煌이나 천수天水처럼 암석이 약하여 조각하기에 부적합한 곳은 벽화나 소상塑像 작품을 주로 하였다. 이상 각지에서 진행된 예술작업은 조성 기간이 길어 대부분 남북조시대부터 당나라 후기까지 지속되었다. 석굴작품은 중고시대 예술의 큰 성과물로 미술적 가치가 높을 뿐 아니라 종교의 주제와 의미를 깊이 담아내고 있다.

중고시대 조소는 미천한 직업으로 여겨졌기 때문에 문인·학사들은 이에 종사하지 않았다. 그리하여 대부분의 우수한 작품에 작자의 성명이 없다. 가장 유명한 조소가로는 당나라 때의 양혜지楊惠之(713~755년)로 '소성塑聖'의 칭호를 얻었다. 그는 직접 조소에 관한 이론서도 저술하였다. 그밖에 대화가 오도자 역시 이름난 조소가였다.

## 과학기술과 의약

중고시대 수학·농학·의약학·지리학·천문역법·제련기술·도자기술 등 과학기술 방면에도 두드러진 성과가 있었다. 그 중에서 일반생활과 가장 밀접한 것은 농학과 의약학이었다. 중고시대 농경기술은 혁신적이지는 않았지만 부분적으로 많은 개선이 있었다. 예컨대 위진남북조시대에 콩 작물 중심의 복잡한 윤작제도를 만들었는데, 기존의 휴경이나 간단한 윤종법에 비해 지력을 유지하는데 효과가 있었다. 또 위진시대 이후 북방인구가 남쪽으로 대량 이주하면서 한족은 남방의 특수 작물과 과일에 대해 비교적 완전히 이해하기 시작했다. 그밖에 사탕수수로부터 사탕을 만드는 기술을 당나라 시기 인도에서 받아들였다. 그리고 북제의 가사협賈思勰이 『제민요술齊民要術』을 저술한 점도 빼놓을 수 없다. 이 책은 현존 농학에 관한 가장 이르고 완전한 전문서적이다. '제민'은 인구 가운데 가장 많은 숫자를 차지하는 농민을 가리키며, 『제민요술』은 바로 그들 생계에 관한 기술을 적은 것이다.

중고시대 의약학에서도 역시 많은 발전이 이루어졌다. 한나라 말기 장중경張仲景(약 150~219년)의 『상한론傷寒論』, 당나라 초기 손사막孫思邈의 『비급천금요방備急千金要方』 등과 같은 중국의학사에서 매우 중요한 저서가 나왔다. 중국 의약학의 발전에는 늘 도교가 많은 공헌을 하였다. 도교가 양생과 연단을 중시하여 질병 치료나 약물 채집 등에 대해 많은 노력을 기울였기 때문이다. 예컨대 동진의 갈홍葛洪, 남조시대의 도홍경陶弘景 같은 도교의 저명한 인물들은 의학에서 매우 큰 성과를 올렸다. 당나라 시대 의학의 대가인 손사막 역시 도술을 배운 은둔자였다. 불교와 함께 전래된 인도의학도 중고시대 외과수술과 약학의 발전에 도움을 주었다.

중고시대 말기 매우 중요한 기술이 출현했는데 바로 인쇄술이다. 이 시기 나타난 것은 활자 인쇄가 아닌 조판인쇄이다. 인쇄술의 기원에 관해서는 학설이 분분하다. 다만 수나라와 당나라가 교체하던 시기일 가능성이 높다. 그러나 그것이 유행하기 시작한 것은 당나라 중·후기로 주로 종교계에서 포교를 위해 많이 사용했다. 당시 종교인들은 이 신기술이 지식을 신속히 전파시켜 중국문명 뿐만 아니라 세계문명에도 지대한 영향을 끼치게 될 것임을 상상하지 못했을 것이다.

# 제3부 근세:

## 새로운 전통의 성립

여기서는 송·요·금·원·명·청 등 6개 왕조 약 9백년(960~1840년)의 역사에 대해 소개한다. 다만 지면 관계상 이 시기의 몇 가지 문화와 생활에 대한 묘사를 통해 중고시대와 현대 사이의 근세중국을 살펴보고자 한다.

사회조직으로 보면 황제와 관료, 백성이 여전히 이 시대의 기본구조였다. 그러나 이시대의 관료들은 이미 가문에 의존하여 출세하던 중고시대의 귀족이 아니라, 유가경전에 해박하고 과거시험에 통과한 평민에서 승진한 사대부계급이었다. 그들은 이 시기 정치와 사상의 주류로, 그들에 의해 유가의 충·효·절·의 등의 관념이 사학社學·향약鄕約·족규族規·가례家禮 등을 통해 민간에 깊이 파고들었다.

한편, 하층사회의 민중 역시 경제력이 향상됨에 따라 그들 자신의 문화를 발전시켰다. 민간종교의 성행과 비밀결사의 대량 출현이 이러한 사실을 반영하고 있다. 정부와 사대부로부터 줄곧 멸시를 받던 상인조차도 어느 정도 사회적 지위를 얻게 되었고, 이에 따라 그들이 활동하는 도시도 새로운 면모를 갖추게 되었다.

위의 각종 변화 이외에 근세 중국의 또 다른 특색은 바로 여러 나라가 병존하였다는 점이다. 줄곧 중화문명을 자부하였던 중국은 천하가 일가一家라는 이상을 버리고 '이적夷狄'과 평등 공존을 시도하게 됐는데, 그다지 성공적이지 못했다. 그래서 명나라는 육지와 바다의 만리장성으로 쇄국정책을 실시하였고, 비록 민간의 왕성한 경제력에 의해 이러한 제한이 허물어졌지만 조공체제를 계속 유지시켜 나갔다.

# 제9장 과거제도와 사대부문화

　당나라에서 송나라에 이르는 시기는 중국 역사상의 대전환기이다. 이 시기 통치·사상·풍속·경제·영토 등 모든 분야에서 큰 변화가 일어났다. 그러나 변화와 변화의 사이에는 여전히 연속성도 존재했다. 과거제도는 수나라 초기에 창안되었으나 송나라 이후 비로소 인재선발의 주요방식으로 자리 잡았다. 이러한 변화는 시대가 필요로하는 인재나 관리에 대한 기대감과 사회경제의 발전상황에 따른 것이었다. 과거제도가 정착되면서 독서인은 점차 '관료가 될 씨앗'이 되었고 또한 사회에는 "모든 것이 다 하찮고 오직 독서만이 고상하다"라는 새로운 관념과 현상이 나타났다. 여기에서는 과거제도에 의해 탄생된 사대부 및 그와 관련된 역사문제를 통해서 송나라 이후 사회의 중요한 문화현상을 소개한다.

## 제1절　과거제도와 사대부계층

　송나라 세 번째 황제 진종은 일찍이 「배움을 권고하는 시勸學詩」를 지었는데 그 중

"책속에 황금의 집이 있고, 책속에 옥과 같은 미인이 있다"고 하는 두 구절이 있다. 책속에 정말로 황금의 집이 있고 옥과 같은 미인이 있을 수 있을까? 송나라 시대의 독서인에게 이는 사실이었다.

송나라 시대 독서인은 일단 과거에 급제하면 관료로 임용될 자격을 가졌고 월급도 받았다. 그리고 법규에 따라 의식주 등 모든 방면에서 일반 서민보다 우위에 있었다. 관료의 신분이기 때문에 비교적 좋은 옷도 입을 수 있었다. 그래서 당시 이런 신분의 변화를 '석갈釋褐'이라고 했다. '갈'이란 원래 짙은 색의 광목 옷으로 평민의 의복이었다. 따라서 '석갈'은 광목옷을 입지 않는 것으로, 의복의 변화는 바로 과거에 급제한 신분임을 나타냈다. 바꾸어 말하면, 과거 급제는 신분의 상승뿐만 아니라 물질적인 보수도 따르는 것이었다. 게다가 송나라 사람들은 급제한 사람을 사위로 맞이하는 습속도 있었으니, 책속에 황금의 집도 있고 옥과 같은 미인도 있는 것이었다.

그림 9-1. 사람들이 과거 합격자 게시판을 바라보고 있는 그림

따라서 과거에 합격하여 관료가 되는 것은 독서의 목표가 되었고, 독서인의 가장 중요한 출로가 되었다. 일반인들이 보기에, 독서인 사士와 관료인 대부大夫와는 거의 같은 것으로 여겨져, 마침내 이 두 종류의 신분을 하나로 묶어 '사대부士大夫'로 칭하였고 사회의 한 계층이 되었다.

## 문치국가

일반적으로 역대 왕조는 독서인을 매우 존중하였고 정치도 대부분 그들에 의해 행해졌다. 그러나 처음으로 문신을 높이 후대하고 과거제도로서 많은 독서인을 선발하여 관료로 삼은 왕조는 '문치'를 기본정책으로 한 송나라였다.

송나라의 개국황제 태조 조광윤趙光胤은 원래 이름난 무장이었다. 그는 군사정변을 통해 황제의 자리에 올랐다. 때문에 다른 군인이 군대의 힘을 이용하여 그와 똑같이 제위를 찬탈할 것을 방지하기 위해 군대를 개편해 중앙과 지방의 모든 군권을 자기 수중에 넣었다. 동시에 관리에게 독서를 장려하여 유가의 충의의 교훈을 기강으로 삼아서 당말오대 이래 무장들이 발호했던, 심지어 때론 제위를 찬탈했던 경향을 고치려 했다.

안사의 난 이후 당나라 중앙정부는 점차 전국을 통치할 힘과 권위를 상실하였다. 그러자 무력을 지닌 강력한 무인들이 각지에서 반독립적인 할거 상황을 만들었다. 그들은 무력으로 일어나 무력으로 천하를 얻었기에 독서인 출신의 문관을 얕보았고, 독서인의 학문과 식견을 쓸모없는 한담 정도로 여겼다. 그래서 장군 사홍조史弘肇는 일찍이 "정국을 안정시키고 환란을 진정시키는데 긴 창과 큰 검만 있으면 되지, 붓이 무슨 소용이 있겠는가?"라고 하였다. 이에 재정을 주관하는 한 서리가 즉각 "만약 내 수중에 붓이 없다면 당신이 전투하는데 필요한 양식은 어떻게 계산하겠는가?"라고 반박하였다. 하지만 그 서리 역시 실무를 모르는 문관들을 우습게 여겨 문관에 대해 "이 사람들에게 주판을 주어도 어떻게 계산하는지 모른다!"고 비웃을 정도였다. 무인이 전권을 잡고 무력을 숭상하는 시대에 황제의 조서를 기초하고 외교문서를 작성하는 일 등을 담당한 독서인은 단지 무인정권 속의 장식품에 불과하였다.

송나라의 황제는 다시 문인을 중용하였다. 이는 어질고 능력 있는 사람이 나라를 다스린다는 중국의 전통이념에 근거한 것이었다. 그러나 실질적으로는 무인들이 무력으로 나라를 위협하는 것을 피하고, 동시에 재야의 독서인을 끌어들여 그들이 정치를 비판하고 인심을 선동하는 것을 방지하기 위해서였다. 황제에 대한 문인관료의 충성심을 확보하기 위해 송나라 황제는 모든 시험과정의 마지막 관문인 전시殿試를 직접 주관했다. 이렇게 하여 과거 출신의 관료들은 황제와 '공'적으로는 군신관계가 되었고, '사'적으로는 사제관계가 되었다.

과거는 결코 송나라 시대 관원 임용의 유일한 길이 아니었다. 송나라 시대에는 특별 은음恩蔭과 추천으로 선발된 관원 숫자가 늘 과거출신자보다 많았다. 그러나 '문치'의 대전제에 따라 과거시험을 거치지 않은 관료일지라도 교육받은 독서인이므로 그들 역시 '사대부'로 볼 수 있을 것이다.


## 인재 선발의 방법과 목적

과거제도 시행 이전, 중국은 한나라의 '향거이선', 위진남북조시대의 '구품관인법'과 같은 방법으로 인재를 선발하였다. 선발 방법의 변경은 인재에 대한 각 시대의 관점을 반영하는 것이다. 한나라의 '향거이선'은 한나라 사람들이 훌륭한 관원은 반드시 도덕군자이어야 하며, 이는 그가 사는 고향 마을에서의 평가를 통해서 알 수 있다고 믿었기 때문이다. 이렇게 선발된 사람이 도덕군자일 수 있었으나 반드시 충분한 능력과 지혜를 지닌 것은 아니었다. 게다가 향리에 가서 인재 선발을 담당하는 관료가 사사로이 자신의 지인을 추천할 수도 있었기 때문에, 결과적으로 관리가 특정 집안에서만 나오고 정부관직도 특정 집안이 독점하게 되었다. 그 결과 세가호족이라 불리는 방대한 정치세력 집단이 형성되었다.

이러한 문제를 개선하기 위하여 삼국시대의 위나라는 '구품관인법'을 실시해 실제의 수요에 근거하여 인재를 선발했다. 그러나 위나라를 대신하여 일어난 진晉나라는 오직 세가호족 출신만이 좋은 교육을 받고, 또한 국가를 다스릴 능력을 지녔다고 여겨, 정부는 다시 소수의 사람들에게 독점되었다. 그 후 남북조시대 후기에 이르러 황제들은 시험을 치르는 방법으로 널리 인재를 선발했다. 그리고 수나라 때에 정식으로 각종 과목을 개설하여 시험을 거행하면서 관료가 되려는 독서인들이 응시할 기회를 갖게 되었다.

그러나 당나라 때는 과거 출신의 관료 숫자가 많지 않았다. 그들은 여전히 한나라나 위나라의 인재선발 관념을 계승하여 훌륭한 관료가 되기 위해서는 학식 외에 인격이나 풍채 역시 중요하다고 여기었다. 그래서 응시자는 예부시험에 급제한 후 이부에서 시행하는 신언서판身言書判, 즉 행동·언행·서법·공문서식 작성 능력 등의 시험에 합격해야 했다. 한편 황족·귀족·문벌 출신 등은 가세家勢에 의거하여 직접 이부시吏部試에 응시할 수 있었다. 따라서 과거시험 출신의 비율은 상대적으로 낮아 대략 전체 선발자의 5% 정도였다. 그밖에 경전에 대한 이해도를 심사하는 첩경帖經21 외에 문학적인 시부詩賦 창작 능력을 통해 그 사람의 성격과 취향을 관찰하려 했다.

결국 첩경은 경전 암송을 시험하는 것이고, 시부는 문학적 소양을 시험하는 것이었다. 이렇게 하여 선출된 독서인은 경전에서 말한 치세의 이치를 꼭 이해하였다고 볼

---

21 경서에서 문제가 되는 문구를 가리고 응시자에게 그 전문을 대답하게 하는 것

그림 9-2. 송나라 시대의 한 사대부. 서화는 사대부의 주요한 문화생활이었다.
이상적인 사대부는 반드신 유가경전에 통달해야 했고, 시·문장·현
악기·바둑·그림·글씨 등 하지 못하는 것이 없어야 했다.

수 없고, 더욱이 경전의 지식을 활용하여 현실 문제를 해결할 수 있다고 볼 수 없었
다. 이러한 현실적인 필요에 기초하여 송나라는 고시과목을 조정, 즉 경의經義와 책론
策論으로 원래의 첩경과 시부에 대신했다. 경의는 경서 중에서 어떤 글을 뽑아 독서인
으로 하여금 사물의 이치를 설명하게 하는 것으로, 수험생이 경서 중의 지식을 운용
하여 담론할 수 있는가를 보는 것이었다. 책론은 역사 또는 당대의 실제적인 문제에
모순된 가설을 더한 뒤, 수험생에게 자신의 관점을 말하게 하고 해결책을 제시케 하
는 것이었다.

　　그러나 후일 과거 응시자가 증가하면서 원래 실용적인 것을 강구하던 경의와 책론은
격식화된 글쓰기가 평가의 객관적 기준이 되었다. 이는 명청시대 팔고문八股文의 전주

곡이었다. 과거제도는 원래 널리 인재를 구하기 위한 시험제도였다. 그러나 그 방법에서 격식과 절차를 사상이나 견해보다 더 중시하고, 그 위에 이록利祿의 유혹까지 더하면서 과거시험은 지식인을 농락하고 사상을 통제하는 통치도구로 변질되었다.

## 제2절 사회경제의 새로운 변화

과거응시자의 증가와 사대부계층의 확립은 송나라가 실시한 문치정책과 관련이 깊다. 그러나 이는 또한 당시 사회경제의 발전과도 상응하는 것이다. 새로 늘어난 많은 독서인들은 어디에서 왔는가? 생산에 종사하지 않는 그들은 과거급제 이전 어떻게 양성되었는가? 방대한 관료의 월급은 어떻게 조달하였는가? 이 모두 검토가 필요한 주제이다. 왜냐하면 이는 과거제도와 사대부 자신에 대한 상황을 이해하는데 도움이 될 뿐만 아니라, 이를 통해 사대부들이 살던 사회를 이해하는 데 도움이 될 수 있기 때문이다.

### 유동적인 사회

과거제도의 목적은 원래 필요한 인재를 선발해 관리로 임용시키는 것이다. 이는 왕조와 사회의 결합관계를 확대하였고, 통치의 기초를 강화하였으며, 평민에게 상층사회로 진입할 수 있는 새로운 통로를 제공하였다. 과거제도가 평민에게 개방되었지만 과거에 참가하고 합격하려면 여러 조건이 마련되어야 하는데, 대체로 이러한 조건은 북송 이후에 성숙되어 갔다. 다시 말해 과거시험은 사회적 지위를 바꿀 수 있는 기회를 주었고 사회계층 간의 유동을 촉진시켰지만 과거에 수반한 사회 유동 이전에, 사회에는 우선적으로 유동이 가능한 조건이 마련되어야만 했다.

전체적으로 볼 때, 근대 이전의 중국사회를 개방적이거나 유동적 사회라고 하기는 매우 어렵다. 하지만 당나라에서 송나라에 이르는 동안 중국사회의 개방성과 유동성은 확실히 크게 향상되었다. 당나라의 제도는 원래 비교적 단순한 사회구조 하에 고안된 것이었다. 균전제가 대표적인 예로, 균전제의 이상은 유동하지 않는 것이었다. 이른바 균전제란 토지국유의 원칙에 따라 국가가 농민에게 적당량의 경작지를 분배하는 것이다. 그 최초의 목적은 농민과 경작자를 결합시켜 토지를 최대한 이용하려는 것이었다. 이렇게 함으로써 민중을 자급자족시켜 안정된 생활을 누리게 하고, 이를 통해 국력을 충실하게 하며 호족의 지나친 재산 축적을 어느 정도 제한하려는 것이었다.

균전제의 장점은 일반민의 이주와 직업의 자유를 희생시킨 대가로 얻은 것이었다. 경작지의 분배는 완전한 호적제도를 필요로 했으나, 관리기술이 아직 성숙하지 않은 당나라의 제도로는 단지 단순하고 비유동적인 농업지역에서만 실행할 수 있었다. 일단 생산기술이 발달하고 생산이 대규모로 전업화되어 가면서 생산량이 늘어나고, 그에 따라 인구가 증가하고 상공업이 발달하자 이 제도는 유지되기 어려웠다. 안사의 난으로 인구의 대이동과 호적제도의 파괴는 균전제의 붕괴를 가속화시켰다. 이에 당나라는 원래 본적에서 실물을 징수하고 노역을 징발하던 조용조租庸調 제도를 포기하고, 대신 자산에 근거해 과세하는 양세법兩稅法을 채택했다. 토지겸병의 문제가 다시 발생하기는 했으나 백성들은 어느 정도 여유가 생겨 이사할 수 있었고 전업할 수 있게 되었다. 당연히 학업에 매진하여 과거에 응시하는 것도 선택할 수 있는 하나의 길이었다.

다른 한편 과거시험에 의해 형성된 사회 유동은 단순히 상하계층 사이에만 그치는 것이 아니었다. 과거시험에 참가하기 위해 많은 독서인이 고향을 떠나 도시로 모여들었다. 도시에는 훌륭한 선생이나 참고서·기출문제 등이 있었다. 동시에 도시지역에 배정된 합격 정원도 비교적 많았고, 합격률 역시 지방보다 높았다. 때문에 많은 사람들이 도시에 적을 두었다. 또한 과거에 합격한 후 관리들은 반드시 본적을 피해야 한다는 원칙에 따라 다른 지역에 임명되었다. 그들은 철새처럼 여러 근무지를 전전하였다.

그렇다면 생산에 거의 종사하지 않는 독서인을 양성하여 과거시험에 참가시키려면 많은 자본을 필요로 하고, 날로 증가하는 정부의 문관 역시 많은 월급이 필요했을 텐데, 이러한 사회 경제력은 어디서 온 것일까? 또 과거제도 및 그것에 의해 형성된 사대부계급은 어떻게 유지되었을까?

## 생산력의 비약적 상승

당나라가 멸망한 후 약 반세기 동안 중국은 사분오열의 상태로 빠졌다. 오대시대 북방에서는 국가들 간의 상호 전쟁이 그치지 않았으나, 남방의 각 국가들은 적극적으로 남방지역을 개발하였다. 송나라 때 문물이 풍족하고 산업이 번성한 것은 여기에서 기초한 것이고, 이때부터 중국 경제·문화의 중심도 북쪽에서 남쪽으로 옮겨졌다.

근대 이전 국민총생산량에 대한 지표가 없던 시대에 사회생산력을 정확히 알기란 매우 어렵다. 그러나 몇 가지 비교를 통해 송나라 시대가 그 이전시대 보다 비교적 진보했음을 알 수 있다. 먼저 농업분야에서 송나라 때 새로운 생산기술·생산도구 또는 다양한 품종이 창안됐다. 예컨대, 수면을 이용해 작물을 심는 '봉전葑田'은 대나무나 나무로 만든 틀 위에 순무 뿌리를 한 겹 묶고, 그 위에 흙을 깔아 농작물을 심는 방법이다. '앙마秧馬'는 논에서 올라타고 앉아서 작업할 수 있는 농기구로 체력 소모를 줄이고 작업 효율을 높일 수 있었다. 벼의 품종에는 추위를 견디는 '빙수오氷水烏', 가뭄을 견디는 '금성도金成稻', 성장기가 짧은 '육십일도六十日稻' 등이 있었다. 송나라 때 단위면적당

그림 9-3. 앙마

생산량은 대략 전국시대의 3배, 당나라 시대의 1.5배로, 평균 2~4무畝의 토지로 한 사람을 먹여 살릴 수 있는 계산이 나온다.

당나라 시대 농업생산은 원칙적으로 자급자족이었으나, 송나라 시대에는 전업화·상품화의 경향이 나타났다. 생산품은 자급자족하기 위한 것이 아니라 팔아서 이윤을 얻기 위한 것이었다. 그래서 각 지역마다 지역 특성에 따라 특산물이 생겨났다. 예컨대 강남 산간지역에는 차재배가 성행했고, 장강의 삼각주는 미곡창이 되었고, 경덕진景德鎭은 도자기로 유명했다. 그리고 산동에는 방직업이, 사천에는 사천비단 등이 있었으며 그 모두는 각각의 특색을 지녔다. 이러한 많은 특산물의 유통으로 상업이 번성했고 상업의 발전은 다시 산업발전을 촉진시켰다.

산업과 상업의 발달은 전체 사회경제를 번영시켰다. 그러나 생산력의 상승이 반드시 일반민들을 부유케 한 것은 아니었다. 왜냐하면 그 중의 상당 부분은 정부나 지주, 대상인들에게 귀속되었기 때문이다. 송나라 정부의 재정수입에는 세 가지가 있다. 그것은 토지세 위주의 양세兩稅, 상업세 및 기타 차·소금·술·반礬 등을 전매한 수입이다. 이들 수입의 일부가 관리에게 지급하는 월급으로 사용되었다.

지주는 사회경제 번영의 또 다른 수익자였다. 송나라는 토지사유를 승인하였고, 양세법은 경지면적에 따라 납세하게 할 뿐 결코 토지소유자가 누구인지에 대해서는 묻지 않았다. 정부의 방임에 따라 토지겸병이 더욱 가속화되었다. 그러나 단지 토지만 소유한 지주는 사회적인 지위가 없었다. 그래서 가세를 대대로 이어가기 위해 자제들을 공부시켜 과거시험을 통해 관리의 신분을 얻도록 하는 것이 부호들의 중요한 활동이 되었다.

　모든 평민에게 개방된 과거제도, 광범위한 인쇄술의 이용 등은 분명히 더욱 많은 민중들에게 책을 접할 수 있는 기회를 주었다. 그리고 사회경제의 번영은 더 많은 사람들에게 생산활동에서 벗어나 독서와 교육을 받게 하였다. 그러나 이 역시 과거시험 경쟁을 더욱 가열시켜 사전의 준비와 비용이 갈수록 많아졌다. 당연히 이는 과거제도의 개방성을 손상시키고 사회적 신분 상승을 꾀하려는 평민에게 잠재적인 장애가 되었다.


## 제3절 합리적인 세계


"부귀할 때 방탕하지 않고, 빈천할 때 즐길 수 있어야 호걸이다." 이는 송나라 때의 이학자 정호程顥가 스스로를 격려한 시이다. 송나라는 유학 교육을 장려했다. 과거선발은 원래 무인을 억압하고 지식인을 농락하려는 현실적인 목적이 있었다. 그러나 과거에 응시하는 지식인은 유가경전을 통해 "사士는 천하의 일을 자신의 소임으로 해야 한다"는 것을 배웠다. 그들이 '경전에 통달'한 것은 결코 자신의 부귀를 얻자는 것이 아니라 바로 세상을 위해서였다. 즉 자연의 신비와 인간사회의 문제를 파악하고 경전 속에 존재하는 '의리義理'에 통달하여 평안하고 행복한 예禮가 있는 사회를 건립하려는 것이었다.

## 천리天理의 해석

유가경전은 한 무제 때부터 정치와 학술의 최고 지도원칙으로 받들어졌으나, 한나라 말기 이후 정치와 사회가 매우 무질서해졌다. 이에 대해 송나라 시대의 유학자는 경전 자체에 문제가 있는 것이 아니라, 전 시대 사람들이 단지 경전의 문구 해석에만 힘써서 성인의 미언대의微言大義를 깨닫지 못했기 때문이라고 여겼다. 그리하여 구양수歐陽修·왕안석王安石 등은 전 시대 사람들의 해석을 버리고 직접 인정의 각도에서 성인의 뜻을 추구하자고 주장했다. 그들은 개인의 자유로운 사고를 강조했을 뿐 아니라 현실문제에도 커다란 관심을 가졌다. 예컨대 구양수는 "어려서 스승이 없고 배움은 자신에서 나왔다"고 자칭했고, 왕안석은 농민과 여공을 자주 방문하여 책 속의 지식을 실험했다.

그러나 진정으로 경전 안에서 '이理'를 찾고자 노력한 사람은 주돈이周敦頤·장재張載·정이程頤·정호 등이었다. 그들은 우주의 근원 탐색에서부터 시작하여 우주만물의 생성질서를 묘술하고, 다른 한편으로 이러한 변화를 낳는 근원이 바로 '천리'임을 밝혔다. 그들은 천리가 천하의 기준일 뿐만 아니라 만물의 근본인 이상, 자연의 '이理'에 근거해 세상의 '예'를 제정하여 질서 있는 사회를 건립해야 한다고 하였다. 이들 학자들의 주장은 특별히 '이'를 밝히는 것을 중시하였기 때문에 '이학理學'이라고 부르는 것이다.

성인이 말한 '이'를 더욱 확실히 파악하기 위해 이를 집대성한 이학가 주희朱熹는 특별히 『논어』·『맹자』·『중용』·『대학』 즉 사서四書의 중요성을 강조했다. 왜냐하면 『논어』와 『맹자』는 직접 성인의 말을 기재하였기 때문에, 사서를 읽는 것은 오경五經을 읽는 것에 비해서 성인의 뜻과 '천리'의 요체를 더 잘 살필 수 있다는 것이다. 그의 주장은 후세에 막대한 영향을 끼쳤다. 원명시대 이후 사서는 과거시험의 범위가 되면서 당나라 이전 오경의 지위를 대신하게 되었다.

그러나 단지 경전 안에서 '이'를 인식하는 것만으로는 충분하지 않았다. 왜냐하면 사람 마음 속 깊은 곳에 천리가 분명 있지만 수양하지 않으면 인간의 욕망에 의해 쉽게 가려지기 때문이다. 성인이 제정한 예의 규칙이 '천리'의 구현인 이상, 도덕을 수양하려면 반드시 '극기복례克己復禮'의 노력을 실천해야 했다. '극기'는 자신의 욕심을 버리는 것이고, '복례'는 자신의 언행을 예의의 준칙에 맞게 하는 것이다. 이는 당연히 표면적인 형식을 지키는 것만이 아니라 개인이 자신의 부족한 바를 절실히 체득한 후에, 노력하여 그것을 극복하고 예절로 규범화된 사회질서 속에서 사람들과 화목하게 지내는 것이다.

요컨대 그들은 유가경전의 학습과 개인의 심성수양을 통해서 모든 사람이 '천리'를 실행할 수 있으며, 이로부터 각 개인의 잠재된 인성을 완벽하게 실천하여 '이'에 합당한 세계를 건립할 수 있다고 믿었다. 따라서 그들은 학술에 주력하였지만 사회에 대해서도 강렬한 책임의식을 지녔다.

## 경세치용

사대부가 국가와 사회에 대한 책임을 회피해서는 안 된다는 것을 자각하고, 아울러 경전 속에 실전失傳된 성인의 학문을 적극적으로 발굴한 이상, 그 최종 목표는 그것을 실천하는 일이었다. 이것이 바로 '치용致用'이다. 구양수·왕안석 등 정치가는 물론이고 주희와 같은 이학자들도 천리의 대의를 앉아서 떠들지만은 않았다. 그러나 그들의 실천방식은 완전히 달랐다.

구양수는 북송의 제1차 정치개혁운동인 경력개혁慶曆改革의 주요 인물이다. 이 개혁은 유학에 조예가 깊은 정치가 범중엄范仲淹이 제기한 것으로, 그는 옛 성인의 도리로 현실정치를 평하고 성현의 책을 읽은 사대부들이 세상을 다스려야 한다고 주장했다.

이 개혁이 중점을 둔 것은 인재등용 과정의 개혁이며, 근속연수가 아닌 능력과 실력을 중시함으로써 현인을 숭상하는 유가의 이상을 실행하는 것이었다. 그러나 이는 많은 사람들의 권익을 침해하여 2년 만에 폐지되었다.

왕안석은 경력개혁의 이상을 계승하였다. 그가 주도한 희녕변법熙寧變法은 주요한 목적이 부국강병에 있었기 때문에 재정을 중시했다. 그러나 이는 백성과 이익을 다투는 것이 아니라 부호의 이익을 빼앗아 만민에게 이익을 주자는 것이었다. 이것은 공자가 말한 '배불리 먹는' 것을 우선 실천하자는 것이었다. 하지만 애석히도 많은 유학자들이 맹자가 양혜왕을 만날 때 '이利'보다 '의義'를 강조한 대목만을 기억하고는, 왕안석이 "이로써 의를 폐한다"며 비판하면서, 결과적으로 심각한 당쟁문제를 야기했다. 왕안석을 지지하는 파와 반대하는 파는 모두 자신들의 주장을 유가경전에 근거한 것이라고 강조하였는데, 왕안석을 반대한 진영에는 저명한 이학자 정이도 있었다.

이학자들이 국가와 민생에 대해 관심이 없었던 것은 결코 아니다. 그들이 왕안석과 반목하게 된 까닭은 유가경전에 대한 견해가 서로 달랐기 때문이다. 왕안석은 법령의 실천이 이상적인 도덕사회를 건립하는 유일한 길이라고 믿었다. 그에 비해 이학자들은 정심성의正心誠意가 치국평천하治國平天下의 바른 길로, 풍속을 개혁하려면 예교에서부터 착수해야지 정부의 입법으로 이룰 수 없다고 하였다.

유가는 줄곧 예교를 강조했다. 그들은 예가 표면적인 의식뿐만 아니라 행위를 절제할 때 은연중 감화시키는 기능도 있어서, 개인의 도덕을 높이고 풍속을 바꿀 수 있다고 믿었다. 이학자들이 '극기복례'를 거론한 것은 바로 이로부터 출발하는 것이다. 경전에 기재된 고례古禮는 주대 귀족의 예의였기 때문에 주희 등 이학자는 이를 일반인들의 의례에 적합하도록 비교적 간단하게 다시 편집하였다. 『가례』와 『향약』은 일반 민중을 위해 정리된 것이며, 주희는 어린이의 예의행위에 관한 『소학』을 별도로 편찬했다. 이러한 도덕교육을 보급하기 위해 송나라 학자들은 쉽게 배우고 외울 수 있는 서

당교재를 편찬하기 시작하였다. 오늘날까지도 익숙한 『삼자경三字經』・『백가성百家姓』
등과 같은 계몽서의 모형은 바로 송나라에서 비롯된 것이다.


## 제4절 이상과 현실

그림 9-4. 악양루


　독서인들이 관료가 되는 것은 원래 치국평천하의 이상에 근거를 두었기 때문에 그
들이 "삼경에 등불을 밝히고 닭이 우는 새벽까지" 힘들게 공부하는 것을 단순히 황금
의 집이나 미인을 얻고자 하는 것으로 볼 수만은 없다. 범중엄이 「악양루기岳陽樓記」에
서 말한 "천하의 걱정을 먼저 걱정하고, 천하의 기쁨을 나중에 기뻐한다"는 독서인의
이상과 포부를 밝힌 것이다. 그렇다면 이러한 이상과 포부를 도대체 얼마나 실행하였
는가?

## 사학私學의 발달

과거의 목적은 국가를 위해 현명한 인재를 구하는 것이었으나 지식인을 농락하는 통치도구이기도 하였다. 시험의 답안과 내용, 형식의 표준화는 지식인의 사상을 더욱 속박했다. 그래서 이학자들은 과거를 통한 공명 획득을 목적으로 하는 관학 대신에 민간학당인 서원에서의 자유로운 강학을 강조했다. 그들은 사물의 이치·덕행의 실천·자기수양 등에 대한 토론으로 세속을 교화시켜 태평성세의 이상을 완성하려 했다.

중국에서 사학교육은 유구한 전통을 지니고 있다. 비록 한 무제가 '백가를 배척하고 오직 유가만을 존중한' 이래, 유가학설이 정부에서 지정한 학문이 되었지만, 공자가 일생동안 사학교사로 지낸 이상 사학교육 역시 매우 중시되어 계속 이어졌다.

초기의 사학은 언제나 경서에 능한 학자가 중심이었는데 당나라 이후의 사학은 서원이 모임의 장소가 되었다. 당나라 말기와 오대시대의 혼란 속에서 문치교육이 쇠락하고 유학자들이 초야에 은거해 강학에 몰두하면서 서원이 생겨나기 시작했다. 다만 당시에는 제도적으로 뒷받침되지 못했는데 북송 중기 이후 정부에서 여러 차례 학문을 대대적으로 진흥시키면서 점차 관청에서 주관하는 주현州縣학교를 대신하게 되었다.

서원의 중흥에 결정적인 역할을 한 인물은 주희이다. 그가 정한 「백록동서원게시白鹿洞書院揭示」에는 부자·군신·부부·장유·붕우 등 다섯 가지의 사회관계를 '오교五敎'로 삼았고, 그리고 '위학지서爲學之序'·'수신修身'·'처사處事'·'접물接物' 등의 원칙을 정하였는데 바로 앞서 언급한 이학자들이 추구했던 '극기복례'를 실행하려는 것이었다. 수신을 기본으로 하는 이들 학교 규정은 후일 원·명·청 각 시대 서원의 본보기가 되었고 아울러 서원교육의 정신적 지표가 되었다.

서원은 원나라와 명나라 때 수적으로 대폭 증가했다. 그러나 정부가 계속 서원을 관학화하려고 했기 때문에 명나라 때 1,500개 이상의 서원 중 관청에서 주관하는 서원이 60%를 차지했다. 아울러 명나라 후기에는 4차례에 걸쳐 정부의 방침을 따르지 않는 서원을 금지시켰다. 하지만 서원은 끝내 단절되지 않았다. 그 중 명나라 말기의 동림서원東林書院은 전국적인 영향력을 지녔는데, 그 서원의 표어인 "바람소리 빗소리 책 읽는 소리, 소리마다 귀에 들린다. 집안 일 나라 일 천하 일, 일마다 관심이 있다"는 당시 독서인들의 학문 목표가 치세의 이상에 있었음을 명백히 나타내고 있다.


## 지식의 숭배

경전에 통달하고 치용해야 한다는 이상은 학술과 정치의 결합을 촉진했다. 그러나 경전에 대한 독서인들의 맹목적인 숭배를 불러일으키기도 하였다. "『논어』의 절반으로 천하를 다스린다"라는 이야기의 전래가 바로 그것의 명백한 증거이다. 일설에 따르면, 송나라 초기의 명재상 조보趙普가 송 태종에게 고백하길 "저는 사실 글을 모릅니다. 그러나 『논어』는 읽을 수 있습니다. 태조를 보좌하여 천하를 얻는데 그 절반을 사용했습니다. 아직 절반이 남았으니 폐하를 보좌할 수 있습니다"고 하였다. 이 이야기의 진실성에는 미심적은 부분이 있다. 하지만 이런 이야기가 전래되는 배경에는 경전에 대해 사람들이 품고 있는 거의 광신에 가까운 기대감을 설명하고, 사회에 퍼져있는 "모든 것이 다 하찮고 오직 독서만이 고상하다"라는 망상을 반영하고 있다.

경전지식에 대한 존경은 송나라 유학자가 추구한 유가부흥운동이 매우 성공적이었음을 증명하는 것이다. 송나라 유학자의 학술성과는 원래 경전의리의 새로운 해석 위에 세워진 것이다. 그들은 옛 사람들의 해석을 벗어나 경전 본래의 뜻을 스승으로 삼을 것을 주장하는 한편, '자기 스스로의 배움'을 강조하였다. 그렇다면 도대체 누구의 의견이 진정으로 경전 안에 있는 성인의 뜻에 부합하는 것인가? 또 진정한 '천리'는 무엇인가?

일찍이 범중엄이 추진한 경력개혁을 지지하였던 구양수는 왕안석이 주도한 희녕변법에 대해서는 반대하였다. 주희는 책을 많이 읽어서 사물의 이치를 알고 연구하는 수양방법을 강조했으나, '마음의 바름'을 강구하고 '쉽고 간편한' 공부를 주장한 또 다른 이학자 육상산陸象山의 비평에 의해 지리멸렬하게 되었다. 처음에는 모두들 자유로운 방식으로 토론하였으나 나중에는 점차 기세의 싸움이 되어, 같은 파는 한 패가 되고 다른 파는 배척되었다. 하물며 그들이 논쟁하던 '이'의 옳고 그름은 때로는, 특히 과거시험에서 어떤 학설이나 주석을 정부에서 표준으로 결정하였을 때는 이록利祿의 문제까지에도 연루되었다.

## 과거의 폐단

사실 학문에 대한 존경의 절반은 과거시험의 자극으로부터 생겨났다. 왜냐하면 과거시험에 통과한 독서인이 관료의 신분을 획득하여 사회에서 존경받는 사대부계층이 되기 때문이다. 문제는 과거시험의 목적이 인재를 선발함에 있었지만 결국엔 이록에 유혹된다는 것이다. 그래서 시험의 공정성을 기하기 위해 과거시험장의 규정은 매우 엄격하였다. 예컨대 시험지를 다시 한 번 베껴 씀으로써 채점관이 필적을 알 수 없도록 하는 것, 그리고 오늘날에도 여전히 사용하는 밀봉법 등이 있었다. 또한 수험생이 커닝페이퍼를 지닐 수 없도록 시험장에 들어가기 전에 옷과 신발을 벗게 하고, 몸수색을 하였을 뿐만 아니라 심지어는 지참한 만두까지도 일일이 쪼개어 검사하기도 했다. 그럼에도 불구하고 시험관에게 뇌물을 주거나 대리시험을 치르게 하고 시험지를 바꿔치는 일 등이 끊이지 않았으며, 심지어 서점상이 특별히 손안에 들어갈 만큼 작은 커닝 책자를 인쇄하여 팔기도 하였다.

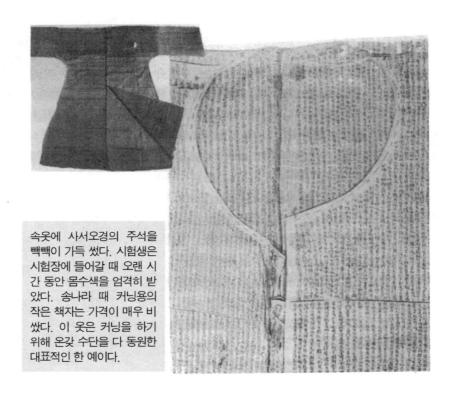

속옷에 사서오경의 주석을 빽빽이 가득 썼다. 시험생은 시험장에 들어갈 때 오랜 시간 동안 몸수색을 엄격히 받았다. 송나라 때 커닝용의 작은 책자는 가격이 매우 비쌌다. 이 옷은 커닝을 하기 위해 온갖 수단을 다 동원한 대표적인 한 예이다.

그림 9-5. 속옷에 쓴 작은 글씨

유학은 비록 경전을 근원으로 하고 있으나 도덕실천을 더욱 중시했다. 그런데 지식인들이 이록과 공명의 유혹에 빠져 수단방법을 가리지 않고 부정을 저지른다는 것은 문장 구절이나 암송해서는 도덕성을 기를 수 없음을 설명하는 것이다. 명청시대의 과거시험은 더욱 경직되었다. 사상적으로 반드시 주희의 주석에 근거해 사서오경의 도리를 설명해야 했고, 형식면에서는 반드시 팔고문에 따라 기起·승承·전轉·합合·용用 8단락과 7백자의 분량으로 성인의 본의를 논설해야 했다.

팔고문의 '고股'는 대칭의 의미로 논술할 때 반드시 한번은 정正, 한번은 반反, 한번은 허虛, 한번은 실實, 한번은 얕게, 한번은 깊게 하는 것이다. 이는 원래 글짓기의 방법이다. 그러나 일단 시험 규정이 되자 형식에 빠지지 않을 수 없게 되었다. 그래서 암송할 수 있도록 과거에 합격한 사람들의 글을 모방한 글이 출현했고, 배우는 사람들은 글자의 조립에 대해서만 주의를 기울일 뿐 그 안의 이치와 뜻을 이해하려 하지 않았다.

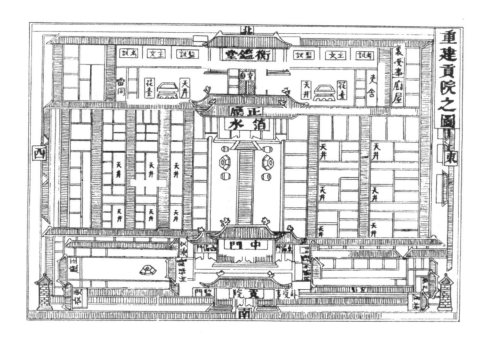

그림 9-6. 과거 시험장의 모습도

팔고문은 작문할 때 문체와 사상의 제한을 받는 것 이외에 '위를 범하거나' 혹은 '아래를 건드려서'도 안 되었다. 예를 들어 제목이 '재친민在親民'이라면 수험생은 그 위 구절인 '재명명덕在明明德' 혹은 아래 구절인 '재지어지선在止於至善'을 언급해서는 안 된다. 동시에 문제의 출제가 사서에 한정되어 명청시대 수백 년 동안 출제될 만한 문제가 거의 다 출제되었기 때문에 일부 시험관들은 단지 경서의 구절을 잘라서 문제로 출제하였다. 예컨대 '삼십三十'은 『논어』의 '삼십이립三十而立'에서 출제한 것이고, 혹은 '자왈교언영색선의인子曰巧言令色鮮矣仁', '증자왈오일삼성오신曾子曰吾日三省吾身'과 같이 서로 관련 없는 글을 잘라 합쳐서 하나로 '편집한 문제'를 만들기도 하였다.

과거시험은 문자 유희가 되어 독서인들은 시험 전에 출제될 문제를 추측하거나 '작은 문제 3만선', '큰 문제 3만선' 등과 같은 모범 문장을 외우기에 바빴다. 그들은 기출문제에 대해서는 익숙하였으나 세상물정에 대해서는 몰랐다. 위 사람은 절반의 『논어』로 천하를 다스리려 꿈꾸었고, 아래 사람은 오직 책속의 황금의 집과 미인에 관심을 두었을 뿐이었다.

# 제10장 민간신앙, 사회조직과 지역사회

## 제1절 민중교육과 선서善書 운동

### 사학社學과 향약

송나라에서 청나라에 이르는 근세 중국의 역사발전 과정에서 국가 권력은 여러 방식을 통해 하층사회로 계속 침투했다. 당연히 지방관이 주현을 관리하는 것이 가장 직접적이었으나, 이것만으로는 지방의 질서를 안정시킬 수 없었기 때문에 각종 지방 교육과 교화방식이 있었다. 서원의 영향력을 이용하는 것 외에 원나라와 명나라 시대에는 지역사회의 '사학'으로 민중을 교화함과 동시에 정부의 정책을 시행했다.

명청시대 사대부는 정기적인 모임인 '향약'을 조직하여 향촌의 백성들에게 황제의 성유聖諭와 종교적인 권선서勸善書를 강연했다. 강연 내용 중의 하나인 명 태조의 「성유육언聖諭六言」은 백성에게 "부모에 대한 효도, 어른에 대한 공경, 이웃과의 화목, 자제에 대한 교훈, 비리 금지, 생업 종사" 등의 6가지를 실천하도록 하였다. 이것은 간명하고 핵심적이며 쉽게 이해하고 기억할 수 있었다. 그래서 사대부들은 강연할 때 늘 이를 준수한 사람들이 얻은 각종 보답을 열거하고, 또 이 6가지를 부연해서 백성들이 열심히 실천하도록 독려했다. 이러한 '향약'의 모임에서 가장 중요한 항목은 '선행은 표창하고 잘못은 징벌'하는 것이었다. 이를 위해 1개월, 보름 또는 열흘마다 선행자와 악행자를 각각 공포하여 표창하고 징벌하였다. 이는 명백히 향촌 집회를 통해 행동이 불량한 자에게 공공의 압력을 가해 나쁜 짓을 못하게 하는 것이었다.

명나라 때에는 '향약' 외에도 향촌의 이노인里老人이 있어 매월 6차례 정기적으로 마을을 순회하며「성유육언」을 지도하였고, 아울러 각 마을마다 신명정申明亭이나 정선정旌善亭을 세워 선악을 행한 사람을 공고했다. 이러한 활동은 지방에서 널리 행해졌고, 그 성과의 완벽 여부를 떠나 나름대로 교화기능을 발휘했기 때문에 유가의 충·효·절·의·정절·염치 등 관념이 민간에 깊이 스며들었다.


## 민간신앙과 선서

그러나 사대부들이 행한 각종 노력도 지방민에 대한 신흥 민간종교의 영향에 비해서는 다소 떨어졌다. 송나라 이후 중국에는 많은 신흥종교가 출현했다. 도교에는 위진시대 이래 천사도·오두미도·모산도茅山道 등이 있었고, 또 남송 이후에는 태일교太一敎·전진교全眞敎·정명도淨明道·진대도眞大道 등이 있었다. 이들 신흥종교는 유·불·도 삼교합일의 색채를 강하게 띠고 있었다. 예컨대 진대도는 도가의 청정무위의 기초 위에 유가윤리를 결합했고, 정명도는 유가의 충효관념을 강조함과 동시에 대승불교의 일부 교리도 받아들였다. 전진교 역시『효경』·『반야심경』·『도덕경』을 동시에 중시하여 삼교합일의 민간종교 성격을 드러냈다.

민중 도교의 발생은 민중교화에 크게 공헌했다. 권선서가 널리 유행한 것이 바로 가장 뚜렷한 표시이다. 이들 새로운 도교들이 만들어낸 권선서 중에는『태상감응편太上感應篇』·『문창제군음즐문文昌帝君陰騭文』·『관성제군각세진경關聖帝君覺世眞經』·『적송자

중계경赤松子中誡經』·『신심응험록信心應驗錄』 등이 있다. 그 내용은 대부분 사람의 일체행위, 심지어 생각까지도 모두 인과응보가 따르기 때문에 착한 일을 행하고 착한 생각을 지니며 악한 생각을 버리고 악한 일을 경계할 것 등을 권고하는 것이었다. 그 속에는 유가윤리와 불교의 윤회설도 포함되어 있다. 이러한 권선서가 일반사회에 광범위하게 전파되어 민중들에게 지대한 영향을 끼쳤다. 특히 명나라 말기 이후 많은 사대부와 상인들이 권선서를 대량으로 '무료 출판'하면서 지역사회의 교화를 더욱 증진시켰다.

명나라 중기 이후 왕양명 학설이 성행하면서 지방에 사대부나 평민 누구나 참가할 수 있는 '강회講會'가 많이 나타났다. 이와 동시에 향촌의 '향약'도 크게 발전하였고, 독서인들의 시사詩社·문사文社 역시 유행하였다. 이러한 집회에서도 권선서의 내용이 강론의 주제가 되었기 때문에 권선서는 문맹계층까지 영향을 미쳤다.

후일 사대부들은 뜻 맞는 사람들끼리 '동선회同善會'를 조직하여 공동으로 선행을 실천했다. 입회자는 회비를 납부하였고 정기적으로 선행을 행했다. 즉 빈민과 과부를 구제하거나 약품 제공·질병 치료·관棺 제공 등을 행했다. 그밖에 일정 장소에서 '육영당育嬰堂'이나 '청절당淸節堂'을 세워 버려진 아이나 수절한 부녀자를 수용하기도 했다. 이들 동선회 회원 역시 정기적인 강연이나 혹은 향약에 초빙을 받아「효순사실孝順事實」·「위선음즐爲善陰騭」·「태상감응편직강太上感應篇直講」·「제급구위강화濟急救危講話」·「계익녀강어戒溺女講語」·「계점음희강화戒點淫戲講話」 등을 강연하였다. 이러한 종류의 동선회와 선당善堂은 경제가 발달한 강남에서 먼저 출현하였는데, 나중에는 중국 각 지역의 대도시로 확대되어 20세기 초까지 계속 이어졌다. 이는 근대 중국의 중요한 사회 자선사업이었다.

## 공과격功過格과 보권寶卷

　　명나라 후기 권선서가 대량으로 간행되는 풍토 속에서 거론한 권선서 외에 매우 많은 '공과격'과 '보권'이 있었다. 공과격이 처음 출현한 것은 12세기 후반이었으나, 명나라 말기에 이르러 크게 유행하다가 청나라 때 더욱 확대되었으며, 오늘날에도 여전히 사원에 가면 쉽게 얻을 수 있다. 이들 공과격은 대부분 표로 제작되었는데, 매일의 공과功過를 구분하여 수행자 스스로가 한 일을 칸에 적고, 매월 공과의 점수와 1년 동안의 점수를 총계 내는 것이다. 비교적 유명한 것으로는 「태휘선군공과격太徽仙君功過格」·「원료범선생공과격袁了凡先生功過格」·「휘편공과격彙編功過格」 등이 있다.

　　공과격은 민간종교의 도덕관념과 도덕실천의 결정체로, 행위를 종류별로 구분하여 긍정·부정의 도덕 가치를 부여하고 계량화하여 누적시킴으로써 개과천선토록 하는 신앙형식이다. 그래서 도교의 일반신도들은 이를 도덕규범으로 삼았고 사대부도 마찬가지였으며 불교 승려 역시 이것으로 선남선녀를 교화하였으니, 민중의 품격과 윤리사상을 형성시키는 중요한 매개체였다.

　　명나라와 청나라 때에 또 다른 종류의 권선서로 보권이 있다. 이는 대부분 민간종교의 경전으로 그 종류가 다양하며 저자는 주로 승려·도사·비구니 혹은 교주 및 그 신도 등이었다. 보권의 형식은 보통 여러 신의 이야기를 삽입한 것으로, 강의와 송독의 편의를 위해 교리나 교과의 규정을 5자 혹은 7자를 한 구절로 편성해 연속적으로 기술했다. 보권의 내용은 교리를 널리 알리고 오륜의 도덕을 제창하는 것 외에, 평범한 서민이 보살이 되고 신선이 된 이야기 등이 있다. 그리고 그 내용은 대개 권선징악·인과응보와 같은 교훈이며, 사용한 언어는 설창說唱 및 희곡의 언어戲文이다. 대체로 보권은 불교적 색채가 비교적 강했으나 내용은 여전히 삼교합일이어서, 그것이 어느 종교 어느 교파에 속하는지 구분하기 어렵다. 이들 보권도 권선징악적인 사회교화에 대해 지대한 공헌을 했다.

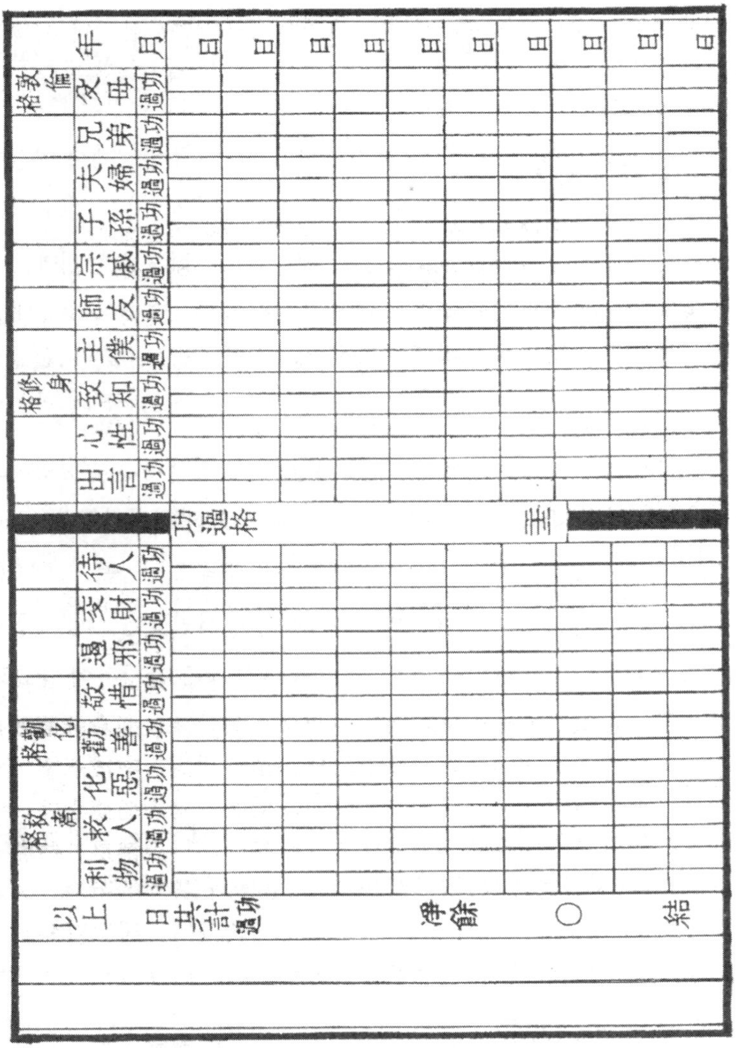

그림 10-1. 공과격 도식

## 선서와 지방질서

선서의 전파는 인과응보, 선행공적 등의 종교관을 민간에 더욱 깊이 파고들게 하였다. 특히 명나라 때가 관건이다. 명나라 후기 유·불·도 삼교합일의 추세는 더욱 뚜렷해졌고 민간신앙 색채 역시 더욱 강렬해졌다. 명나라 이래 궁정에서 민간에 이르기까지, 부계扶乩22에 의탁해 내림받은 신으로부터 받은 권선서·공과격이 민간에 성행하였다. 이는 신이 말하는 설교방식으로 인륜도덕을 통속적으로 선전하는 것이었기 때문에 민간사회에서의 영향력이 이학을 훨씬 능가하였다. 그래서 왕공대신이나 이름난 문인들도 이를 적극적으로 지지하고 장려했다. 이지李贄·혜동惠棟·유월兪樾 등 명청시대의 유학자들은 『태상감응편』에 서문을 쓰거나 혹은 주석을 달았고 심지어 각종 사례를 수집해 검증하기도 하였다. 선서를 다량으로 간행하고 신앙형식으로 평민을 조직하고 교화시킨 것은 근세 중국 민간사회의 두드러진 현상이었다.

부연할 것은 명청시대 민간에 일용유서日用類書가 보급되고 권농문勸農文이 대량 출현하였는데, 이 역시 민중교육의 일환이었다. 일용유서는 서민들이 일상에서 필요한 관혼상제의 가례, 서신의 격식, 계약의 견본, 호칭의 방식 등을 출간하여 참고하게 한 것이다. 권농문은 농민들에게 절기에 따른 경작 순서 외에 원나라 시기 전래된 면화와 고유의 뽕나무 재배를 장려하여 면포와 비단을 이전 시대보다 크게 보편화시키기도 했다. 그리고 17세기 무렵 전래된 고구마·옥수수 등 외래 작물 역시 권농문의 장려 아래 널리 경작되어 서민들의 의식주 해결에 큰 도움을 주었다.

---

22 나무로 된 틀에 목필을 매달고 그 아래에 모래판을 둔 후 두 사람이 틀 양쪽을 잡는다. 만약 신이 내리면 목필이 움직여 모래판에 글자나 기호를 쓰는데 그 글자나 기호를 읽어 길흉을 점침

# 제2절 민간종교와 비밀결사

송나라 이후 중국에는 매우 많은 민간종교가 출현했는데 이는 민간사회의 잠재력을 반영하는 것이다. 그리고 비밀결사도 민간종교에 기대어 활동했다. 국가의 정통적인 교화와 불교·도교 등 정통 종교 이외에 민간종교는 별도로 지역사회의 중요한 신앙조직이 되어 그 영향력이 막강했다. 원나라 이후 수많은 민중봉기에는 민간종교(혹은 비밀교파)가 중요한 역할을 담당했다.

## 초기의 민간종교

비밀결사의 성격을 띤 최초의 민간종교는 한나라 말기의 태평도와 오두미도이다. 위진에서 수당에 이르는 동안 불교의 미륵하생 구세사상이 일으킨 여러 차례의 종교적인 봉기 역시 비밀종교의 성격을 띠고 있다. 당 무종 회창會昌 3년(843년)의 금지조치후, 지방에서 비밀리에 전파된 마니교와 송나라 이후의 명교明教·마교魔教 역시 민간종교의 성격을 지니고 있다. 이들 교파가 내건 광명과 암흑, 선악 대립의 설법 등 간단한 교리는 서민들에게 쉽게 받아들여져 세력이 급속히 확장했다. 또 송나라 이후 불교에서는 백운종白雲宗과 백련종白蓮宗 두 교파가 분리되어 나왔는데 교리가 통속적이라 신도가 매우 많았다. 그러나 정부와 정통 불교가 용납하지 않으면서 이 두 교파도 지하로 스며들었다.

마니교·백운종·백련종 등은 정부의 탄압으로 비밀스럽게 서로 접근하고 융합하면서 결국에는 새로운 교파인 백련교가 되었다. 원나라 말기 백련교·향군香軍·명교 등의 홍건 봉기는 앞의 여러 비밀교파들이 혼합돼 일으킨 큰 변란이다. 명청시대 백련교는 민간종교 중 가장 투쟁적으로 각지에서 봉기하였는데, 특히 청나라 중기 사천·호북·호남 등에서 일어난 백련교의 난이 가장 유명하다.

## 신형 민간종교

그러나 민간종교가 대량 출현한 것은 명나라 중기와 후기이다. 이 시기는 중국 민간종교의 참신한 발전단계로 새로운 교문敎門·교파·종교예언 및 종교조직 등이 많이 나타났다. 이들 민간종교가 앞의 비밀교파와 다른 점은 스스로 창안한 경전, 즉 보권으로 신도를 교화한 점이다. 그 중 16세기 초에 발생한 나교羅敎가 가장 중요하다. 그 후 이를 본뜬 수십 개의 민간종교가 발생하여 장강의 남북에서 크게 유행했다.

나교는 처음 무위교無爲敎라고 했으며 창시자는 나몽홍羅夢鴻으로, 신도들은 그를 '나조羅祖'라 존칭했기 때문에 나조교羅祖敎라고도 했다. 나교에는 다섯 부의 경전이 있으며, 교리는 선종사상의 영향을 깊게 받았고 거기에 도교와 유가의 교화사상을 융합시켰다. 나교는 어렵고 오묘한 삼교 경전의 언어를 대중의 언어로 통속화시켰고, 삼교의 현묘한 철학사상을 세속화하여 일반인들이 쉽게 이해할 수 있도록 하였다. 그리고 대중들이 즐겨하는 종교 문학형식인 보권 형태로 생과 사, 선과 악, 정正과 사邪, 공리와 환멸, 천당과 지옥 등 인생 명제에 대한 답을 제시했다. 나교의 교리는 백련교의 '명왕출세明王出世'나 '미륵하생'에 비해 예언적 내용이 풍부하고 심각하여 일반인의 내면세계를 파고들었다.

나교는 집에서 수행하는 것을 주장하고 '무위無爲의 법'을 제안하였다. 이는 승려가 세상과 등진 채 오로지 좌선·염불 등을 하는 '유위有爲의 법'과는 달랐다. 나교의 수행은 외적 형식에 얽매이지 않았다. 나교는 교리를 간단히 행할 수 있고 출가할 필요도 없었기 때문에 일반인에 크게 환영을 받아 전국 각지에서 유행했다. 남쪽으로 전해진한 파는 후일 강남재교江南齋教를 형성하여 원래 강소성과 절강성에서 잠재세력을 가지고 있던 백련교·마교와 융합하였다.

나교가 창립되고 얼마 지나지 않아 표면적으로는 불교이고 내면적으로는 도교인 황천교黃天教, 도교 색채가 더욱 농후한 혼원홍양교混元弘陽教, 천지개벽을 고취하는 문향교聞香教 등의 교파가 속속 나타나 화북지역에서 유행하였다. 그밖에 머리를 기르고 수행하는 비구니 중심의 서대승교西大乘教도 출현했다. 청나라 이후 비교적 중요한 민간종교로는 주향교炷香教·팔괘교八卦教·청수교清水教·천리교天理教 및 청나라 말기 나교에서 파생된 일관도一貫道 등이 있었다.

명나라 후기 복건에 삼일교三一教란 새로운 민간종교가 출현했다. 삼일교와 나교 등과의 가장 큰 차이점은 지식인의 학술단체가 변화하여 종교조직이 되었다는 점이다. 교주 임조은林兆恩은 삼교 합일을 주장하였다. 즉 출가하여 결혼하지 않는 것을 반대하였으며 좌선·염불 등도 반대하였다. 그는 삼교의 요체가 모두 '심성心性' 두 글자에 있어 '진심眞心'을 얻는 것이 배움의 정점이라고 여겼다. 대체로 유가가 주체가 되고, 도교가 입문이 되며, 불교가 최고의 준칙이 되는 교파였다. 청나라 때의 태곡교太谷教와 황애교黃崖教 역시 기본적으로 이와 유사한 형식을 지녔는데 모두 지식인이 조직한 민간종교였다.

그림 10-2. 청나라 때의 중선도衆仙圖. 이 그림은 기존의 삼교가 자리를 함께하는 풍격을 계승하여 유가의 성인과 불교, 도교의 신선이 함께 있어서 화합하는 신의 세계를 구성했다.

## 비밀결사

명청시대 민간종교가 신앙으로 군중을 조직할 때 지방의 비밀결사도 성씨가 다른 사람끼리 결의형제를 맺는 방식으로 사람들을 결집시켰다. 중국에서 유민들이 단체나 집단을 조직해 무술을 연마하는 것은 명나라 때에 이미 존재하였는데, 조직이 한 개 성省 이상을 아우르는 결사는 청나라 때에 이르러서 크게 성행했다. 그 중 가장 유명한 것은 천지회天地會·청방靑幇·홍방紅幇이었다. 천지회의 기원은 명확하지 않다. 그러나 이 역시 결의형제로 조직되고 무술을 연마하면서 발전하였다. 청방은 명청시대 조운선방漕運船幇에서 갈라져 나온 비밀결사로 그 형성은 나교와 매우 깊은 관련을 맺고 있다. 홍방은 장강 중·상류의 가로회哥老會와 관련된 비밀결사였다.

천지회가 창립된 이후, "청나라를 타도하고 명나라를 회복하자"는 기치를 내건 봉기는 모두 천지회의 이름으로 일어났다. 봉기가 가장 잦았던 시기는 건륭(1736~1795년)과 가경(1796~1820년) 및 도광(1821~1850년) 연간 등이고, 건륭 연간에 대만에서 일어난 '임상문林爽文의 봉기'가 가장 유명하다. 18세기 중엽 이후 천지회는 점점 일반적인 유민조직으로 바뀌었고, 인구 유동에 따라 점차 광동·복건·대만 등지로 전파되었으며, 18세기 후반 이후에는 장강 이남의 각 성으로 전파되었고, 아울러 해외 화교사회에도 전파되었다. 천지회의 분파는 매우 많은데 삼점회三點會·삼합회三合會·소도회小刀會 등이 비교적 영향력이 컸다. 천지회는 발전과정에서 백련교·청련교靑蓮敎 등과 같은 민간종교와 매우 깊은 관계를 맺었고, 남권南拳과 같은 민간 무술단체와도 결합했다. 청나라 정부는 결의형제 맺는 것과 사적인 무술연마를 금지하였지만 오히려 비밀결사와 민간무술단체를 지하로 스며들게 하여서 지역사회의 중요한 잠재세력이 되게 하였다.

청방·홍방은 유민들의 사회조직으로 정치적인 저항 색채가 천지회 등 비밀결사보다 약했다. 대신 그들은 경제적인 색채가 비교적 컸다. 예컨대 식염과 아편 밀수·도박장 개설·부녀자 인신매매·유괴·강도 등에 청방과 홍방이 많이 관여하였다. 청방·홍방은 여기에 많은 상인과 지주·사대부들이 가입하여 18세기 후기 중국사회의 무시할 수 없는 이면 세력이 되었다.

청나라 때 비밀결사가 많이 출현하게 된 까닭은 인구 증가와 관련이 있다. 명나라 말기 중국의 인구는 이미 거의 2억에 달했고, 청나라 때 크게 증가하여 청나라 중엽, 그 인구가 4억에 이르렀다. 인구는 주로 동남 각 성에서 급속히 증가했기 때문에 인구 이동의 방향도 대개 동남에서 서남 각 성과 대만·동북지역이었다. 대규모의 인구이동은 대량의 인구가 혈연적인 종족관계를 벗어나 낯선 지역에서 토착민들과 토지·산림 등 자원을 놓고 경쟁하는 것을 의미한다. 생존의 필요에 따라 유민사회는 전통사회로부터 이용할 수 있는 각종 요소, 예컨대 결의형제·사제관계·향토관념 및 유민사회 고유의 강호의기 등 가치관을 흡수하여 각종 비밀결사를 조직했다. 이것이 바로 인구가 대량으로 이주한 지역, 즉 화중·서남·대만·동북 등 지역과 인구 압력이 큰 동남 각 성에 비밀결사가 널리 확산된 배경이다.

청나라 말기, 위에서 언급한 비밀결사 외에 또한 거지·도둑·각종 사기꾼 등이 조직한 단체가 많았는데 이들 역시 모두 농촌을 떠난 자들로, 도시와 농촌 곳곳을 떠돌아다니며 지방질서를 어지럽혔다.

# 제3절 종족과 지역사회

송나라에서 청나라에 이르는 시기 종족조직이 크게 확대되면서 지역사회에서 그 중요성을 무시할 수 없게 되었다. 종족은 혈연관계를 통해 동족의 각종 활동에 참여하고 동족의 위세를 드러내 지방사회에서 큰 세력을 형성하였다. 과거를 통한 영달이나 수절·효도 등을 기리는 정표와 같은 사회제도는 종족세력을 확대하는데 불가결의 상징이 되었다.

## 송나라 사대부의 종족 재건

송나라 시대 사대부들은 자신들의 종족을 재건하려고 노력했다. 예컨대, 그들은 "보계譜系를 밝히자"고 제창하여 종족의 단결을 강화하거나 관직에 있는 종족을 족장으로 세워 종족을 번영케 하였다. 아울러 가묘와 조상에 제사하는 가제家祭제도를 통해 종족을 연계시키었다. 일부 사대부들은 가법을 세워서 가족질서를 유지할 것을 제기하기도 하였다.

북송의 범중엄은 종족의 발전사에서 모범적인 인물로, 그는 처음으로 종족의 족전族田·의장義莊 등을 설치하였다. 그는 북송 인종 때 자신의 월급으로 소주蘇州 지역에 양전을 매입한 후, 매년 종족을 부양하기 위해 '의장'이라는 소작미를 내놓고 종족 중의 자제가 관장케 한 후 '의장규구義莊規矩' 13조를 직접 만들었다. 내용은 세 가지이다. 첫째, 종족에게 배포할 쌀과 겨울 옷의 범위와 수량, 둘째, 종족의 관혼상제의 도움 규정, 셋째, 의미義米를 수령하는 방법 등이다. 그 아들 범순인范純仁·범순예范純禮·범순수范純粹는 또 「속정규구續定規矩」를 만들어 그 범위를 교육이나 과거시험 등을 돕는 것으로 더욱 확대했다. 범씨가 의장을 창립한 후 의장은 남방에서 크게 확산돼 송원시대 종족 전통의 하나가 되었다.

남송의 주희가 저술한 『가례』 역시 종족 조직의 중요한 표본으로 남송 이후 종족의 발전에 중대한 영향을 미쳤다. 『가례』에서 언급한 사당 건립, 시조와 선조에 대한 묘제, 제전 설치 등 3항의 규범은 후세 종족 조직에서 반드시 갖추어야 할 요소가 되었다.

족보의 성행 역시 송나라 때 종족이 발전한 중요한 지표로, 구양수·소순蘇洵이 편찬한 족보는 각기 후세 족보편찬의 모범이 되었다. 그밖에 족규, 가훈, 가법의 출현 역시 송나라 종족제도 중의 하나였다. 그 중 가법을 중시하여 족장은 가법에 의거해 가법을 지키지 않는 자를 처벌할 수 있었다. 원나라에 이르러 정부 또한 손윗사람이 나이 어린 아랫사람을 가법으로 징계하는 것이 가능하다고 여겨 종족 사법의 합리성을 승인하였다.

## 송나라 이후 종족의 발전

송원시대 종족의 발전은 관료화의 경향을 지녔다. 족장은 보통 관직에 있는 사람이 담당하였고, 대종족은 남방에서 가장 번성했다. 종족은 본래 강소·안휘·절강지역에서 성행하였는데, 남송 이후 북방인이 남쪽으로 이주하면서 종족이 함께 모여 살았기 때문에 원래 종족제도가 그다지 발달하지 않았던 강서·복건·양광·호남 등지에서도 점차 성행했다. 이들 종족은 여러 세대 동안 함께 살면서 재산을 나누지 않고 사당 건립·족보 편찬·족전 설치 등으로 종족들을 결집시켰다. 그래서 정부도 이를 예우하여 때로 '의문義門'이라 부르는 정표를 수여했다. 지금까지 알려진 송원시대의 각종 종족 사당은 강소·안휘·절강·강서·복건 등 5개성에 집중 분포되어 있는데, 족보 숫자와 족전의 분포가 부합하는 것으로 보아 종족제도가 주로 남방에서 유행하였음을 알 수 있다. 북방은 전쟁의 파괴로 종족이 쇠퇴하였고, 송원시대에는 집단으로 거주하는 종족이 북쪽보다 남쪽에서 번성했다.

명청시대의 종족제도는 송원시대의 기초에서 진일보한 발전을 하였다. 가정嘉靖 15년(1536) 명나라 정부가 시조에게 제사지내는 것을 허락하자, 동일 시조의 종족끼리 서로 연계하여 대종사大宗祠를 건립하는 것이 보편화되었다. 송원시대 종족제도는 일반적으로 소종법을 추구하였기 때문에 대종사는 극히 적었다. 그러나 명나라 후기 이후 시조에 대한 제사가 보편화되면서 5대 이상 동족끼리의 구성이 보편화되어 1천 명 이상의 종족이 적지 않았다. 이 점은 통종보統宗譜나 회통보會通譜의 발전으로도 알 수 있다. 송원시대 종족에 관한 기록은 '족보'가 많았고 '종보'는 많지 않았다. 명나라 중기 이후 각 파를 망라하는 종보가 다량으로 출현하면서 부·현은 물론 성 단위를 넘어 전국적인 규모를 갖추었다. 예컨대 정민정程敏政의 『신안정씨통종세보新安程氏統宗世譜』는 44개 파를 통합하고 53대를 포함하여 수록된 사람만도 1만 명이 넘었다. 그리고 가정 연간(1522~1566) 장헌張憲·장양휘張陽輝 등이 편찬한 『장씨통종보張氏統宗譜』는 전국 15개 성의 117개 파를 기록하여 더욱 휘황찬란했다. 명청시대 통종보가 성행한 지역은 주로 화동지역으로 강소·절강·안휘 등지에 가장 많았다.

명청시대 종족은 과거시험을 중시했다. 종족제도가 성행한 남방의 각 성은 대체로 학문을 숭상하는 전통이 강했는데 세 가지로 나타났다. 첫째, 의전義田·제전祭田·사전祠田·학전學田 등을 포괄한 족전을 널리 설치해 종족의 공공재산으로 삼았다. 그것으로 조상묘 관리·가난 구제·족보 편찬·학당 개설·학비·과거시험 참가 등의 비용으로 사용했다. 둘째, 종족학교를 설립하고 우수한 선생을 초빙해 자제들을 교육하였다. 입학자는 반드시 종족의 자제이고 경비는 종족의 재산에서 조달했다. 대부분의 종족은 재능 여하를 불문하고 종족 내의 자제가 모두 입학해 공부해야 하며, 과거시험에 응시하지 않더라도 책을 읽고 예절을 아는 사람이 되어야 함을 규정했다. 셋째, 관직을 중시해 종족 중의 인재가 과거시험에 합격해 관료가 될 수 있도록 여러 방법을 강구했다. 명청시대 과거시험의 장원은 강소·안휘·절강·강서 등 4개 성 지역 출신이 전국의 3분의 2이상을 차지하였는데, 이 지역에서 종족조직을 키우고 제창한 것과 관계가 있다.

## 종족과 국가의 지방 통제

정부는 종족의 보편적인 존재와 조직화를 중시하고 이를 이용해 기층사회를 통제했다. 명청시대 정부는 각 종족이 '제가齊家'의 유가윤리를 이용하여 지방사회의 안정을 유지시키길 바랐다. 따라서 정부는 예제를 많이 위반한 민간지역에 종족 사묘의 건립과 종족 법규를 허락하였으며 족장이 가법에 의거해 종족을 관리할 것을 장려했다. 심지어 청나라 옹정시대(1723~1735년)에는 족장에게 종족을 처형할 법률 권한까지 부여했다. 명청시대 정부는 또한 정표旌表를 통해 종족의 족전 설치를 제창하고, 족전은 등기하여 문서화하고 집첩執帖을 주어 의전을 몰래 사고팔지 못하도록 했다. 청나라 옹정시대에는 족정族正을 설립하여 보갑제의 일부분으로 삼기도 하였고 건륭시대에도 족정을 이용해 종족의 싸움을 제지하도록 했다.

대체로 민간의 태도와 정부의 입장은 서로 일치했다. 족보 편찬을 보면, 명청시대의 종보·족보·가보는 보편적으로 명 태조의 「성유육언」, 청 성조의 「상유上論16조」, 청 세종의 「성유광훈聖論廣訓」 등과 같이 백성을 권고하는 황제의 유지를 수록했다. 송원시대와 비교하여 명청시대의 족보는 종족에 대한 훈계를 중시하였고 종족에 대한 권선징악적 교화를 강조했다. 명청시대 족보가 교화를 강화한 것은 부녀자에 대한 정절 요구와 종족이 '천한 직업'에 종사하는 것과 같은 행위에 대해서 이름을 삭제하는 등 두 방면에서 뚜렷이 드러났다. 이름을 삭제할 경우, 원나라 때는 일반적으로 단지 승려나 도사에 국한하였으나, 명청시대에는 광대·배우·종복·무혈연의 양자·무당·박수·음란범법자 등으로 확대됐다. 부녀자의 정절과 명분에 대한 요구로는, 아들을 낳은 첩은 족보에 올리지만, 개가한 며느리, 종족의 재혼녀·이혼녀를 취한 경우는 족보에 수록하지 않았으며 내쫓은 처첩도 수록하지 않았다. 그리고 수절한 부녀자에 대해서는 특별히 장려하였으며, 더욱이 나라에서 정표를 받은 여성은 이를 전기로 편찬해 후세에 이름을 전하게 했다. 부녀자의 수절을 격려하기 위하여 종족 재산 중에서 많은 양을 과부에게만 지급하는 항목도 있었다.

그림 10-3. 패방牌坊

# 제4절 상인의 역할 변화

## 송대 상인의 지위 변화

과거 중국정부와 사대부계층은 대부분 상업과 상인을 경시했다. 그들은 상인을 잠재적인 사회파괴 요소로 여겨 엄격히 통제해야 한다고 하였다. 상인은 늘 사·농·공·상 중 가장 말단에 처했다. 상업은 말업이고 상인은 교활하고 사기꾼이며, 생산에 종사하지 않으면서 종신토록 오직 이익만을 탐하는 사람들이라 여겼다. 한나라 초기에는 법률로 상인이 비단옷을 입는 것과 마차 타는 것을 금지했다. 당나라 때 상인의 자제는 과거시험에 참여할 수 없었다. 이윤이 비교적 큰 소금·철·차·술 등과 같은 상품도 정부가 전매함으로써 상인이 국가와 이익을 놓고 경쟁하는 것을 금지했다.

그러나 당나라 후기 이후, 상업이 날로 활발해지면서 일부 상인들이 재부와 권세를 갖기 시작하였다. 그러나 상인의 사회적 지위가 보편적으로 변화한 것은 송나라 때였다. 송나라 시대 상품교환이 날로 활발해지고 상업무역이 점차 확대되면서 상업세가 국가의 거대한 수입이 되었다. 상업이 유학자들의 눈에는 여전히 부차적인 업종이었지만 상인활동을 제한하고 통제하던 많은 법과 조치가 풀리기 시작했다. 송나라 때는 상인 집안의 출신이지만 자신이 상인이 아니거나, 혹은 일찍이 상인이었으나 현재는 상인이 아닌 사람에게 과거시험에 참가할 수 있도록 허락함으로써 정치적으로 상인에 대한 문호가 일부 열렸다. 그리고 상업에 대한 관리의 태도도 과거처럼 멸시하기보다는 오히려 관리가 상업에 종사하는 것이 유행이 되어 심지어 재상의 지위에 오른 자가 '오로지 장사를 급선무'로 할 정도였다.

## 상인 집단의 형성

송나라 시대 상업은 지역적으로 세 개의 대집단으로 나눌 수 있고, 각 집단마다 나름의 교역 범위가 있었다. 개봉은 '북방상인'의 무역중심으로 활동 범위가 주로 중국의 북방이었다. 사천은 '사천상인'의 대본영으로 성도가 중심지였다. '남방상인'의 주요 활동 범위는 절강·회수 및 장강하류 지역의 도시들이었다. 명청시대 저명하였던 '신안新安상인'과 '휘주徽州상인'은 남송시대 이미 두각을 나타냈다. 이 3대 집단은 주요한 지역에서 그들의 상업활동을 추진하면서 다른 지역과도 빈번히 왕래하였다. 그리고 상공업이 발전함에 따라 같은 업종에 종사하는 상공업자 간에 조직한 '행行'이 당나라로부터 송나라까지 계속 증가했다. 당나라 때 낙양에는 120행이 있었고, 남송 임안에는 400여 행이 있었다. 행회行會제도의 성장 또한 상공업계층의 장대함을 보여주는 것이다.

명청시대에 이르러 상업이 더욱 발달하면서 지역적 성격을 띤 상인집단이 탄생하였다. 그 중 비교적 저명한 상인집단에는 휘주상인·산서상인 등 10대 상인집단이 있었다. 그들은 각각 그들의 상업기반을 가지고 있었으며 그들 집단의 힘으로 경쟁에 뛰어들었기 때문에 활동 범위가 매우 넓었다. 이에 그들 대부분 "발길이 천하에 미쳤다." 예컨대 휘주상인의 본거지는 강남이었지만 활동지역은 동남연해·서남지구·화북 및 멀리 일본·동남아시아까지 이르렀다. 산서상인은 몽골·서북지구 및 화중·화남 등지의 주요 도시 외에도 러시아·일본·동남아시아까지 세력을 뻗쳤다.

각 상인집단은 중점 경영분야가 있고 아울러 지역적 제한 없이 천하를 주유함으로써 중국 전체를 연결하는 상업망을 구축하였다. 청나라 때 각 상인집단은 주요 상업도시에 각지 상인을 대표하는 회관을 건립해 전국적인 상업망의 중추와 기점으로 삼았고 각 도시의 회관과 연계함으로써 전국적인 시장 네트워크를 형성했다. 명청시대

회관의 대량 출현과 청나라 중기 이후 '공소公所'의 발전은 상업의 확장, 상인의 역할 제고 등과 깊은 관련이 있다.

그림 10-4. 상인 회관

## 명청시대 상인의 지위 향상

17세기 중기 이후 상인의 지위가 날로 높아지자, 정부도 상인을 지원하고 혜택을 주는 조치를 취했다. 예컨대 과거시험에서 특별히 자본이 많은 염상을 위해 '상적商籍'을 설치하고 그들 자제가 상업에 종사하는 지역에서 과거시험에 참가할 수 있게 하여, 일반인처럼 반드시 본적에 돌아가 과거에 참가할 필요가 없었다. 특히 청나라 시대는 국가가 여러 수단을 동원하여 자본이 많은 상인을 관직으로 끌어들였다. 상인은 '연납

捐納'을 통해 관리 직함이나 관직을 사서 관계로 진출했다. 이 방면에서는 휘주상인이 가장 유명하였다. 그 중 어떤 이는 본인이 관리 직함을 갖거나, 어떤 이는 아버지가 관리이고 자식은 상인이거나, 자식이 관리이고 아버지가 상인이거나, 상인이었다가 나중에 관리가 되거나 또는 먼저 관리였다가 나중에 상인이 되는 경우도 있었다. 상인이 관직에 나가는 이유는 당연히 그들의 산업을 보호하려는 것이었다. 휘주상인은 오랫동안 안휘성 중부와 북부의 염업을 주관하면서 관직을 얻어 관청과의 교섭에 큰 도움이 되었다. 돈 주고 관직을 사는 것보다 더욱 유력한 것은 "독서하여 과거에 합격하는 것"이었다. 청나라 시기 휘주상인의 자제로 진사에 급제한 사람이 296명, 장원이 15명, 고관에 이른 사람이 52명이었으니 그 번성함이 극에 달했음을 알 수 있다.

명나라 중기 이후 상인의 자의식에도 변화가 일어났다. 그들은 다시는 상업을 천한 직업으로 여기지 않았다. 일부 상인들은 "독서인이면서 이름이 없으면 오히려 장사하는 것만 못하다"고 여겼고, 사·농·공·상에 대한 순서도 마땅히 사·상·농·공으로 바꾸어야 한다고 여겼다. 청나라에 이르면 심지어 독서인이 상인보다 못하다는 이야기도 나왔다. 상인 세력이 비교적 강한 지역에서 더욱 그러했다. 청나라의 옹정제는 "산서지역에서는 대체로 상인이 으뜸이고, 다음은 농부이며, 그 다음은 입영군인이며, 최하는 독서인이다"라고 한 적이 있다. 이로 볼 때, 산서지역에서 상인은 사회의 상층에 위치하였고, 말단에 위치한 것이 오히려 독서인이었음을 알 수 있다. 청나라 후기에 이르러 상인이 4민의 으뜸이라는 관점이 제기되었는데, 이는 대외적인 무역경쟁과 대내적인 실업진흥의 중요성이 날로 증대됨에 따라 근대 중국 사회에서 상인이 이미 매우 중요한 집단이 되었음을 뜻하는 것이다.

명청시대 상인의 사회역할은 다양했다. 상인들은 자신들의 사회적 역할이 날로 확대되면서 지방 자선사업을 중시하여 휼리회恤嫠會·보제당普濟堂·구생당救生堂·시약국施藥局·구화회救火會·구생선救生船·시관국施棺局·노인당·육영당 등에 거액을 기부하였다.

그밖에 다리 건립, 도로 포장 등에도 많은 기부를 하였다. '상인이면서 의를 좋아하는' 이러한 특성이 지역사회의 건립에 크게 공헌하였다. 종족 내에서 상인이 사당을 건립하고, 의학義學·의전義田 등을 설립하는 것이 날로 증대하였다. 특히 휘주상인처럼 종족을 중시하는 상인집단은 더욱 중요한 역할을 담당했다.

'상인이면서 유학을 좋아하는 것'도 명청시대 상인의 또 다른 이미지였다. 명나라 중기 이후 상인에 대한 사회인식이 변함에 따라 '농사를 포기하고 상업에 종사하는' 현상이 보편적으로 나타났으나, 상인 자신이 때로 '유자이면서 상인으로서' 시서를 좋아하거나 혹은 문인이나 화가를 돕는 일이 유행하기도 했다. 양주상인이 문인을 도와 양주화파를 만든 것이 대표적인 예로, 그들이 그렇게 한 까닭은 어려서의 '유학 공부'와 관련이 있다. 더욱이 '유학을 포기하고 상업에 종사한' 많은 상인들은 간특한 이익을 추구하기보다는 상도덕을 추구하는 등 유학의 도리로 장사할 것을 제창하였다. 그중 휘주상인이 표방한 "정성으로 사람을 대하고, 믿음으로 사람과 교제하며, 의로 이익을 추구한다"는 말은 이러한 상황을 가장 대표하는 것이다.

상인의 중요성이 높아짐에 따라 정부는 그들을 이용하기 시작했고 심지어 강탈하기까지 하였다. 청나라 때 일부 관청은 거액을 상인에게 주어 이자를 증식시킴으로서 수입을 늘리기도 했다. 특정한 때가 되면 상인에게 '보효報效' 또는 '연수捐輸'라 하는 기부금을 자발적으로 내도록 했고, 정부의 군비·공공건설·수재·기근 구제·황제 순행이나 생일 비용 등에 대해서도 기부하도록 하였다. 그 중 산서상인·휘주상인 및 광동상인의 기부액수가 가장 컸다. 정부는 '기꺼이' 기부하는 상인에게 관직을 수여했다. 관료와 상인이 서로 이용한 것은 근세 중국 상인문화의 특색이 되었으며 상인의 역할이 변했다는 상징이기도 하다.

# 제11장 도시발전과 서민문화

## 제1절 도시 : 질과 양의 변화

예로부터 도시는 인류문명을 창조하는 중심지로 늘 사회발전을 이끌었다. 또한 도시가 지닌 그 나름의 특질은 역사탄생에 각기 다른 영향을 미쳤다. 중국 도시의 발전은 상고시대부터 현대까지 대략 네 단계를 거쳤다. 첫째, 제사·정치·군사가 삼위일체인 도시국가로, 기원전 2,500년부터 춘추시대 후기인 약 기원전 500년까지이다. 둘째, 통일제국의 행정기초인 현성縣城으로 춘추전국시대에 형성되기 시작해 진한시대에 짜임새를 갖추게 되었고, 행정관리의 편이성에서 착안한 시방제市坊制가 남북조에서 수당·오대까지 존재하였다. 셋째, 당나라 후기 시방제가 붕괴된 후, 송나라에서 청나라까지 상업과 행정을 동시에 중시하는 도시가 발전하였다. 마지막 단계는 근대 이후 성벽이 철거되고 현대화된 도시의 출현이다.

## 시방제市坊制 하의 도시생활

시방제를 시행한 시기에 도시내부는 대로를 경계로 몇 개의 방坊과 시市로 구획되었다. 각 방과 시는 사방 주위에 방담과 시담을 쌓아 독립채로 만들어졌다. 3품 이상 관리의 저택만이 직접 방담을 뚫어 문을 낼 수 있었으며, 그 밖의 일반 주택은 대로를 향해 문을 낼 수 없고 평상시 반드시 방문坊門을 경유해 출입해야 했다. 보통 각 방에는 대략 2개 또는 4개의 방문이 있었다. 방문은 문지기가 지켰으며, 해가 뜨면 열고 해가 지면 북을 60번 치고 닫았다. 그리고 야간에는 통행금지를 실시했다. 평민은 대로를 배회할 수 없고 위반하면 곤장형에 처해졌다. 공적인 일 혹은 질병이나 초상 등 집안에 급한 일이 생겨 밤에 방문을 나갈 사람은 반드시 관아에서 발급한 증명서를 지참하고 검열을 받은 후에야 나갈 수 있었다.

이 시기 도시의 주요 경제활동은 규정에 따라서 '시' 안에서 이루어졌다. 시는 특별히 지정된 방으로, 사방 주위를 담으로 둘러싸고 각 면마다 2개의 문이 있었다. 그 문은 문지기가 관리하였으며 아침저녁으로 북소리에 따라 열고 닫았다. 시 안에는 시서市署·평준국平準局을 설치하여 시장의 경영시간과 상거래의 도량형 및 물가조절 등을 관리하였다. 시에는 큰길과 골목을 따라 점포가 들어섰고, 점포 바깥에 노점상을 설치해서는 안 되었으며 상업활동은 단지 낮 동안으로 한정되었다.

수당시대 도시의 외관과 내부 생활은 사실상 매우 정연하고 단조로웠으며 소박하고 간단하였다. 특별히 당시 규정을 보면 상업활동은 시에서만 하도록 제한했기에, 방과 방 사이의 대로 양쪽에서 방담을 부수고 점포를 개설할 수 없었으며, 천막을 쳐서 노점을 차리는 것 역시 불법이었다. 도시 외형은 불법 건축을 엄격히 규제하였기 때문에 질서 있는 가운데에 냉엄했다.

## 새로운 도시 형태의 출현과 발전

이러한 도시 모습은 당나라 후기로부터 변화하기 시작했다. 당나라의 수도 장안을 예로 든다면, 당나라 후기에 들어 야시장과 도로변에 개설된 점포가 출현하면서 점차 아침에 열고 저녁에 닫으며 밤에 통행을 금지하는 제한이 무너졌다. 동시에 공간적으로 방담에 제한받는 형식도 깨지기 시작했다. 특히 시 부근의 방에는 여관·여인숙·떡집·면식점 등이 많이 나타났다. 숭인방崇仁坊의 야시장은 주야로 북적거렸고 등불이 꺼지지 않았다. 정부가 비록 수도에서의 야시장을 금지했으나 상황은 별로 바뀌지 않았다. 같은 상황이 낙양·개봉·양주 등과 같은 대도시에서도 발생하여 야시장이 점차 보편화되었다.

오대시기 후주 세종 현덕 3년(956), 개봉 시내 도로 양쪽을 따라 일정한 경계선 안에 우물을 파고, 천막을 세우며, 도로변의 점포 개설 등을 허락함으로써 방과 시의 분리제도가 무너졌다. 이후부터 시에 거주하고 점포 설립하는 것이 합법화되었다. 또한 송 태조 건덕 3년(965) 정부가 삼경 이후 야시장 개장을 금지하던 규정을 폐지하면서 개봉 시내는 5경에 등을 밝히고 날이 새자마자 흩어지는 '귀신시장鬼市'이 출현했다. 다른 도시에서도 야시장과 새벽시장이 상당히 보급되어 시방제는 더 이상 존재하지 않게 되었다. 이후 원·명·청 시대를 거치며 다시는 거주구역과 상업구역을 엄격히 구분하지 않았다. 이는 중국도시 형태의 중요한 변화이자 도시생활의 또 다른 발전이다.

당나라 후기로부터 송나라에 이르는 동안 도시형태의 변혁에서 도시의 상업적 기능이 더욱 커졌고 행정중심의 경제적 기능도 강화되었다. 송나라 때 변경이나 임안의 성안에는 상점이 두루 분포되었고 동업자끼리 시장을 형성한 '행시行市'가 많았다. 각종 상업 활동의 배치와 서비스 기구, 예컨대 잔방棧房(창고업·도매업·운송업·여관 등을 겸함)·환전 가게·태방兌房(금은방)·여인숙 등이 나타났고 부기나 주산·상용 산수 등의 도구도 하나하나 출현했다. 도시 상업이 성장하면서 당시에 '도로 침범'이라고 부른, 즉 상인이 도로의 경계를 넘어서 개점을 하게 되자, 원래 넓었던 도로가 점차 좁아졌다. 이에 정부에서는 '도로 정리'를 위해 계속 불법건축을 제거했다. 이러한 상황은 명청시대의 북경이나 남경 등 도시에서도 예외가 아니었다.

송나라 이후 도시의 숫자가 급증하면서 도시의 인구도 팽창했다. 명나라의 도시는 상품경제가 전에 없이 번영하는 상황에서 더욱 발전하였다. 청나라 때 도시 숫자는 더욱 증가하여 청나라 말기에 이르면 인구 1만 명 이상의 도시가 이미 6백 개가 넘었다. 인구가 많은 이들 도시는 주로 대운하 주변·장강 유역 및 동남 연해에 분포하고 있어 대개 교통 요충지이면서 경제 중심이었다. 도시는 인구증가와 더불어 상공업이나 서비스업 인구 종사자의 비중이 날로 커지는 등 인구 구조에 변화가 일어나 경제와 행정을 동시에 중시하는 성격으로 바뀌었다. 그리고 상인의 지위가 향상되었을 뿐 아니라 청나라 때에는 상공업의 행회·공소도 많이 출현했다.

## 시진市鎭의 성장

당나라와 송나라 시대 이후, 대도시의 경제기능이 강화됨과 더불어 향촌지역에도 정기적인 시장이나 주·현 성 밖에 열리는 시골장이 나타나기 시작하였다. 이 또한 날로 번창하면서 점차 상업취락이 정착되었다. 원래 군사적 의미가 농후하였던 '진鎭'은 경제기능이 군사기능을 대신하면서 점차 경제적인 도시로 변모되어 갔다. 송나라 이후, 행정의 중심이 아니었던 시진의 발전은 근세 중국 도시 변화의 또 다른 중요한 현상이다.

북송시대 시진은 이미 1,500개를 넘어섰고 명나라 때 또 5배로 증가했으며, 청나라 중기에는 약 3만개, 청나라 말기에는 약 4만개에 달했다. 시진의 대폭적인 증가는 명백한 도시화 현상이었다. 명청시대에 많은 인구가 시진에 모여들어 도시 외곽지역에 원형과 벨트형으로 분포하면서 향촌으로 상품경제를 보급하는데 큰 도움을 주었다. 당시 시진이 가장 밀집한 곳은 경제가 가장 발달한 강남지역이었다.

시진이 크게 증가하는 가운데 매우 주목할 점은 전문 업종의 시진이 출현했다는 사실이다. 예컨대, 강서성의 경덕진은 도자기로 유명했고, 광동성의 불산진佛山鎭은 철기 제조로 이름을 떨쳤으며, 호광湖廣의 한구진漢口鎭은 유통으로 유명했다. 이곳의 인구는 모두 수만 명에 달했다. 강남지역은 시진이 가장 밀집하였고, 비단·면포·미곡·도자기·모필 등의 각종 전문 업종 시진이 널리 분포했다. 일부 시진의 인구는 심지어 부府·현縣의 소재지 인구보다 많아 강남지역 전문업종 시진의 경제력이 행정중심보다 훨씬 강함을 드러내기도 했으니, 시진의 중요성을 이로써 알 수 있다.

전문 업종 시진의 경제활동은 시진 중의 포매상包買商(구매 전문의 상인)·아행牙行(중개상인)·수공업자 등을 통해 점차 인근 향촌 농민과 연결되어 생산과 소비관계를 이루었다. 인근 향촌에 흩어진 시장, 중개시장 및 각 시진의 상업취락 등을 기반으로 광대한 농촌사회에 단계적인 경제연속체를 형성했다.

또한 시진은 전통적인 시장구조를 변화시켰다. 예컨대 강남의 면포·비단·미곡 등의 장거리 무역은 장강 유역 및 화북 각 지역에서의 자원의 효과적인 개발과 이용을 더욱 촉진시켰다. '이미 개발된 지역'에 속하는 강남은 각 대도시의 상인활동을 통해 원료와 생산품 교역에서 점차 '개발 중인 지역'인 각 성과 교류함으로써 전국적인 규모의 시장 형성을 가능케 했고, 이로써 수공업생산품은 소비시장을 찾게 되었다. 그 중 대운하와 장강의 십자형 교통요충지를 통해 명청시대 상품경제는 전에 없는 발전을 이루게 됐다.

## 도시의 객상과 노동자

도시경제가 고도로 발전함에 따라 도시의 객상 역시 크게 증가하였다. 특히 장거리 무역에 종사한 객상의 증가가 두드러졌다. 명청시대 객상이 외지에 나가 장사하는 것을 속칭 '주수走水'라 했다. 객상은 주수 전에 거주지의 관아에 '노인路引'을 신청해야 각 지역의 관문을 통과할 수 있었다. 노인을 얻으면 객상은 노인에 기록된 목적지에 가서 교역할 수 있었다. 교통과 통신조건이 좋지 않고 또한 서비스업도 보잘 것 없어서 객상은 떠나기 전에 미리 만반의 준비를 갖추어야 했다. 돈·의복·침구·장부·음식도구·우산 등을 모두 준비해야 했고, 도중에 병날 것을 대비하여 간단한 약도 챙겨야 했다. 떠날 때는 반드시 길일을 택해서 흉조를 피해야 했다.

대체로 객상의 여정은 험난하였다. 행상조건이 좋지 않았기 때문에 전적으로 기억이나 경험에 의존해야 했다. 시에서 비록 간단한 길 안내 지도를 사서 참고할 수 있었지만 가는 도중의 고초는 여전히 매우 컸다. '주수'때에 풍랑을 만나면 수로 위에서 반드시 강가에 있는 용왕묘와 관우묘에 예를 올려야 했기 때문에 객상은 대부분 미리 '축문'을 준비했다. 그러나 더욱 큰 위험은 강도·비적·마적 등과 같은 도적떼의 위협이었다. 그러나 객상이 이익을 쫓아 위험을 무릅쓰고 '화물을 잘 유통시킴으로써' 도시는 더욱 번영하게 되었다.

도시에 수많은 노동자가 존재하고 있던 것도 명청시대에 두드러진 현상이었다. 특히 강남 등 경제가 발달한 도시에는 많은 농촌인구가 몰려들어 직공·단포장踹布匠(직물을 밟는 장인)·염색공·짐꾼 등으로 고용되었다. 그들은 미천했으나 도시경제에 없어서는 안될 요소였다. 명말청초 때에 일부 노동자들은 착취에 불만을 품고 심지어 '파업'을 일으키기도 하였다.

그림 11-1. 시장의 소매상인

## 제2절 도시생활과 풍조변화

도시성격의 변화와 상업도시의 증가는 도시생활에 여러 가지 영향을 미쳤다. 먼저 도시인의 활동이 시공간적으로 확대되어 생활방식을 변화시켰다. 그리고 소비의 증대로 물질경제가 발전하면서 상품경제·사회생활·일상생활 간의 관계가 나날이 긴밀해졌다. 생활상의 빠른 변화와 풍습의 새로운 변화는 정부가 정한 생활규범과 계층질서에 직접적인 충격을 주었다. 비록 정부가 여러 차례 명령을 내렸으나 금지시키기 어려웠다.

### 송대의 도시생활

북송의 수도 변경은 시방제가 파괴된 이후 각종 점포가 시내의 대로와 골목 여기저기에 들어섰다. 그 중 음식업종이 가장 발달하였는데 북방음식·남방음식·사천음식 등 3대 종류로 구분할 수 있다. 주류인 북방음식·남방의 해산물·사천의 고기 꼬치 등은 개봉 음식의 다양성을 보여주었다. 음식의 품종이 다양해지는 상황에서 음식업종은 연회음식을 독점하는 임대 형식, 즉 '사국司局'으로 발전했다. 어떤 이는 민간의 연회에 필요한 천막·다주茶酒·자주煮酒·사발·쟁반 등을 모두 독점했다. 이러한 풍조는 후일 남송의 수도 임안에 전래되어 장설사帳設司·다주사茶酒司·주사廚司·대반사臺盤司·과자국果子局·밀전국蜜煎局·채소국菜蔬局·유촉국油燭局·향약국香藥局·배판국排辦局 등 소위 '4사6국'으로 발전했다.

변경의 주점도 상당히 볼만했다. 대형 주점을 '정점正店'이라 했는데 술을 제조하고 판매했다. 소형 주점은 '각점脚店'이라 불렸고 정점에서 술을 사다 팔았다. 예컨대 가장 유명한 주점은 번루樊樓로 3층 누각이 5개나 이어진 방대한 건축물에 1천명 이상의 손님을 수용할 수 있었으며, 그 아래 각점이 3천여개가 속해 있었다. 북송 말년 변경에는 정점이 72곳, 각점이 근 1만곳에 이르렀으니 먹고 마시는 풍조가 매우 성행하였음을 알 수 있다.

남송의 수도 임안의 다양하고 다채로움은 변경에 비해 전혀 손색이 없었다. 음식업 분야에서 변경의 점포 장식, 노점상의 호객소리, 주점의 음료와 식사의 결합 및 음식과 오락의 결합, 계절 변화에 따른 경영변화와 서비스 품격 등 모두가 수도 임안에 전해졌다. 음식의 다양성도 여전했다. 북방의 양고기가 있었고 남방의 해산물도 있었다. 중국 최초의 채식 요리 책인 『본심재소식보本心齋蔬食譜』가 이 시기에 출현했다.

도시에는 잡극·축구·씨름·강사講史 등 다양한 오락이 있었는데 휴일마다 그 열기가 대단했다. 변경과 마찬가지로 임안에도 '와자瓦子' 또는 '와사瓦舍'라 부르는 공연장소가 많이 있어 각종 설창이나 잡기 단체의 공연을 제공하여 사람들의 시선을 끌었다.

송나라 때 도시생활의 변화에서 눈에 띄는 것은 일부 평민들이 경제 여건이 향상됨에 따라 관리의 생활을 모방하기 시작했다는 점이다. 긴 두건에 넓은 소매, 높은 대문에 넓은 저택, 풍족하고 사치스러운 음식, 외출시 처첩 동행, 모자에 주옥 보석을 꼽는 일 등이 있었는데 이러한 위반행위는 금지를 해도 쉽게 사라지지 않았다. 대체로 송나라 때의 도시는 그 이전에 없었던 대중화 경향을 띠었다. 이러한 대중화 경향은 명청시대에 더욱 보급되고 확대되었다.

## 명청시대 도시풍조의 대전환

명나라 중기 이후 상품경제의 발전과 전국적인 시장이 형성됨에 따라 정부는 조세와 부역을 개혁하여 상공업자에 대한 통제를 완화했다. 그러자 도시가 증가하고 소비인구가 늘어나 도시와 시진의 경제가 활력을 보이기 시작했다. 특히 동남 연해와 강남지역, 대운하 연안의 도시는 생활 풍습에서 상품경제와 더욱 밀접히 영향을 주고받았고, 내륙 지역도 나름의 다른 발전을 하였다.

도시경제의 발전에 따라 본래 소박하고 검소하였던 사회풍조가 15세기 중기부터 큰 변화를 일으켰다. 이는 활기차고 신선한 기운의 출현으로 사람들은 소박함 대신에 화려하고 새로운 것을 좋아하면서 경쟁하듯 사치를 미덕으로 여겼다. 16세기말에 이르러 이러한 경향은 사대부에서 서민으로, 그리고 도시에서 향촌으로 확산됐다. 특히 강남지역은 도시와 향촌 사이에 별다른 차이가 없을 정도였다.

청나라 초기는 명나라 말기에 비해 다소 검소했다. 그러나 18세기에 이르러 사치풍조가 다시 살아나 극도로 유행했다. 특히 상인의 물질적 향락은 더욱 그러했다. 예컨대, 양주의 한 소금상인은 정원이 거대하였고, 음식이 황실의 식단에 뒤지지 않으며 의복과 수레도 화려함이 대단하였다. 그가 황제를 위해 건립한 행궁은 크기가 5천여 칸이었고 정자는 거의 2백 개에 달하였으니 그 기백과 향락은 전에 없는 일이었다. 전체적으로 전국 각지 대도시의 생활은 청나라 중기까지 태평성대였다. 그러나 서양 열강이 중국으로 몰려오면서 새로운 변화가 나타나기 시작했다. 그 중에서도 특히 연해항구의 생활방식이 빠르게 변모했다.

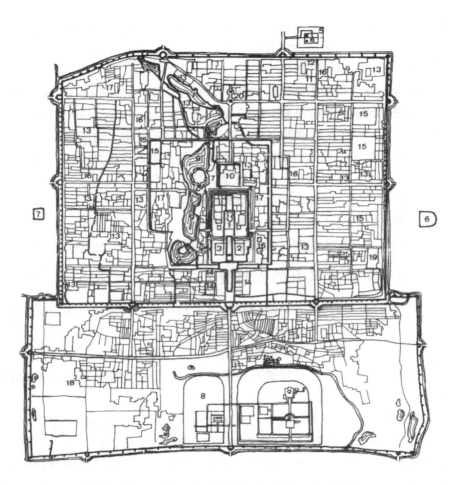

1—宮殿；2—太廟；3—社稷壇；5—地壇；6—日壇；
7—月壇；8—先農壇；9—西苑；10—景山；11—文廟；
12—國子監；13—諸王府公主府；14—衙門；15—倉庫；
16—佛寺；17—道觀；18—伊斯蘭寺禮拜寺；19—貢院；
20—鐘鼓樓

그림 11-2. 북경의 시가도

## 사회 가치관의 변화

전통시대 중국은 사회질서를 안정시키기 위해 늘 법령으로 군신·관민·지식인·서민 등의 일상적인 차이를 구분하는 예제를 정하여 상하와 귀천을 구별했다. 이러한 예제는 관민의 의복·모자·주택·수레·우산·안장·장막·물건 및 관혼상제·묘소 등 모든 부분에 규정을 두어 각자의 신분에 따라 월권하지 못하도록 했다.

명나라 초기에는 백성들이 다 이를 따랐기 때문에 "의복을 보고 귀천을 알았으며, 사용하는 것을 보고 신분을 구별했다." 그러나 중기 이후에 변화가 생겼다. 복식에서 색상은 화려하게, 재질은 마포에서 면포 심지어는 비단으로 바뀌었으며, 스타일도 새롭게 바뀌었다. 졸부는 지위와 명분을 망각하고 관료식의 의복을 착용했다. 명나라의 규정에는 관료 집안의 귀부인만이 보석이나 옥을 착용할 수 있다. 그러나 명나라 말기에는 대부분의 부녀, 심지어 기녀들도 머리 가득히 보석을 달고 시내를 활보했다. 거리의 죽 장사꾼, 서리 고용인 등 대부분이 "술 달린 모자에 담황색의 신발을 신고, 얇고 가벼운 비단 천의 치마에 세밀한 바지를 입었다." 심지어 명나라 말기 강남에서는 남자가 머리에 붉은 두건을 쓰고 붉은 색의 내의를 입는 등 여장하는 것이 유행하여, 놀란 일부 완고한 지식인들이 이를 '요괴'라고 불렀다. 또 일부 지식인은 습관적으로 분 바르고 향수 뿌리며 '아름다운 부인처럼 깨끗하게' 치장하기도 했다.

명나라 중기의 도시음식은 상품경제의 성장과 장거리 운송의 발달로 먼 곳의 귀한 요리를 좋아했고, 화려한 그릇을 선호했으며, 금은으로 만든 주방도구를 좋아했다. 그리고 꽃 장식이 유행했고, 술자리에서 가무를 했으며 요리가 수 십 가지였다. 그러므로 한 차례 연회에 쓰인 경비가 거의 노동자 1년 소득에 달할 정도였다.

사회가 사치와 허영에 물들면서 간소하던 편지봉투도 화려해졌다. 칭호는 '옹翁'·'노老'가 유행하였다. 원래 사대부 문화의 상징이었던 자字·호號의 사용이 민간에 보편적

으로 유행하여 왕공 귀족만이 자나 호가 있는 것이 아니라 미곡상·염상·하급 서리·
점쟁이·떠돌이·구걸 거지도 호가 있었다.

　당시 사회에는 황금만능주의가 만연되어 돈이 사람들의 숭배대상이 되었다. 주재
육朱載堉은 「산비탈의 양과 돈이 호걸이다」에서 다음과 같이 썼다.

　　세상 사람들이 눈을 부릅뜨고 영웅을 논하는데 돈이 호걸이다. 돈이 있으면 모든 일 뜻대
　　로 하고 돈이 없으면 한 걸음도 어렵다. 절름발이가 돈이 있으면 비틀거려도 합당하다.
　　벙어리가 돈이 있으면 손짓을 해도 보기 좋다. 지금 사람들이 존경하는 것은 돈이다. 괴
　　문통酈文通이 돈이 없었다면 동관潼關을 빠져나갈 수 없었을 것이다. 실제로 사람은 동전을
　　위해 세상을 떠돈다. 실제로 사람들은 한 푼을 구하기 위해 앞뒤를 살핀다.

　인간관계 역시 돈에 좌우되어 "술이 오면 먼저 돈 있는 사람에게 따랐다." 그래서
신분이 사대부라 할지라도 돈 없으면 냉대 받고 "상인은 어디에서나 존중받고 오직
고관만이 궁색하다"라는 탄식이 나오기에 이르렀다. 이러한 풍조에 따라 혼인에 재물
을 논하고 교우 간에 권세를 따지는 상황이 매우 보편화 되었다. 그리고 기존의 일부
윤리는 충격을 받았다. 예컨대 "혈육을 경시하고 결의형제 맺는 것을 중시한다. 분리
되면 기뻐하고 동거하는 것을 싫어한다"처럼 분가하고 재산을 분배하는 것이 명나라
말기 일부 지역의 풍조였다.

　요컨대, 명나라 말기 도시가 발달함에 따라 사회풍조가 변화했는데, 지역적으로는
강남이 가장 극심해 도시나 시진 및 향촌 등을 막론하고 모두 이 풍조에 물들었다. 남
방 각 성에서도 변화가 매우 현저하여 시골 현이라 할지라도 이전처럼 순박하지 않았
다. 청나라의 사회풍조는 이러한 추세에 따라 갈수록 사치와 이익을 따졌는데, 특히
동남 연해지역이 가장 심했다.

## 제3절 서민문화와 오락취미

송나라 이래 중국의 도시생활은 활발해졌고 사회풍조는 평민화하여 갔다. 이러한 발전은 서민문화에도 나타났는데, 대량의 통속소설 간행, 극단·극장의 발전, 다방의 보편화 등으로 구현되었다. 평민문화와 구분하기 위해 사대부는 다도나 화훼, 술 모임 및 정원예술 등 품격높은 문화를 발전시켰다. 그러나 전체적으로 볼 때, 서민 취향의 경향이 근세 중국문화의 큰 특색이다.

### 통속소설의 대량 간행

송나라 때의 화본話本은 서민문화의 한 표현으로, 명청시대 백화소설의 효시였고, 다른 한편으로는 그 이전 시대의 문학작품에 비해 도시의 소상인·수공업자·부녀자 등의 생활을 더욱 많이 다루었다. 시대의 추세에 따른 도시의 평민화로 기예와 통속 문학이 나타났으며 설화인說話人의 화본은 일부 당나라 때의 속강俗講·변문의 전통을 계승해 '소설'·'강사講史'·'강경講經'·'설원화說諢話' 등 4종류의 설강 방식을 발전시켰다. 그 중 '소설'과 '강사'가 가장 중요했고, 그 가운데서도 '소설'을 이야기하는 사람의 숫자가 '강사'보다 많았으며 가장 환영받았다.

송나라의 '소설' 화본은 애정과 공안公案 두 종류가 가장 많고 성과도 가장 컸다. 애정화본은 시정인물을 소재로 한 단편소설로, 명나라 시기 이러한 소설류의 선구를 열었다. 공안화본은 정치현실을 다루었다. 예컨대, 억울한 옥사를 일으킨 관리와 부자의 재산을 빼앗아 가난한 사람에 나누어주는 의적 등을 다루었다. 이러한 소재는 기본적으로 서민의 생활과 기대를 반영하는 것으로 재자가인才子佳人을 주제로 하는 당나라의 전기와는 품격이 달랐다.

그림 11-3. 금병매의 삽화

송원시대의 장편 '강사'와 단편 '화본'은 여러 차례의 수정을 거치면서 『삼국지연의』·『수호전』·『서유기』 등의 유명한 책을 탄생했다. 장편소설 외에 통속적인 단편소설이 명나라 말기에 크게 발전하였는데, 많은 문인들이 송원시대의 화본을 근거로 편집·정리·윤색한 의화본擬話本 소설이다. 거기에는 통칭 '3언2박三言二拍'이라 하는 『유세명언喩世明言』·『경세통언警世通言』·『성세항언醒世恒言』·『초각박안경기初刻拍案驚奇』·『이각박안경기二刻拍案驚奇』 등이 있다. '3언2박'은 주로 시정의 서민을 주인공으로 삼았다. 소설에는 수공업자·기름 파는 사람·운수업자·비단상점 주인·주점 주인·전당포 주인·승려·거지·백정·가마꾼·도박꾼·유민·부랑자·사기꾼·기녀·오입쟁이·매파·기생어미 등 각양각색의 사람이 등장해 그 시대의 사회상을 보여준다.

명나라 때 통속소설의 태반은 '인정소설'에 속하는 것으로 혼인가정·남녀애정·사회현실·사기와 유괴·암흑가·의로운 행위·효도 등의 이야기를 묘사하였는데 모두 하층민의 생활상과 가까웠다. 명말청초에는 『금병매사화金甁梅詞話』 등과 같은 색정소설이 많이 출현했는데, 소재가 생활적이고 취향이 서민적이어서 서민생활의 정취도 어느 정도 중시되었음을 알 수 있다.

## 인쇄업의 발달

앞서 언급한 민간문학 작품의 대량 간행은 송원시대 이래 중국의 조판 인쇄술 및 서방書坊의 발전이 중요한 기초가 되었다. 중국은 당나라 중기부터 작은 규모의 서방이 나타나 역서·사전·소학 및 종교서적을 간행했다. 오대시대에 이들은 민간서적 간행에서 경사류의 서적간행으로 발전했다. 송나라 때에 서적 인쇄를 주로 하는 대형 서방이 출현하였는데, 임안·건양建陽·성도成都 3곳에 있던 서방이 비교적 유명했다. 이들 서방은 역대 경전을 다량으로 인쇄하였는데, 품질이 가장 좋은 곳은 임안이었고 그 다음이 성도였으며 건양이 가장 떨어졌다.

원나라의 민간 인쇄는 평양平陽·항주·건녕建寧 등지가 중심이 되었는데, 겉표지에 그림이 있는 형식과, 위에는 그림, 아래에는 글이 있는 삽도 인쇄가 있었다. 그리고 대부분 서방의 '패기牌記'·'간기刊記'·'서패書牌'를 책 말미에 각인했는데 오늘날의 판권 페이지와 유사했다. 명나라 시대는 서방의 서적 인쇄가 더욱 발전하면서 건양·남경·소주·북경 등 중요한 인쇄지역에서는 일상에서 대중이 필요로 하는 각종 서적, 예컨대 의학·기예·경사자집經史子集·통속소설·극본전기·대중가요 등을 출판하였다.

명나라 중기 이후 통속 의화본소설에 독자층이 형성되자, 많은 출판업자들은 이윤을 증가시키기 위해 판매량을 늘리고 각종 판촉수단을 사용했다. 첫째는 책에 대한 간략한 소개를 실었다. 즉 책을 간행할 때 겉표지 또는 속표지에 서방 주인의 '식어識語'를 통해 간단명료하게 그 책의 특색에 대해 소개함으로써 독자를 끌어 들이는 것이었다. 때로는 식어에 대작가의 '고증'·'평점'·'비점批點'·'수열手閱' 등을 넣어 광고하기도 하였다. 둘째는 작품 안에 그림을 많이 삽입하는 것이었다. 어떤 책은 그림을 책 맨 앞에 집중 배열하고 어떤 것은 매회 분의 본문 앞에 두었다. 현존하는 명나라 시기의 『수호전』과 『삼국지연의』의 판본 중에는 삽화가 200여 폭에 달하는 것도 있다. 셋째는 평점본을 출간하는 것이었다. 평점과 주석이 달린 서적은 가격이 다소 비쌌지만 읽기가 편하여 더 많이 팔렸다. 나중에는 심지어 권圈·점點·협주夾注·미비眉批(책 위부분에 써넣는 평어나 주석) 등을 채색으로 인쇄했는데, 그 중에는 두 가지에서 다섯 가지에 이르는 채색 인쇄도 있어 상류층 독자의 사랑을 받았다. 넷째는 판면을 바꾸어 각 쪽의 글자 수를 늘리고 활판과 종이·인쇄비 등의 지출을 감소시킴으로써 비용을 줄여 판매가를 낮추는 것이었다. 명나라 말에는 『수호전』·『삼국지연의』를 한 권에 통합·간행한 것도 나타났는데, 각 쪽 윗부분 1/3은 『수호전』을, 나머지는 『삼국지연의』를 인쇄해 독자는 단지 한 권의 가격으로 한꺼번에 두 책을 살 수 있었다.

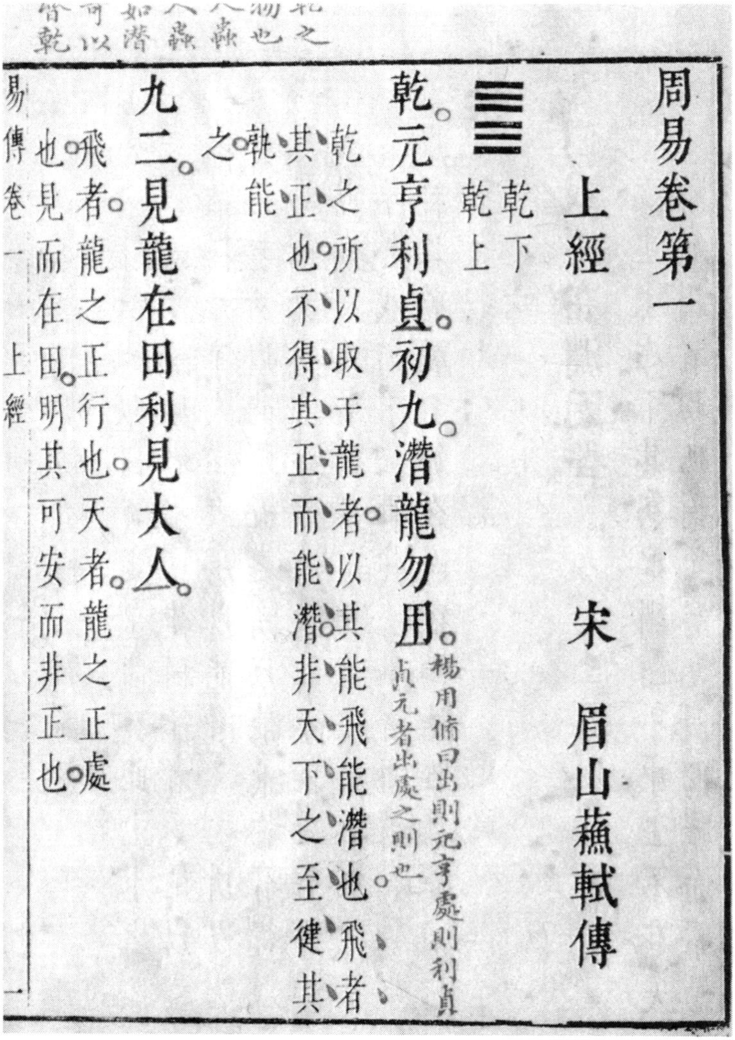
周易卷第一
上經
宋 眉山蘇軾傳
䷀ 乾下 乾上
乾。元亨利貞。初九。潛龍勿用。楊用脩曰出則元亨處則利貞 貞元者出處之則也
乾之所以取于龍者。以其能飛能潛也。飛者其正也。不得其正而能潛。非天下之至健其孰能之。
九二。見龍在田。利見大人。
飛者。龍之正行也。天者。龍之正處也。見而在田。明其可安而非正也。
易傳卷一 上經 一

그림 11-4. 도서 인쇄품

다섯째는 책을 살 수 없거나 혹은 사려고 하지 않는 독자를 위해 서적 임대를 병용해 시장을 확대하는 것이었다. 물론 임의로 글자를 고치고 항목을 빼고 혹은 다른 출판 사에서 출간한 책을 표절하여 책명을 바꾸어 출판하거나 혹은 유명인의 저작을 가탁해 판로를 넓히는 등의 비양심적인 서방 주인도 있었다. 그러나 어찌됐든 간에 통속 작품을 보급시키는데 상당한 도움을 주었다.

## 극단과 극장의 발전

중국 근세 희극문학과 극단·극장의 발전 역시 서민문화의 중요한 일부로 그 연원을 따져 보면 북송말년의 '희곡'과 남송의 '희곡'에서 유래하고 있다. 남희(남송의 희곡)와 금원시대의 잡극은 항주와 대도大都가 중심으로 남북이 나누어져 발전했다. 원나라 말기 출현한 남희는 점차 북의 잡극을 압도하여 『비파기琵琶記』 등 유명한 희곡이 나타났다. 명나라 중기 이후 남희가 크게 번성하면서 각 지방의 곡조가 동시에 발생하였는데 곤산崑山과 익양弋陽 곡조가 가장 인기를 얻어 도시와 향촌으로 전파되었다. 이 시기의 명극인 『모란정牡丹亭』·『도화선桃花扇』 등은 주로 남녀 간의 애정과 정치부패를 극의 골간으로 한 현실적 작품이다.

잡극과 전기, 특히 곤극崑劇을 포함한 명나라의 희곡은 주로 개인이 양성한 가정극단과 민간의 직업극단을 통해 연출되었다. 궁정왕실 이외에 개인이 보유한 가반家班(가정극단)은 명나라 중기에 나타났다. 가반은 곤극과 함께 발생하여 명나라 말기 절정에 이르러 강남 일대 사대부 집안에는 대부분 가반이 있었다. 당시 개인이 보유한 가반에는 3종류가 있었다. 첫째는 여성 동기(여성 어릿광대)로 보통 가반여락家班女樂이라고 했다. 둘째는 남성 아동배우로 가반우동家班優童이라고 칭했다. 셋째는 직업배우로 가반이원家班梨園이라고 칭했다. 그 중 여락이 가장 많았고 우동이 다음이며 이원이 가장 적었다.

명나라 중기 이전, 직업극단의 공연은 북방의 잡극 위주였으나 잡극 몰락 이후에는 남희를 공연했으며 그 중 남경의 곤반崑班이 대표적이다. 곤산곡조를 연출하는 이들 민간극단은 강남 각지 상인의 초청을 받아 여러 대도시를 순회했고 나아가 전국 각 도시로 확대되었다. 직업극단의 공연 장소는 개인과 관청의 대청 외에 대부분 회관·사묘·광장·하천변 혹은 선상이었다. 시기는 주로 묘회나 명절 때였다. 직업극단은 보통 남성들로 이뤄졌고 여성은 극히 적었다.

그림 11-5. 명대 연극도

직업극단이 궁정에 들어가서 연출한 것은 명나라 중기 때 성행했고 주로 북방의 잡극을 연출했으며 명나라 후기에는 곤극을 공연했다. 남명시대에는 궁정 공연이 거의 하루도 빠지는 날이 없었고 또한 모두 직업곤반이었다. 청나라에 이르러 가반은 점차 쇠퇴하고 직업극단이 번성했는데 소주·양주·북경은 직업곤반의 중심지가 되었다. 궁정연극도 대개 직업곤반에서 재능있는 배우를 뽑아 훈련·교습을 거친 뒤 공연했다.

17세기 말, 북경에 극장 10곳이 생겼다. 그러나 청나라 정부는 팔기八旗 군대가 주둔하고 있는 내성이 영향 받을 것을 두려워해 내성에서는 극장을 개설치 못하도록 하였다. 그러나 외성에는 극장이 상대적으로 우후죽순처럼 나타났다. 본래 정부의 규정에는 팔기의 관민과 군인이 극장이나 술집에 출입할 수 없도록 되어 있다. 하지만 18세기 초에 이르러 만주족이 극장에서 먹고 마시며 노는 것이 극히 보편화되자 정부에서 다시 금지령을 내렸다. 거듭된 금지령에도 불구하고 19세기 초에 이르러서는 내성에도 극장이 개설되었다.

지방관리 역시 '풍속을 바로 잡기 위해' 극장 개설을 금지했으나 상황은 북경과 같아 일부 도시에서는 오히려 더 많이 세워지기도 했다. 특히 18세기 초 나라에서 "지방관은 배우 양성을 금지한다"라는 명령을 내린 뒤, 가정극단의 출로가 없어지자 배우들 대부분이 직업극단에 투신했다. 때문에 18세기 중기 이후, 지방도시에서 극장이 빠르게 성장하여 대중오락의 중요한 장소가 되었다.

## 다관의 보급

송원시대 이래 민중들의 또 다른 휴식공간은 다방茶坊이었다. 송나라 이전 차를 마시는 것은 거의 상류층이 독점하였다. 그러나 송나라 때 도시생활의 다원화에 따라 상인들이 시내를 왕래하면서 주점·식당·기루 등과 같은 휴식이나 음연·오락의 장소가 곳곳에 생겨났다. 다방 역시 이러한 가운데 생겨났다. 당시 변경에 다방·다사茶肆 등이 가장 많았는데 일부 큰 다방은 시민오락의 장소가 되었고, 그리고 다방이 여관이나 음식점에 부속되어 있던 당나라 때의 형식을 벗어나 완전히 독립하였다. 남송시대 임안에도 다방이 여러 곳에 있었는데 경영규모가 큰 곳은 술집처럼 문 입구에 꽃을 꽂아놓거나 내부에 명인의 그림이나 글씨를 거는 등 멋지게 장식해 고객을 유치했다. 다방의 고객으로는 승려·부인·상인·관원·서생·서리 등 다양한 계층이 망라되어 있었고, 승려나 세속인, 남녀나 직업 및 신분을 막론하고 누구나 이용할 수 있었기에 다방은 상류계층과 서민계층의 만남 장소가 되었다. 송나라 시기 다방은 대도시뿐만 아니라 소도시에서도 성행했다. 차는 민간사교에서 없어서는 안 될 매개체가 되었고 다방 역시 중요한 교제 장소가 되었다.

원나라 이후에도 차 마시는 풍속은 쇠퇴하지 않고 지속되었다. 다만 차 마시는 방식은 다소 바뀌었다. 송나라의 문인은 당나라 시기의 점다법點茶法[23](유포차遊泡茶)을 계승하여 정교한 차 음미 방법을 표방했다. 당시 마시는 차는 주로 단차團茶[24]로 차 끓이는 방법을 고안하여 샘물도 중시했다. 다도의 역사에서 송나라 시기는 수준 높은 시기였다. 원나라에서 명나라에 이르러 동안 이전의 단차가 점차 쇠퇴하고 새로운 엽차葉茶가 주류가 되었다. 그래서 차 마시는 방법은 정교하고 화려함에서 소박하고 간소함으로 되돌아갔다. 즉 격식없이 차 마시는 것을 강조한 것이 이 시기 특징이었다.

명나라 후기 이후, 문인학사들 사이에 차 맛을 보고 즐기는 풍속이 일어났다. 그들은 차 다리는 방법을 창안했고, 다기에 대해 연구했으며, 차 맛의 고하를 구분하였고, 차 맛을 보는 장소의 우아함을 평가하였으니 이 모두는 차에 대한 문인들의 관심을

---

**23** 가루차 또는 분말차에 끓여 놓았던 물을 넣어서 마시는 방법
**24** 차의 잎을 쪄서 틀에 넣어 둥글게 만든 차

나타내는 것이었다. 문인들이 정원이나 산사에서 차 모임을 갖는 것도 매우 잦았다. 청나라 이후 다도는 사대부계층에서 여전히 성행했으나 일반민들은 격식없이 차를 마셨다. 물론 다방은 크게는 도시, 작게는 촌락까지 보급됐으며, 대중화 된 다관茶館·다붕茶棚·다정茶亭·다사茶社 등도 곳곳에 있었다. 다방은 분쟁의 해결 장소, 여행객의 휴식처, 모임과 회합, 한담 장소 등의 기능을 갖추었으니 근세 중국사회 서민문화의 중요한 내용 중의 하나였다.

## 이학과 불교의 세속화

명나라 말기 '세속의 정취, 민간의 격조'라는 시대 추세에 따라 이학도 영향을 받았다. 왕양명王陽明의 '심학' 체계는 인정을 멀리하는 송학의 특질과 다르게 천리를 세속적 인정 위에 건립했다. 그는 공문을 작성하고 세금을 거둬들이는 구체적인 공적 업무를 통해 심성도덕의 최고수양을 얻었으며, 모든 사람도 이런 과정을 통해 '성인'의 도덕경지에 도달할 수 있다고 주장하였다. 왕양명이 윤리도덕을 통속화함으로서, 유가학설은 더욱 세속적인 색채를 띠게 되어 일반인도 쉽게 받아들일 수 있게 됐다. 왕양명은 누구나 인·의·예·지의 덕을 행할 수 있어 저잣거리의 사람 모두가 성인이고 정신생활에서 고하의 구분이 없음을 주장했다. 그의 제자 왕간王艮은 이를 더욱 확대하여 사람은 누구나 다 평등하고 "백성의 일상생활이 도이다"라고 주장했다. 왕간이 창설한 태주학파泰州學派 및 그보다 조금 뒤의 이지李贄의 사상은 대체적으로 평민화한 유학 사조였다.

이러한 시대 조류의 영향으로 불교도 세속화하였다. 그래서 어떤 이는 '세상사'가 바로 '불사佛事'임을 제기하여 관료가 됐든 집안을 다스리건 모두가 '선업'이고 '보살행'이라 하였다. 이는 명나라 후기 평민화·통속화의 사조와 일치하는 것이었다.

# 제12장 근세 중국의 국제세계

전통 중국인이 꿈꾼 이상세계는 중국을 중심으로 모든 사람과 모든 지역이 모두 중국천자의 통치하에 놓이는 것이었다. 이러한 이상은 주나라 때의 "하늘 아래 왕의 영토가 아닌 것이 없고, 땅이 닿는 곳에 왕의 신하가 아닌 것이 없다"는 관념에서 시작되었다. 이러한 세계에서 제후는 비록 세계만방과 만국을 통치할지라도 모두 주나라 천자의 신하로서 반드시 주나라 천자에 대해 신하의 예를 행하고 공물을 바쳐야 했다. 이러한 관점은 진한시대 이후의 제왕을 곤란하게 만들었다. 도대체 중국황제는 그들이 차지하고 있는 중국 영토만을 통치범위로 해야 하는 것인가? 아니면 반드시 온 천하를 모두 교화해야 하는 것인가?

사실 이러한 세계질서의 이상은 줄곧 주변 국가의 위협과 도전을 받아왔다. 왜냐하면 농업을 근본으로 하는 중국문명과 유목생활을 하는 초원문화 간에는 조화되기 어려운 격차가 있었고, 더욱이 다른 나라도 동아시아를 쟁패하려는 야망을 갖고 있었기 때문이다. 그리하여 '천하의 왕王天下'의 거대한 목표를 달성하지 못할 때는 문을 걸어 잠그고 "한족과 오랑캐의 구분을 분명히 하자"는 논조 또한 출현하였으니, 만리장성의 축조가 바로 그 구체적인 경계였다.

일반적으로 중국과 외국 간의 접촉은 모두 중국을 중심으로 하는 조공체제 하에 발전하였다. 그러나 중국도 어쩔 수 없이 외국과 대등한 관계 또는 신하의 관계를 건립할 수밖에 없는 경우에 처하기도 하였다. 결국에는 중국이 견지하던 조공무역체제와 해금海禁정책마저도 민간의 왕성한 경제력과 빈번한 국제무역활동으로 수정하지 않을 수 없었다. 이는 정치적으로 부득이한 일이었지만 대외관계에 또 다른 형태의 기회를 가져다주기도 했다.

## 제1절 만리장성의 이야기

중국의 북방을 가로지르는 만리장성은 인류역사상 가장 거대한 건축물이다. 이 만리장성은 보통 진시황제가 건축한 것으로, 그가 너무도 인민을 혹사시켰기 때문에 진왕조가 이로 인해 급속히 멸망하였다는 인상을 주고 있다. 그러나 사실상 오늘날 우리가 보고 있는 만리장성은 명나라 시대에 수축한 것으로 당시에는 '변장邊牆'이라 불렀다. 명나라가 만리장성을 수축하여 명칭을 변장으로 바꾼 것은 진시황제가 만리장성을 수축하였다는 판에 박힌 듯 한 이미지와 관련이 깊다. 이러한 이미지는 부분적으로 정통 역사서의 비평에서 온 것이고, 부분적으로는 민간에 잘 알려진 남편을 찾아 천릿길을 달려가 통곡하니 만리장성이 무너졌다는 맹강녀의 전설에서 왔다.

맹강녀가 통곡하니 장성이 무너졌다는 이야기는 실화가 아니고, 역사상 맹강녀는 존재하지도 않았다. 그러면 이러한 허구의 이야기로 역사를 해석할 수 있는 것일까? 또 맹강녀와 만리장성과의 관계는 어떻게 해서 생겨난 것일까?

## 맹강녀의 눈물

현재 일반적으로 맹강녀가 통곡해 만리장성을 무너뜨릴 수 있었던 까닭에 대해, 그녀의 남편이 폭군 진시황제에게 징집되어 장성을 쌓다 죽었는데, 시체를 장성에 매장하였기 때문에 통곡하여 장성을 무너뜨린 후 유골을 찾고자 했다는 이야기가 통용되고 있다. 현존하는 문헌으로 추적해보면, 이 이야기는 당나라 사람의 기록에 처음으로 보인다. 그러나 당나라 이전 문헌에 통곡해 성벽을 무너뜨렸다는 또 다른 여성이 나온다. 그녀는 제나라의 장군 기량杞梁의 부인으로, 전설에 기량이 나라를 위해 목숨을 바친 후 그녀가 상심하여 통곡하자 성벽이 무너졌다는 것이다.

기량의 부인과 맹강녀는 모두 죽은 남편을 위해 애곡했고, 이로써 성벽을 무너뜨렸다는 것인데 다만 전자가 애도한 것은 전사한 장군이고 후자가 애도한 것은 성을 쌓다 죽은 민부였다. 당연히 두 이야기는 모두가 신화에 가까운 이야기로 실제 있었던 일은 아니다. 하지만 우리는 도대체 어떤 시대 어떤 사람들이 이러한 이야기를 통해 마음속의 분노를 삭이려 했는지 질문해볼 수 있다.

장군 기량이 성 쌓는 민부로 바뀌고, 기량의 부인이 맹강녀로 불리게 된 것은 모두 당나라 시대에 일어난 일이다. 당나라 시대는 태평성대로 불려졌다. 당 태종은 이민족을 복속시켜 '천가한天可汗'의 존호를 얻었다. 그러나 실제로 이는 무수한 정복전쟁과 요역이 축적되어 얻은 성과였다. 당 태종이 일찍이 자신의 군대에 대해 "나의 군대는 장성보다도 더 좋은 장성이다"라고 과장하였는데, 이러한 공적의 이면에는 무수한 병사들 및 그들 가족들과의 생이별이라는 슬픔이 배어 있었다. 이리하여 기량 부인의 애곡은 맹강녀의 눈물이 되었고, 그녀가 통곡해 무너뜨린 성 역시 진시황제 이래 국방의 상징으로 여겨졌던 만리장성으로 바뀐 것이다. 수많은 여인네들이 맹강녀의 곡성에 따라 변방에서 돌아오지 않는 그녀들의 남편·아버지·아들·오빠·동생을 추도

한 것이다.

그러나 당시 이 이야기는 매우 초보적인 단순한 형태에 불과했다. 오늘날 우리가 아는 맹강녀에 관한 장편의 이야기는 송원시대 이후 시간이 흐르면서 여러 사람이 공동으로 창작한 것이다. 각 시대나 각 지방의 시세·풍속 및 관심의 초점이 서로 달랐기 때문에 각기 다른 줄거리의 이야기가 생겨났다. 그래서 심지어 맹강녀의 출생지, 죽은 지역, 통곡한 장성의 위치, 남편을 찾아간 길 등에 대해서도 여러 설이 있는 것이다. 그러나 바로 이것이 민간고사의 흥미로운 점이다. 왜냐하면 이를 통해 우리는 서로 다른 시대, 서로 다른 상황에서 도대체 어떤 이야기들이, 이야기 하는 사람이나 이야기 듣는 사람들의 심금을 울렸는지 이해할 수 있고, 그러한 줄거리 속에 옛 사람의 진정한 희로애락이 있음을 이해할 수 있기 때문이다.

맹강녀의 이야기는 명나라 때에 이르러 또 다른 관심을 불러일으켰다. 이는 명나라 때에 만리장성을 증축한 것과 관련이 있다. 명나라 정부가 이 토목공사의 명칭을 '변장'이라고 했지만, 민중들이 그것을 통해 만리장성을 연상하는 것을 막을 수는 없었다. 명나라 중기부터 맹강녀의 사당 건립 운동이 일어나는데, 민중들은 자신들의 처지와 비슷하였던 맹강녀를 모시는 사당이나 묘당을 세우고, 심지어 신격화함으로써 그들의 고통을 드러냈던 것이다.

명나라는 왜 장성을 증축하려 했는가? 진시황제의 장성과 다른 점은 무엇인가? 진나라에서 명나라에 이르기까지 또 다른 시대에 장성을 수축한 적은 없는가?

그림 12-1. 진나라 때의 만리장성

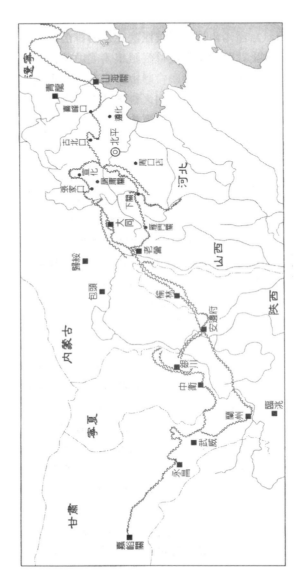

그림 12-2. 명나라 시대의 만리장성

## 만리장성 수축의 역사

명나라 시대 장성 수축에 2백년 이상 걸렸는데 이는 거의 명나라(1368~1644년) 전체 역사와 맞먹는 시간이다. 총 길이가 6,000Km에 달하는 이 방어공사는 구역을 나누는 건축방식으로 시공되었다. 성벽 자체 외에도 무수한 조망대·봉화대·방책·성문 등을 세웠다. 명나라가 이와 같은 거대한 장성 수축 공사를 진행한 까닭은 물론 당시 북방초원의 몽고인을 방어하기 위해서였다. 그러나 이는 중국이 대대로 이민족의 침략을 받았던 경험과도 관련이 있다.

명나라 이전 진나라가 대규모로 장성을 건립했던 것 외에 전한과 후한·북조·수나라·금나라 역시 장성을 쌓았다. 진한시대 쌓은 장성은 이민족을 방어하기 위한 것이었다. 그리고 본래 이민족이었던 북위와 금나라 역시 중국에 들어온 후 다른 이민족을 방어하기 위해 장성을 수축하였다.

진시황제로서는 장성 수축이 부득이한 것이었다. 그는 6국을 통일한 후, 낭야의 비석에 "사람의 족적이 닿는 곳에 신하 아닌 자가 없다"라는 글귀로 하늘 아래의 유일한 군주가 되고 싶은 바람을 나타냈다. 그러나 북방의 강대한 '호족' 때문에 그는 장성을 쌓아 대항하지 않을 수 없었으며, 이로써 장성 이북이 '황제의 땅'에서 벗어난 채 그는 단지 중국인의 황제가 되었을 뿐이다.

그림 12-3. 성을 쌓는 모습

　　장성수축은 '호족'을 방어하기 위한 것이었기 때문에 국방경계선이 되었다. 하지만 그것은 지리와 문화의 분수령이기도 하였다. 거대한 여러 산맥과 인도양·태평양 두 해양의 영향 아래 아시아대륙은 남아시아의 습윤 기후와 내륙아시아의 건조지대로 나누어졌다. 아울러 이로부터 농경과 유목의 서로 다른 두 종류의 생산방식과 생활문화가 형성되었다. 쌍방 간의 문화 차이로 말미암아 적대감이 형성되었다. 중국은 자신의 문명을 자랑스러워했고 유목민족은 유목민족대로 그들 문명에 대해 긍지를 가졌다. 중국은 자신의 우월한 문화를 예의를 모르는 사방의 오랑캐에게 전파할 책임이 있다고 여기어 천하의 황제가 되려고 노력했다. 그러나 중국인들에게 '호'라고 불린 유목민족도 세계를 지배하려는 정복욕이 있었다.

　　진한과 흉노간의 충돌은 쌍방 간의 제1차 대규모의 접촉이었다. 진시황제는 단지 중국의 황제가 되기로 하고 장성을 쌓았다. 그는 농사를 지을 수 있는 모든 지역을 성 안으로 편입시켜 농경지역의 북방경계선으로 정했다. 때문에 진나라의 장성은 명나라의 장성보다 북쪽에 치우쳤다. 그러나 한 무제는 천하의 군주가 되려고 이 경계선을 넘어 정벌에 나섰다. 그 결과 상당히 큰 대가를 치렀으니, 한나라 초기 60년 동안 축적한 재정을 모두 소모하였고 백성들의 부역은 예전보다 30배나 늘어났다.

　　한나라는 흉노와 전쟁을 벌이면서 다른 한편으로 성곽을 중수하였고 마침내 흉노는 한나라에 대해 신하의 예를 행하게 되었다. 그리하여 장성은 잠시 사람들에게 잊혀졌다. 그러나 한나라의 승리는 결코 오래 가지 못했다. 중국 내에서 왕조가 바뀌었고 장성 밖에서도 계속 새로운 유목민족이 흥기했다. 이들 이민족은 장성에 진입한 후 점차 자신의 전통문화를 버리고 농경사회의 일원이 되었다. 그 중 북위는 중국에 동화하는 정책을 추진하면서 한편으로 장성을 중수했다.

　　수당과 돌궐의 대치관계는 진한과 흉노와의 관계와 매우 흡사하였다. 수나라는 장성을 수축해 영토를 지키려 했고 당나라는 방어적 자세에서 공격적 자세로 바꾸었다.

당 태종은 자신의 군대가 장성보다 더 유용하고, 장성은 전략적 가치가 없는 유물에 불과하다고 믿었다. 그러나 이 '새로운 장성'은 당 태종이 생각한 것처럼 그렇게 믿을 만한 것이 못되었다. 이민족은 매우 빠르게 장성 경계선을 넘어 장기간 농업지역을 점령했다. 처음에는 거란, 다음에는 여진, 마지막으로는 몽골이 각각 요나라·금나라· 원나라 등 3개의 왕조를 건립했다. 대략 800년 동안 장성은 단지 역사의 기억 속에만 존재했다. 중국을 대표하는 송나라의 국방경계선은 다시 남쪽으로 밀려났고 최후에 는 몽골이 장강의 방어선을 돌파하고 전 중국을 석권했다. 이 와중에 오직 여진족의 금나라만이 몽골의 공격을 저지하기 위해 일부 방어공사를 추진했으나 전혀 효과가 없었다.

만리장성의 역사가 없었던 시대와는 달리 명나라는 장성을 중건했을 뿐만 아니라 과거 어느 시대보다도 변방을 더욱 중시했다. 물론 중국에서 쫓겨난 몽골인이 북방에 여전히 위협적인 존재로 남아있던 것이 주요 원인이었으나, 그 이전 송나라와 이민족 국가 간의 불화 역시 명나라 사람들의 내면에 깊은 영향을 끼쳤다.


## 제2절 송·요·서하·금·원의 다국적 세계


전통 중국의 이상적인 세계질서로 본다면 송나라와 이민족간의 관계는 확실히 성공적이라 할 수 없다. 송나라는 북방의 거란과 여진을 신하로 복속시키는 '왕천하'를 달성하지 못했다. 그 뿐만 아니라 송나라 황제는 거란 황제와 형제가 되는 약속을 맺었고 여진 황제에 대해서는 숙부라 칭하는 등 중국과 오랑캐의 구분도 철저히 하지 못하였다. 심지어 북송은 연운燕雲 16주를 수복하지 못했고 남송은 중원을 상실하는 등 중국을 완전히 보존하지도 못했다. 세월이 지나 객관적인 입장에서 송나라가 당면한 문제를 볼 때, 송나라의 곤경은 어떤 면에서는 그들 스스로 자초한 것이기는 하나 (지나친 문치주의), 어떤 면에서는 시대상황에 의한 부득이한 점도 있었다. 전연지맹澶淵之盟은 바로 당시 역사상황의 산물이며 여러 가지 문제점의 출발이기도 하였다.

## 전연지맹의 역사적 의의

당나라의 '천하'가 붕괴된 후 중국에는 군웅이 할거하였고, 국경 밖 여러 유목민족 간에도 세력의 변화가 일어났다. 동몽골에서 일어난 거란이 부족을 통일하고 아울러 주변 각 민족을 정복했다. 거란은 몽골 초원의 새로운 패자가 된 후 다시 중국으로 진군해 오대 중의 후진왕조를 정복했다. 거란군주 야율덕광耶律德光은 변경에서 중원황제의 자리에 올라 요 제국을 정식으로 건립했다. 그는 계속 천하통일의 야심을 품고 있었으나 풍토가 맞지 않아 군대를 이끌고 귀환하는 도중 병사했고, 이로써 요나라의 대외확장은 중단되었다. 그러나 요나라는 이미 줄곧 농경민족인 중국에 속했던 모든 연운지구(지금의 하북성·산서성 일부)를 얻었고, 주나라에서 진나라·한나라·수나라·당나라에 이르는 동안 전해진 모든 국보들을 가져갔다.

이러한 상황에서 '중국' 왕조인 송나라가 탄생했다. 송나라는 '남쪽이 우선이고 북쪽은 다음'이라는 책략을 취하여, 먼저 전력을 다해 강남의 여러 나라들을 정복하고 나서 연운지역의 회복을 도모한 뒤, 마지막 목표로 북방의 거란을 정복하여 중국 중심의 세계질서를 건립하려 했다. 송나라는 순조롭게 남방을 통일했으나 북벌에서는 참담한 패배를 맛보았을 뿐 아니라, 오히려 요나라의 보복 공격까지 받았다. 송나라와 요나라와의 관계는 이로써 교착상태에 빠졌다. 쌍방은 피차 대규모 공격으로 상대의 명맥을 끊을 힘이 없는 상태임에도 불구하고 오히려 끊임없이 충돌하여 서로 간의 전쟁이 끊이지 않았다.

이러한 교착상태를 타파한 것이 바로 '전연지맹'이다. 그것은 송나라와 요나라의 군주가 서로 형제관계를 맺고, 송나라가 요나라에게 매년 은 10만량, 비단 20만 필을 주기로 약속한 것이다. 두 나라의 군주는 잠시 천하통일의 야심을 버리고 백성과 군대를 편히 쉬게 하기 위해 평화롭고 우호적인 대등한 관계를 정립했다.

그러나 송나라와 요나라는 모두 국제세계에서 어떻게 다른 국가와 평화롭게 공존해야 하는가에 대해 잘 몰랐다. 중국의 전통 황제제도에서는 "하늘에는 두 개의 태양이 없고 백성에게는 두 명의 황제가 없다"는 것을 강조했는데, 이제 송나라와 요나라에 각각 황제가 있으니 이는 하늘에 두 개의 태양이 나타난 것이다. 이리하여 요나라는 과거시험에서 "국새를 지녀야 정통이다"라는 제목의 문제를 출제했는데, 이는 국새를 보유하고 있는 자가 세계질서의 중심에 있다는 것을 논증하기 위한 바램이었다. 송 진종은 하늘이 자신에게 편지를 보냈는데, 편지에서 자신이 천명을 받고 즉위한 유일한 천자임을 설명했다고 선포했다.

그럼에도 불구하고 일부 송나라 사람은 거란이 존재한다는 사실을 합리적인 것으로 인식하였고, 아울러 천지간에 음양과 밤낮이 있는 자연의 이치로 중국이 오랑캐와 공존할 수 있다고 해석했다. 그러나 중국만이 존귀하다는 우월감이나 거란을 '추한 오랑캐', '늑대 이리'로 지칭하는 말이 송나라 사람들의 문장에 자주 출현했다. 북송 말년에 송나라는 "오랑캐와 연합해 오랑캐를 제압한다"는 정책을 이용하여 신흥의 여진족과 연합하여 요나라를 멸망시켰다. 이는 송나라가 끝까지 중국 중심의 이상을 잊지 않았음을 보여주는 것이다.

송나라가 금나라와 연합해 요나라를 멸망시킨 후 북송도 금나라에게 멸망당했다. 1백여 년 후 남송은 또 몽골과 연합해 금나라를 멸망시킨 후 몽골에게 멸망당했다. 송나라의 대외적인 실패에 대해 많은 역사가들은 그 원인을 송나라 자체의 나약함으로

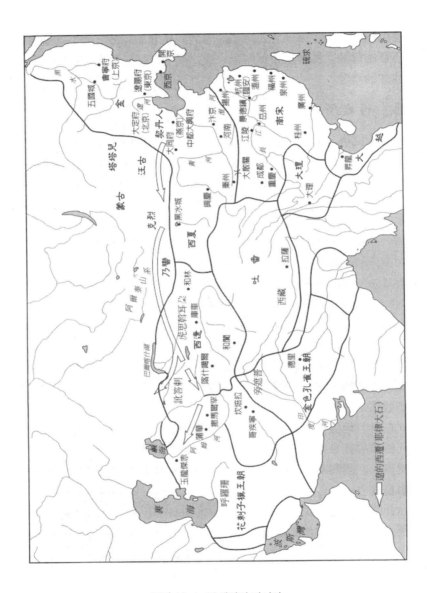

그림 12-4. 12세기의 아시아

돌렸다. 그러나 송나라가 대세에 어두워 과거 중국의 유아독존적인 전통을 벗어나지 못한 것도 사실이나, 다른 한편으로 이것은 신흥 이민족들이 어떻게 강성하게 되었는지에 대해서도 주의하지 않으면 안 될 문제이다.

## 유목민족의 발전

이민족 중에서 초원을 따라 이동하는 유목민족이 농경문화인 중국에게 가장 큰 위협이 되었다. 유목민족의 특색은 뛰어난 기동성에 있다. 그들은 계절 변화에 따라 1년 내내 여러 곳의 목초지를 전전했다. 이러한 대규모 이동에는 반드시 말과 뛰어난 기마술이 필요했다. 그런데 유목생활에 반드시 갖추어야 할 기마술을 기동성 강한 기병전술로 전환한다면, 농업민족에 대해 군사적인 우세를 점할 수 있고, 게다가 뛰어난 지도자가 적시에 출현한다면, 강대한 왕조를 건립하여 중국과 우열을 다툴 수 있을 것이다.

흉노는 바로 이러한 조건을 갖추어 동아시아에서 한나라와 겨루었다. 그리고 한나라가 흉노를 격파할 수 있었던 까닭은 "오랑캐의 우수한 기술에 대한 학습", 즉 유목민족의 기병전술을 배웠기 때문이다. 또한 흉노가 아직 유목경제의 약점을 극복하지 못한 점도 있었다. 목초를 따라 움직이는 초원지대의 유목생활은 자연에 크게 의존하는 생산방식으로 자연의 변화, 특히 강우량의 다과에 극히 민감하여 때로는 생산력에 커다란 파동이 일어나기도 했다. 그때마다 그들은 반드시 주변의 농업사회 혹은 오아시스의 지원을 받아야 했다. 한나라는 이러한 내막을 알고 있었기 때문에 적극적으로 서역과 교류해 오아시스 방면에서 흉노의 경제적인 공급원을 차단했다.

경제적으로 유목민족의 약점은 거란이 건국하기 이전에 이미 해결되었다. 그것은 유목지역에 인위적으로 오아시스를 조성하여 그곳에 남방의 농경민을 이주시킨 것이다. 이러한 이원적인 경제구조에 부합하기 위해 거란은 이원적인 정치제도를 건립했다. 즉 거란의 제도로 거란인을 관리하고 중국제도로 중국인을 관리하는 방식이었다. 이것이 바로 요나라가 중국과 충분히 겨룰 수 있었고 심지어 중국을 압도하여 왕조를 건립할 수 있었던 배경이다.

그와 동시에 유목민족 역시 자신의 문화에 대한 자신감을 가졌다. 당시의 소국인 서하마저도 일찍이 "모피 옷을 입고 목축업을 경영하는 것은 우리의 본색이다.……중국의 명주비단이 무슨 소용인가?"라고 호언했다. 그들은 중국을 중심으로 하는 단 하나의 세계질서를 믿지 않고 자신의 국가와 문화를 건립하려고 했다. 요나라와 서하는 각각 자신의 문자를 창제했다.

한 가지 언급할 점은 장성 밖의 이민족 모두가 유목생활을 한 것은 아니었다는 사실이다. 요나라를 대신해 금나라를 건립한 여진족은 농경과 목축·어렵을 겸한 정착민족으로, 그들은 정착민만이 기르는 돼지도 사육했다. 그들은 유목민족의 기마술을 흡수하여 놀라운 전투력으로 요나라와 송나라를 멸하고 중원에 입주했다.


## 유목민족의 세계제국

유목민족의 기마전술을 정상에 올려놓은 것은 13세기에 새로 흥기한 몽골이다. 몽골은 80년간 유럽과 아시아 대륙을 휩쓸며, 동쪽으로 일본, 서쪽으로 중앙유럽, 북쪽으로 시베리아, 남쪽으로 자바·월남·버마에 이르기까지 역사상 가장 넓은 영토의 육상제국을 건립했다.

몽골제국은 초원의 북방 유목지역과 농경의 남방 정착지역을 포괄했다. 거대한 이두 지역을 아우르기 위해 제국의 다섯 번째 대한大汗이며 제국의 창시자 칭기즈칸의 손자이기도 한 쿠빌라이는 통치중심을 농경과 목축이 뒤섞인 화북지구로 이동시켜 전제

군주의 관료국가를 건립하고 아울러 대몽골제국의 명칭을 대원제국으로 변경했다.

그러나 원나라의 관료는 여전히 몽골의 유목귀족이 중심을 이루었다. 즉 이른바 '토대'가 있었다. 사실 원나라의 정권에는 유목생활을 영위하는 원래의 몽골족을 포함해, 서아시아 오아시스 사회의 각종 인종으로 구성된 '색목인', 건조한 농경사회인 화북의 '한인'(원래 금나라 통치하의 거란인·여진인 포함), 남송 통치하의 습윤한 농경사회의 화중·화남의 '남인' 등이 있었다. 원나라는 이렇듯 복합적인 사회에서 불필요한 충돌과 마찰을 줄이기 위해 각 소사회의 관습법을 널리 인정하였다. 서로 다른 사회가 다투는 일이 발생했을 때는 '약회법約會法', 즉 담당 관원이 당사자 쌍방을 화해시키는 재판을 취했다. 물론 통치민족인 몽골인이 비교적 많은 특권과 높은 대우를 받았다. 원나라는 비록 복잡한 법을 시행했지만 기본적으로 몽골지상주의적인 신분제를 벗어나지 않았다.


## 제3절 조공체제


송나라로서는 요나라와의 대등한 외교관계가 사실상 탐탁지 않았다. 왜냐하면 전통 중국의 이상적인 대외관계는 다른 주변국과 조공체제를 유지하는 것이었기 때문이다. 조공체제란 중국이 중심이 되고 상대 나라가 속국이 되며, 속국이 때에 따라 조공을 바쳐 신하로 복종함을 나타내는 것이다. 조공은 일종의 정치·외교 관계이며 무역방식이기도 하였다. 조공사절은 중국정부로부터 직접 하사품을 받는 것 외에 구매나 판매 등의 무역활동에도 종사했다. 당연히 조공의 예로써 복속하기를 원치 않는 외국은 중국과 무역할 기회를 가질 수 없었다. 그러나 이 원칙은 때로 중국 자체의 재정적 고려와 무역에 대한 수요 때문에 엄격히 집행되지 않았다.

## 무역의 수요

유목은 매우 전문적인 생산방식으로 유목민족이 비록 "짐승의 고기를 먹고 그 즙을 마시지만" 그들에게는 술을 제조할 미곡이나 그 밖의 양식을 보조할 곡물도 필요했다. 그리고 그들은 축산이 과잉 생산될 때는 농경사회에 판매하기도 하였다. 중국은 당연히 유목민족의 이러한 수요를 알고 있었기 때문에 늘 통상을 허가하거나 또는 중지시킴으로써 이민족을 통제하였다. 그 기준은 이민족이 중국에 조공을 원하는가 여부였다. 그러나 이러한 조공관계는 언제나 형식일 뿐 중국에 대해 조공을 행하는 이민족일지라도 여전히 독립적인 지위를 보유하였고, 단지 명의상 중국을 종주국으로 받들 뿐이었다.

사실 중국 입장에서 볼 때, 대외무역을 통해 거두어들이는 상세 역시 중요한 재원이었다. 송나라는 요나라와의 국경 여러 곳에 '각장権場'[25]을 설치하여 국제무역을 하는 상인에게 반드시 그곳에서 교역하게 하고 그 교역액의 일부를 상세로 징수했다. 송나라는 단지 각장의 세금수입만으로도 이미 요나라에게 지불할 공물을 충당하고도 남았다.

중국과 무역을 하려는 이민족은 유목민족만이 아니었다. 일찍이 한나라 때 중국의 비단이 '실크로드'를 통해 중앙아시아·서아시아 등을 거쳐 로마에 운송되었는데, 일설에 의하면, 이윤이 10배에 달했다고 한다. 후일 중개지인 안식安息(이란)이 마음대로 부당 이익을 꾀했기 때문에 중국과 대진大秦(동로마제국)의 무역사절은 해로를 개척코자 했고, 166년에 로마 사절이 해로를 통해 중국에 도착했다. 이는 서양국가가 해상

---

**25** 송·요·금·원나라가 각각 변경에 설치한 호시시장互市市場.

을 통해 동쪽으로 온 최초의 사건이다. 그러나 당시 중국 선박의 활동범위는 대개 오늘날의 남양 일대 정도였고, 육조六朝 때에 강남에 나라가 세워져 적극적으로 해외개척을 추진한 후에야 비로소 중국과 인도 간에 직접적인 해상교통이 열리게 되었다. 동진시대 고승 법현法顯이 인도로 가서 불법을 구하고 돌아올 때 커다란 상선을 탔는데, 그 선박은 200명이 탈 수 있었으며 선박 후미에는 긴급 구명용 작은 배 하나가 달려 있었다.

해상무역이 번성하기 시작한 것은 당나라 때 이후로, 아랍 상인의 선박이 줄지어 광주廣州에 이르자 당나라는 해상무역과 외국상인에 대한 업무를 처리하기 위해 연해 항구에 처음으로 '시박市船'기구를 설치하였다. '시박'이란 중국에서 외국으로 출항하는 무역선이나 또는 외국에서 중국으로 들어오는 무역선을 말한다.

조선술이 발전함에 따라 계절풍의 방향을 파악하고 항해 나침을 응용한 송원시대의 해외무역은 매우 번성하여 중국과 통상하는 '국가'(또는 지역)가 많게는 60~70개에 달했다. 시박사市船司는 수출입 상품에 대한 징세 외에 정부 전매품도 수매했다. 대체로 당시 중국의 수입품은 향료·약재·상아·진주 등 사치품이 많았고, 수출품은 자기·비단·칠기 외에 과일인 여지荔枝 등으로, 때로는 멀리 오늘날의 한국·일본·아랍 각지로 판매되었다.

세금수입을 증대시키기 위해 송나라는 외국인을 중국으로 불러들여 조공무역을 하도록 하고, 조공하는 자에게는 휴대한 예물에 맞먹는 가치의 하사품을 받을 수 있도록 시박사에 요구했고 일부 외국상인은 자신을 사신으로 사칭했다. 또 외국상인의 무역액이 일정 정도에 이르면 관직을 주어 장려했다. 송나라는 관리의 편리를 위해 항구 도시에 외국상인을 위한 특정 거주지를 정하였는데 '번방番坊'이라 불렀다. 천주성泉州城 밖에는 외국상인의 공동묘지도 있었으니, 당시 외국상인의 숫자가 적지 않았음을 알 수 있다.

그림 12-5. 중국 범선

그림 12-6. 한나라 때의 나침반

그림 12-7. 북송 자석

## 공박貢船제도와 해금정책

송원시대 조공을 중시하지 않고 무역을 중시하던 추세는 명나라 이후 상당히 바뀌었다. 명나라는 북방에 장성을 수축하여 유목민족과의 경계선을 분명히 했을 뿐만 아니라 해상방면으로도 조공무역의 원칙을 엄격히 집행했다. 중국과 통상하려는 외국은 반드시 먼저 중국의 책봉을 받아 중국의 속국이 되어야 했다. 그런 후 다시 중국으로부터 '감합勘合(허가증)'을 받아야만 비로소 명나라에서 정한 기간에 조공을 바치고 그 사이 가져온 화물을 교역할 수 있었다. 개인적인 무역은 일체 금지했다.

공박무역은 외국상인이 중국에 오는 것을 방해했고, 중국 상인은 명 태조가 반포한 해금정책으로 바다로 나가 무역할 수 없었다. 공박무역과 해금, 이 두 조치는 명나라와 해외 각국과의 왕래를 크게 제한하였으니 만리장성을 뒤 이은 또 다른 바다의 만리장성이었다.

명나라가 해금정책을 취한 까닭은 문제의 소지를 완전히 차단함으로써 원나라 말기 이래 연해지역에 창궐하던 해적을 제거하여 중국인의 생명과 재산을 보호하려는 것이었다. 그러나 이러한 쇄국정책은 문제를 진정으로 해결하기는커녕 오히려 오대 이래 이미 "바다를 밭으로 삼고 선박을 집으로 삼는 것"에 익숙한 복건이나 절강사람들의 생계를 가로막았다. 그러므로 그들은 위험을 무릅쓰고 밀무역을 하거나 가족과 함께 바다를 건너 외국으로 이주했으며, 아예 해적이 되는 사람들도 있었다.

명 성조가 비록 정화鄭和를 7차례나 서양에 파견했으나 그것은 결코 민간을 위한 해외 무역로를 다시 열려고 한 것이 아니었다. 그것은 국위를 선양하고 남해 여러 국가들의 조공을 권유하기 위한 것이었다. 이러한 대규모 항해[26]는 명나라의 우월성을 세

---

[26] 제1차 출항 시 모두 27,800여명의 군사가 62척의 선박에 나누어 탔고 당시 배의 길이는 137m, 넓이는 56m

계에 떨치고 중국 중심의 세계질서를 다시 건립하려는 것이었다. 하지만 이는 단지 황제 한 사람의 명성과 위엄이었을 뿐 중국상인에 대해서는 여전히 출항을 엄격히 금지했다.

그러나 명 정부의 위풍당당한 해상활동은 민간을 자극하고 유인하는 요소가 됐다. 해금정책이 매우 삼엄하여 출항이 발각되는 즉시 본인이 처형당하고 가족이 유배당했으며 이웃까지 연좌되었지만 위험을 감수하는 사람이 끊이지 않았다. 적지 않은 사람들이 멀리 외국에 나가 현지 정부에 중용되어 외국 공사貢使(조공 사신)·통역관으로 변신했다. 그러나 일부는 담당 관리에게 뇌물을 주고 자유롭게 출입하다가 나중에는 호족세가의 후원을 받는 밀수조직으로 팽창하여 연해 곳곳을 약탈하기도 했다. 명나라 중기 연해를 소란케 한 왜구에 관한 일설에 따르면, 사실상의 왜구는 단지 20~30%에 불과하고, 나머지 70~80%는 모두 왜구를 가장한 중국인이었다고 한다.

## 민간무역의 흥기

그와 동시에 지리상의 대발견이라는 서양 여러 나라의 항해 탐험으로 유럽인이 동양에 오게 되었다. 그들은 아메리카에서 얻은 백은을 가지고 아시아로 와서, 후추·향료와 같은 동인도군도의 채집 물품을 마구 사들였을 뿐 아니라 중국의 비단·자기·사탕·차 등을 절박하게 구하러 다녔다. 왜냐하면 이들 물품을 유럽이나 아메리카로 가져가면 놀랄만한 이윤을 얻을 수 있었기 때문이다.

1567년 명나라는 해금을 해제했다. 장기간 정부가 독점하였던 해외무역을 마침내 민간에게 개방한 것이다. 그러나 외국인은 여전히 조공무역체제의 제한을 받아 마음대로 중국에 올 수 없었다. 그러므로 중국의 화물은 반드시 먼저 필리핀이나 자바 등지의 항구로 운송된 후 다시 유럽이나 아메리카 각지로 운반되었다. 당시 필리핀에서 아메리카로 가는 대형 선박은 수백 톤에서 2천 톤까지 적재할 수 있었는데, 선박화물 중 중국 견직물인 생사와 비단이 가장 중요하였기 때문에 '비단선박'이라고 불렀다. 30필의 낙타 대상이 단지 9톤의 물품을 싣고 완만히 이동하는 육상의 '실크로드'에 비해 해상 '실크로드'의 무역량 규모는 확실히 놀라운 것이었다. 그리고 이로써 중국은 거액의 백은을 벌어들였을 뿐 아니라, 아메리카의 고구마·옥수수·땅콩 등 번식력이 강한 작물을 들여와 중국의 식량문제를 어느 정도 해결할 수 있었다.

그림 12-8. 서방세계로 운반하는 도자기

16세기로부터 18세기에 이르는 동안 동아시아의 해역은 국제적 분위기가 매우 농후하였다. 중국이나 외국 상선의 왕래가 빈번하여 세계 각국 사람들이 이곳에 운집했다. 정성공鄭成功의 부친 정지룡鄭芝龍은 당시 국제적으로 유명했던 인물로, 그는 마카오에서 포르투갈인의 통역을 맡았고, 네덜란드인과 합작하여 장사를 했으며, 일본인 아내를 얻었고, Nicholas Iquan란 외국 이름을 사용하기도 하였다.

유럽 상인들은 비록 조공무역체제의 규제를 타파하고 직접 중국에 들어가 대중국무역을 넓히지는 못했으나, 그들을 뒤따라 들어온 서방 선교사들은 유가경전을 열심히 연구한 후 사대부의 마음을 열어 '하나님의 복음'을 전파하기 시작했다. 이들 선교사는 그들이 알고 있는 수학이나 지리학과 같은 유럽의 학문도 소개했다. 그러나 명나라 정부가 진정으로 흥미를 느꼈던 것은 통치하는데 필요한 역법이나 대포 등의 기술뿐이었던 것 같다.

명나라는 비록 놀라운 위력을 지닌 서양의 대포를 가졌음에도 불구하고 동북의 신흥 만주족을 막지 못했다. 만주인은 몽골을 정복하고 명나라도 멸망시켰다. 이로써 육상의 만리장성은 그 역사적 임무를 마치게 되었고 유목민족과 농업민족 모두 중국의 일부가 되었다. 청나라는 비록 중국인의 해상무역을 다시 금지하지 않았지만, 여전히 외국인에게는 반드시 조공체제 하에서 무역하도록 하였고, 무역항을 광주 한 곳으로 제한했다. 청나라 말에 이르러 중국은 서양인의 함포 위협 하에 마지못해 중국 중심의 세계질서를 버리고 국제사회로 편입됐다.

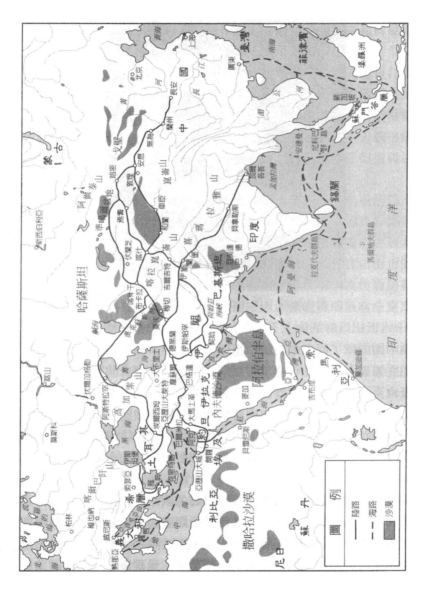

그림 12-9. 실크로드

# 제4부 근현대:

## 신구문화의 교체

아편전쟁에서 오늘날에 이르는 150여 년 간의 중국 역사는 수 천 년의 역사 속에서도 가장 격렬한 변혁을 거친 시기였다. 이런 변혁은 몇 가지 분야에서 관찰할 수 있다. 하나는 동서양 각국이 준 충격으로 중국은 군사·과학기술·사상 등 각 분야에서 일련의 '현대화' 과정을 거치지 않을 수 없었다. 2천여 년의 전제군주체제는 형식적이나마 사라지고, '주권재민主權在民'의 관념이 나타나기 시작했다. 송나라 이후 제도화 된 과거시험은 1905년에 폐지되고, 지식인들은 '팔고문'과 사서오경의 질곡에서 벗어나면서, 문文·리理·법法·상商·공工·농農·의醫 등의 전문 학과와 전문 지식이 지식인들에게 똑같이 중시되었다. 정부와 민간에서는 각종 중공업·경공업 건설을 적극적으로 추진하였다. 상업과 상인의 지위 상승, 새로운 사상의 도입, 많은 청년들의 외국유학, 그리고 교육의 보급 등 이 시기는 선진시대와 위진시대 이후 중국 역사상 세 번째 맞이하는 사상의 해방기였다.

국가와 사회세력의 성쇠는 또 다른 중요한 과제였다. 17세기 말 인구의 급속한 증가로 각종 문제가 나타났다. 그 중 가장 두려웠던 것은 18세기 말엽 이후 폭발한 대규모 농민반란이었다. 사회·경제적 요소 외에 종교 - 중국 전통 민간종교 혹은 외부로부터 온 기독교를 막론하고 -또한 민중운동에 중요한 결집력을 제공하였다. 의화단 사건을 시작으로 민족주의는 민중을 동원하고 조직하는 또 다른 도구였다. 청나라는 이러한 심각한 도전에 대해 지방에 의존할 수밖에 없었으므로 국가의 권위는 날로 약화되는 반면 사회의 역량은 상대적으로 높아져 갔다.

1949년 공산당이 정권을 세워 '국가 재건'의 과정을 완성했지만, 중국 전통의 민간

사회 혹은 '신사紳士사회'를 철저히 붕괴시켰다. 명 왕조와 청 왕조의 전제체제마저도 따라 잡을 수 없는 '일당 독재국가'는 중국의 촌락까지 파고들어 인민을 직접적으로 통제하였다. 마르크스주의를 근간으로 한 공유·공산식 경제제도 역시 한나라 왕망 이래의 가장 대담한 실험이었다.

그리고 청나라 말기의 입헌운동·신해혁명·중화민국 초기의 5.4운동·문화대혁명 이후의 '북경의 봄'과 1989년의 천안문 사건에 이르기 까지, '민주'는 줄곧 중국 지식 인과 민중들 사이에 생사를 다툰 목표였다.

# 제13장 제국의 쇠망

## 제1절 문호개방 전의 중국

### 삼원리 사건

  1841년 5월 30일, 광주로 진군하던 영국 사병들이 광주성 북쪽으로 5리 정도 떨어진 삼원리三元里에서 7천여 명의 중국 민중들로부터 공격을 받았다. 이튿날 새벽 부근 103개 마을의 1만 2천여 명이 가세하였다. 6월 1일 오후, 영국군은 주강珠江에 정박하고 있던 군함으로 철수하였고 광주를 둘러싸고 있던 위기는 한풀 꺾였다. 이 '삼원리 사건'은 영국군 입장에서는 사상자가 적은 경미한 충돌에 불과했다. 그러나 이 지역 주민들이나 당시 중국의 신사층에게는 귀중한 승리였다. 중국역사가들은 이 사건을 중국 근대사에서 인민이 자발적으로 제국주의에 대항한 첫 번째 위대한 투쟁으로 여기고 있다. 외국 학자들은 이 사건의 중요성에 대해 달리 평가를 하고 있지만 중국 남방 작은 촌락에서 터진 충돌은 대변환을 예견하기에 충분한 사건이었다.

  1840년, 중국과 영국간의 아편전쟁에서 영국은 우월한 군사력으로 스스로 천조상국天朝上國이요, 문명의 중심으로 여기고 있던 청나라를 패퇴시켰다. 장기간의 폐쇄정책이 무너지고 다른 피부색, 기이한 용모, 큰 키의 이방인들이 중국 연안의 몇 개 중요한 상업도시로부터 점차 중국의 내지로 들어갔다. 그들은 새로운 상품, 새로운 종교, 새로운 제도를 가져왔다. 이후 100여 년 동안, 이질적인 문화와의 접촉 과정에서 동·서양 열강의 제국주의 행보는 중국지식인과 일반 민중들에게 강렬한 민족주의 정서를 일으켰다. '삼원리 사건'은 바로 아편전쟁 초기, 해상으로부터 '오랑캐'가 중국 남방의 제1관문을 열고자 했고, 성 밖 거주민들이 이에 대응하면서 전면 충돌한 전초전이었다.

'삼원리 사건'은 1만여 촌민들이 지방 신사층의 지도하에 조상들의 묘를 파헤치고 부녀자들을 폭행한 이방인 침입자들에 대해 맞선 것이며, 이는 당시 중국 사회의 특질과 새로운 동향을 반영하고 있다. 첫째, 중국 전제체제의 절정이었던 청나라는 18~19세기 교체기에 인구의 폭발적인 증가, 통치계층의 부패와 무능으로 점차 지방 정부에 대한 효율적인 통제가 어려웠다. 1796년의 사천성과 호북성 등지에서 일어난 백련교의 난을 시작으로 1세기 동안 민중반란은 끊이지 않았다. 홍수전洪秀全이 1851년 세운 태평천국太平天國은 중국의 거의 절반을 석권하였다. 청 정부는 결국 증국번曾國藩·이홍장李鴻章 등이 이끄는 지방군대에 의존하여 다행히 멸망하지는 않았지만 지방 세력의 성장을 가져왔다. 삼원리 농민이 조직한 '단련團練'이 바로 점차 대두하는 지방 세력의 형상이었다. 둘째, 1백여 개 촌락에서 모여든 1만여 민중이 그렇게 빨리 동원될 수 있었던 것은 중국의 기층사회가 일반적으로 말하는 오합지졸은 아니었음을 보여주는 것이었다. 중국 전통의 향촌에는 실제로 각양각색의 경제·종교·자선 및 방위적 성격을 지닌 조직이 존재하고 있었다. 이들 조직 속에서 신사·가족·비밀결사는 모두 중요한 역할을 담당하였다.

## 아편중독

1840년 아편전쟁이 일어나기 70년 전부터 영국은 인도에 동인도회사를 설립하여 끊임없이 중국에 아편을 팔았다. 미국 상인도 터키에서 중국으로 아편을 들여왔다. 처음에 영국 상인들은 주로 중국에 모직물과 인도면화를 수출하고 차와 비단 등을 수입했다. 그러나 중국의 자급자족적인 경제와 무역 통제 때문에 영국 상인은 끝내 시장을 개척할 수 없었고 무역의 역조현상이 나타났다. 아편은 흡식하면 바로 중독되어 시장 수요량이 크고 게다가 이윤도 높아 상인들은 자연스럽게 아편 판매에 달려들었다.

아편 수입량이 부단히 증가하자 중국은 문제의 심각성을 인식하기 시작했다. 18세기 말부터 19세기 중엽까지 중국 정부는 여러 차례 아편 판매와 흡식을 금지하였다. 시정에 관심을 갖고 있던 지방 관리와 사대부들도 아편이 가져 올 수 있는 위험에 대해 수차례 강조하였다. 당시의 금연 주장을 정리해 보면 대체로 두 가지였다. 하나는, 경제적인 것이요, 또 하나는 개인과 국가적 안위였다. 당시 사람이 쓴 시에서 아편을 다음과 같이 묘사했다.

> 땅의 가치는 수 만전이나 1년 내내 오직 아편에만 쓰였고,
> 그것이 오래되어 들썩거리는 두 어깨를 시커멓게 하였다.
> 눈에 눈물 흐르고 코에 콧물 흐르니,
> 숨이 끊어지듯 헐떡거리며 죽음으로 가고 있구나.

이는 개인이 아편 흡연 때문에 가산을 탕진하고 피골이 상접했음을 보여준다. 안타까운 일은 아편 흡식이 우발적인 현상이 아니며 전국의 남녀노소나 공경대부·평민 등 모두의 기호품이란 것이다. 19세기 정치사상가 위원魏源은 다음과 같이 탄식했다.

부용$_{芙蓉}$아 부용아, 해서$_{海西}$에서 나서 해동$_{海東}$으로 왔구나.

어느 나라 향기로운 바람이 지나갔는지 모르지만,

독한 술처럼 우리 중국인을 취하게 하였네.

밤에는 달도 별도 보지 못하고 대낮엔 태양을 보지 못하면서,

긴 밤을 헤매는구나.

밤이 오래되니 걱정할 겨를 없고,

금을 녹여 만든 그릇 안에는 천지가 없어졌네!


위원의 탄식처럼 아름다운 부용은 사탕껍질을 두른 독약으로 사회 풍조가 되어, 아편을 피우는 동안 사람들은 근심 걱정을 잊고 어리석음도 잊었고 나라도 잊었다. 온 나라가 미친 듯이 흡연의 태평에만 노력하니 국방은 날로 붕괴되고 국고도 날로 공허해졌다.

그림 13-1. 아편전쟁 당시 광주의 십삼행$_{十三行}$

위원이나 임칙서林則徐 등은 실패한 내정에 깊이 우려했으며, 중국 밖의 세계에 관심을 가진 신사층은 자연스럽게 아편이 국민건강과 국가 전투력, 그리고 재정에 끼치는 나쁜 영향에 대해 주의를 기울였다. 군인들은 아편 흡식으로 얼굴이 누렇게 변했고 몸은 말라서 싸울 수 없었으니 분명 심각한 문제였다. 아편의 대량 수입으로 초래된 재정위기는 그 영향력이 깊고 광범위하여 사회의 전반적인 관심을 일으켰다. 청나라에서 통용되던 화폐는 기본적으로 백은과 동전이었다. 정부 지출의 90%이상이 백은이며, 민간부문에서는 임금의 지급과 소매거래에서 모두 동전을 사용하였다. 납세와 큰 규모의 교역에서는 백은을 사용하였다. 아편의 매매는 백은으로 지급되었으므로 아편수입이 많아질수록 중국으로부터의 백은 유출은 커질 수밖에 없었다.

## 백은의 유출

백은이 외부로 유출되면서 공급량이 감소하게 되자 그 가치는 상대적으로 동전에 비해 계속 높아졌다. 1808년에서 1850년까지 40여 년간 백은의 가치는 대략 2.5배 상승하였다. 은이 귀해지고 (동)전의 가치가 떨어지는 현상은 아편전쟁 전후 10년간 매우 심각했다. 1830년 은 1냥은 동전 1,365문 $_{文}$ 과 바꿀 수 있었다. 그러나 1849년에는 2,355문이 되어야 바꿀 수 있었다. 일반적으로 그날 벌어 그날 먹고 사는 가난한 사람들은 일당으로 동전을 받아 사용했는데 납세는 오히려 백은으로 해야 했다. 동전의 가치가 계속 떨어지면서 백성들이 은으로 납세하기가 어려웠다. 병사들의 급료 대부분도 가치가 떨어진 동전으로 지출해줘 생활은 날로 궁색해지고 사기도 저하되었다.

백은의 유출과 경제 불황으로 촉발된 일련의 사회문제는 아편전쟁 이전에 이미 존재해왔고 아편전쟁 후 해결되기는커녕 오히려 더욱 악화되었다. 1850년 이후의 태평천국의 난·염난捻亂 등 연이은 동란은 이러한 경제·사회 문제와 깊은 관련이 있다. 정부는 금연정책을 펴고 있었지만 다른 한편으로, 아편의 시장 수요는 계속 증가하였고, 아편 밀수입은 위험하지만 이윤이 높아 시도해 볼만한 사업이었다. 각급의 지방 관리들은 밀수업자들로부터 대량의 뇌물을 받거나 혹은 아예 자신이 직접 밀수 활동에 참여하기도 했다. 심지어 양광총독마저도 관선官船을 이용해 아편을 운반하였고, 일부 중앙관료들도 여러 지방관들의 손을 거쳐 이익을 얻었다. 근본적으로 이미 부패한 관료체계는 이 지경에 이르면서 한층 더 심해졌다.

## 아편전쟁

아편 수입이 가져 온 경제·사회·안보와 제도 등의 문제는 아편정책에 대한 관료와 신사紳士 간의 논전을 불러 일으켰다. 아편무역의 합법화를 주장하는 이금론弛禁論자들은 이를 통해 뇌물과 부패를 막을 수 있을 뿐 아니라 정부도 과세를 통해 재원을 늘릴 수 있다고 하였다. 또 다른 견해는 황작자黃爵滋를 중심으로 한 금연파로, 그들은 단지 연해 일대에서만 아편 수입을 금지시키는 것은 효과가 없으므로 근본적인 방법은 아편 흡식을 금지시켜야 한다고 보았다. 그는 1년을 기한으로 아편 흡식을 전면 금지하고, 그 기간이 지난 후부터는 흡식자를 사형에 처해야 한다고 주장했다. 도광제는 황작자의 상주문을 각 성의 관리에게 보내 의견을 모았다. 양호兩湖(호남·호북) 일대에서 실제로 금연운동을 추진하여 상당한 효과를 얻었던 호광총독 임칙서는 황작자의 주장에 적극적으로 찬성하였다.

당시의 문무백관·하급관리·군인 등의 아편흡식자 모두를 사형에 처해야 한다는 주장은 너무 지나치다고 생각됐기에 시행될 수 없었다. 그러나 황작자나 임칙서 등 금연파의 주장은 개인·사회·국가 등 어떤 입장에서 보더라도 반박하기 어려운 것이었다. 이후 비록 군기대신을 포함하여 계속해서 몰래 금연 조치를 방해하거나 취소시키려는 사람들이 있기는 했지만, 다시 공공연히 '이금弛禁'의 논의를 제출하는 사람은 없었다. 도광제 역시 '금연'파의 주장에 설득되었다.

그림 13-2. 침략한 영국군에 대항하는 청군의 모습

 1838년 말 임칙서는 흠차대신에 임명되어 광주로 내려가 아편수입을 금지시키면서 중국근대사와 관계가 깊은 아편전쟁의 서막이 열리게 되었다. 그는 다음 해 3월, 광주에 도착한 후 엄격하고 신속하게 영국·미국 상인들에게 강제로 아편을 내놓게 한 후 그것을 모두 불태워 버렸다. 게다가 그는 외국 상인들에게 이후 다시는 아편을 숨겨 들어오지 않겠다는 서약서를 제출토록 요구했다. 따르지 않을 경우, "화물은 모두 압수하고 사람은 법에 따라 처리토록 하였다." 이에 영국의 상무감독 엘리엇(Captain

Charles Elliot)은 영국 상인들에게 이러한 요구를 거절하고 사람들을 데리고 광주를 떠나도록 사주했다. 엘리엇은 영국 상선에 명령을 내려 중국과의 무역을 중지하고, 한편으로는 영국정부에 군대를 파견해 문제를 해결해 줄 것을 요구하였다. 아편무역에 종사하는 영국 상인들은 런던에서 적극적으로 유세와 선전활동을 전개하였다.

1840년 2월, 영국 수상은 '동방원정군'을 중국에 파견하기로 결정하였고, 4월에는 이 문제로 영국 의회가 격렬한 논쟁을 벌였다. 동방원정군 파병을 반대하는 의원들은 아편을 위한 전쟁은 정의롭지 못한 전쟁이며, 이는 영국에게 영원한 수치가 될 것이라 여겼다. 이에 대해 영국 수상은 정부가 사악한 아편무역을 지지하는 것은 아니라고 부인하였다. 그 교묘한 논리로 그의 조정 하에 미래 무역의 무사함과 영국 공민의 안전을 어떻게 보증할 것인가가 논쟁의 초점이 되었다. 영국 상인에 대한 임칙서의 각종 조처는 대영제국에게 치욕으로 받아 들여졌다. 끝내 전쟁을 반대하던 정당이 5표 차이로 패배하였다. 산업혁명 이후 세계 각지로 시장을 개척하던 '해가 지지 않는 나라' 영국은 강희제 이래로 굳게 문을 걸어 잠그고 있던 '천조상국天朝上國'과 대규모 전쟁을 벌였다.

## 제2절 서양의 충격

### 문호개방

군함을 앞세운 영국군은 중국 동남 연해 일대에서 승리를 거두었다. 1842년 8월, 영국 군함의 군대가 남경의 빗장을 벗겼다. 패전국인 중국 대표들은 아무런 이의 없이 불평등한 「남경조약」에 서명했다. 이후 1세기동안 해상으로 들어온 열강들은 뛰어난 무력을 등에 업고 남방에서 북방으로, 연안에서 내지로 한발 한발 중국의 문호를 열어나갔다. 새로운 물품과 종교, 제도와 사상 등은 오래된 중국 문명을 완만하면서도 근본적으로 변모시켜 나갔다.

그림 13-3. 아편전쟁 후 영국군함 선상에서 중영 쌍방대표가 중국 근대 역사상
최초의 불평등 조약인 「남경조약」을 체결함

앞에서 언급했듯이, 중국 통치자와 사대부들은 한결같이 '중국'이 바로 천하이며 문화의 중심으로 사방의 오랑캐들은 은택을 받았으니 기쁘게 달려와서 신하가 되어야 한다고 생각했다. 이러한 속국들은 모두 중국에 올 때마다 다량의 조공품을 가져왔다. 이에 대한 답례로 중국의 황제 역시 그들에게 책봉 외에 금전·비단 등을 하사했다. 이러한 정치상의 조공제도는 실제로는 경제적으로 서로에게 있고 없는 것을 교환하는 국제무역의 색채를 띠고 있었다.

18세기말, 영국이 산업혁명과 자본주의의 발전으로 중국에 시장을 개척했을 때, 청나라는 이를 여전히 주변 국가와의 조공체제로 바라보았다. 1793년, 영국의 매카트니(Lord George Macartney)가 이끄는 사절단은 건륭제의 80세 축하 명목으로 열하에서 청나라 황제를 알현하면서 통상항구 개방 등을 요구했다. 그러나 건륭제는 속국을 대하는 태도로 영국 왕에게 칙서를 내렸다. 한편으로 그들이 멀리 바다를 건너와 마음을 다해 우러러 받들고 신복하고 공손한 태도를 보인 것을 갸륵하게 여겼고, 한편으로 또 영국인들이 자유통상 요구를 한 것에 대해서는 "천조는 외국인에게 은혜를 베풀고 인접한 주변국을 보살피는 것이 도리"라는 것에 어긋난다며 거절했다.

청나라는 중국 중원에 들어가 통치자가 된 후, 동남 연해와 정성공의 반청활동에 대응하기 위해 전후로 엄격한 '해금'과 '천해령遷海令'을 선포하여 광동·복건·강소·절강 등의 성 거주민들에게 내륙 30리 안쪽으로 이주하도록 명령하였다. 연해 주민들에게는 항해 무역을 허락지 않았고 바다로 나가 고기를 잡거나 경작하지 못하도록 하였다. 이러한 "작은 널빤지도 바다에 나가는 것을 허락하지 않고, 어떤 재화도 월경을 금한" 해금정책이 1684년에 정식으로 폐지되었고, 청 정부는 4개 항구를 개방하여 대외무역을 했다. 그러나 1757년과 1758년 사이, 청나라는 각국의 대중국 무역을 오로지 광주 한 곳에서만 행하도록 정책을 바꾸었다. 이런 상황이 1842년까지 지속되었다가 중국이 「남경조약」을 맺어 광주·복주福州·하문廈門·영파寧波·상해上海 등 5개 항을 개방하면서 비로소 깨져버렸다.

전통시대 중국의 통치자 입장에서, 조공제도는 속국에 대한 일종의 은혜였다. 교만한 중국 통치자들은 이런 형식의 무역을 호혜평등의 행위라고 생각하지 않았다. 그래서 건륭제는 영국 왕에게 보내는 칙서에서 "중국은 물산이 풍부하여 없는 것이 없다"고 하면서, 근본적으로 '오랑캐'와 무역할 필요가 없다고 하였다. 중국이 서양 상인들에게 마카오에 양행洋行을 개설해 '중국에서 생산되는 차·도자기·비단' 등을 매매하도록 허락한 까닭은 서양인들에게 은혜와 애정을 체험케 하는 기회로 삼고자 한 것에서였다. 아편문제로 야기된 무역전쟁과 각종 불평등조약 체결은 굳게 문을 닫고 자급자족했던 대청제국을 천천히 세계적인 자본주의 네트워크와 국제적 성격의 정치·법률체계를 받아들이도록 만들었다.

매카트니가 건륭제를 알현했을 때, 쌍방은 중국식의 '삼궤구고三跪九叩27'의 의례와 무릎 꿇고 황제의 손에 입을 맞추는 영국식 의례 문제로 서로 논쟁했다. 1815년 영국 사신은 중국식의 삼궤구고의 예를 하지 않으려는 태도를 견지하고 가경제의 접견을 거절했다. 가경제는 "중국은 천하의 주인인데 어찌 이처럼 오만불손할 수 있는가?"라며 크게 진노하였다. 이는 겉보기에 단순한 예절 차이인 듯하지만, 사실은 중국 전통의 천하관념과 서방의 현대적 국제관과의 충돌을 반영한 것이다. 중국 전통의 천하관념에서 중국은 대외관계 및 속국과의 관계를 모두 예부와 '이번원理藩院'에서 처리했다.

1861년 제 2차 영불 연합군과의 전쟁 이후, 청나라는 할 수 없이 북경에 '총리각국사무아문總理各國事務衙門'을 설립했다. 그리고 서양 각국의 주장에 따라 중국은 국제사회의 일원이 되어 '만국공법萬國公法(국제법)'을 도입하고 각국의 상주 영사관 설치를 허락하였으며, 아울러 각국에 상주하는 중국 외교 대표를 파견했다.

8개국 연합군이 북경을 침략한 후, 1901년 청나라는 「신축조약辛丑條約」 규정에 따라 '총리아문'을 정식으로 '외무부'로 바꾸고 전통적 중앙정부 6부 앞에 이름을 올려놓았다. 마지못해 실시하던 외교업무를 성실하고 신중하게 처리하면서 외교를 국가의 가장 중요한 업무로 삼았다는 것은 중국이 자급자족·자존자대自尊自大의 전통 제국에서 문호를 개방하고 세계, 나아가 현대 국가로 급격히 전환하고 있음을 설명하는 것이다.


## 자강운동

앞에서 말했듯이, 통일제국 진나라 건립 이래로 각 왕조의 최대 국방문제는 북방과 서북의 이민족 침입에 어떻게 대응하는가 하는 점이었다. 진시황제는 북방 오랑캐의 침입을 저지하기 위해 전국시대의 성벽을 연결하여 유명한 만리장성을 만들었다. 북

---

**27** 세 번 무릎 꿇고 아홉 번 이마를 땅에 닿을 정도의 절

방 유목민족은 청명한 가을과 풀이 나는 봄이 되면 장성을 넘어 남하하여 말을 길렀다. 한나라의 흉노, 위진남북조시대의 오호五胡 이후의 돌궐·몽골·만주족은 모두 북방 민족이며, 끊임없이 만리장성 이남의 중국에게 심각한 위협을 주었다.

이들 유목민족이 세운 정복왕조는 철저히 한화되었거나 혹은 자기 민족의 고유한 문화·제도를 고수하면서 한편으로, 정복당한 한족 본래의 문화와 제도를 채용하도록 윤허했기 때문에 중국이 북방민족의 통치를 받았음에도 불구하고 중국문화는 늘 우세하고 주도적 지위에 있었다. 그러나 아편전쟁은 이 모두를 완전히 바꾸어 놓았다. 첫째, 서북이 아닌 동남쪽에서 온 '오랑캐'가 오래된 문명국에 심각한 치욕을 안겨주었고, 둘째, 적들은 커다란 함대를 이끌고 해상으로 왔다. 중국이 맞서야 했던 것은 변경 밖 초원에서 말을 채찍질하며 달려온 유목민족이 아니었다. 서북쪽에 위치한 러시아는 19~20세기에 숨어있는 새로운 치명적인 화근이 되었지만, 더 많은 적들이 바다를 건너 왔다. 더욱 중요한 것은 이후부터 우월하고 주도적이던 중국문화가 날로 쇠퇴하고 중국은 부득이 한 걸음 한 걸음 좀 더 선진화되고 현대화된 그리고 좀 더 문명화된 서방문화를 받아들이게 되었다는 것이다.

1860년대부터 30여 년간 중국 외교를 주관한 이홍장은 "수천 년 간 없었던 비상시국"임을 깊이 인식했고 또한 서양열강에 대해 "기선과 전보의 속도는 순식간에 천리를 가고", "군사기술의 세밀함과 위력은 100배이며", "포탄은 어떤 견고한 것도 파괴시킬 수 있다"는 것을 알게 되었으니 실로 "수천 년 간 보지 못했던 강적"이었다.

이런 급격한 변화에 대응하기 위해 청나라는 부국강병을 위한 일련의 자강운동을 전개하였다. 이는 이후 100여 년간의 중국 현대화 역정의 서막이었다. 이런 노력 중의 첫 번째는 동치同治·광서光緒년간에 추진된 자강운동이었다. 이 운동의 기본 정신은 서양인의 기술·제도를 모방했기 때문에 '양무운동洋務運動'이라 부르기도 한다.

처음으로 '오랑캐를 배우자'고 주장한 사람은 앞서 언급한 위원이다. 위원은 1842

년 세계정세를 소개한 위대한 저서 『해국도지海國圖志』를 출간하였다. 이 책은 동남아시아로부터 유럽·아메리카·아프리카 각국의 역사지리와 정치 및 제조업·서양 대포·기선·수뢰의 사용법과 제조법 등을 구체적으로 기술하고 있다. 서문에서 그는 이 책을 쓴 동기에 대해 "오랑캐로써 오랑캐를 공격한다以夷攻夷", "오랑캐로써 오랑캐를 제압한다以夷制夷", "오랑캐의 우수한 기술을 배워 오랑캐를 제압한다師夷之長技以制夷"고 하였다. 간단히 말해, 서양의 장점을 배워 서양에 대응 또는 제압하자는 것이다.

위원의 견해는 아편전쟁 후 실제 정무를 주관하는 조정 중신과 지방의 독무들에 의해 그대로 실행되었다. 총리아문은 각 성 장관들의 의견을 종합하여 청나라의 양무정책에 대해 다음과 같이 설명하였다. "치국의 도는 자강自強에 있다. 그리고 실제 정세를 고려해 보면, 자강은 군사훈련이 중요하며 군사훈련은 무기 제조를 우선으로 해야 한다."

이런 정책 강령에 따라 청나라는 군사·외교·경제 등 각 분야에서 현대화를 추진하였다. 이홍장·좌종당左宗棠·장지동張之洞 등은 적극적으로 군수공장·조선소·철강공장과 신식 해군을 건립하여 국방을 견고히 하기 시작했다. 계속하여 민영과 관독상판官督商辦(관주도 민간운영) 방식의 경공업, 예로 방직·금속·철물·정미·제분업 등이 출현하였다. 중공업 방면에서는 철강공장 외에 관련 광산개발도 중시되었다. 철로·우편·전신 등의 교통과 통신시설도 부강의 근본으로 주목받아 양무운동을 절정으로 치닫게 했다.

그러나 철도건설은 의외로 훗날 중국근대사에서 가장 희극적인 클라이맥스를 일으켰다. 1894년 청일전쟁 후, 철도 건설이 빠르게 성장하기 시작하였다. 철도건설은 거액의 자금을 필요로 했고 이를 충당하기 위해 정부는 민간에서 상고商股28를 널리 모

---

**28** 관과 민간이 함께 경영하는 주식회사에서 민간이 투자한 주식, 즉 민간 소유주를 말함

집했다. 사천성의 경우, 이른바 '상고'의 대부분은 지주들이 지조地租를 투자한 것이었다. 1911년, 청 정부가 갑자기 철도의 국유화 정책을 선포하였다. 철도 주식을 갖고 있던 지주와 신사들은 격렬히 반대하였고 그들의 지도 하에 사천성에서 일련의 혁명적 분위기와 무장폭동이 일어났다. 청나라는 사천성에 군사를 보내 진압하기에 여념이 없었고, 호북성 무창武昌의 혁명군은 청나라 군대의 후방이 빈 것을 틈타 신해혁명을 일으켰다. 부국강병을 달성하기 위해 추진된 현대화 건설은 처리 방식이 미숙하여 결국 구 왕조를 뒤엎는 도화선이 되었다. 이는 처음 자강운동을 추진하던 왕공대신들이 아마도 미처 생각지 못했을 것이다.

## 제3절 변법운동

### 중체서용中體西用의 한계

자강운동은 주로 군사·기술에 중점을 두었다. 그러나 광서 초기 몇몇 사람들이 서방의 장점은 기술 뿐 아니라 정치제도를 포함한 전체 서학이 모두 배울 점이 있다고 주장하기 시작했다. 이러한 견해는 '중학위도中學爲道 서학위기西學爲器'라는 양무파의 입장에서 보면 받아들일 수 없었다. '자강운동'을 추진하던 양무파는 서양이 실제나 응용 그리고 기구器具적 측면에서 분명 중국을 능가하고 있지만 근본적인 사상·도덕 및 정치 법률제도는 중국에 미치지 못한다고 여겼다. 그들은 『역경』의 "형이상학적인 것은 도道이고 형이하학적인 것은 기器"란 말을 인용하여 '중학中學'은 근본적인 대도大道이며 본체이고, 서양의 모든 것은 지엽적인 기물로 응용이나 할 수 있을 뿐이며 심지어는 '기괴하고 교묘한 기술'의 단계라고 여겼다.

1884년 이전, '중학은 체體이고 서학은 용用'이라는 견해는 양무파 이론의 기초였다고 말할 수 있다. 그들은 이로써 보수파의 반발에 대항하면서 비교적 온건한 개혁을 추진했다. 당시 누군가가 좀 더 진일보 서학을 논했다면 반드시 모든 관료들로부터 외면 멸시 당했을 뿐 아니라 심지어 매국노로 취급받았을 것이다. 중국의 초대 영국 주재공사 곽숭도郭嵩燾가 1875년 출판한 책에서 서양의 정치 종교도 본말本末이 있다고 제기한 것이 바로 그러한 예일 것이다. 곽숭도의 책은 출판되자마자 곧바로 큰 파문을 일으키면서 "세상을 경악케 하는 나쁜 풍습에 대한 논의"로 인식되어 발행이 금지되었으며 곽숭도 역시 탄핵받았다.

그러나 대담하게 '서학'을 언급하는 사람은 차츰 늘어났다. 매판買辦 출신의 정관응鄭觀應, 영국 선교사를 도와 사서오경을 영문으로 번역한 왕도王韜, 홍콩에서 출생하여 서방교육을 받은 하계何啓와 호례원胡禮垣, 천주교 집안 출신으로 이홍장 막부에서 문서 담당 고문을 지내고 후에 파리로 유학했던 마건충馬建忠, 진사 출신이지만 서양 문화가 중국의 황금시대인 하·은·주 시대에 필적할 만하다고 한 풍계분馮桂芬 등은 모두 약속이나 한 듯이 서양 정교政敎의 우수함을 논하기 시작했다.

이들의 공통점은, 그들 모두 상해·홍콩 등 연안 도시에 거주하면서 외국인 또는 서양업무와 빈번하게 접촉함으로써 이를 부러워하고 모방하는 심리가 생겨났다는 것이다. 동남 연해의 도시는 새로운 인문학의 집결지이며 개혁 사상의 전초기지였다. 변법사상은 여기서 태동하였다. 손문孫文이 이끄는 혁명운동도 여기서 축적해 발전하였다. 그로부터 1세기 후 중국의 개혁·개방의 물결 역시 동남지역의 광주·심천·상해 등지로부터 시작되었다. 해양은 중국 근대사의 중대한 변혁과 그야말로 긴밀한 관계를 가지고 있다.

동남 각지에서 점진적으로 싹트기 시작한 변법사상은 1895년 「마관조약馬關條約」이후 지식인들로부터 보편적인 공감을 얻기 시작했다. 중국은 1860년대부터 적극적인 자강운동을 추진하였지만 30여년 후에는 '손바닥만큼 작은 나라'라 경시했던 일본에 의해 참담한 종지부를 찍었다. 이홍장이 고심하며 육성했던 북양해군은 황해 전투에서 일본 함대에게 참패당했다. 조선 평양에 파견되어 주둔하고 있던 청나라 군대 역시 일본군에게 대패하였다. 일본군은 빠르게 압록강을 건너 파죽지세로 산해관山海關을 위협하였다. 화친과 전쟁 여부를 정하지 못한 청나라는 일본군대가 북경 가까이 진군해 들어오는 위급상황을 직접 보고서, 연로한 이홍장을 일본 마관에 보내 조약을 체결케 하였다. 이로써 대만이 일본에 할양되었고, 중국의 속국인 조선은 독립하였다. 중국은 일본에 역사상 전례 없는 거액의 군사비를 배상하였다. 그 총액은 무려 청나라 연간 재정수입의 3배를 넘는 액수였다.

이홍장이 일본 총리대신 이등박문伊藤博文과 춘범루春帆樓에서 체결한 '마관조약'이 전보를 통해 신속히 북경에 전해졌다. 그때 북경에서 과거시험 결과를 기다리던 강유위康有爲는 북경에서 시험을 치룬 거인擧人 1천3백여 명과 함께 광서제에게 연명으로 상서하였다. 거기에서 그는 대만 할양에 대한 항의 외에 '변법'을 주장하였다. 이것이 기초가 된 유신운동은 이로써 정식으로 전개되었고, 1898년의 '백일유신百日維新'에 이르러 최고조에 달했다.

## 백일유신

변법운동을 주도한 사람은 강유위였다. 강유위의 제자이자 20세기 초의 사상계와 학술계에 커다란 영향력을 미친 양계초梁啓超도 학회의 조직과 여론 주도 활동에 적극적으로 참여하였다. 강유위는 광동에서 태어나 1879년 22세에 처음으로 홍콩을 유람하면서 그 곳의 아름다운 건물과 정리된 길, 엄격한 치안을 보고 깊은 인상을 받았다. 25세에는 상해의 번화한 도시를 보면서 서구인들의 통치에 본말이 있음을 한층 더 확신했다. 그는 홍콩과 상해에서 다량의 서양 서적과 신문 잡지 등의 간행물을 수집하였고, 30세가 넘어 광주에 만목초당萬木草堂을 설립해 서양 학문과 변법의 방법을 강의하였다. 거의 1천여 명이 되는 학생 중에서 후일 적지 않은 사람들이 유신운동의 추진세력이 되었다.

강유위의 변법사상은 청나라 황제에게 올린 몇 통의 상서에서 매우 명쾌하게 나타나고 있다. 그는 광서제에게 만약 '신정新政'을 실행하지 않아 '조종祖宗의 성법成法(구법)'을 바꾸지 못하여 나라가 망한다면 황제가 '장안의 평민이 되려고 해도 될 수 없으며' 심지어 명나라 말기 숭정제처럼 자금성 뒤편의 매산에서 목매어 죽을지도 모른다고 했다. 이 말이 아마도 광서제의 마음을 흔들어 1898년 6월 정식으로 '변법자강'을 명하고 신정을 실행하도록 만든 것 같다.

신정의 내용은 '군사훈련, 무기제조' 외에 정치 분야에서는 언로를 확대[29]하여 자유롭게 신문사·잡지사·학회 설립을 허락하는 것이었다. 경제 분야로는 실업을 제창하여 농공상·광무 및 철로총국 등을 설립하고 아울러 농회와 상회 창설을 장려하였다. 동시에 국가은행을 설립하여 국가예산을 편성하도록 하였다. 교육 분야로는 전국 각지에 중국학문과 서양학문을 함께 배우는 학교를 설립하고 경사대학당京師大學堂[30]을 세우고, 팔고문을 통한 관료선발을 폐지하고 일본으로 유학생을 파견할 것을 요구하였다.

수개월의 짧은 기간 동안 신정 실행을 위한 조서가 계속적으로 반포되었다. 그러자 서태후(자희태후)를 중심으로 한 '후당后黨'은 권력이 점차 축소됨을 직접 보고 변법당에 대한 반격을 시작했다. 한편 권력투쟁이 절체절명의 막바지에 이르자 광서제는 담사

---

**29** 강유위의 원래 주장은 국회개설과 헌법 제정이었다.
**30** 북경대학의 전신

동譚嗣同에게 신식 육군을 훈련시키는 원세개袁世凱를 찾아가 먼저 보수파의 영수인 영록榮祿을 제거하고, 그 다음 서태후의 거처인 이화원頤和園을 포위하도록 하였다. 그러나 교활한 원세개는 어리고 꼭두각시 같던 황제를 배반하였다. 9월 20일 원세개가 영록에게 광서제의 계획을 모두 고해바쳤다. 이튿날 서태후가 정변을 일으킴으로써 '백일유신'은 피자마자 지는 우담화優曇花처럼 덧없이 사라지고 말았다. 광서제는 영대瀛臺에 감금된 채 끝내 한을 머금을 수밖에 없었다.

'무술정변戊戌政變'은 변법운동에 일시적인 좌절을 안겨 주었지만, 1895년 이후 급속히 확산되기 시작한 변법사상은 지식계에 큰 영향을 주었다. 각종 학회나 신식학당 및 현대화 된 신문·잡지 등이 출현하기 시작했다. 지식인들은 현대적 의미의 출판·결사와 언론의 자유를 갖기 시작했다. 중국 근대사의 첫 번째 사상계몽 운동은 이로부터 전개되었다.


## 제4절 전통왕조의 몰락


### 10년 신정

1900년 8개국 연합군이 북경을 함락시켰다. 황망히 종묘에 고별하고 서안으로 도망쳤던 서태후는 이 때 망국의 위기가 눈앞에 있음을 진정으로 느꼈다. 1901년, 간신히 생명을 부지한 채 서안을 떠나 북경으로 되돌아오기 4일전, 서태후는 공문서를 반포하고 변법을 언급하면서 모든 관료들에게 신정에 힘쓸 것을 요구하였다.

청나라 말기 최후 10년간의 '신정'은 대체로 강유위의 변법사상을 벗어나지 않았다. 그 범위는 관제 개혁, 사법과 이치吏治의 정돈, 새로운 경찰제도의 건립, 아편금지를 포함하고 있었다. 그 외에 중앙에 상부商部를 설립하고, 각지에 상회商會를 두어 정부가 상공업을 중시한다는 것을 보여주었다. 군사에 막대한 재정을 투입하여 신군을 창건하였는데 원세개가 총괄하였다. 원세개는 군권을 장악하면서 청나라 말에 가장 실력을 가진 철권 통치자가 되었다. 1911년 청나라 황실의 위탁을 받아 남방의 혁명군과 협상을 하였고 마침내 청나라 황제를 퇴위시켰다. 중화민국 성립 후 원세개는 자신의 군사력 때문에 열강들로부터 중국을 안정시킬 수 있는 핵심인물로 여겨졌고, 결국 손문을 대신해서 중화민국의 대총통이 되었다. 1916년 원세개가 제위에 오른 지 83일 만에 병사함으로써 중국은 군벌이 할거하는 상황에 빠졌다. 그 중 북양군벌 대부분이 원세개가 주관하고 훈련시켰던 북양 신식육군 출신이었다.

신정 중에는 또 과거제 폐지·학당 설립·유학생 파견 등 영향력이 매우 큰 조치들이 있었다. 송나라 이후 과거제도를 통해 관리를 뽑는 것이 관례화 되었다. 독서의 최후 목적은 시험을 통과하여 관직을 얻는 것이었지만, 1905년 과거제 폐지 이후, 독서와 관리가 되는 것은 별개의 일이 되어버렸다. 한편 지식인의 지위가 심각한 타격을 입었고, 다른 한편으로 사서오경은 더 이상 교육의 가장 중요한 혹은 유일한 내용이 될 수 없었다. 대신 각종 전문 지식과 학문이 출현하기 시작했다. '독서인'의 정의가 일변하여 현대적 의미의 지식인도 출현하기 시작했다.

자강운동 기간에 청나라는 일시적으로 미국에 유학생을 파견하였다. 1901년 이후에 중앙과 지방이 모두 적극적으로 해외유학을 추진하기 시작했다. 일본은 지리적으로 가까워 비용이 적게 들고 문자도 유사하여 특별히 주목을 받았으며, 유럽·미국으로 가는 사람들도 끊이지 않았다. 20세기 중국의 유학풍조는 여기서 시작되었다. 이들 유학생은 귀국한 후, 중국의 정치·문화·사상 등 각 방면에 지대한 영향을 끼쳤다.

그림 13-4. 1844년의 무과 과거합격자 명단

## 입헌과 혁명

변법사상이 출현할 때 지식인들의 주목을 받았던 의회제도는 청나라 말 마지막 수년간 입헌파의 적극적인 고취로 대략적인 형태를 갖추었다. 1909년, 청나라는 예비입헌의 실행을 선포했고 각 성에 자의국諮議局을 설립하였다. 입헌파 인사들은 선거를 통해 지방의회의 대표가 되었다. 각 성 자의국 의원의 분포를 보면 대다수가 과거시험을 경험한 지방 신사들이었으며, 일부는 일본에서 유학했던 유학생 출신과 신식교육을 받은 사람들이었다. 그들 대부분은 모두 상당한 재력가였고, 청나라 관료였던 사람도 적지 않았다. 이런 출신 배경 때문에 그들은 청나라 정부에 불만이 있더라도 온건하고 점진적인 개혁방식으로 중국의 문제를 해결하고자 했다.

입헌사상을 지도한 가장 핵심적인 사람은 강유위의 제자인 양계초였다. 무술정변이 발생한 후, 양계초는 일본으로 도피하여 『청의보淸議報』·『신민총보新民叢報』를 발간하였다. 그는 비록 일본에 있었지만 반은 문언체이고 반은 백화체이면서 '필력에 항상 감정을 머금은' 그 자신만의 독특한 '양계초식' 문체로 새로운 세대의 지식인과 학생들 사이에 엄청난 영향력을 미쳤으니, 청나라 말기 가장 중요하면서도 영향력 있는 사상가이며 선전가라 할 수 있겠다.

20세기 처음 10년간 청나라는 그들 정권을 유지하기 위해 각종 신정을 추진했다. 한편 청 정부를 반대하고 비판하는 세력도 계속해서 출현하였다. 그 중 양계초를 대표로 하는 입헌파는 온건한 개량과 군주 입헌의 실행을 주장하였고, 손문을 대표로 하는 혁명파는 무력으로 전제왕조를 무너트리고 국민이 주체가 되는 공화국 건립을 주장하였다. 1905년 손문은 일본 도쿄에서 유학생·화교·혁명단체 등을 연합하여 '동맹회同盟會'를 결성하였다. 이는 20세기 중국의 혁명운동을 위한 서막이었다. 해외에서 두 세력은 중국의 각종 문제를 어떻게 해결할 것인가를 두고 격렬한 논쟁을 벌였다. 물론 중국 내에서 청 왕조의 신속한 전복에 있어 입헌파나 혁명파 모두 기여한 바가 있다.

청나라의 신정 중에서 가장 힘을 쏟아 건립된 신군은 한편으로 북양군벌의 요람이 되었고, 다른 한편으로 반청 혁명당에 숨어들었다. 1911년 10월 10일 저녁 7시, 무창의 신군 공병 캠프의 혁명군들이 무장하고 봉기를 선포하였다. 이후 1개월 여간 전국의 14개 성이 이에 호응하여 독립을 선포하였다. 각 성 자의국 의장이나 부의장은 당시 지방에서 실질적으로 영향력을 지닌 지도자들이었다. 그들은 '무창봉기' 후에 혁명파 또는 구관료들과 합작하여 각 성의 정국을 장악하고 혁명의 정세를 조정하였다.

2천여 년 지속되었던 황제지배체제는 단시간 내에 대규모 유혈사태나 전쟁 없이 기치를 바꾸어 아시아 최초의 공화국이 되었다. 이는 입헌파 지도자들의 태도와 관련이 깊다. 입헌파가 온건한 개혁에서 혁명 지지로 입장을 바꾼 까닭은 청나라가 국회를 조기에 개설하여 진정한 입헌제도를 실행하려는 의지를 보이지 않았기 때문이었다. 그리고 정부 주도의 '철도국유정책'은 지방 신사들의 현실 이익을 희생시킨 것으로 불에 기름을 부은 격으로 황제체제에 치명적 일격을 가하였다.

신해혁명은 구 왕조를 전복시키고 민주공화제도를 건립한 중국 정치사에서 경탄할 만한 대사건이다. 다만 구 신사층이 각 지역의 정권을 장악하고 있다는 점에서 보면 중국의 사회, 권력구조는 그다지 큰 변화가 없음을 알 수 있다. 열강 침략에 대한 저항, 주권재민의 민주사회 건립, 혹은 인민생활의 복지 증진 등의 측면에서 보면 손문이 1925년 북경에서 서거 직전 "혁명은 아직 성공하지 못했다"고 말한 것은 진실한 경고였다.

# 제14장 사회의 동요와 변천

## 제1절 민중반란

### 반란의 세기

19세기 중엽 이후의 중국은 동·서 열강의 잠식 병탄에 직면했을 뿐 아니라 동시에 끊임없이 일어난 민중반란으로 숨 돌릴 새가 없었다. 실제로 19세기는 반란의 세기라고 말할 수 있다. 연로한 건륭제는 1795년 황제에 즉위한 후 60년 만에 가경제에게 양위하였다. 1796년 가경제가 즉위한 첫 해에 정부 측에서 '천초교비川楚教匪의 난'이라 부른 '백련교의 난'이 발생하였다. 1804년, 8년 만에 난을 평정하였으나 이를 위해 약 5년간에 해당하는 국가 재정수입을 소모하였다. 이 반란은 매우 상징적인 의미를 지니고 있다. 즉 18세기에 흥성하였던 청나라는 이미 돌이키기 힘든 상황에 이르러 점차 쇠망의 나락으로 떨어지고 있었다.

백련교의 난 이후 반세기만인 1850년에 백련교와 같이 강한 종교적 색채를 띠었지만 그 규모와 영향력이 훨씬 큰 태평천국의 난이 일어났다. 청나라는 결국 지방 군사력에 의존해서야 겨우 평정할 수 있었다. 이후 1949년까지의 1세기 대부분 시간동안 중국에는 강력한 중앙정부가 존재하지 않았다. 군벌할거의 국면을 매듭지은 국민정부가 있었지만 그들이 확실하게 장악한 지역은 장강 중하류의 몇 개 성 뿐이었다. 태평천국의 난은 지방 세력의 성장을 촉진하였고 근 1세기동안의 국가 재건의 과정을 열어놓는 역할을 하였다.

태평천국의 난 50년 후인 1900년에 중국 북방 각 지역에서 민간종교와 무술을 익힌 '권민拳民'이 결합한 의화단義和團의 난이 일어났다. 그 결과 8개국 연합군에 의해 북경이 함락 당하였다. 남방의 '교비敎匪'가 서막을 연 19세기는 북방의 '권비拳匪'의 손에서 종지부를 찍었다.

수차례의 대동란에는 각각의 원인이 있었다. 전체적으로 보면, 19세기에 들어 날로 심각해지고 있던 일부 사회문제는 분명히 빈번해진 민중반란과 직접적 관계가 있다. 그중 인구의 급격한 증가는 특별히 주의할 만하다. 17세기 말부터 18세기 백련교의 난이 발생하기 전까지의 오랜 태평세월은 중국 인구를 1억5천만 명에서 3억 이상으로 증가시켰다. 이후 1779년에서 1850년 태평천국의 난이 일어나기 직전까지 인구는 다시 4억3천만 명으로 증가했다.

그러나 경지면적은 인구증가를 따르지 못했다. 현실 생활의 압력으로 많은 사람들이 부득이 살길을 찾아 먼 곳으로 이주해야 했다. 사천성의 분지는 18세기 중국 내의 이주자가 가장 많이 모여들었다. 백련교의 난이 폭발한 지점인 사천성 동부지역의 산지도 전국 각 성에서 몰려든 이주민으로 포화상태가 되었다. 광동성 동부지역의 객가客家들도 18세기 광서성의 하천 계곡지역으로 이주하였는데 후일 태평천국 난의 기점이 되었다. 특히 풍요로웠던 장강 하류의 각 성들은 인구 압력을 더욱 심하게 받았다.

이주는 잠시 인구 압력을 완화시켰지만 새로운 이주민과 토착민, 혹은 변방지역의 소수민족 간에 예컨대 한족과 호남성·귀주성 변방의 묘족, 광서성의 객가와 토착민들 간에 종족과 언어의 차이로 긴장관계가 촉발되어 새로운 문제가 발생했다. 대만, 사천성 변방의 산지, 광서상의 낙후된 향촌과 호남성·귀주성 변방의 묘족 근거지 등은 반란이 가장 먼저 발생한 곳으로 좋은 실례가 된다. 이렇게 새로이 개척된 지역은 정부의 힘이 제대로 미치지 못한 곳이었기에 기존의 토착민과 이주민들 각자가 자신들의 안위를 위해 또는 상대를 공격하기 위해 끊임없이 지역자위무장단체를 조직했다. 이러한 지방의 군사화·무장화의 경향은 19세기 중국 기층사회의 특색이 되었고 또한 일촉즉발의 민중반란이 일어날 수 있는 기반이 되었다.

## 홍수전

과거시험에서 낙방을 거듭한 서생에서 강산의 반을 차지하고 왕이 된 홍수전洪秀全의 일생은 그가 건립한 태평천국처럼 공상적이면서 기이한 색채로 가득 차 있다. 1814년 홍수전은 광주에서 북방으로 30Km 떨어진 화현의 작은 농가에서 출생했다. 그의 선조는 광동성 동부지역에서 이주한 객가였다. 1836년 그는 두 번째로 생원(수재秀才)고시에 참여했으나 낙방하였다. 광주에서 응시했을 때 복음을 전하던 선교사가 그에게 『권세양언勸世良言』이란 책을 주었다. 그 책의 저자는 광주에서 인쇄공을 하고 있던 양아발梁阿發이었다.

다음 해 홍수전은 세 번째로 과거에서 낙방한 후 병으로 눕게 되었다. 정신이 몽롱해지면서 자신이 승천하여 죄악이 씻기고 다시 태어나는 꿈을 꾸었다. 그런 후에 지엄한 모습의 금발 노인이 금으로 만든 옥새와 보검을 주면서 악마를 죽이라고 하였다. 악마와의 싸움에서 중년 남자와 함께 하였는데 그는 이 사람을 큰형이라고 불렀다.

1843년, 홍수전은 네 번째로 과거시험에서 낙방하였다. 집에 돌아가 그는 양아발의 『권세양언』을 읽기 시작했다. 책을 통해 기독교 신앙을 받아들이면서 그는 이전에

꾸었던 꿈을 다음과 같이 해석했다. 금발 노인은 하나님이고 중년 남자는 예수이다. 자신은 상제上帝(하나님)의 둘째 아들이며 예수의 동생이다. 그리고 자신의 신성한 사명은 하나님의 뜻을 세상에 전파하는 것이다.

그림 14-1. 천왕 홍수전 옥쇄

당시 중국의 광동성은 천하가 급변하는 한가운데 처해있었다. 아편전쟁시기 '삼원리 사건'은 홍수전의 고향인 화현의 이웃 광주성 교외에서 발생했다. 혼란스런 세태와 굳건한 신앙은 홍수전으로 하여금 자신의 '사명'을 확실히 인식하게 했다. 홍수전은 광신적인 기독교도가 되었다. 서당의 교사 지위를 잃은 후, 자신처럼 과거에 여러 번 낙방한 사촌동생 풍운산馮雲山과 함께 광서성 산지에서 선교하였다. 풍운산은 촌락을

단위로 가난하고 고립된 객가인을 대상으로 지방성격을 띤 집회조직을 만들어 마침
내 '배상제회拜上帝會'를 조직하였다. 총회를 계평현桂平縣의 자형산紫荊山에, 분회를 각 현
에 두었다.

1847년 홍수전은 광주에서 처음으로 『구약성서』와 『신약성서』의 중국어 번역본
을 읽었다. 그리고 얼마 후 광서성에 가서 풍운산과 함께 전도를 시작했다. 그들은 기
독교의 세례·예배·기도 등의 의식을 이용하여 민중을 끌어들였다. 홍수전은 아울러
「원도성세훈原道醒世訓」 등의 글을 써서 설교의 기초로 삼았다. 표면상 그가 전파한 것
은 기독교교리였지만 어려서부터 과거시험 준비를 하면서 숙독했던 유가경전, 즉 사
서오경이 오히려 그에게 많은 영향을 미쳤다. 그래서 「원도성세훈」 등의 글은 기이한
혼합체계로 이루어져 있다. 예컨대 거기에는 「모세십계」를 모방한 「십관천조十款天條」
라든가 『예기』의 '천하위공天下爲公'의 대동사상 및 중국 민간전통의 신·요괴·제왕사
상 등이 포함되어 있었다.

홍수전은 '천부황상제天父皇上帝'를 유일신으로 받들었고 일반인이 숭배하던 '보살불
상'을 마귀로 여겼다. 마귀를 몰아내기 위해 '배상제회'의 신도들은 도처의 신상들을
훼손하였고 묘당들을 파괴하였다. 이로 인해 그들은 중국 전통종교를 믿는 민중들과
충돌하게 됐다. 결과적으로 '배상제회'와 기타 민중들로 구성된 지방 단련들이 각기
무장하여 일촉즉발의 형세가 나타났다. 1849~1850년 간의 대규모 기근 때에 쌍방은
자주 공개적으로 싸웠다.


## 태평천국

1850년은 '배상제회'에게 중요한 한 해로, 그들의 군사조직이 꾸준히 확장되었고,
잔인하고 글을 모르지만 탁월한 군사적 재능을 지닌 탄광 광부 양수청楊秀淸이 풍운산

을 대신해 핵심적인 지도자가 되었다. 반면에 주변의 적대적인 환경으로 그들의 처지는 날로 어려워졌다. 7월 들어, 그들은 반란을 일으키기로 결정했다. 농민과 탄광 인부, 실업자가 된 광부 등 2만여 명의 신도들이 금전촌金田村에서 궐기하였다. 1851년 초, 38세 생일날, 수 차례 청나라 군대를 궤멸시킨 홍수전은 '태평천국' 성립을 선포하였다.

그림 14-2. 태평천국의 예배당

태평천국은 인구가 많고 풍요로운 장강 하류로 빠르고 힘차게 나아갔다. 2년 후, 태평군은 무창을 함락시켰는데 당시 군사는 이미 50만 명으로 늘어났다. 조그만 규모의 지방반란이 기세가 드높은 전국적 운동으로 탈바꿈한 것이다. 1853년 초, 태평군은 남경을 점령하고 그 이름을 '천경天京'으로 개칭했다. 이렇게 태평천국은 빠르게 동남 지역 각지를 석권하였다. 이후 10여 년 동안 태평천국은 심각한 내분을 겪었지만 장강 중·하류에서 여전히 증국번이 이끄는 군대와 생사를 건 일련의 쟁탈전을 벌릴 수 있었다. 동치제가 즉위하면서 이홍장과 좌종당 등이 이끄는 청나라 군대는 장강 하류의 몇몇 도시에 맹렬히 공격을 퍼부었다. 1864년 천경이 함락되었다. 그리고 이듬 해 말 태평천국의 잔당들이 완전히 소멸되었다. 이로써 15년간에 걸친 태평천국의 난이 일단락을 고하였다.

태평천국이 준동했던 15년 동안 청나라는 비록 팔기八旗·녹영綠營 등 정규군을 보유하고 있었음에도 불구하고 전혀 이를 이용하지 못하였다. 결국에는 증국번·이홍장 등이 조직한 상군湘軍과 회군淮軍이 난을 평정하였다. 지방 세력은 지방장관인 독무督撫가 군사훈련과 급료와 군수품조달의 권한과 책임을 갖고 있었기에 성장할 수 있었다. 이홍장은 태평군과의 작전에서 대량의 신식무기를 사들였고 영국·프랑스의 군관을 고용하여 회군을 훈련시켰다. 또 1863년부터 상해·소주·남경 등지에 무기 공장이 속속 세워지면서 현대화된 무기가 생산되었다. 아편전쟁을 계기로 위원 등은 "오랑캐의 우수한 기술로써 오랑캐를 제압하는" 이치를 깨닫게 되었고, 태평천국의 난으로 증국번·이홍장·좌종당 등 지방 독무들이 굴기할 수 있었음과 동시에 군사적 근대화를 통한 자강에 주안점을 둔 신정을 대대적으로 추진할 수 있게 됐다. 즉 '자강운동'은 안팎으로 우환이 겹친 상황에서 전개된 것이었다.

계속되는 전란이 초래한 수재와 같은 천재지변과 살상 등으로 사망자 수가 3천만 명 이상이었다. 장강 하류 일대는 양군이 공방을 벌였던 격전지였기 때문에 피해상황이 훨씬 더 참혹하였다. 인구 80만 명의 항주는 전쟁 후 겨우 수만 명 정도만 살아남았다. 부유한 강소성의 도시와 또는 조금 떨어진 곳에는 주민이 아예 없었다. 폐해가 가장 극심했던 상주常州는 심지어 "마을 시장은 파괴되고 농지는 모두 황폐해졌으며 유골이 **빽빽했고** 살고 있는 사람이 하나도 없다"고 하였다. 난이 평정된 지 10년 후, 강소성·절강성·안휘성 등지에서는 황폐해진 토지문제를 어떻게 해결할 것인가 하는 문제가 '자강대계自強大計' 중의 하나였다. 부유했던 강남 경제가 받은 타격을 짐작해 볼 수 있다.

## 신흥종교

태평천국이 다른 민중반란과 다른 점은 규모의 방대함이나 영향력 뿐 아니라 그 배후에 독특한 이데올로기가 있었다는 점이다. 다른 종교반란은 절대다수가 중국 전통의 민간종교와 관련이 있다. 태평천국은 기독교의 기치를 내세워 사방에서 군사를 모으고 말을 구입했지만, 그들은 유가윤리와 예교에 대한 부정으로 대다수 사대부의 지지를 받지 못했다. 또한 중국 민간종교 신앙에 대한 공격 때문에 남방지역의 유명한 비밀결사인 삼합회·삼점회·천지회 등과 같은 다른 반청세력과의 합류도 불가능했다. 이것이 바로 태평천국이 실패한 원인이다. 그리고 홍수전·양수청 등의 신권통치도 점차 광기에 빠져 하나님과 예수의 이름을 빌려 명령을 내렸지만 결국 이들 지도세력에 심각한 위기를 가져왔다.

그러나 기독교 평등사상과 유가의 대동이상을 절충한 교의나 제도는 확실히 많은 민중을 끌어들였다. 귀천이나 남녀차별 등을 타파한 평등 관념은 한나라 시대의 '태평도' 이래 많은 민간종교단체가 공유했던 특징으로, 경제·사회적 지위가 불평등했던 전통사회에 대한 약자들의 저항이었다. 홍수전은 "하나님 앞에서 누구나 평등하다"는 교리의 관점에서 불공평한 사회를 다시 한 번 강력하게 비판한 것이다.

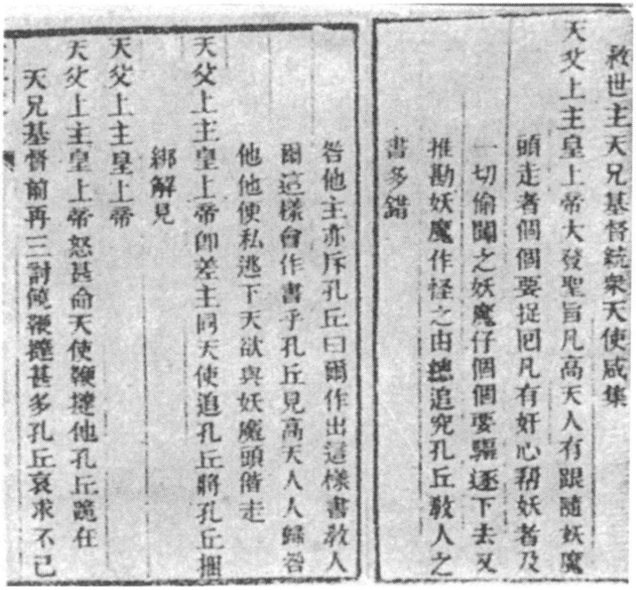

救世主天兄基督統衆天使咸集

天父上主皇上帝大發聖旨凡高天人有跟隨妖魔頭走者個個要捉囘凡有奸心邪妖者及一切偸闊之妖魔仔個個要躡逐下去又推勘妖魔作怪之由總追究孔丘敎人之書多錯

咨他主亦斥孔丘曰爾作出這樣書敎人

關這樣會作書予孔丘見高天人人歸咎他他便私逃下天試與妖魔頭偕走

天父上主皇上帝卽差主同天使追孔丘將孔丘捆綁解見

天父上主皇上帝怒甚命天使鞭撻他孔丘跪在

天兄基督前再三討饒鞭撻甚多孔丘衰求不己

그림 14-3. 홍수전은 『태평천국』 책에서 악마와 공자에 대해 많은 공격을 했는데, 심지어 공자를 무릎 꿇리어 생명을 구걸토록 했다.

　아편전쟁 후, 광서성의 상황은 더욱 어지러워졌고 도적들이 들끓었다. 1849년, 설상가상으로 쌀값이 폭등하였고, 이에 천지회와 그 밖의 단체들이 봉기하였다. 그들은 "하늘을 대신해 정의를 행한다", "부자들에게서 빼앗아 가난한 자를 구제한다"는 기치 아래 굶주린 백성들과 하층사회의 군중들을 끌어들였다. 이런 시대적 배경 아래 태평천국이 평등의 교리를 빌려 신속히 확장할 수 있었던 것은 사실 이해하기 어렵지 않다. 가진 것이 아무것도 없는 가난한 민중들은 평등의 구호와 대규모 반란에 의지하여 관료나 지주 등 돈과 세력이 있는 자들에게 대항했던 것이다.

　1853년 반포된 '천조전무제도天朝田畝制度'는 이런 평등·대동사상을 가장 잘 설명해 준 것으로 볼 수 있다. "토지가 있으면 함께 경작하고, 밥이 있으면 함께 먹으며, 옷이 있으면 함께 입고, 돈이 있으면 함께 사용하여 균등치 않은 것이 없고, 배부르고 따뜻하지 않은 사람이 없다"는 것은 태평천국이 추구하는 유토피아를 더욱 분명하고 구체적으로 설명한 것인데, 수많은 민중들이 이를 위해 생사를 걸었다는 것은 역으로 당시 중국민중들이 그만큼 비참했음을 반영하는 것이다. 태평천국의 이러한 '공산共産' 방식이 당시 실행되지는 못했지만, 1세기 이후 중국 역사가들에 의해 '위대한 농민혁명 강령'으로 높이 평가되었다. 중국공산당은 비록 서방학설인 마르크스주의에 근거하여 평등한 것처럼 보이는 정권을 건립하였지만, 그들이 당면한 그리고 처리해야 할 근본문제는 태평천국과 다른 점이 없었다.

## 서양종교와 의화단

1850년 '배상제회'가 금전촌에서 봉기하였다. 몇 년 만에 중국의 다른 지역에서도 각종 반란이 일어났다. 서남지역에서는 우선 귀주성의 소수민족, 이어서 운남성의 묘족苗族과 이족彝族의 반란이 있었다. 동남 각 성에서는 천지회의 각 지파가 강남·복건·호남·상해·강서 등지에서 봉기하였다. 화북지역은 1853~1868년 사이 '염난'이 일어났다. 중국번·좌종당·이홍장 등 '중흥의 명신'과 지방 세력의 협조 아래 청나라는 연이은 심각한 여러 도전들을 간신히 극복할 수 있었다. 그러나 1900년에 이르러 다시 대규모 민중소요가 폭발하였다.

1858년, 제1차 영불 연합군과 체결한 「천진조약」에서 서양 선교사들이 중국 내륙에서 자유로이 선교할 수 있도록 허가하였다. 이로부터 기독교와 천주교는 점점 중국 향촌으로 스며들어갔다. 그러나 신앙과 관습의 차이로 인해 자주 중국 신사층과 민중의 저항을 받았다. 민중들과 서양종교 간의 충돌이 끊이지 않았고 '교안教案31' 역시 자주 발생했다. 선교사들은 본국 정부에 도움을 요청하였고 각국 정부는 중국 정부에 압력을 가하였다. 중국 정부는 지방 정부에 교회와 선교사, 그리고 일반 교인들을 보호하도록 명령하였다. 자국의 무력이 보호막이 되자, 적지 않은 선교사들이 제멋대로 굴었지만, 지방 정부는 그들과의 마찰을 꺼려해 서양종교와의 충돌을 처리할 때 종종 교인의 편을 들었다. 이에 서양종교에 대한 민중들의 적대감이 날로 커질 수밖에 없었다.

1897년 산동 거야현 조가장曹家莊의 대도회大刀會가 그곳에서 가장 큰 독일 천주교 성당을 공격하여 2명의 선교사를 죽였다. 독일 황제는 교회의 종용 하에 기회를 틈타 교주만을 점령하였다. 산동순무는 이 교안사건으로 면직 당하였고, 독일 주교는 득의만만하여 "마치 높은 관료인양 산동성 각급 아문을 드나들었다." 외국인에 대한 산동 각지 민중들의 적대감은 더욱 격렬해졌고 교안도 끊임없이 발생하였다. 독일 군대가 출병하여 산동의 민가를 불사르고 민중들을 폭살시켰다. 청나라 정부는 독일 군대의 만행을 알았지만 그들의 난폭함이 두려워 오히려 출병하여 독일 군대에 협조하고 민중을 진압하였다. 의화권의 세력은 이런 상황에서 급속히 확대되었다.

권법 연마에 목적을 둔 결사는 화북 향촌사회에서는 원래 상당히 보편적인 조직이었다. 그러나 청나라 중엽에 이르러 무술단체와 민간종교 간의 합류 현상이 날로 보편화되었다. 많은 교파는 권법·기공·주문·무속 등을 결합시켜 도처에서 신도들을 끌어들였다. 의화단은 이렇게 무술과 무속을 절충한 민간단체였다. 산동 의화단의 뿌리는 두 갈래였다. 하나는, 대도회이고 다른 하나는 신권神拳으로, 각각 산동성 서남과 서북에서 나왔다. 산동성 서남 일대는 토지가 척박하여 백성들이 가난했고 원래 도적의 소굴이었다. 서북 일대는 농업지역이지만 인구 과잉으로 재해를 당하면 위기가 쉽사리 닥쳤다. 실제로 이 두 지역의 자연재해 비율은 산동성의 다른 지역에

---

**31** 민간과 서양종교의 충돌 사건

비해 높았다.

　대도회는 또 '금종조金鐘罩'라고 칭하였다. 1896년 반서양종교의 비밀조직이 되었는데, 주문을 외우고 기공을 연마하면 무기도 몸을 뚫지 못한다고 호언하였다. 주홍등朱紅燈이 이끄는 신권神拳은 몸에 신이 강림토록 하고, 부적을 그리고, 주문을 외는 것으로 사람들을 끌어들였다. 1899년 두 세력이 결합하면서 의화단이란 명칭도 출현하게 되었다. 1900년, 산동성·직예성의 권민은 의화단으로 개칭하였고, 산서성·동북에서도 유사한 조직이 생겼다. 1900년, 무술단련장이 가장 많은 산동 임평현荏平縣에서 황하의 제방이 터졌다. 화북 여러 지역에도 가뭄 피해가 생겼다. 이에 살 곳을 찾아 헤매는 기민이 대량 발생하면서 상황을 더욱 더 걷잡을 수 없게 만들었다.

　의화단의 가장 기본적인 조직을 '단壇'이라 하였다. 몇 개의 촌장이 합쳐 하나의 단을 세웠고, 하나의 촌락에 하나의 단, 심지어 여러 개의 단을 세우는 경우도 있었다. 단의 대부분은 각 마을의 도관道觀(도교 사원), 사찰 혹은 기타 공공장소에 세워졌다. 참가자의 절대 다수는 일반 농민이었으며, 이외에 고용 노동자·목수·뱃사공·주방일꾼·우산 수리공·점포운영자 등이 있었다. 후에는 상당수의 지방 신사와 관리도 적극 참여하였다. 특별히 부녀자로만 결성된 단체도 있었다. 예컨대, 어린 소녀들로 구성된 '홍등조紅燈照', 나이든 부녀자들의 '흑등조黑燈照', 성년 부녀자의 '남등조藍燈照', 과부 중심의 '청등조靑燈照' 등이 있었는데 그들은 때로 자신들만의 단을 갖기도 했다.

　각 단마다 적으면 수십 명, 많으면 수백 명, 심지어 천명이 넘기도 하였다. 의화단 단민들은 모두 저녁에 연습하였는데, "낮에는 생업에 종사하느라 연마할 틈이 없어 저녁이 되서야 단에 들어왔다"고 한다. 각 단의 입구에는 모두 신위를 모셨는데 숭배하는 신으로는 옥황대제玉皇大帝·홍균노조洪鈞老祖·달마노조達摩老祖·관성제군關聖帝君·장천사張天師·이산노모梨山老母 등이 있었다. 신의 강림을 받은 사람은 그 신의 특유한 동작과 특색을 보여주었다. 그들이 이해하는 신들의 개성이나 특색은 대부분 희곡이나

그림 14-4. 의화단 기

그림 14-5. 연습중인 의화단원

그림 14-6.
의화단원들이 서양건물을 격파하기 위해
신명의 도움을 요청하는 글

설서說書[32]·강창講唱[33] 문학에서 온 것이었다. 홍등조에 가입한 부녀자들은 홍색의 의복과 신을 신고, 한 손에 붉은 부채를 들고 다른 한 손에는 붉은 수건을 들었다. 수련할 때에는 향을 피우고 주문을 외는데 일설에는 "한 번 부채를 부치면 공중으로 수 미터 이상 날아오른다"고 하였다.

많은 권민들은 지난 사건을 회고하면서, 주문이나 신의 강림 같은 법술은 이해하지 못하고 오직 서양인을 타도하기 위해 "호미·낫을 놓고 천진과 북경으로 출동한 것이다"고 말했다. 그러나 의심의 여지없이, 신기한 법술과 "청나라를 도와 서양을 멸하자 扶淸滅洋"는 구호는 의화단운동의 명백한 두 가지 특색이다. 1900년 권민들이 각지에 붙여놓은 벽보에는 "신이 의화단과 의화권을 돕는다. 다만 양놈들이 중원을 어지럽힌다.......신이 동굴을 나오고 신선이 하산하여 인간을 도와 권법을 행할 것이다", "철로를 파괴하고 전선을 끊고 다시 윤선을 파괴하자. 프랑스의 간담이 서늘해지고 영국과 러시아의 기세가 조용해지며 모든 서양놈들을 다 죽인다면 대청제국이 길이 태평할 것이다"고 적혀 있다. 그들의 기괴한 사상과 외국인에 대한 적대심이 여기에 남김없이 드러나고 있다.

## 일그러진 민족주의

권민에 대한 청나라 정부의 정책은 줄곧 방향을 잡지 못했고 관원들의 대응도 일치하지 않았다. 어떤 이는 강경하게 진압할 것을 주장했고 또 어떤 이는 위무를 해야 한다고 주장했다. 결국에 서태후는 위무를 주장하는 대신들에게 설득 당해 의화단의 북

---

[32] 강담講談·창唱·대사를 사용한 시대물 혹은 역사물 이야기
[33] 강講하는 부분은 산문으로 되어있고, 창唱하는 부분은 운문으로 이뤄진 민간의 속문학

경 진입을 허락하였다. 1900년 6월, 북경 전역에 1천여 개의 권단拳壇이 세워졌고, 권민이 10만여 명에 달했다. 대장간에서는 밤낮으로 쉬지 않고 의화단을 위해 칼과 창을 서둘러 만들었고, 의화단의 칼과 창은 교회당을 부수고 철로를 파괴하고 전선을 자르기 시작했다. 몇몇 외국인이 살해되자 열강들은 천진에서 북경으로 군사를 파병하였다.

6월 21일, 서태후가 선전포고하자, 권민들은 이에 고무되어 산서성·하북성·하남성 등지에서 서양인과 교회당을 집중 공격하였다. 산서순무 육현毓賢은 외국 선교사와 가족들을 태원太原으로 불러 모아 보호해 주는 척 했다. 그러나 남녀와 어린이를 포함한 44명이 도착하자, 그는 그들을 모두 죽일 것을 명하였다. 북경에서는 의화단이 공사관 지역을 8주 남짓 포위하였다. 8월 4일, 일본·러시아·영국·미국·프랑스 군대를 중심으로 구성된 연합군 2만 명이 북경을 향해 진군했고, 독일 원정군도 가세하였다. 칼과 총이 뚫지 못하는 것으로 알려진 권민들은 바로 궤멸되었고, 산서성·하남성·직예성 등지의 난도 곧 평정되었다.

1841년 '삼원리 사건'을 시작으로 중국 민중은 남에서 북에 이르기까지 전혀 다른 외모의 낯선 사람과 전혀 다른 문화와 접촉해야 했다. 접촉 과정에서 홍수전과 같은 사람은 그 영향을 받았고, 어떤 경우에는 심각한 충돌이 발생하였다. 의화단의 난은 바로 이러한 충돌의 희극적인 절정이라 할 수 있다. 농민을 중심으로 한 수많은 민중들은 자신에게 익숙한 중국 민간문화나 종교를 기반으로 맨 몸에 큰 칼이나 긴 창을 들고 침략자들의 총포와 총탄에 맞섰다. 20세기 역사 속에서 가장 중요한 주제의 하나인 민족주의는 이렇듯 황당해 보이면서도 비장하기도 한 사건 속에서 분칠한 모습을 하고 등장했다.

권민들은 "창칼이 뚫지 못한다"는 종교적 신앙에 의지하여 사건을 일으켰고 끝내 역사적 참화를 빚어, 지식인들로 하여금 '어리석은 자들'의 종교에 대한 맹신이야말로 중국을 낙후하게 한 근본 원인이라고 한층 더 믿게 만들었다. 그들은 종교에 대한 맹신을 적극적으로 공격하는데 그치지 않고, 나아가 과학에 대한 믿음을 제창하기에 이르렀다. '백성의 무지를 깨우치는' 것을 목적으로 하는 각종 새로운 조치들, 예컨대 백화문으로 된 신문과 잡지·열보사閱報社·강보처講報處·병음식자반拼音識字班·반일학당半日學堂·신식 연설 및 희곡의 개량 등이 계속 나타나면서 하층의 백성들을 대상으로 하는 제1차 계몽운동이 일어났다. 이러한 인민의 잠재력을 믿고 '민수주의民粹主義(농민 근본주의)'를 개발하여 이용하려 한 움직임은 20세기 초에 처음 시작됐고, 중국 공산당의 대중노선에서 절정에 이르렀다.

## 제2절 지방 세력의 흥기

### 증국번의 단련

태평천국 세력이 강해지면서 중앙정부의 상비군으로는 난을 평정할 수가 없었다. 1852년 증국번은 명을 받들어 호남 단련을 만들어 관리하고 일개 유생으로 지방의 자제들을 중심으로 한 상군을 조직했다. 후에 증국번은 또 일부 상군을 내주어 이홍장의 회군 조직에 협조하였다. 이런 '지방군'은 1860년대 말기 청나라의 주요한 국방무력이 되었다.

이런 지방군은 보통 단團이라 일컫는 지방방위단체가 변화 발전하여 만들어진 것이다. 앞서 언급했듯이 아편전쟁 전후로 중국 화남지역의 사회는 혼란스럽고 불안했다. 향민들은 통상적으로 주변의 여러 촌장村庄을 결합해 지방 신사의 지도와 지지 아래 민단民團을 결성하였다. 이렇듯 향용鄕勇을 기반으로 결성된 단체는 보통 화남지역의 가족조직 및 시장 권과 밀접한 관계를 갖고 있다. 혈연과 지연 게다가 공동의 경제생활 등을 통해 이런 조직들은 매우 강한 결집력을 갖게 됐고 공동의 이익을 위해 전력투구했다. 중국의 기층사회는 조직력이 부족하고 중국인은 모래알처럼 단결력이 없는 오합지졸이라는 종래의 인식은 사실상 매우 잘못된 편견이다.

1852년 증국번은 단련대신으로 임명된 후, 명나라 때 척계광戚繼光 등이 저술한 병서를 조직의 원칙으로 삼아 고향 호남성 상향湘鄉의 향용을 확대 개편하였다. 상군의 규모가 계속 확대되었지만, 그 구성원은 친족이 아니면 인근 향리에서 온 사람들이었기 때문에 여전히 긴밀한 관계를 유지할 수 있었다. 또 사병과 장교들 사이에도 개인적인 종속관계와 충성관계가 형성될 수 있었다. 여기에 엄격한 선발과 훈련, 그리고 유가의 정신교육이 더해지면서 상군의 작전능력은 청나라 정부의 부패한 녹영이나 팔기군을 훨씬 능가하였다.

상군이 성공하게 된 또 다른 이유는 대우가 좋았다는 점이다. 일반 사병의 급료는 녹영 최고 급료의 두 배에 해당했다. 급료 및 군수품 조달을 위해 관작을 파는 것 이외에 세금 징수가 있었다. 1853년, '이금釐金'이라는 상업세가 출현하였다. 지방정부는 각 교통요충지에 세관을 설치하여 보관·중계운송 혹은 생산세를 징수하였다. 증국번 등은 유가의 충군관념의 영향을 깊게 받았던 데다가 신사라는 신분이었기에 통치계층과 이해관계가 같았다. 군사권을 가졌을 뿐 아니라 재원도 장악했으므로 다른 사람이었다면 아주 자연스럽게 할거하여 군림했을 것이다.


## 군웅 병기

지방 세력의 오만함은 의화단의 난에서도 볼 수 있다. 원래 의화단에 대한 정부 관리들의 의견에는 위무와 소탕이라는 두 가지 주장이 있었는데, 의화단이 북경에 진입하자 두 세력 간의 논쟁은 더욱 치열해졌다. 서태후가 선전포고한 4일 뒤, 당시 양광총독이었던 이홍장은 강력히 반대하였고 장지동과 유곤일劉坤一 등, 세력이 강한 지방 독무들도 공개적으로 조정의 정책을 반대하였다. 그들은 영국을 대표로 하는 열강과 '동남호보장정東南互保章程'을 체결하였다. 전통적으로 "사대부는 사적으로 교류하지 않는다"는 전통적인 기준에서 볼 때, 이렇게 독자적으로 외국과 조약을 체결한 태도는 당연히 중앙정부에 대한 중대한 도전이었다.

홍수전의 배만排滿 사상을 지극히 존숭한 손문과 각지의 혁명세력은 민족(종족)주의에 호소하면서 새로운 사상의 영향을 받은 지식인, 지방군대 그리고 홍문이나 가로회 등 오랫동안 남방 각지에서 기존 정권에 저항하고 무장혁명을 일으키며 활약한 비밀결사 등과 결합했다. 이들 혁명세력이 전통적 지방반란과 다른 점은, 그들의 요구가 시대의 흐름에 부합했으며, 또한 스스로 체계적인 이론적 틀을 갖췄다는 사실이다. 즉 민족주의로 만주족의 지배를 전복함과 동시에 제국주의 열강의 압박에 대항하고, 민권주의로 2천여 년의 군주전제통치에 대항하며, 민생주의로 오랜 토지분배의 불균형과 인민의 빈곤 등 심각한 사회문제를 해결하겠다는 것이다.

서양을 멸하자는 구호를 외치며 외국을 적대시한 의화단의 난, 의회제도를 제창한 변법과 입헌운동, "토지가 있으면 함께 경작하고 밥이 있으면 함께 먹자"는 태평천국의 난에서 각각 이 세 가지 주의主義의 그림자를 엿볼 수 있다. 손문은 이런 역사적 과제를 계승하면서 남다른 통찰력으로 '세 가지를 하나로 묶는' 대책을 마련하였으니, 지식인들에게 지지를 받은 것도 이상한 일은 아니었다. 이것이 바로 태평천국과 의화단에서 부족했던 점이다. 그러나 중앙과 지방의 관점에서 보면, 신해혁명은 19세기 이래 화남사회의 혼란과 국가권위에 대한 도전을 지속한 것이었다. 청나라의 붕괴는 이 역사과정의 이정표라 할 수 있다. 지방의 엘리트세력을 대표하는 입헌파가 자신들의 이익 등을 고려하면서 마침내 창을 거꾸로 돌려 청나라를 타도하자는 혁명운동에 참여함으로써 혁명이 순조롭고 신속히 끝났으니, 이는 지방 세력이 전체의 형세를 좌우할 만한 영향력을 가졌으며, 국가의 역량이 다했음을 설명해 준다.

1912년 청나라 황제가 퇴위하면서 표면상 중국에 새로운 중앙정부가 탄생했지만 각 당파간의 투쟁은 끊이지 않았다. 1915년 말, 원세개는 황제를 칭하면서 다시 군주 전제 통치를 세우고자 했지만, 각 성들이 잇달아 독립을 선언하고 황제체제 반대운동을 전개하였다. 1916년, 원세개가 병사하자, 그가 청나라 말기에 천진의 소참小站에서 훈련시켰던 신군들이 기회를 이용하여 굴기해 10여 년간의 군벌할거 형세가 전개되었다. 남방의 각 세력들도 광주를 근거지로 별도의 중앙정부를 세워 남북이 대립하는 상황이 벌어졌다. 이후 1928년 말까지 국민당의 황포군관학교를 기반으로 한 국민혁명군이 장개석蔣介石의 지도 아래 각지의 군벌세력을 격파하자, 중국에 비로소 다시 형식적인 통일정부가 다시 들어섰다.

이들 군벌들은 한 지역을 점거하거나 정권을 잡기 위해 합종연횡하며 각종 연맹을 결성하였다. 혈연·지연·사제·친구·친족·당파 및 주종 관계 등은 모두 연결망 확대와 연맹건립의 구실이 되었다. 반세기 전의 상군·회군과 마찬가지로, 그들도 군사권과 재정권을 장악하였다. 일단 중앙정부가 무너지고 또한 충군사상의 제약에서 벗어나자 지방할거의 상황이 자연스럽게 나타났다.

## 제3절 현대도시의 출현

### 발전하는 도시

당나라의 장안, 송나라의 개봉, 항주는 모두 당시 세계적인 대도시였다. 명청시대, 중국의 국내외 무역은 여전히 지속적으로 발전하였다. 18세기에 지역 간 교류 확장과 인구의 급증은 도시화를 강화시켜 대략 2천 4백만 명의 인구가 도시에 거주하였다. 아편전쟁 후, 연해 항구도시의 대외개방은 외국자본·기술·제도 등을 끌어들여 중국 도시에 새로운 면모를 가져왔다. 작고 좁은 골목 집, 질척한 길, 구식 건축물, 다관茶館 외에 현대화된 대학·상회·은행·경찰·전차·백화점 등이 출현하였으며 또한 신식 공장과 노동자 및 자본가들이 생겨났다.

그림 14-7. 번화한 상해거리

조계지였던 상해는 서양 충격의 대표적 산물이다. 1842년 상해는 5개 통상항구의 하나였으며, 매우 빠르게 광주를 대신하여 대외무역의 중심이 되었다. 광주의 양행洋行은 매판이 대신하였다. '매판'이란 포르투갈어를 번역한 것으로, 원래 의미는 거래 때의 중개인 혹은 거간하는 사람을 말한다. 그들은 외국 상인에게 고용되어 중국 거래처와 교섭하였다. 이들 대부분은 훗날 금융업·해운업·공업 등의 부분에 직접 투신하여 20세기 중국의 현대적 자본가가 되었다.

1909년 청 정부는 입헌 실시를 준비하면서 각급 의회를 설립하는 외에 '성진향城鎭鄕 지방자치장정'을 반포하였다. 상해 상인들은 이런 지방자치기구에서 매우 중요한 역할을 하였다. 그리고 그들은 자신의 상회를 조직하기도 하였다. 청말 민국 초기, 상회나 교육회와 같은 자유결사단체의 등장은 정부 외에 민간사회에 대해 지방 엘리트들이 갈수록 적극적인 역할을 맡았음을 의미한다. 상해 상인과 그들이 이끄는 조직은 입헌운동과 신해혁명에 크게 공헌한 대표적 예로 꼽을 수 있다.

형태가 '나라 안의 나라'를 의미하는 조계지는 상해에 또 다른 면모를 가져왔다. 열강들이 각자 중국정부로부터 토지를 조차하여 형성된 조계와 (영·미조계가 합쳐져 만들어진) 공공조계는 독립된 사법·경찰과 행정·입법의 권한을 가졌으니, 이는 당연히 중국에 대한 주권 침범이었다. 다른 한편으로 반정부적인 사상이나 언론 및 인물들은 오히려 '중국 속의 다른 나라'에서 많은 보호와 자유를 얻을 수 있었다. 청말 혁명가인 추용鄒容이 비분강개한 심정으로 썼던 배만 작품『혁명군』은 조계에서 간행된『소보蘇報』에 발표되었다. 중국공산당이 1920년 상해에서 성립된 후, 좌익 문인들의 활동이나 서적 출간 등이 가능할 수 있었던 것도 조계와 밀접한 관련이 있다.

청일전쟁 후, 열강들은 최혜국 대우의 원칙에 따라 일본과 똑같이 중국에 공장을 설립할 수 있는 권리를 가졌다. 상해는 교통이 편리하고 상업이 발달하였으며 노동력이 풍부하고 저렴했기 때문에 많은 외자를 유치할 수 있었다. 면방직·기계·조선·제지·연초·식품·항운 등, 각 부문이 모두 빠르게 성장하기 시작하였다. 새로 설립된 공장은 다른 지역 출신 노동자를 대거 끌어들였다. 1910년 대략 10만 명이던 공장 노동자가 1919년 전후로 이미 20여만 명에 달했다. 여기에 교통운수·수공업 및 서비스업을 합친다면 50만 명에 달하였다. 노동자 계급은 자본주의·자본가와 함께 출현하고 성장하였다. 19세기에 서양 자본주의가 직면했던 노동자와 자본가 간의 문제점도 나타나기 시작하였고, 중국공산당이 상해를 중심으로 프롤레타리아의 사회정의를 쟁취하기 위해 전개한 저항운동도 이런 시공간을 배경으로 이뤄진 것이었다.

그림 14-8. 상해의 모습

그림 14-9. 1917년 상해에 건립된 백화점

그림 14-10.
상해의 화장품 발행소

## 북경의 인력거

신흥 상업도시 상해는 두말할 필요 없는 20세기 중국의 가장 현대적인 국제도시였지만, 북경과 같은 오래된 전통을 지닌 제국의 수도도 한 걸음 한 걸음 완만하게 변화하기 시작했다. 질척거리는 도로에는 점차 잘게 부순 단단한 돌이 깔렸고 길에는 우마차 외에 인력거, 심지어 자동차가 등장하였다. 노사老舍의 『낙타상자駱駝祥子』라는 책 때문에 세상에 널리 알려진 인력거는 후세 사람들에게는 변발처럼 모두 낙후된 중국의 상징이었다. 그러나 1900년대에 능숙한 사람이 끄는 이륜차는 오히려 선진화된 동양 수입품으로, 그것은 새로 포장된 도로 위에서 당나귀가 끄는 전통적인 달구지보다 더 빠르고 분주히 다녔다. 1915년에 북경의 인력거꾼은 대략 2만 명이었지만,

1920년대에는 그 수가 3배로 증가하였다. 그들의 수입은 경찰·고용인·점원 등과 비슷하여 노동자계급 중에서는 그리 높은 편이 아니었다. 그러나 도시로 피난 간 시골 지주에 비해서는 높았다.

도시 안에 새로 포장된 대로 옆에는 수도관·가로등·우체통·공중화장실 및 전신 전화선이 설치되었고, 사거리 옆에는 신호등이 가설되었다. 신식 경찰제도의 출현은 도시생활의 품격과 면모의 변화를 반영하는 것으로, 일찍이 1898년에 상해의 도대道臺가 일본인 경관을 초빙해 기존의 보갑제도를 신식 경찰제도로 전환하려고 했다. 8개국 연합군이 북경에 진입했을 때, 외국 경찰이 황실 재산을 보호하려 했던 노력은 남아서 황실을 지키고 있던 경친왕 혁광奕劻에게는 매우 인상 깊었다. 이듬해에 그는 적극적으로 신식 경찰훈련을 추진하고 일본인을 초빙하여 북경 경무학당의 책임자로 삼았다. 장지동과 원세개 같은 각 성의 독무들은 지속적으로 유학생을 일본에 보내 경찰업무를 배우도록 하였다.

그림14-11. 1920년대 북경의 인력거와 외국인

도시에서 날로 급증하는 범죄에 대응하는 것 외에 신정의 추진과 새로운 사물의 출현으로 신식 경찰의 업무는 모든 것을 망라했다. 중국 전통희극을 공연하기 전에 정부를 전복하려는 사상, 언론 혹은 풍속을 해하는 장면이 출현하는 일이 없도록 하기 위해 반드시 그들의 사전 심사를 받아야 했다. 그리고 그들은 화재 예방을 위해 백성들에게 미신적 행위인 지전을 태우는 '낡은 관습'을 버리라고 권계해야 했다. 춘약 판매와 알몸인 나체를 금지했으며, 개를 키우는 사람은 12시 이후 개를 집에 가두도록 규정하여 단꿈에 든 사람을 방해하거나 노상에서 사람을 물어 상처를 입히는 일이 없도록 했다. 사람들에게 길거리를 청소토록 하고 물을 팔고 마시는 사람들에게 위생에 신경 쓰도록 권고하여 공공위생을 지켜 전염병을 예방하기도 하였다. 또한 포고문을 고시하여 어른 아이 할 것 없이 전차를 따라 다니지 못하게 해 교통사고로 죽는 일이 없도록 하였다. 이러한 공공질서·공공위생·공민도덕 및 공중안전에 대한 계몽은 이후 중국 모든 대도시가 직면하게 될 중대한 문제였다.

## 대중문화의 발전

대량 인구의 유입, 노동자계급의 출현, 외국 문화의 영향, 현대 과학기술의 도입 등은 새로운 '시민문화'의 발전을 선도하였다. 청나라 말부터 오락과 소일을 목적으로 하는 소형신문인 『유희보遊戱報』·『소보笑報』·『급시행낙보及時行樂報』·『화세계花世界』 등이 차례로 출현하기 시작했다. 그중 영향력이 가장 큰 것은 '원앙호접파鴛鴦蝴蝶派'라고 불리는 소설이었다. 이런 소설은 각 대형 신문의 문화면이나 『예배육禮拜六』·『자라란紫羅蘭』 등의 잡지에 실렸는데, 내용의 대부분은 재능 있는 남성과 아름다움을 지닌 여성 사이의 풍류와 낭만을 다룬 애정 이야기였다. 아름다움을 갖춘 여성이란 대부분 부드러운 어조의 소주지방 말을 쓰는 상해의 기녀들을 가리켰다. 당시 사람들이 통상적으로 "몰려다니는 원앙은 생사를 함께 하고, 한 쌍의 나비는 가련한 곤충일 뿐이네"라는 두 구절의 시로써 이러한 연애소설을 개괄했기에 이들을 '원앙호접파'라고 통칭하는 것이다.

이런 애정소설의 성격과 인기도는 1970년대 대만에서 유행했던 경요瓊瑤의 소설과 거의 비슷하였다. 이들 소설은 상해와 천진에서 특히 인기를 얻은 도시문학과 대중문화의 전형이었다. 도시에서 생활하는 일반 민중들은 바쁘고 긴장되고 스트레스와 무미건조함이 교차하는 일이나 생활 속에서 이렇듯 에로틱하고 애절한 소설을 통해 상상과 도피 그리고 향락의 공간을 찾아냈다.

원앙호접파의 소설은 영화를 통해 새로운 오락형식을 제공했다. 중국 영화는 1920년대에 상업 자본과 결합하였다. 5·4운동 이후부터 1931년까지 모두 600여 편의 영화가 만들어졌는데 그중 대다수는 원앙호접파의 작가들이 참여하여 제작한 것이었다. 나머지 대부분은 무협 괴기영화로, 가장 환영받은 「화소홍련사火燒紅蓮寺」는 3년 동안 18집을 찍었다.

소설과 영화 외에 일반인, 특히 글을 모르는 대중들이 가장 열광했던 문예활동은 희곡이었다. 북경의 다관과 천교 일대에는 다양한 강창문학講唱文學, 즉 설서說書와 악기를 타며 노래하는 공연이 있었다. 북경의 모든 만두집은 만두를 파는 것 외에 일종의 부업으로 노래 대본을 베껴서 손님들에게 빌려주었다. 이런 노래 대본에는 『삼국지』·『제공전濟公傳』 등이 있었다. 이는 원래 설서하는 사람과 강창하는 사람들의 초고였는데, 글이 간단명료해 글자를 어느 정도 알면 누구나 이해할 수 있었다.

이런 민속 설창문예 외에 가장 중시된 것은 경극京劇과 각종 지방극이었다. 북경의 경극은 대부분 구식 다루茶樓나 극장에서 공연되었는데 매란방梅蘭芳은 그중 가장 걸출한 배우였다. 상해에는 20세기 초부터 일본에서 현대화된 무대·조명·무대장치를 들여와 음향과 명도, 컬러가 완비된 '해파海派 경극'이 발전하기 시작했다. 진짜 말·진짜

총·자동차 등이 모두 개량 경극의 무대에 올려졌다. 이러한 창의성은 대만의 금광포 대희金光布袋戲와 유사하였다. 경파京派나 해파 경극, 또는 월극越劇(절강극)이나 월극粤劇(광동극) 같은 지방극이 일반인들의 생활에서 차지한 지위는 대만 민중의 가자희歌仔戲(대만 전통극)와 같았다.

1930년대 말기에 이르러 상해의 인구는 이미 5백만 명에 육박했고, 세계 3대 도시 중의 하나가 되었다. 방대한 인구가 상업 소비문화에 가장 적합한 시장을 제공하자, 중국상인과 외국상인 역시 기대를 저버리지 않고 각종 가무·여색·개·말, 그리고 일용품으로 이곳 '동방의 파리' 외관을 치장했다. 1917년 이후 잇달아 설립된 선시先施·영안永安·신신新新·대신大新 등 4대 백화점은 규모가 상당히 컸을 뿐 아니라, 상품의 종류도 1만종이 넘었다. 1920~1930년대에는 에어컨·에스컬레이터 등의 설비를 갖춰 상해 사람들이 가장 자랑스럽게 생각하는 '4대백화점'이 되었다. 극동에서 가장 호화스런 '백락문百樂門'·'대도회大都會' 등의 무도장 및 극장·커피숍·서양식 술집·경마장·각종 요정 등은 광대한 중국 내륙이나 빈궁한 농촌사회와는 전혀 다른 호화롭고 사치스런 현대 자본주의 세계를 만들어 냈다.


## 제4절 변화하는 향촌 사회

### 촌락생활

중국의 영토는 넓고 지역성 차이도 크다. 농촌도 예외가 아니다. 일반적으로 화남 지역은 예컨대, 사천 분지나 강남·복건·광동 등에서는 전농佃農제도가 성행했고 계층의 분화도 비교적 뚜렷했다. 상품화 정도는 높아 농민들은 면화처럼 가치가 높은 경제작물 재배에 경도되었는데 이는 시장과 관련이 깊었다. 가족조직도 특히 발달했기에 향촌 사회와 외부 세계와의 연계도 비교적 긴밀하였다. 화북지역, 예컨대, 산동·하북 등지에서는 자경농의 비율이 높았다. 농산물 상품화의 정도가 비교적 낮아 농산품 대부분은 자신들이 먹기 위해 경작되었고 생산품 판매는 대부분 인근 향촌과 합쳐 만든 장(시집市集)에서 이뤄졌다. 이는 화남지역 농민처럼 그렇게 강한 시장 취향을 띠지는 않았으며, 가족조직도 화남처럼 그렇게 발달하지 못했다. 그러므로 비교적 고립되고 자급자족하여 외부세계와의 연계가 그리 강하지 못하였다.

화북지역 농촌은 광대한 외부 세계와의 연계성이 낮았으나, 인근 향촌 간의 관계는 긴밀했다. 이 점은 중국 다른 지역 향촌과 별다른 차이가 없었다. 현재 통용되고 있는 이론에 따르면, 중국의 향촌은 장場을 중심으로 발전하였다. 대체로 시장이 위치하는 진鎭이 중심이 되어 사방으로 18개의 촌장이 둘러싸 생활공동체 혹은 상권을 형성하고 있다(도표 참조). 각 촌장에서 시진市鎭까지의 거리는 대략 2리 반으로, 하루에 가볍게 다녀올 수 있었다. 시진에는 정기적인 장 또는 상설 시장 외에 다원茶園·묘우廟宇 등이 있었다. 향민들은 여기서 일용 농산품을 매매하는 외에 친구들과 집안 이야기를 나누기도 하고 소식을 전하기도 했다. 종교 기념일, 희곡 공연이나 그 밖의 활동도 대부분 시진에서 거행되었다.

이러한 공동의 의존적 지역 활동은 당연히 조화로운 인간관계 위에 세워졌다. 지주·전호·지도자(향신鄕紳, 지주, 기로耆老), 혹은 향민들은 정도를 벗어난 무리한 요구를 한다거나 해야 할 의무를 이행하지 않는 경우가 없었다. 그러나 20세기 초에 들어 이런 조화로운 관계에 변화가 생기기 시작했다. 앞서 언급했듯이, 태평천국의 난 이후 중국은 거의 1세기 동안 중앙정부의 쇠미와 지방 세력의 확대라는 문제에 직면해 있었다. 그러나 이는 단지 전체적인 추세일 뿐, 1백여 년 동안 국가세력이 완전히 소멸되었음을 의미하지는 않는다. 사실, 청말 신정에 힘 쏟던 10년간, 그리고 국민정부

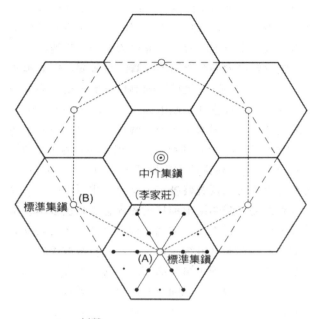

그림 14-12. 향촌시장 구조도

* 스키너(G.W.Skinner)의 이론에 따르면, 사천을 위주로 한 중국 향촌의 시장 구조는 대체로 6각형으로 이루어졌다. 표준집진村鎭마다 18개 촌장村莊이 연계되어 있으며, 안으로 6개, 바깥으로 12개이다. 중개집진은 3~4개의 표준집진구역이 연계되어 있다. 시장권 외부에 있는 이가장李家莊에서 표준집진(A) 또는(B)까지의 거리는 대체로 비슷하다.

주: 일반인들의 생활 수요를 충족시키기 위해 일찍이 정기적인 시장이 각지 촌락에 생겨났다. 그러나 전통적인 교통수단의 한계로 말미암아 시장 소재지는 촌락에서 멀리 떨어질 수 없었다. 그리고 각지를 순회하는 상인들도 모든 촌락 깊숙이 들어갈 수 없었기에 10여 개의 촌장이 하나의 시장권을 형성하는 것은 지극히 자연스런 것이었으며 경제원칙에도 맞는 발전이었다. 스키너의 이론은 이러한 상식을 이론화한 것일 뿐 각 시장(권)에 반드시 18개의 촌장이 연계되어야 하는 것은 아니다. 촌민들도 시집市集 소재지에서 공동의 종교, 제사나 혼인중매 및 비교적 규모가 큰 가족활동을 할 수 있었다.

가 남경에 수도를 정하고 항일전쟁이 일어난 때까지의 10년간, 건설과 군비의 수요 때문에 국가는 향촌에서 더 많은 세수를 거둬들여야 했고, 이로써 향민 본래의 생활 질서가 깨질 수밖에 없었다. 북양군벌과 일본 점령군이 통치했던 시기에도 상황은 같았다.

본래 농민들은 자신들이 신뢰하는 향신이나 지방 지도자들을 통해 세금을 내는데, 이런 업무를 전담한 중개인들이 정액 외의 수속비로 돈을 벌었기 때문에 향촌은 도리어 관청의 서리나 아역들의 가혹한 세금 독촉을 면할 수 있었다. 그렇기에 촌민과 지방 지도자, 양자는 서로 이익을 보는 상황에서 각자 맡은바 대로 자신의 역할을 잘 해낼 수 있었다.

## 파산한 농촌

20세기 초부터 만청·민국·군벌·일본 등 각 정부의 자금 수요가 매우 급한 상태였다. 세수가 증가하면서 향촌 내의 부유하거나 명망 있는 지도자들 대부분이 본래의 직무를 더 이상 맡지 않으려 하자 악덕 지주와 같은 세무전담자들이 이를 대신하였다. 이들 상당수는 향촌 주민이 아니었기 때문에 거리낌 없이 무자비하게 세금을 거두어들일 수 있었다. 이로써 독직·부패한 상황이 날로 심각해져 갔다. 따라서 향민과 이들 새로운 지도층 간의 관계가 소원해지면서 대립적으로 변했으며, 이로 인해 향촌 본연의 권위구조와 사회적·인적 네트워크 역시 점차 해체되어 갔다.

세수로 인한 영향 외에 농민의 토지 수입과 생활상황 역시 예로부터 논자들이 관심을 가져왔던 과제이다. 하지만 이 문제에 관한 학자들 간의 견해가 일치하지는 않는다. 어떤 이는 19세기 중엽부터 중국의 농촌경제가 계속 악화되었다고 본다. 농민들은 지조地租·차대借貸·세부稅賦 면에서 지주와 상인 그리고 통치계층에게 끊임없이 착취당해왔으며, 토지분배도 갈수록 불균등해져 갔다는 것이다. 19세기 말 제국주의 침략은 상황을 더욱 악화시켰다. 질 좋고 값싼 수입품이 수공업 제품을 대신하였는데, 수공업 제품은 농민의 주요 부업이자 수입의 주요 원천이었다. 게다가 수입 농산품에 대한 해내외 무역상의 농단과 장악 역시 농민과 소상인이 판매하는 농산품에 타격을 주었다. 통상항구의 급속한 경제 발전이 낙후된 농촌경제를 자극한 것이 아니라 오히려 농촌의 발전을 압박하고 희생시켰다. 친중국 공산당학자와 지식인들이 특히 이러한 착취와 분배 불균형의 이론을 주장함으로써 1930년대에 이르러 농촌 파산의 외침이 매우 드높이 울려 퍼졌다. 공산당은 농촌 개혁자의 자세로 일어났으며 계급투쟁과 토지혁명은 그들의 주요 활동이 되었다.

또 다른 학자들은 방대한 인구 압력과 한정된 경작지라는 조건으로 볼 때, 화북 농촌경제의 상황이 사실상 상당히 좋았다고 보고 있다. 전란시기를 제외한 20세기 농민의 생활은 19세기보다 그리 나쁘지 않았다. 중국 농촌의 근본적인 문제점은 농업기술이 정체되어 발전되지 않았다는 데 있다는 것이다. 이러한 농업기술은 1920~1930년대, 농촌 개혁자들에게 중시되었다. 마찬가지로 고등 교육을 받은(대부분이 유학생) 지식인들은 80% 이상의 농촌 인구가 농촌문제의 핵심이자, 희망의 핵심이라고 믿었다. 그들은 농민의 '어리석음·궁핍함·무기력함·사사로움' 등을 변화시키려고 향촌건설운동에 힘을 쏟았다.

1930년대 초, 대략 7백여 개의 향촌건설단체들 중에 하북성 정현定縣에서 전개된 안양초晏陽初의 실험이 가장 두드러진 실례이다. 그는 미국 예일대학 졸업생으로, 1920년대 중국의 여러 대도시에서 평민을 위한 문맹퇴치운동을 시작하였다. 이후 그는 전문성을 갖춘 많은 지식인들에게 향촌으로 가서 개혁운동에 종사할 것을 호소하였다. 그중 가장 중요한 것이 농업기술의 개량이었다. 그들이 도입하거나 실험한 신품종은 면화·소맥·수수·옥수수 등의 생산량을 늘렸고, 돼지·닭 등 목축의 품질을 개선시 컸다. 그 후 관련 과학지식과 기술이 정현의 농민들에게 널리 보급되었다. 남경 금릉金陵대학 농학원과 이후의 농복회農復會는 바로 이러한 온건 개량노선을 취했다.

온건한 기술 개량이든, 급진적인 제도와 사회혁명이든 간에, 모두가 중국 농촌에 잠재되어 있는 심각한 문제를 드러내었다. 20세기에 들어 도시와 향촌 간의 격차가 갈수록 커지고, 신지식인들 대부분이 현대적인 대도시에 거주하면서 농촌생활과는 갈수록 멀어져 갔다. 그러나 다른 한편으로, 그들은 중국 부강에 대한 추구, 혹은 인도적인 생각과 빈곤한 농민들에 대한 죄책감 때문에 농촌문제에 더 깊은 관심을 쏟기도 했다. 새로운 이데올로기, 즉 서방과 러시아로부터 도입된 공산주의는 한층 더 지식인들의 생각에 견실한 이론적 기초를 제공하였다. 중국의 농촌 경제가 정말 심각할 정도로 악화되었는지 여부에 상관없이, 1920~1930년대 지식인들은 이것을 진정으로 심각한 문제로 받아들였고, 그들의 적극적인 고취와 선전을 통해 중국의 농촌과 농민은 전에 없이 주목받았다. 그리고 좌파 지식인들의 지도와 참여 하에 중국 역사의 새로운 장을 연 대중운동이 남방의 풍요한 도시부터 북방의 궁벽한 향촌 벽지까지 천천히 퍼져나가기 시작하였다.

# 제15장 5·4운동-지식인의 계몽운동

　좁은 의미의 '5·4운동'은, 1919년 5월 4일 북경에서 발생한 학생 애국사건을 가리킨다. 넓은 의미로는 『신청년新青年』잡지와 북경대학이 중심이 된 신문화·신사상 운동이다. 기간은 대략 1917년 초에서 1921년까지이며, '5·4사건'은 하나의 분수령이다. 신문화·신사상이 제창됨에 따라 학생들이 널리 각성하기 시작했으며, 학생들의 각성과 시위는 더 많은 사람들의 관심을 불러일으켰다. 따라서 신문화·신사상의 영향은 더욱 널리 확산되고 깊어졌다.

## 제1절 5·4사건

### 일본 제국주의

　1919년 5월 4일 오후, 북경 소재 학교 학생 3천여 명이 천안문 앞 광장에 모여 가두 시위를 하였다. 학생들은 큰 소리로 "밖으로는 강적에 대항하고", "안으로는 나라를 팔아먹은 자를 몰아내자"는 구호를 외쳐댔다. 이는 열강의 압력에 굴복하여 북양정부가 제1차 세계대전 후의 파리 베르사유강화회의에서 산동에서 독일이 갖고 있던 권리를 일본에게 넘겨준 것에 대해 항의하는 것이었다. 후일 대만대학 총장을 지낸 부사년傅斯年이 시위대의 총지휘를 맡았다. 그들은 백화문으로 쓴 「북경학계 전체선언」을 길거리에서 나누어주었는데, 여기에는 "중국의 땅은 정복할 수 있지만 쪼갤 수는 없다. 중국의 인민은 죽임을 당할 수 있지만 고개 숙이게 할 수는 없다. 나라가 망한다. 동포여 일어나라!"고 적혀 있었다.

1895년 강유위가 이끄는 1천여 명의 거인擧人들이 북경의 한 저택에 집결하여 청 정부가 영토할양에 서명한 '마관조약'에 항의하는 연명상서를 올린 바 있었다. 항의의 대상은 똑같이 쇠약하고 부패한 중앙정부와 훗날 동양 열강에 오른 일본이었다. 그러나 항의자는 거인에서 학생으로, 집안에서 길거리로 바뀌었으며, 글은 문언文言(문어체)에서 백화白話(구어체)로 바뀌었다. 이는 20여 년간의 중국 지식계와 문화계의 변화를 보여주는 것이다. 1890년대 강유위·양계초·엄복 등에 의해 시작된 첫 번째 사상계몽운동이 1910년대에 이르러 그 꽃을 피워 중국근대사에서 가장 중요한 신문화운동을 탄생시킨 것이다.

청일전쟁 이래 일본은 중국에게 최대 외부의 적이 되었다. 중화민국이 성립되면서 중국에 대한 일본의 개입과 영향이 날로 심해져갔다. 제1차 세계대전 중에 일본은 독일에 선전포고를 한 후에 노골적으로 산동을 점령하였다. 그리고 1915년 일본은 원세개 정부에 이른바 '21개 조'를 제출하여 산동·남만주·내몽고 등지의 권리를 일본에게 정식으로 넘겨줄 것을 요구하였다. 황제가 되는 것에 급급했던 원세개는 5월 9일 대표들에게 권리 이양에 동의한다고 서명하도록 했다. 그 후 북경의 군벌정부는 산동성의 철로를 담보로 일본으로부터 비밀리에 차관을 들여왔다. 베르사유회의에서 일본은 이렇게 정식으로 조인된 밀약을 근거로 열강의 지지를 받아 공식적으로 산동을 취득하였다.

## 학생운동의 전형

'21개 조'의 조인은 당시에 국치로 여겨져 거센 항일의 물결을 일으켰는데, 파리강화회의로 인해 청년 학생들의 쌓이고 쌓인 원한이 일시에 솟구쳐 올랐다. 그들은 원래 국치기념을 명목으로 가두시위를 준비했는데, 5월 초에 파리에서 전해진 소식은 불에 기름을 부은 격이 되었다. 상황이 긴박해지자, 북경대학을 중심으로 학생들은 예정을 앞당겨 4일 가두행진을 하기로 결정하였다.

이런 학생 애국운동은 빠르게 상해 등 각 대도시에서 열렬한 반응을 일으켰다. 상인·노동자·점원 등이 가세하여 파업과 철시, 그리고 일본상품 불매운동을 펼쳤다. 상해의 가녀·기생들도 "국치를 잊지 말라"는 활동에 가담했다. 학생을 중심으로 한 이러한 항의활동은 청나라의 전제체제에서는 수차례 되풀이하여 경고를 받고 엄격히 금지되었다. 그러나 5·4이후에 학생운동은 민족주의의 거센 파도와 애국주의의 열정으로 항상 사회개혁을 추진하고 민주 이상을 추구하는 원동력이 되었다.

1920년대부터는 국민당과 공산당 모두 적극적으로 개입하여 학생운동을 이용하고 주도하였다. 다른 한편, 그들은 학생운동과 학생 시위가 갖는 영향력과 전복 능력을 익히 알고 있었기 때문에 기득권을 견고히 하기 위해 학생운동을 가차 없이 억압하기도 했다. 하지만 새로운 시대의 이정표가 된 '5·4운동'은 오히려 불멸의 지표가 되었고 후세 지식인의 항의활동에 도덕적 격려와 역사적 모범을 제공했다. 중화인민공화국의 통치 하에서도 5·4전통은 여전히 적극적인 역할을 발휘하고 있다.

그림 15-1. 5 · 4운동이 일어난 후 각지의 학생 · 부녀자 · 민중들이 거리를 행진하는 모습

## 제2절 백화문과 신문학

### 백화문

'5·4운동'은 아주 짧은 몇 년 만에 영향력이 매우 강한 계몽운동으로 변화되어 지식인과 청년 학생들의 지지를 얻게 되는데 새로운 글쓰기 도구인 백화문과 밀접한 관계가 있다. 사실상 20세기 초에 백화문은 이미 상당한 발전을 하였다. '민지民智'를 계몽해 글을 잘 모르는 하층 민중도 신지식과 신사상을 받아들일 수 있게 하기 위해 당시 많은 관공서의 공고문은 모두 백화를 사용하였으며, 구국의 이상을 가진 지식인들도 백화를 사용해 글을 썼다. 1900년에서 1911년 사이 적어도 100종 이상의 백화로 된 신문이 나왔다. 진독수陳獨秀와 호적胡適, 이 두 사람은 5·4시기 '문학혁명'을 제창한 지도자였으며 청나라 말기부터 백화로 된 계몽 문장을 많이 써왔다.

청나라 말기 사대부들은 기본적으로 백화를 폄하해 단지 무지한 백성을 지도하는 데 사용할 수 있을 뿐이라고 생각하면서 그들 스스로는 시를 쓰거나 문장을 쓸 때 고급스런 고문 혹은 문언문을 사용했다. 호적의 말을 빌리면, 당시 완고한 사대부들은 "우리는 예전처럼 고기를 먹어도 괜찮지만 그들 하등사회가 고기를 먹는 것은 어울리지 않는다. 그들에게 뼈다귀나 던져 줘 먹게 하라"고 여기고 있었다.

'5·4운동'은 백화문의 역사를 새로이 썼다. 1917년 초 미국에서 공부하던 호적과 『신청년』 잡지를 주관하던 진독수가 각자의 생각을 주고받으면서 '문학혁명'을 주장하였고, 매우 신속하게 북경대 교수 전현동錢玄同과 북경대 학생이었던 부사년·나가륜羅家倫 등의 지지를 얻었다. 호적은 1918년 초에 쓴 문장에서 정식으로 고전문학의 사망을 선고하였다. 그는 과거 2천여 년간 중국의 문인들이 문언문으로 쓴 글은 모두 생기가 없는 골동품에 불과하다고 했다. 또 그는 문언은 죽은 문자이므로 자연히 생동감 있는 문학을 쓸 수 없고, 『시경』이래 중국 문학에서 가치 있는 작품은 모두 백화로 쓰여진 것이라 했다.

10년 전만 해도 백화는 여전히 하층 민중들이 사용하는 천한 말로 생각되었지만 현재는 신지식인들이 문학작품을 창작하는 '국어'가 되었다. 문화와 교양을 갖춘 사대부들이 줄곧 자랑으로 여겼던 문언문이 이제는 헌신짝처럼 버려졌다. 원래 길에서 수레를 끄는 또는 두유를 파는 일반 민중들이 사용하던 회화체 토속어가 품격과 예술성 높은 가장 정교한 문학창작에 사용되었다. 이는 당연히 혁명적 변화였다.

1918년 1월부터 『신청년』의 편집을 6명의 북경대학 교수들이 담당하게 되면서 완전히 백화문으로 발간하게 되었다. 5·4사건 후, 대다수의 학생 간행물도 백화를 사용하기 시작했다. 백화문운동은 빠른 속도로 전국 각지로 확산되었다. 1920년 교육부는 전국 각급 학교에 문언문으로 써진 교과서를 폐지하고 백화로 고쳐 쓰도록 훈령하였다. 새로운 '국어'가 바로 여기서 출현하게 되었다.

글쓰기를 백화로 바꿔 사용토록 한 것 외에, 서로 다른 방언을 쓰는 사람들에게 어떻게 통일된 국어를 말하게 하느냐 하는 문제도 이 시기에 폭넓은 관심을 끌었다. 1918년 교육부는 오늘날 통용되고 있는 주음부호를 정식으로 공포하였다. 1924년, '국어통일주비회國語統一籌備會'는 북경어를 표준으로 '국음자전國音字典'을 수정하기로 결정하였다. 1949년 이후, 국·공 양당은 대륙과 대만에서 각각 신속하게 '보통화'와 '국어'를 보급했고, 북경어는 중국어 세계에서 가장 많이 통용되는 언어가 되었다.


## 문인의 현실 참여

호적과 진독수가 고취한 바에 힘입어 백화문의 사용은 확실히 '문학혁명'을 가져왔다. 수년 동안 여러 대도시에 1백여 개의 문학단체가 생겨났다. 소설·신시·산문·회

극 등의 창작물은 새로운 문학운동을 수반하였다. 상해·북경을 중심으로 한 대도시
에서는 '문인'이 새로운 직업이 되었고 새로운 의미를 부여받았다. 과거에 사대부나
독서인들은 글재주를 겸비하고 있었지만 희곡이나 소설을 창작하던 문인들은 거의가
과거시험에서 뜻을 이루지 못해 문학창작으로 방향을 바꾼 자들이었다. 특히 명·청
두 왕조의 과거제도에서 사서오경은 관리 등용의 정도였기 때문에, 희곡과 소설 창작
은 모두 고상한 자리에 내놓을만한 것이 못되는 잡기로 여겨졌다.

　1905년 과거제가 폐지되면서 학문으로 관료가 되는 것은 더 이상 지식인의 유일한
출로가 되지 못했다. 정치·법률·의학·신문 등 각종 전문 직업이 점차 주목받게 되
었다. 5·4 신문학운동의 출현은 문인들의 사회적 지위를 크게 향상시켰다. 1921년,
두 개의 중요한 문학단체, 즉 '문화연구회文學研究會'와 '창조사創造社'가 각각 북경과 상해
에서 성립되었고, 중국 현대문학사에서 가장 중요한 작가 대부분이 여기에 가입하였
다. 이것은 그들이 문학을 더 이상 소일거리나 오락이 아닌 엄숙한 평생직업, 즉 독립
적이고 영광된 직업으로 여겼음을 의미하는 것이다. 현대적인 문학 기교와 관념을 소
개하는 것 외에 그들은 작품을 통해 사회를 비판하고 인생을 생각함으로써 지식인과
청년 학생들로부터 폭넓은 반향을 불러일으켰다.

　1920년대가 시작되면서 점차 두각을 나타낸 중요 작가들 중에 심종문沈從文 등 소수
를 제외한 절대다수는 강렬한 시대적 우국정신과 사실적이고 비판적인 면모를 보여
주었다. 이상적이고 낭만적인 정신과 비판적인 품격으로 인해 그들 대부분은 국민당
이 주도하는 사회와 정치에 대해 불만을 갖게 되었으며, 공산당 활동에 대해서는 정
도의 차이는 있지만 동조와 지지를 표하였다. 노신魯迅·모순茅盾·파금巴金·정령丁玲·
구추백瞿秋白·곽말약郭沫若 등을 중심으로 한 급진적인 작가들은 1930년대에 조직적인
반대세력을 형성하였다. 5·4시기에 제창된 '문학혁명'은 나날이 현실 정치·사회정세
와 긴밀히 결합하면서 '혁명문학'으로 전환되었다.

# 제3절 새로운 사조

## 유가사상의 타파

학생운동과 백화문·신문학의 제창 이외에, '5·4운동'은 문화·사상·사회 각 방면에도 깊은 영향을 미쳤다. 5·4를 주도한 인물들은 한편으로 구전통을 맹렬히 공격하면서, 다른 한편으로는 여러 가지 새로운 사상·주의·제도를 소개하였다. 호적의 말에 따르면, 그들은 비판 정신을 가지고 모든 가치를 재평가하였다고 한다. 이런 비판정신은 바로 18세기 서양계몽운동의 근본정신이었다.

호적·진독수·노신을 필두로 한 신지식인들은 유가를 대표로 하는 전통에 대해 유례없는 혹독한 비판을 가하였다. 그들은 전통 사회에서의 남존여비의 가정제도와 도덕윤리를 반대하고, 효도와 부녀자에 대한 압박[34]을 반대하며 중국 역사상 가장 중요한 여성해방운동을 시작하였다. 1918년 노신은 『신청년』에 그의 첫 번째 단편 소설인 『광인일기狂人日記』를 발표하여 인의도덕에 대해 '사람을 잡아먹는 예교'로 비유하면서 구사회·구문명에 대해 단도직입적이면서도 공감할 만한 비판을 가하였다. '우상 타도'는 당시 지식인들 마음속에서 우러난 소리였으며, 유가사상은 '공가점孔家店'으로 표현되면서 비판의 주요 과녁이 되었다.

---

**34** 전족, 삼종사덕三從四德, 혼인제도, 일반적 정조관념 등

## 서구 사조

지식인들은 구전통의 파괴, 구우상의 타도를 주장하면서 전통서적을 똥통에 버리자고 주장하는 한편, '전반적인 서구화' 주장을 제기하였다. '사이장기師夷長技', '중체서용中體西用'에서 '변법도강變法圖強', '서학西學'의 제창 등을 거쳐 전통의 청산과 '전반적인 서구화'에 이르면서 지식인들의 언론과 사조는 날로 격렬해졌다. 중국 전통문화에 대한 그들의 믿음은 날로 약화되었으며, 5·4시기에는 밑바닥으로 곤두박질쳤다. 서구화의 풍조 속에서 그들은 서양사상을 소개하는 데 힘을 쏟았는데, 그중 가장 중요한 것이 과학과 민주였다. 과학을 주장하면서 종교의 미신을 반대하였고, 민주를 제창하면서 전제통치를 반대하였다. 이후 오랜 현대화 과정에서 이 두 가지 목표는 줄곧 지식인들이 노력을 기울인 핵심적인 요소였다.

서양 사상을 소개하는 작업은 사실 1890년대부터 이미 시작되었고, 엄복은 가장 중요한 대표적 인물이었다. 그는 서양의 고전을 체계적으로 번역하면서 자유주의와 사회진화론을 소개하였다. 그중 다윈의 "물경천택物競天擇, 적자생존適者生存"의 진화론은 지식인들의 위기의식을 한층 더 강화시켜 애국지사들이 입버릇처럼 되뇌는 말이 되었다. 호적은 1900년대에 상해에서 공부를 할 때, 그에게는 손경존孫競存과 양천택楊天擇이란 친구가 있었고, 본명이 호홍성胡洪騂인 호적도 '적지適之'란 자를 사용하다가 1910년에 정식으로 이름을 호적으로 개명할 정도로 진화론의 영향력이 매우 컸다. 하지만 엄복의 번역은 매우 어려운 고문을 사용했으므로 일부 지식인들만이 이해할 수 있었던 것에 반해, 5·4시기의 백화문운동은 신사상을 폭넓게 전파시켰다.

민주와 과학 외에 5·4시기에 주목을 받은 사조로는 무정부주의·자유주의·개인주의·사실주의·공리주의 등을 꼽을 수 있다. 호적은 자유주의와 개인주의를 제창한 대표적 인물이다. 그러나 농민이 인구의 절대다수를 차지하고 있고, 빈곤·쇠약·문맹 등이 여전히 심각한 사회문제였던 상황 하에서 호적 같은 이들이 가진 신앙은 분명히 좇을 수 없는 이상에 불과했다. 나날이 격렬해지던 지식인들은 자유주의가 주장하는 온건하고 점진적인 개혁방식에 대해 인내심뿐 아니라 믿음도 없었다. 그들은 모든 문제를 해결할 수 있는, 아울러 중국을 단시간 내에 부강하게 만들 수 있는 만병통치약을 요구하였다. 1917년의 러시아혁명은 절박한 중국인들에게 또 다른 선택의 기회를 제공했다. 북경대학 도서관장과 교수를 역임했던 이대조李大釗가 바로 러시아혁명과 마르크스주의에 열렬히 호응했던 첫 번째 5·4 지식인이다. 그는 북경대학 문학원장을 지낸 진독수와 함께 1920년 중국공산당을 공동으로 창당하였다.

## 북경대학

북경대학은 5·4 신문화운동의 대세를 좌우하는 위치에 있었다. 북경대학의 전신은 청나라 말의 경사대학당京師大學堂으로, 1912년 중화민국이 성립된 후에 국립북경대학으로 이름을 바꾸고 엄복이 7개월간 총장을 맡았었다. 1917년 채원배蔡元培가 총장으로 부임하면서, 학생은 '나리(老爺)'로, 학교는 '색정만 찾는 집단探艷團'·'도박소굴'로 불리었던 관료양성소를 중국 현대사에서 가장 훌륭하고 명성 높은 고급 학교로 탈바꿈시켰다.

채원배의 최대 공헌은 대학을 학술연구기관으로 삼고 사상과 학술의 자유를 제창한 것이었다. 학교 업무는 기본적으로 교수의 뜻에 따르도록 했고, 행정 직원이나 관리가 장악하지 못하도록 하였다. 겸용兼用과 양성養成의 원칙하에 그는 각종 문화와 정치적 입장을 견지하고 있던 교수를 초빙하여 북경대학에서 가르치도록 하였다. 보황당保皇黨과 국고파國故派부터 자유주의자·사회주의자·무정부주의자까지 모두 다 있었다. 또한 그는 학생들에게 자치적인 각종 단체(동아리) 조직을 장려하였다. 부사년·나가륜·

고힐강顧頡剛·강백정康白情 등이 만든 '신조사新潮社'와 『신조잡지新潮雜誌』가 바로 그 전형적인 예이다. 이후 학생이나 청년들이 자발적으로 만든 단체나 잡지는 우후죽순처럼 전국 각지에서 생겨났다. 학생들이 적극적으로 정치·사회 활동에 참여한 것 역시 5·4시기의 북경대학이 그 효시이다.

1918년, 『신청년』의 영향을 깊이 받은 모택동毛澤東은 신사상과 문화혁명의 발원지인 북경에 이르러 북경대학 도서관에서 일하는 동안 당시 주류 지식인들의 주목을 전혀 받지는 못했지만, 이대조의 영향 하에 마르크스주의를 접하기 시작했다. 1919년 초 모택동은 호남으로 돌아가 자신이 만든 '신민학회新民學會'에 러시아 혁명과 마르크스주의를 소개하였다. 격렬한 5·4 신문화운동은 맹렬히 앞으로 매진하면서 '모든 질곡에서 벗어난' 일군의 지식인들과 청년 학생들을 길러냈고, 또한 광활한 사상 공간과 선택의 길을 개척하였다. 모택동을 대표로 하는 공산주의가 두각을 나타내면서 수많은 사람들의 흥망성쇠를 주재하게 되었다.

# 제16장 신중국의 건립

## 제1절 공산당의 흥기와 발전

### 마르크스·레닌주의

사회주의는 1900년대 초에 중국에 소개되었지만 당시 지식인들이 가장 중시하던 서구 사조는 무정부주의였다. 파리와 동경에서 유학하던 중국 학생들은 정부·국가·가정을 포함한 각종 권위에 대한 푸르동·바쿠닌·크로포트킨의 공격에 심취하였다. 이들 무정부주의자들이 주장하는 평등사상은 특히 개인과 부녀자의 해방, 그리고 농민들이 다시는 착취의 고통을 받지 않도록 하는 것이었다. 여기에서 신세대 중국 지식인들은 구 중국의 낡은 모순을 해결하기 위한 새로운 이론적 기초를 찾아냈다. 우리가 사회주의에 담겨 있는 이런 강렬한 인도주의 정신을 이해하지 못한다면, 왜 반세기 동안이나 한 무리 한 무리의 걸출한 지식인들이 일련의 격렬한 유토피아 사상을 위해 희생을 겁내지 않고 용감히 앞으로 나아가 목숨 걸고 싸우려했는지 이해할 수 없을 것이다.

1917년, 레닌은 성공적으로 러시아를 이끌어 세계 최초로 공산정권을 건립하였고,

또한 중국 사회주의 사상의 발전을 고쳐 썼다. '마르크스·레닌주의'는 무정부주의를 대신하여 중국 사회주의 사조의 주류가 되었다. 공산주의에 대한 레닌의 최대 공헌은 그가 공산 '당'이란 조직을 발기했다는데 있다. 그는 인민들의 저항의식을 환기시키고, 인민의 행동력을 동원하려면 반드시 마르크스주의를 신봉하는 엘리트들과 직업 혁명당원을 조직한 뒤, 위로부터 아래로의 당 조직을 통해 주의를 선전하여 민중을 동원해야 한다고 생각했다. 이러한 직업적 혁명 간부로 조직된 혁명정당은 중국국민당과 중국공산당 조직 모두에 깊은 영향을 미쳤다. 당이 정부와 군사를 이끄는 운용 방식 역시 국민당과 공산당에게 그대로 받아들여져 실행되었다. '당국黨國' 및 '당정군黨政軍'의 개념은 모두 여기에서 파생되어 나온 것이다.

중국공산당은 창당 때부터 러시아와 코민테른(공산국제)의 영향을 받았다. 정통 마르크스주의의 견해에 따르면, 자본주의 발전이 극에 달하면 많은 과오가 생겨나, 결국 프롤레타리아트가 혁명을 일으켜 역사 발전을 사회주의 단계로 이끌게 된다는 것이다. 국적 구분 없이 프롤레타리아트는 노동자가 중심이 된다. 노동자는 자본가와 공장제도의 착취와 압박, 그리고 아무 것도 가진 게 없기 때문에 서로 연합하여 부르주아지와 싸운다는 것이다. 진독수·구추백·이립산李立三 및 러시아 유학생 출신 왕명王明 등 중국공산당의 초기 지도자들은 기본적으로 모두 정통 마르크스주의 노선에 따라 도시에서의 노동자 혁명을 책동하였다.


## 모택동의 사상

중국이나 세계 공산당 내에서 모택동이 차지하는 위치는 독특했는데, 농민을 공산주의운동의 주체로 삼아 '농촌으로 도시를 포위하는' 전략과 유격전술을 발전시켰기 때문이다. 1927년 10월, 모택동은 '호남·호북 추수폭동' 실패 후에 대략 1천여 명을 이끌고 강서성·호남성의 경계지역인 정강산井崗山으로 도피하였다. 정강산에서 치른 유격전 경험을 통해 모택동은 코민테른의 이론을 포기하고 자신만의 농민혁명론을 발전시켜 나가기 시작하였다. 정강산에서 추진했던 급진적 토지혁명정책은 부농과 지주의 반대를 불러일으켰지만, 모택동으로서는 농촌의 실상을 좀 더 깊이 알 수 있는 계기가 되었다.

1930년 모택동이 작성한 강서성 심오尋烏에 대한 조사보고서를 통해 우리는 그가 농촌의 경제생활이나 시집市集(시장)활동, 가족조직 및 사찰·도관 등의 종교단체의 재산과 분포 등에 대해 이전보다 훨씬 깊이 이해하게 되었음을 알 수 있다. 농촌의 실상에 대한 세심한 관찰을 통해 그는 어떻게 민중을 동원할 것이며, 어떻게 농민의 모순과 충돌을 이용하여 계급투쟁을 전개할 것인가에 대해 또 다른 독창적인 견해를 갖게 되었다.

중국공산당이 강서성에서 점차적으로 혁명근거지를 건립할 무렵, 장개석이 이끄는 국민정부 군대는 강서소비에트에 대해 일련의 포위 소탕작전을 전개하였다. 1934년 독일인 군사고문의 협조 아래 제5차 소탕작전은 공산당의 거점을 성공적으로 무너뜨렸다. 그해 10월, 8만여 명의 홍군 잔여병력은 중국공산당사에서 그 유명한 '장정長征'을 전개하였다. 1년이 지난 뒤, 모택동을 따라 섬서성 북쪽까지 달아난 사람은 채 1만 명이 되지 않았다. 이들 혁명 간부들은 훗날 중국공산정권의 핵심멤버가 되었다.

그림 16-1.
장정 후 섬서성에 도착한 홍군

이 시기 중국에 대한 일본의 침략 역시 갈수록 긴박해져 1931년, 9·18사변이 폭발하였다. 수개월 만에 일본이 동북지역 전체를 점령하였다. 장학량張學良 휘하의 동북군은 서북으로 부대를 이동시켰다. 이어 화북 각 지역이 차례로 일본의 수중에 들어갔다. 고양된 민족주의와 애국 정서 속에서 전 중국이 일치단결하여 항일의 목소리를 드높였다. 1935년 12월 9일, 북경의 각급 학교 학생 수천 명이 가두시위를 하면서 정부에 "내전을 중지하고 함께 외적에 대항할" 것을 요구하였다. 7일 후 다시 3만여 명의 학생·교사 및 시민들이 북경 시내를 행진했고 그 밖의 여러 도시의 학생들도 잇따라 시위를 벌였다.

북벌 성공 후, 명성이 날로 높아진 장개석은 당연히 인민들의 항일 정서를 이해하고 있었다. 하지만 그는 "외적을 몰아내기 위해서는 반드시 내부의 안정이 우선되어야 한다"는 책략을 견지하면서 섬서성 북쪽에 은거하고 있는 홍군 잔여 군대에 대해 치명적 일격을 가하려고 준비하였다. 1936년 12월 초, 장개석은 서안으로 날아가 홍군에 대한 최후의 소탕작전을 결정하였다. 12월 9일, '12·9' 1주기 기념일에 서안에서는 대규모 학생청원운동이 폭발하였다. 일본에 대한 복수심으로 가득 찬 장학량은 "중국인이 중국인을 공격해서는 안 된다", "고향을 되찾자"라는 구호를 듣고 뜨거운 눈물을 글썽이며 행동을 취하기로 결심하였다. 12월 12일 새벽, '눈물의 간언'이 효과가 없자 장학량과 양호성楊虎城은 '무력을 써서 간하기로' 결정하고 화청지華淸池에 있던 장개석의 총본부를 향해 공격을 하였다. 이렇게 국내외를 놀라게 한 '서안사변'으로 장개석은 내전을 중지할 수밖에 없었다. 국민당과 공산당은 통일전선을 구축하고 민족주의의 기치 아래 일치하여 항일을 시작하였다.

존망의 갈림길에 처해있던 중국공산당은 '서안사변'으로 인해 창당 이후 가장 가혹했던 시련을 넘길 수 있었다. 1937년 항일전쟁이 전면적으로 발발하면서 그들은 '혁명성지' 연안延安을 근거지로, 광활하고 척박한 화북에서 점차 확장한 후 변구邊區 정권을 건립하여 근거지로 삼았다. 모택동에 따르면, 당원 수가 1937년 10만 명에서 1945년 120만 명으로 증가했다고 한다.

모택동은 일련의 노선과 권력투쟁을 거쳐 장정 도중이던 1935년 준의遵義회의에서 지도자의 위치를 확립하였다. 유럽과 러시아에서 발원한 외래이론인 마르크스·레닌주의는 모택동의 독창적인 새로운 견해로 바뀐 뒤 대중운동과 농민혁명의 노선을 거치면서 중국 땅에 이식되었다. 홍수전에서 모택동에 이르기까지 외래의 종교·사상은 중국의 동란에 새로운 시야와 이론적 틀을 제공하였다. 하지만 이러한 대중운동 지도자들이 해결해야 할 것은 기본적으로 똑같은 농촌문제였다.

## 제2절 신질서와 구전통

### 일당 독재

1945년, 8년간의 중일전쟁에서 승리하자 국·공 양당은 곧 바로 4년간의 내전에 돌입했다. 1948년 말부터 1949년 초까지 국민정부가 동북과 화북지역에서의 몇 차례 주요 전투에서 패배하면서 대세는 빠르게 역전되었다. 1949년 10월 1일, 30만 군중이 천안문광장에 모여 중화인민공화국의 건국을 경축하였다. 아편전쟁 이래 장장 1세기에 걸친 동란이 잠시 일단락되고 중국은 또 견고한 중앙정부를 건립하였다.

명청 제국은 중국 전제통치의 절정으로 간주되지만 중앙정부를 대표하는 황권은 현縣까지만 미쳤을 뿐, 현 이하의 기층사회에 대해서는 정부 관리가 직접 효율적으로 통제를 할 수 없었고 반드시 지방 신사의 협조에 의존해야 했다. 과거급제의 명예를 가지고 있는 신사와 부유한 지주, 그리고 화남지역의 호족들은 지방 건설, 안전 방위,

경제활동 및 문화·교육 등 지방 업무에서 중요한 역할을 담당했으며, 일반 백성들도 종교의 자유를 충분히 누릴 수 있었다.

중국공산당이 건립한 '신중국'은 상당히 성공적으로 이런 구질서를 변화시켰다. 1953년 당시, 중국공산당 당원은 610만 명에 달했고, 중앙에서 촌락까지, 공장에서 학교위원회(당위黨委)까지 이르는 조직을 통해 중앙정부는 효율적으로 신속하게 사회 구석구석까지 침투하여 절대적인 강권통치를 건립하였다. 전통적인 민간사회를 철저히 파괴시켰고, 민간 종교 신앙과 조직도 금지시켰다. 국가와 상호 제어할 수 있고 대항할 수 있는 중개 단체가 완전히 파괴됨으로 인해 사상·언론의 자유도 1956~1957년의 '백화제방·백가쟁명' 운동 이후 모택동의 압제와 통제를 받아, 중국공산당 정권은 필적할만한 대상조차 없는 독재통치를 건립하였다.

## 공산경제

경제 분야에서 중국공산당은 마르크스주의를 청사진으로 삼고 점차 사유재산제도를 없앴다. 1952년 토지개혁이 대체로 완성되면서 모든 농민들은 재산 정도에 따라 규정된 계급 속성, 예를 들면 빈농·중농·부농을 갖게 되었다. 지주계급은 공개재판과 군중대회를 통해 수백만 명이 비참하게 죽임을 당했다. 1953년 중국공산당은 생산합작사의 방식을 통해 농촌에서 공산·공유의 집단소유제를 추진하였다. 1958년 인민공사人民公社가 출현했는데, 생산소대와 생산대대를 근간으로 전국 2천여 개 현에 7만 개의 인민공사가 건립되었다. 국가가 지주를 대신하여 농민의 경제생활을 직접 통제하였다.

공업 분야에서 중국은 소련의 책략을 모방하여 중공업 위주의 국영기업을 대대적으로 추진하였다. 1953~1957년간의 제1차 5개년 계획이 전체적으로 상당한 성공을 거둬 경제 성장 속도가 다른 개발도상국보다 빨랐다. 노동자·농민·군인을 우선하는 새로운 이데올로기 하에서 국영기업 노동자들의 지위가 크게 향상되었다. 월급·복지·수당에서 의료와 자녀 교육까지 모두 국가가 도맡았다. 1949년 이후 건립된 새로운 사회·경제 질서 속에서는 이들 무산계급이 가장 혜택을 받은 새로운 계급이었다.

그러나 방대한 국영기업 체제 하에서 전통 관료조직의 병폐 또한 여지없이 드러났다. 평등한 기업 체제로 보이지만 지도자의 개인적 성향이 노동자의 대우와 미래를 결정할 수 있었으며, 관계나 연줄을 통하는 것, 권위를 중시하는 것, 결탁하여 사리사욕을 꾀하는 것, 그리고 적당히 얼버무리거나 은폐해 주는 것 등 옛부터 내려오던 고질적인 문제가 하나하나 드러나기 시작했다.

## 이념(紅)과 기술(專) 간의 투쟁

새로운 정권이 건립된 지 10년도 안되어 노선투쟁이 전면에 떠올랐다. 제1차 5개년 계획 중에는 농업을 희생시키고 공업화를 가속화한 정책이 성과를 거두었지만, 그러나 이는 막다른 길로 들어간 것이기도 했다. 5년 동안 농촌과 도시의 인구는 모두 급속히 증가하였지만, 식량생산은 개선되지 않았다. 급속한 도시화는 도시 공업화의 발전을 추월하였고, 대량으로 유입된 인구가 공업부문에 흡수되지 못하면서 도시 실업문제가 나타났다. 이런 곤경에 대해 기술 관료들은 방만한 중공업 투자에 대한 조율을 건의하였다. 모택동은 도리어 연안에서의 경험을 예로 삼아 대중 동원과 도덕적인 유인책만이 중국의 경제를 비약적으로 발전시켜 영국·미국 등 선진국을 따라 잡을 수 있다고 주장하였다. 기본적으로 이것은 바로 홍紅(이념)과 전專(경제·기술)의 노선투쟁이었다.

모택동은 규범화된 관료제도에 대해 인내심이 없었다. 그는 제도화에 담긴 고질적인 적당주의와 나태함을 극복하려면 부단히 혁명을 일으키고 끊임없는 사상개조와 도덕적 격려를 통해 민중이 강한 투지·순수한 사상·진실한 도덕을 유지토록 해야 한다고 생각했다. 이렇게 해야만 공산주의 유토피아를 향해 매진할 수 있다는 것이다.

1958년 모택동은 인민의 대약진을 이끌었다. 6억5천만 명의 인구가 다리와 댐을 건설하고 길을 닦는 데 동원되었고, 후방에서는 재래식 방법으로 철을 녹여 제강했다. 농산품도 상황이 대단히 좋은 가운데 2배로 증산되었지만, 2년째 들어서서는 곳곳에 흉년이 들었다. 그럼에도 각지에서는 여전히 과장된 성과를 상부에 보고했고, 상급정부가 과장된 수치에 근거하여 세금을 징수한 결과 인위적인 대기근이 초래되어, 사망자가 2~3천만 명에 달했다.

## 문화대혁명

모택동은 미친 듯이 무모하게 추진한 대약진운동이 실패하게 된 후, 총사령관 팽덕회彭德懷 등의 공격을 받아 권력을 내놓고 제2선으로 물러났다. 1965년 말, 강청江靑 등의 획책 하에 요문원姚文元이 상해에서 역사극 '해서파관海瑞罷官'을 비판하는 글을 게재했다. 명 왕조의 청렴한 관리 해서海瑞를 팽덕회에 빗대었고, 욕먹는 황제를 모택동으로 바꾸었던 것이다. 강청 등은 역사극의 작자인 북경 부시장 오함吳晗이 역사인물을 통해 당시 정치상황을 에둘러 말하면서, 이를 통해 모택동의 대약진을 비판했다고 꾸짖었다. 1966년 '해서파관'을 비판하는 글들이 살기등등하게 전국 각지의 신문에 실렸고, 피비린내 나는 정치투쟁의 서막이 문화라는 이름으로 열렸다.

1966년에 모택동이 정식으로 공격을 가하기 시작하였다. 우선 팽진彭眞·양상곤楊尙昆 등 북경과 당 중앙 고위 간부를 해임시켰다. 이어서 북경대학과 청화대학에서 학생

운동이 일어났다. 대자보와 공개심문을 통해 모든 '시정잡배'들을 없애버리고 당내 수
정주의 반혁명분자의 타도를 요구하였다. 유소기劉少奇 등에 대한 비판이 이미 은연중
에 나타나기 시작했다. 8월, 모택동은 스스로 "사령부를 폭파하라!"(나의 대자보)를 써
서 국가주석이자 관료기구의 수뇌인 유소기를 정식으로 겨냥했으며, 권력을 장악한
관료와 당 기관을 타도하기 위해 다시 한 번 대중노선에 호소하였다. 이때 그가 이용
한 것은 순수한 젊은 학생이었다. 8월 18일부터 그는 천안문광장에서 전국 각지에서
온 홍위병들을 접견하기 시작했는데, 11월 하순까지 여덟 차례에 걸쳐 그가 접견한
홍위병은 모두 1천 8백만 명이었다.

"혁명에 죄가 없고 반란을 일으키는 데 이유가 있다"는 모택동의 호소 아래 홍위병
들은 사방에서 모여들었는데, 숙식·교통비는 모두 국가가 제공하였고, 그들은 손에
'성경'과 같은 조그만 소책자 『모택동어록』을 들고 큰 소리로 "목숨을 걸고 모택동 주
석을 보위하겠다"라는 구호를 외치면서, 온 거리에서 "혁명의 바람을 일으키고 혁명
의 불을 지폈다." 그들은 기존의 모든 권위에 도전했으며, 정부기관을 공격하고 지식
인을 공격하였다. 자신의 스승과 부모를 공격하거나 서로 간 공격하기도 했다. "네 가
지 낡은 전통을 없애자!"는 구호 아래 일체의 낡은 사상·문화·풍속·습관에 대한 파
괴 투쟁을 전개했다. 모택동의 부정과 파괴의 의지는 수많은 어린 학생들을 통해 철
저히 실현되었다. 일체를 타도하는 헛된 광란 속에서 인간성의 어두운 면이 우리의
맹호처럼 튀어나와 더욱더 걷잡을 수 없는 지경이 되었다. 중국인들은 이로 인해 깊
은 상처를 받았다.

1967년 홍위병들의 계파가 마구 늘어나면서 상호간의 비방이 치열해질 즈음에
군대도 마찬가지로 분열되어 대혼전의 양상을 띠게 되었다. 점차 통제할 수 없는 상
황에 직면한 모택동은 막대한 압박을 느끼고 1968년 7월 홍위병의 해산을 명하였
다. 학생들의 이용가치가 없어지면서 그들을 농촌으로 보내 일하도록 했다. 문화대

혁명 초기의 투쟁에서 학생들이 패거리를 결성하고 파괴하고, 싸우는데 전념하면서 학교는 유명무실해졌다. 이후 많은 청년들이 떠돌면서 교육의 단절은 더욱 심화되었다.

# 제3절 자본주의 길로 가는가?

### 개혁 개방

1976년, 모택동은 공식적 후계자 임표林彪를 포함한 모든 동지를 몰락시킨 후 북경에서 병사하였다. 강청을 위시한 4인방은 모택동의 하수인으로 문화대혁명 집행자였다. 그러나 모택동이 죽은 뒤, 의지할 사람을 잃고 같은 해 10월, 중국공산당 중앙에 의해 모두 체포되었다. 더불어 문화대혁명이 정식으로 막을 내렸다.

문화대혁명 초기 유소기와 함께 당내 '주자파走資派'로서 투쟁의 대상이 되었던 등소평鄧小平은 몇 차례 극적인 기복을 겪은 뒤 1977년 말에 정식으로 복귀해 활동을 재개했다. 등소평은 1978년 전권을 장악하면서 중국의 발전을 새로운 방향으로 이끌었다. 표면적으로 중국공산당은 거듭 마르크스·레닌의 사회주의 기본 원칙을 견지했지만, 등소평의 '실사구시實事求是'의 실용적 철학 아래 경제발전은 중요성에 있어 이데올로기를 훨씬 뛰어넘었다. 모택동의 혁명론을 실용적 치국 정책이 대신한 것이다. 1977년의 '4개 현대화' 정책은 지도층이 농업·공업·국방·과학기술의 현대화 발전에 노력하겠다는 것이었으며, 오직 이데올로기 분야에서의 의미 없는 투쟁을 할 필요가 없다는 것이었다.

등소평이 '개혁·개방'의 큰 방향을 견지하면서 국영기업과 집체식 농업경제에 중대한 전환이 나타나기 시작했다. 이윤을 추구하는 개체경제와 공·사혼합의 체제는 도시와 향촌 모두를 새로운 모습으로 변모시켰다. 활기찬 상업 활동과 '모두 돈을 추구하는' 사회 심리로 인해 사람들은 '중국식 사회주의'라는 구호 아래 자본주의 속성을 보게 되었다.

그러나 급속히 변화하는 경제·사회 질서 속에서 중국은 여전히 반세기동안 극복하지 못한 수많은 문제에 직면하게 되었다. 12억 인구가 먹고 사는 문제는 대체로 해결되었지만, 인구의 과잉, 교육수준의 불균형으로 인해 노동인구의 생산력이 향상될 수 없었다. 경제발전은 연안도시와 내륙 먼 지역 간의 격차를 갈수록 벌어지게 하였다. 평등주의에 기초한 정권으로 볼 때, 소수 인구의 빠른 부 축적으로 초래된 빈부격차 문제는 특히 심각한 문제로 보인다. 게다가 관료의 독직·부패는 모든 통치계층에 대한 심각한 도전이었다. 1989년의 민주화운동(천안문 사태)은 이것과 밀접한 관계가 있다.

## 북경의 봄

경제 발전과 더불어, 나날이 높아지는 지식인과 일반 민중의 민주화의 욕구를 어떻게 만족시키는가 하는 문제는 또 다른 가혹한 시련이었다. 1976년 천안문에서 폭발한 '4·5운동', 1978년 말 북경 서단西單에 출현하기 시작한 '민주의 벽', 그리고 우후죽순처럼 출현한 인권·계몽·민주를 요구하는 지하 간행물들, 1979년의 '북경의 봄北京之春', 1989년에 전 세계를 놀라게 한 민주화운동과 천안문 사건 등은 중국 정부의 고압적인 집권통치 아래에서도 지식인과 민중들이 민주제도에 대한 희망을 줄곧 포기하지 않았음을 분명히 보여주었다. 천안문은 1세기동안, 통치를 받는 자의 비판과 저항 정신의 상징이 되었다.

그림 16-2. 1979년 서단의 '민주의 벽'

　1989년 민주화운동에 백만 명이 넘는 북경 시민의 열광적인 참여는 우리에게 은연 중에 정부를 견제하는 '시민사회'를 잠시나마 보여주었다. 중국 정부는 중국공산당이 5·4 신문화운동을 이끌었으며, 5·4 전통을 계승하고 있다고 끊임없이 공언하고 있지만, 중국공산당이 진정으로 5·4전통을 실천할 수 있을지 여부는 위경생魏京生이 말한 '다섯 번째 현대화', 즉 민주제도의 완성에 달려있다. 그러나 지금까지 여전히 어떤 흔적도 보이지 않는다.

# 맺음말-중국문화의 미래

이 책을 읽고 나면 수천 년 중국문화의 형성 발전과 흥망성쇠에 대해 대략적인 흐름을 알 수 있다. 호기심이든 관심이든 간에, 어떤 이는 중국문화의 미래가 어떻게 될 것인가, 흥할 것인가 쇠할 것인가, 밝을 것인가 어두울 것인가 등에 대해 질문할 것이다. 역사가는 예언가가 아니다. 때문에 미래 예측에 대해서는 흥미가 없다. 하지만 역사학이 단순한 골동품이 아니고 역사를 읽는 목적도 "옛 것을 알아 오늘날에 거울삼는 것"이라면, 과거의 발전 추세를 근거로 객관적인 조건을 저울질하여 미래의 향방에 대해 나름대로의 견해를 가질 수도 있다.

근현대 1~2백 년간 중국문화는 나락으로 떨어지고 서풍이 동풍을 압도하였다. "사물이 극에 달하면 원점으로 되돌아간다"는 것처럼 중국문화에 대한 평가 역시 양극화로 나가고 있다. 매번 열띤 논쟁이 있을 때마다 폄하가 아니면 바로 옹호이다. 사실 "파도가 역사 속의 모든 영웅을 삼켜버린다"처럼 문화 역시 그렇다. 시대에 적합하면 사람들이 받아들여 자연히 남게 되고, 그렇지 않으면 도태된다. 그러나 정책의 결정이나 사회의 자각, 혹은 특별한 강조와 제창으로 대중의 각성을 환기시킴으로 인해 어떤 문화가 남을 수도 있고 빨리 도태될 수도 있다. 그러므로 인위적 요소 역시 배제할 수 없다. 대개 민생의 일상생활이나 의식주 등의 분야에서는 자연적 요소가 점하는 비율이 높다. 예컨대, 중국전통 복식은 일부 의례적인 자리에만 기본적으로 존재할 뿐이나 중국 요리는 전혀 변함이 없다. 이런 식의 도태와 보존은 누구도 간여할 수 없다. 어떤 방면에서는 인위적 노력이 오히려 자연적 추세에 도움이 될 수 있다. 예를 들면, 인간의 생명과 밀접한 관련이 있는 의료를 꼽을 수 있다. 과거 근 1세기동안 중국 전통의학은 서방의학에 의해 거의 도태되었다. 그러나 많은 시간을 들여 연구하고 개선함으로써 중국의학은 점차 다시 자신의 위치를 확립했다. 이른바 외래문화의 장점을 흡수하여 전통문화와 융합시키는 가운데 창조 혹은 개조한다는 것이 대체로 이에 해당한다.

　미래세계의 시급한 수요로 볼 때, 중국문화는 어느 측면에서 전 인류에 참고할 것을 제공할 것이다. 미래 인류에 필요한 것은 조화이다. 인간과 자연과의 조화, 인간 간의 상호 조화, 그리고 타인과 나와의 조화이다. 서구 문명은 사물과 나와의 대립을 강조하고, 자연정복과 자연이용을 숭상한다. 그러나 20세기 후반부터 인류는 점차 자연정복에 따르는 고통을 맛보았을 뿐만 아니라 오히려 생태나 환경 보호를 중시하고 자연을 아끼고 자연과의 공존을 요구하고 있다. 중국의 도가문화는 자연을 숭상하며 대자연과의 합일을 주장하고 있다. 이는 바로 서양문명에 대한 반성과 일맥상통한다. 이것이 앞으로 중국문화가 세계문명에 공헌할 부분 중의 하나가 될 것이다.

　다음으로 교통과 통신의 비약적인 발전으로 인해 21세기 인류는 진정 '천하가 이웃'인 시대에 접어들어 이른바 '지구촌'의 관념이 구체적으로 실현될 것이다. 사람과 사람은 더욱 가까워졌지만 과거의 서로 다른 민족문화 전통이 여전히 존재하므로 인류는 반드시 적당한 대응의 방법을 이해해야만 비로소 조화를 이루어 공존할 수 있을 것이다. 중국의 유가는 비록 순수 기초지식에 대한 탐색을 소홀히 하고 생전과 사후 '세계'에 대한 관심이 없지만, 현세의 인간관계의 윤리에 대한 추구가 강하기 때문에 인류 미래에 커다란 계시 작용을 할 것이다. 유가의 시조 공자가 일생동안 추구한 인생 최고의 목표는 '인仁'이다. 바로 사람과의 관계에서 행할 도리를 강구한 것이다. 예컨대, 부모 자식 간에는 자애와 효, 형제간에는 우애와 공경, 부부 간에는 온화와 순종, 친구 간에는 상호 신뢰가 있어야 한다는 것이고, 서로 알지 못하는 사람에 대해서는 '인자애인仁者愛人', 누구에게나 사랑으로써 대해야 한다는 것이다. 증자曾子의 해석에 따르면, 사람을 대하고 세상을 살아가는 방식에 있어서 공자에게는 일관된 도리가 있는데 바로 '충서忠恕'이다. '충'이란 자신에 대한 평가를 엄격히 하여 자신이 최선을 다했는가 여부를 살피는 것이고, '서'란 다른 사람을 관대히 대하여 어느 곳에서든지 남을 생각하는, 즉 공자가 말한 "자신을 대하듯이 남을 대하라推己及人"인 것이다. 미래 세계가 평화롭게 공존하려면 대체로 인·애·충·서의 도리와 추기급인推己及人에서 벗어나지 않을 것이다.

사람이란 백년을 살지 못할 뿐만 아니라 많은 초자연적 현상 혹은 상상에 대해 답을 내리지 못한다. 그리하여 역사상 각양각색의 종교가 형성되고 사람들이 그것을 숭배하고 그것에 절을 하며 마음의 안정을 구한다. 이것을 일반 학술개념에서는 인간과 초자연과의 관계로 돌린다. 하지만 사실 이것은 타인과 자신과의 조화문제로, 중국의 종교 및 의식을 갖추지 않은 인생 도리는 모두 이 방면에서 기능을 발휘한다. 기독교나 이슬람 문화와 비교해볼 때, 중국문화는 다른 신앙에 대해 비교적 포용성을 지니고 있다. 때문에 신앙이 다르다 하여 전쟁이 발생한 경우는 거의 없다. 중국문화의 이러한 특질은 미래 인류 평화에 대해 분명 긍정적 의미를 갖는 것이다.

지금까지 설명한 바와 같이 인간과 자연, 인간과 인간, 타인과 나와의 조화를 중시하는 중국문화의 특성은 중국인들이 세계인류에 공헌할 수 있는 역사 문화자산이다. 그러나 한편으로 중국문화 중에는 인성이나 인권에 위반되고 시대조류와 맞지 않는 것도 적지 않다. 이는 마땅히 타파해야 한다.

　중국 문화 속의 커다란 지표는 황제제도이다. 중화민국이 건립되면서 형식상 폐지되었지만 황제제도의 음산한 혼령은 없어지지 않은 채 계속 각종 형태의 황제가 등장하고 있다. 가장 풍자되는 사람은 '인민'의 간판을 높이 내걸은 모택동이다. 2천여 년간 중국에는 그보다 더한 '황제'가 없었다. 1980년대 이르러 대만의 중화민국은 이미 안정된 민주화의 길로 들어섰다. 그러나 중국대륙의 민주화는 아직 순탄하지 못하다. 하지만 인민의 수준이 날로 높아지고 세계가 더욱 가까워지게 되면, 20세기의 황제의 이름만 없을 뿐 실제로 황제보다 더한 황제는 21세기에 다시 출현하지 않을 것이다. 그리고 중국문화 속의 황제제도 역시 수명을 다하게 될 것이다. 그러나 개인 권위나 신권통치의 종말이 집권정치의 종결을 나타내는 것은 아니다. 중국은 오랜 세월 중앙집권의 통치를 실행했기 때문에, 혹자는 집권은 늘 있는 상태 혹은 '이상理想' 상태이고, 분권은 변태 혹은 '분란' 상태라고 한다. 그러나 오늘날 우리는 이런 질문을 피할 수 없다. 정부의 최종 목적은 무엇인가? 왜 존재해야 하는가? 이 문제에 대해서는 21세기의 중국인들이 더욱 절실히 질문해야 할 것이다. 2천3백여 년 전 맹자는 "백성이 귀하고, 사직(국가)이 다음이며, 군주(정부 최고지도자)는 가벼운 것이다"고 말했다. 만약 어느 날엔가 이것의 구체적인 결실이 있게 된다면 그것은 중국문화의 일대 혁신이 될 것이다.

　중국문화에는 또한 왕도사상이 있다. 이는 대내적으로 정부가 인민의 진정한 지지를 기초로 삼는 것이고, 대외적으로 '덕으로써 사람들이 따르도록' 함을 강조하는 사상이다. 그러나 애석하게도 '백성이 귀하다'는 것과 똑같이 단지 사상적 차원에만 머물렀을 뿐 진정으로 실행된 적이 없다. 오늘날 중국정부는 대만이나 티베트, 위구르에 대해 수시로 '힘으로써 사람들이 따르도록' 할 준비를 하고 있다. 인류 역사가 21세기에 들어선 후에도 여전히 총칼로 정권을 유지한다는 것은 실로 야만의 상징이다. 중국문화의 미래에 광채가 있을지 여부는 인민이 국가의 인민이 되려는 의지가 있는

지 여부로 저울질해야 하는 것이니, 또한 바로 고대 왕도사상의 결실을 문명의 판단 기준으로 삼는지 여부에 달려 있을 것이다.

문화는 생활방식의 총체적 표현이다. 앞서 언급한 것처럼 중국문화는 조화의 요소가 있으나 또한 불합리한 점도 적지 않다. 이 모두는 사람들의 생활에서 착안한 것이다. 독자들도 당연히 또 다른 지표를 통해 또 다른 검증을 할 수 있다. 그러나 만약 사람들의 생활을 벗어난 채 문화에 대해 논한다면 그것을 아무리 크게 떠들지라도 아무런 의미가 없을 것이다.

# ▌주편 및 저자소개

**두정승** 杜正勝
국립대만대학교 역사학석사
전 대만교육부장관
현 대만중앙연구원 원사

**왕건문** 王健文
국립대만대학교 역사학박사
현 국립성공대학교 사학과 교수

**진약수** 陳弱水
미국예일대학교 역사학박사
현 대만중앙연구원 역사어언연구소 연구원

**유정정** 劉靜貞
국립대만대학교 역사학박사
현 동오대학교 사학과 교수

**구중린** 邱仲麟
국립대만대학교 역사학박사
현 중앙연구원 역사어언연구소 연구원

**이효제** 李孝悌
미국하버드대학교 역사학박사
현 중앙연구원 역사어언연구소 연구원

## ▌역자소개

**김택중**金澤中
국립대만사범대학교 역사학박사
현 서울여자대학교 사학과 교수

**안명자**安明子
국립대만사범대학교 역사학박사
현 서울여자대학교 강사

**김문**金文
중앙대학교 문학박사
현 인천대학교 강사

**초판 인쇄** ׀ 2011년 8월 10일
**초판 발행** ׀ 2011년 8월 18일

**주    편**    두정승
**역    자**    김택중·안명자·김문

**책임편집**    윤예미

**발 행 처**    도서출판 지식과교양
**등록번호**    제 2010-19호
**주    소**    서울시 도봉구 창5동 320번지 행정지원센터 B104
**전    화**    (02) 900-4520 (대표)/ 편집부 (02) 900-4521
**팩    스**    (02) 900-1541
**전자우편**    kncbook@hanmail.net

ISBN  978-89-94955-36-0  03820          **정가**  22,000원

이 도서의 국립중앙도서관 출판도서목록(CIP)은 e-CIP홈페이지(http://www.nl.go.kr/ecip)에서
이용하실 수 있습니다. (CIP제어번호: CIP2011003299)